editionRester

Über das Buch

Als Marin-Trilogie wird zum ersten Mal in einem Band veröffentlicht, was nach Planung des Autors als Trilogie zusammengehört: die drei Romane *Der Krähenbaum*, *Der Weg nach Lampedusa* und *Sinai*.

Im Zentrum steht die Figur des Arztes Marin. Sein Leben wird beschrieben von 1943 bis zur Jahrtausendwende.

Im *Krähenbaum* verlebt er eine Kindheit inmitten von Naziterror, der seine Familie bedroht, unter Bombenteppichen.

Der *Lampedusa*-Roman zeigt ihn als Arzt in der Lebensmitte in München und auf der südlichsten Insel Europas nach gescheiterter Ehe, tief in beruflichen Selbstzweifeln und einer umfassenden Existenzkrise.

Im Roman *Sinai* werden Marin und Maria ein Paar. In reifem Alter suchen sie nach Werten und Gefühlen, die Bestand haben könnten in einer flirrenden Zeit, in der zu leicht Verkäufliches schnell vergänglich wird. Diese Ehe erfährt eine äußerste Bewährungsprobe, als Maria von einer Krankheit auf der Halbinsel Sinai überwältigt und fast getötet wird. Dauerhafte Liebe zwischen Menschen: gibt es die überhaupt?

Diese Marin-Trilogie bietet dem Leser keinen lückenlosen Ablauf des Geschehens: eigenwillig entfaltet sich hier Leben vor dem Geist der Zeit, in einer bildhaften Sprache, die weit hineinreicht in die Poesie. Spannend ist das zu lesen, weil in diesen Romanen Freude und Leid, Leben und Tod, Hoffnung und Verzweiflung beklemmend eng beieinanderstehen.

Über den Autor

Mathias Schröder, geboren 1941 in Kassel, studierte Medizin in Paris, Marburg und Saarbrücken; medizinisches Staatsexamen 1967. Mathias Schröder war bis 2001 praktizierender Arzt in München, danach in Kamerun/Westafrika. Er lebt in Utting am Ammersee.

Bisher erschienene Werke: *Der Krähenbaum, Linda, Der Sturz des Seiltänzers, Der Weg nach Lampedusa, Sinai* sowie Drehbücher, Essays und Gedichte.

Mathias Schröder erhielt 1977 den Förderpreis des Landes Bayern sowie 1980 den Förderungspreis für Literatur der Landeshauptstadt München.

Der Krähenbaum wurde für das ZDF verfilmt und international ausgestrahlt.

Mathias Schröder

MARIN

ROMANTRILOGIE

editionRester

1. Auflage Dezember 2004
editionRester, 86919 Utting/Ammersee
www.edition-rester.de

Umschlaggestaltung und Satz: Franz Rester
Gesetzt aus 10/13 Palatino Regular und Italic
Druck und Bindung: C. H. Beck, Nördlingen
Gedruckt auf säurefreiem, chlorfrei gebleichtem Papier
Printed in Germany · ISBN 3-9809144-4-5

MARIN

ROMANTRILOGIE

Mathias Schröder

DER KRÄHENBAUM

1. Teil der Marin-Trilogie

Meinem Bruder Fritz
gewidmet

1

Dreh dich nicht um. Jetzt glüht die Stadt und flammt unter Dämmerwolken, die nicht weiterziehn. Ich höre die Vögel: Höre diese steifen Kehllaute der Krähen wie an jedem der letzten Abende, wenn sie von den Feldern zurückkamen, hungrig, wie sie im Morgengrauen von der wilden Kirsche aufgestiegen sind. Sie umflattern die Baumkrone, driften gegen mein Fenster, tun's dem Leitvogel gleich und fallen ins Anthrazit der Äste nieder. Bald wird die Kälte ihren Hunger einfrieren. Es beginnt der nächtliche Belagerungszustand.

Frost beißt mich wach. Die Milchstraße blinkt hinter Spiralnebelgewölk. Kchrahh, krraak! Wütend taumeln sie um die Kirsche: gegeneinander versetzt, aufeinander zustoßend mit knappem Flügelschlag, dazwischen und hoch darüber warnt ihr verschärfter Schrei.

Jetzt sehe ich den Mann. Hutverschattet das Gesicht, drängt er aus hüfthohem Erlengestrüpp aufs Wiesengelände hinaus. Schritt für Schritt geht er und sein linker Fuß bricht in den Schnee, während die Erinnerung springt: sie bringt zurück diesen Mann, der im Streulicht überdeutlich wird, und stößt ihn, der für die Dauer eines Funkenschlags noch in Ungewißheit schwebt, ins helle Gaslicht der Laterne.

»Marin!«

»Marin!«

Es klappern die Fensterscheiben. Er stapft Pulverschnee von seinen Stiefeln und verschwindet um die Straßenecke …

Irgend etwas hat sie um ihre Träume gebracht, spottete mein Arzt kürzlich: Sie bringen kaum die Elektronik zum Zittern, ihre Hirnstromlinie bleibt dicht über Null.

Merkwürdig: Von jenem Tag an, als Gabriel, waghalsig auf der Verandenbalustrade balancierend, in die Mittagsstille hinunterschrie: »Marin! Marin! Komm mampfen, Mutter hat aufgefüllt!«, als er, Günther, einfach hocken blieb in seiner Erdmulde unter dem Schattenwurf der Platane, da prallte ein Echo aus der alten Scheune: »Marin, Marin«, und blieb an ihm haften.

Diese Ehre freilich, weil wir (Gabriel, Gesa und ich) den Namen niemals aussprachen, ohne das Wörtchen »General« voranzustellen, hätte einem anderen zugestanden. Gabriel war stolzer auf seinen Vater als Günther, der Bruder. Ein Stolz, gläubig und wortkarg, der dennoch mit Gesten versucht, das geheime Versprechen einzulösen:

»Ich will tapfer werden und klug wie Vater« – und vielleicht noch hinzugefügt, ohne zu wissen, woher die unbenannte Angst kommt:

»Die Vorsehung möge ihn zurückkommen lassen, wenn alles vorbei ist, strahlend und siegreich, wie er ausgezogen ist vor drei Jahren.«

Damals bedeutete Krieg, was wir selber, von Türmen und Wallmauer herab, mit Eschenholzbogen und Schilfrohrpfeilen gerüstet, als Verteidiger erst, in der Attacke dann, hinaus in die von Gräben durchschnittene Flußlandschaft trugen: Indianer spielen, unter Männern und völkerweit. Und da wir Kinder mit den Weibern die Wigwams hüten, Kartoffelkäfer sammeln, Kühe melken, hinter den Sensen gefallenes Korn raffen, binden und zu Garbenhaufen stellen mußten, während auf Rußlands Prärien unsere Väter die slawischen Stämme vor sich hertrieben, waren wir auf *Volksempfänger* und auf die Erzählungen der Heimaturlauber angewiesen, denn Verwundete hatte Werflo noch nicht aufzuweisen.

Der *Menschenfreund*, unser Lokalblättchen, sparte jedoch nicht an Bildern: deutsche Landser in Schützengräben, deutsche Soldaten auf dem Vormarsch, in Panzertürmen hinter Bordgeschützen, deutsche Pilotenköpfe in Kanzeln siegreicher

Jagdbomber und Nachtjäger, deutsche Pioniere im russischen Winter, splitternackt beim Schneeballen, deutsche Generäle, über Meßtischblätter gebeugt im Führerbunker, der Führer des Deutschen Reiches an der russischen Front mit deutschen Generälen – so und mit dicken schwarzen Schlagzeilen zeigte und verhieß der *Menschenfreund* nichts Geringeres als zuerst den *totalen Krieg*, bald darauf den *Endsieg*.

Wie hätten wir unsere Mütter verstehen können, die hinter den lautschluckenden, von wildem Wein umrankten Mauern des Marinschen Herrenhauses, das nicht weit vom Kirchplatz entfernt an der Hügelschräge blockte, erst ein nervöses, dann mutloses, schließlich echtes Schattendasein lebten, unbemannt, um gemeinsame Jahre betrogen, ausgezehrt von Angst, die viel zu lange schon gewährt hatte.

Zur Weihnachtszeit neunzehneinundvierzig, die ersten Bomben hatten uns nach Werflo verschlagen, brachte Schulz, der Postbote, das Telegramm:

Tapferer Soldat ... Gekämpft und gestorben ehrenvoll zum Ruhme des deutschen Vaterlandes ... Das machte meine Mutter zur Witwe und mich zur Halbwaise. Ich empfand's als Ritterschlag für die Familie. Mein Vater war richtig gestorben, von einer Granate zerfetzt, und würde nicht, wie in unsren Spielen, hinter einer Weißdornhecke urplötzlich wieder auferstehn. Er hatte den Ruhm, von dem ich träumte, auf seiner Seite:

Sie starben, damit Deutschland lebe! Und er war der Besten einer! Das schleuderte der junge Pastor, Nachfolger des alten Mahlbrincks, über die Bankreihen des Gotteshauses. Meine Mutter antwortete mit so lauten Seufzern, daß ihr dieses eindrucksvolle Echo entging; *lebe, lebe – einer, einer*. Sie schluchzte, tropfte in die dampfende Kartoffelsuppe, hinterließ Tränenspuren vor und hinter dem Besen, der den Sandstein in der Eingangshalle sauberfegen sollte, und schütterte selbst in den Nächten durch das stille Herrenhaus.

Weiber! Wie oft dachte ich das.

»Weiber!« muckte auch Gabriel auf, weil nun Frau Merlin, Gesas Mutter, von Todesahnungen zermürbt und schließlich fast besessen wurde. Denn Ende Januar zweiundvierzig hatte *Kaleun* Merlin die Tanks fluten lassen und war mit seiner Besatzung auf Tauchstation gegangen, bei Helgoland, im tückischen Atlantik, auf Feindfahrt, nur er und der Flottenstab wußten, wohin. Auch der General ließ marschieren, seit letzten Sommer schon, von Charkow aus gegen den Don, bei Woronesch über den Strom hinweg nach Westen.

Gespräche waren verstummt in diesem Frühherbst zweiundvierzig und hatten einem Schweigen Platz gemacht, das anwuchs hinter den Basaltmauern.

Trotzdem: Für Gabriel, Marin, Gesa und mich flossen ruhig Ohm und Wohra zwischen ihren Uferbänken durch Spätsommertage aus flirrendem Licht. Uns erwartete täglich der U-Boot-Tank, angeschwemmt vor dem Schleusenrechen, mit der Blechschere aufgeknackt, mit Planken und Paddel versehen, der uns seitdem als Kanu diente. Dazu gehörten: Angelruten aus Holunderholz und so einige Sächelchen, die der General zum vergangenen Weihnachtsfest vom Ostfeldzug mitgebracht hatte.

Tribute an den Sieger, so sahen wir die Sache, Embleme der Unbesiegbarkeit.

Gabriel machte den Haupttreffer: ein russisches Kleinkaliber mit Zielfernrohr und gezogenem Lauf; Gesa bekam, was ihr zustand, was es im Deutschen Reich seit Jahren nicht mehr zu kaufen gab, was in Polen sicher auch aus Vorkriegszeiten stammte: eine Trachtenpuppe, ein blondes Polenmädchen wie im Lied:

Sie hielt 'nen Zettel in der Hand
worauf geschrieben stand
ich hab's einmal probiert
und bin krepiert!

Ja, und für mich hatte ein tschechischer Offizier herhalten müssen, genauer: sein Degen, und da ein Namenloser keine Ehre zu verlieren hat, gab ich ihm den Namen »Julinek«, Leutnant, natürlich, dem der General den Degen abgenommen hatte nach der Schlacht. Fehlte noch Marin. Wir prusteten, er aber konnte ein Staunen nicht verbergen und drehte die Zigeunergeige und strich mit seinen Fingerspitzen fast zärtlich über das gemaserte Holz.

Also war er uns gegenwärtig, der Generalleutnant Marin, auf den Fahrten, nickte anerkennend, wenn unter Gabriels Feuer eine Krickente vom Himmel trudelte und hart auf die Erde schlug, wenn Wildkarnickel über meinen Degenhieben die Todesrolle schlugen oder wenn Klein Gesa jammerte, weil ihre Puppe Wasser gezogen hatte bei einem zu heftigen Paddelschlag. Ja, manchmal wähnte ich ihn wirklich im Heck des Bootes sitzen, so, als verspürten wir alle die Entschlossenheit seiner grauen Augen wie einen Halt im Rücken, als hörten wir seine Stimme klingen, die passiv, eher einem sensiblen Ichweißnichtwie als dem befehlsgewohnten Ton eines Soldaten entsprechend war. Zweifel kannten wir kaum, und hätten wir sie gehabt, Gabriel würde sie uns ausgeredet haben. Aus keinem anderen Motiv als diesem Glauben an die Stärke des Generals, der uns ebenso unerschütterlich standhielt wie die tausend Jahre alten Mauern des Marinschen Besitzes, die, erbaut schon in grauer Vorzeit, noch jedem Ansturm standgehalten hatten, konnten wir sogar jene irritierende Erinnerung über Bord werfen.

Man stelle sich vor: einen Frühlingsabend nach Regenguß, vom Geruch der Osterglocken übersättigt. Schweigend hockten wir um den Eichentisch im Wohnzimmer, schlugen uns die Mägen voll mit Pellkartoffeln und eingebrannter Mehlschwitze, und Gesa sprach mit ihrer Puppe.

Niemand hatte das Scheppern der Glocke unten am Portal gehört. Plötzlich war er da, der General, vom unsteten Licht der Ölfunzel übergroß an die Wand gepinselt. Er stand unter den Bildern seiner Ahnen, in mausgrauem Uniformmantel, mit verblichenen Knöpfen und Sternen, mit schneeweißem Haar dort, wo einmal kastanienbraune Strähnen unter der Mütze hervorgelugt hatten. Von seinen Jochbögen straffte die Haut hinunter zum Kinn, und seine Augen wirkten glasig. Ziemlich abgerissen sah er aus und auf den Hund gekommen. Sein erster Schritt, aus der Stille heraus in ein noch tieferes Schweigen, war wie ein Griff an unsere Kehlen, als er jetzt mit halbgeöffnetem Mund, der noch immer kein Wort gesprochen hatte, seine Augen auf das ölgefärbte Lächeln seines Großvaters, des preußischen Feldmarschalls, hoch oben an der Wand richtete, den er anstarrte und vielleicht gar nicht sah.

Die Stille wurde zur Drohung. Dann hörte ich mein Herz laut in den Ohren schlagen, als nun Frau Marin mit einem Aufschrei ihm entgegensprang; bum bumm, bum bumm, und ich lauschte dem Klopfen, dachte gar nichts. »Vater«, hörte ich mich flüstern.

Selbst als seine Söhne Gabriel und Marin sich endlich dem Sessel näherten, in dem der General Zuflucht genommen hatte, blieb ich hocken im Duft der Osterglocken, der aus dem Garten durchs offne Fenster drängte, als ginge mich das alles 'nen Dreck an. Ich beobachtete meine Mutter, schämte mich plötzlich nicht mehr ihrer feuchten Wimpern und wußte, daß irgendetwas in Rußlands Steppe – ich konnte es nicht benennen – mit dem General geschehen war, etwas so durch und durch Niederschmetterndes, daß er sich weigerte, es wie früher in spannende Geschichten zu packen oder durch greifbare Geschenke zu belegen.

Gut erinnerlich ist mir die Hast, mit der wir ins Bett verfrachtet wurden gleich nach dem Essen. Keine Kissenschlacht, kein Trampolinspringen von dem hohen Eichenschrank auf Gesas Bett, noch nicht mal das zeremonielle Nachtgebet: *Vater unser, der Du bist im Himmel …*, das gewöhnlich mit der Bitte abschloß: *Und wende nicht Dein Angesicht von uns, beschirme unsere Brüder und Väter im fernen Rußland, halte Deinen Schild über sie, auf daß ihnen kein Leid geschehe. Amen.*

Nein, dieser Abend duldete keine Kinder in der Halle und ertrug auch nicht quengelnden Widerspruch. Das Licht schnappte weg und setzte uns der Dunkelheit aus. Es war Marin, der sie nutzte.

»Schreckliches muß geschehen sein mit Vater an der Front«, sagte er. Dann hörte ich Fäuste rammeln und wurde überrannt von Gabriels Worten:

»Judensau! Auch du willst Vater verraten, wie sie's mit Deutschland getan haben. Dafür schlage ich dir die Zähne ein«, und ich hörte Marin keuchen und Gabriel zur Ruhe kommen, als plötzlich Gesa in die geballte Stille hinein, vom Schrank gedämpft, über unsere Köpfe winselte. Dann rührte sich keiner mehr. Wind zerrte an den Holzgerüsten, schlug um und war davongeweht.

2

In den letzten Aprilnächten, aus Mussolinis Italien vielleicht, pfiffen die Südstürme, Wolken fetzten über die Lahnberge und rückten tiefer. Regen prasselte auf Werflos Dächer und in die Flüsse. Das Wasser stieg und überstieg die Uferbänke, versickerte, stand in Lachen auf den Wiesen, stieg weiter an, weil der verdammte Regen einfach kein Aufhören fand. Als aus dieser kilometerlangen und breiten Wasserfläche nur noch Zaunspitzen und halbierte Viehunterstände mit vom Wind abgedeckten Dachgerippen hervorlugten, steckten die Bauern der Heimatfront nachts im Dorfkrug die Köpfe zusammen und begannen zu tuscheln, von einer Sintflut, die uns die Vorsehung geschickt habe, weil der Krieg nach drei ganzen Jahren noch immer kein Ende nehme.

Der General reiste ab im Standartenwagen.

»Die Festung Stalingrad werden wir nehmen, ihr Kinder. Steht euren Müttern bei, vielleicht gehen wir schweren Tagen entgegen.«

Das war sein letztes Orakel.

Da dampfte Werflo, und der Wasserspiegel vor den Dorfmauern sank, Stacheldraht umzäunte wieder, Pfosten ragten naß und schwarz, soweit die Flut sie nicht davongerissen hatte. Beinahe lautlos trieben wir in unsrem Boot die Wohra abwärts, die Mücken sirrten scharf. Gabriel kauerte im Bug, das Tesching schußbereit über den Knien. Und vielleicht waren wir dann bis zur Flußbiegung gekommen: Sonnenlicht pinselte durchs Gestrüpp, betupfte einen stehenden Mückenschwarm, brach in der feinnervigen Transparenz eines Libellenflügels, huschte über den Bootsrand und verlöschte. Das war eine Düsternis plötzlich.

Marin war nicht mit uns, so drückte sich Gesa eng an mich,

als wir uns duckten, weil aus biegsamen Ästen ein Weiden-, Haselnuß- und Geißblattdschungel erwuchs, den nur der Fluß noch durchdringen konnte und alles, was in geringer Höhe auf seinen Wassern kreiselte oder schwamm.

»Aalaarrm!«

»Russischer Zerstörer achtern voraus! Luke dicht. Tanks fluten.«

Und da riß es uns um die Basaltklippen, schrappte gegen Stein, knirschte über den Grund, während Geißblatt und wilde Minze den Atem stockten, ehe das Boot hinaus unter die Zenitsonne schoß.

Ruhig zwischen Wasserrosen zog die Wohra dahin. Backbord tellerflache Wiesen, die Dreiecksformation der Kirchturmspitzen, Großseelheim und Niederklein in Armeshöhe über dem Gras, auf Daumenmaß verkürzt Madorfs Rotkupferturm am Horizont. Gabriel drehte den Kopf und grinste.

»Unbesiegbar, die deutschen Haie!«

»Spieln wer nu Mutter un Kind vorn auf der Bleiche?« maulte Gesa.

Das Boot aber zog voran auf der Strömung, drückte zwei laue Bugwellen und trieb ab in die Hoheitsgewässer der Oberlehrerin Böhme. Die striezte uns zweimal wöchentlich mit Gießen und Jäten in eben diesem Werfloer Schulgarten, der jetzt steuerbords in Sicht kam. Auch biegsame Haselruten mußten wir dort schneiden und pellen. Damit brachte sie fast täglich einem aus ihrer vierten Klasse die Flötentöne bei, die auch Marin und ich oft genug produziert hatten, wenn sie unbekümmert auf Fingerspitzen zielte und schlug:

»Lernen sollt ihr, büffeln«, wenn sie unser Wegzucken verschärft bestrafte und dazu schrie:

»Finger auf das Pult, ihr Feiglinge! Das deutsche Volk ist im Kriegszustand!«, weiterschlug auf Handrücken, Handgelenk, Unterarm und dann würdevoll die Bestrafung abschloß:

»Nicht Waschlappen will der Führer, sondern mutige junge

Männer! Und die mache ich aus euch!«

In diesem Schulgarten glitzerten aufgebockte Gewächshausscheiben, unter denen deutsche Radieschen und Salatköpfe wachsen sollten. Gabriels Augen leuchteten pfiffig, als er zwischen die gespreizten Beine griff, mit der linken Hand den Tankboden abtastete und sie schließlich emportauchen ließ. Da kapierte ich. Mit kurzen Paddelschlägen war das Boot im Uferschlamm aufgesetzt, und ich schlang die Leine um einen Armvoll Schilf.

»Wer macht den Anfang?«

Ich schnappte nach dem Leinensäckchen. Da fischte er den ersten heraus, einen geschliffenen Feuerstein, ließ ihn in die Luft steigen, fing ihn auf, wiederholte das Spielchen und hielt ihn dann pinnig Gesa hin.

»Du, mein Engelchen, machst den Anfang! Mitgehangen – mitgefangen!«

Der erste Kies zog eine mickrige Kurve über die Uferböschung und pladderte, von Mädchenhand verschwendet, auf den Glasdeckel des vordersten Kastens. Danach ging alles furchtbar schnell. Wir rafften Steine, und das Boot zerrte heckwärts ungestüm am Schilf, während die Dschin-Dschins sich anfangs mit dem Geklirr unsrer scharf angesetzten Würfe abwechselten, dann einfach untergingen in der immer schnelleren Folge harter, flacher Schußserien. Ein Maschinengewehr hätte die Stille nicht besser zerhämmert.

»Und wenn sie nun morgen früh in der Volkskunde einfach brüllt: ›Gabriel! Ralph! Raustreten! Fingerspitzen auf die Bank!‹«, sagte ich lauernd.

»Dann trittst du vor und antwortest: ›Frau Oberlehrerin, es waren die Judensäue von Rengersloch!‹« Gabriels Nasenflügel wurden mehlig, »›und wenn sie nicht so gottverdammich schnell gewesen wären, hätten wir sie am Tatort noch erwischt.‹«

»Wenn die mal noch da wären!« erinnerte ich, denn die

Schulbänke von Pinkus, Samuel und Balthasar waren schon vor zwei Jahren leer geworden:

»Unentschuldigtes Fehlen«, hatte die Böhme ins Klassenbuch geschrieben, kurz darauf alle drei Namen gelöscht, und es hieß:

»Volksverräter, haben sich bei Nacht und Nebel ins Ausland abgesetzt.«

»Schau mal!« In Wurfweite, quer durch den Schebitzschen Futterklee, voran Pitter Ficke, Sohn des Gemischtwarenhändlers *Unterm Groth*, der kommandierte: »Eins, zwei, eins, zwei!« zog Werflos Rotte in Uniformen. Braune Hemdchen, Hosenröhren bis dicht übers Knie, die schwarzweißroten Hakenkreuzbinden am Arm und an den schweren Koppelriemen das, was sich Gabriel, ich weiß nicht wie, schon vor einem Jahr verschafft hatte, vielleicht, weil seine Wünsche diesen kümmerlichen zehn Lebensjahren vorauseilten und den HJ-Dolch als Zeichen einer geheimen Mitgliedschaft ansahen. Denn aufs Jungvolk Werflos sah er mit Verachtung herab.

»Eins, zwei, eins, zwei!«

Leider dröhnten die Stiefel nicht im weichen Klee.

»Links, rechts, links, rechts!«

Aber Schultern und Köpfe wippten auf und nieder:

»Ein Lied!«

Und die vertrauten Töne klangen zur Wohra herüber, auf deren Wassern Gabriel zum Paddel griff, um den Strömungswiderstand zu erhöhen.

Die Fahne hoch,
die Reihen dicht geschlossen
SA marschiert mit ruhig festem Schritt
Kameraden, die Rotfront und Reaktion erschossen
Marschiern im Geist in unsern Reihen mit.

»Heil Hitler!« brüllte Gabriel aus Trichterhänden und

schwenkte das Tesching. Die Rottenköpfe ruckten flußabwärts. Ein Wildentenpärchen schreckte aus dem Uferschilf, schlenzte Wasser, hob ab und steuerte im Schrägflug gegen die Wiesen.

Die Straße frei den braunen Bataillonen

Gabriel riß das Tesching an die Schulter,

Die Straße frei dem Sturmabteilungsmann

Der Lauf beschrieb eine Spiralbewegung,

Es schaun aufs Hakenkreuz voll Hoffnung schon Millionen!

Das russische Kleinkaliber bellte, ich sah die Krickente im Pfeilflug zucken, ihre Schwingen an den Körper ziehen, der vom Himmel hoch zwischen die Rotte niederschlug. »Ein astreiner Schuß!« Pitter schwengelte die Faust. Gabriel ließ erneut die Hände zum Trichter werden und brüllte hinüber:

Der Tag für Freiheit und für Brot bricht an!

3

Marin, wie so oft, saß nicht mit uns im Boot. Er war einfach anders als ich oder andere Zehnjährige zwischen Werflos Mauern. Er hing an seiner Geige, die Violine klebte auf Schritt und Tritt an ihm. Damals dachte ich:

Marin ist aus der Art geschlagen, manchmal also fällt der Apfel weit vom Stamm, und so dachte wohl auch Gabriel, als er ihn mit dem Nachnamen des Vaters gleichsam nottaufte.

Rückblickend will ich ihm eine Mischung aus Gutmütigkeit, Sorge und Spott zugestehen, wenn er beharrlich dabei blieb und fragte, als wir an den Gärten vorbei gen Bahn- und Flußbrücke am Dorfausgang trieben:

»Wo, zur Hölle, ist eigentlich Marin? Nichts als Geigen hat er im Kopf und läßt uns die Arbeit tun!«

An einem Büschel Weidenäste zog er das Boot in die Stromstille einer Bucht.

»Gesa, wo kommen die Babys her?«

Sie blickte stumm.

»Doofkopp!«

»Bin kein Doofkopp!«

»Und die Froschschenkel der Marie und der nackte Hintern vom Vetter Schorsch?«

»Laß mich!«

»Aber geguckt haste und geflüstert ›Gabriel, schau nur, wie der rauf und runter wippt, was machen die denn bloß?‹!«

Der Tank schwankte und faßte Wohrawasser, als wir nacheinander ins Zittergras der Uferböschung sprangen. Beschirmt von Astgelb und Blattgrün der trauernden Weide, hatte Gabriel die vergammelte Manchesterhose auf die Knöchel heruntergestreift, die Schwierigkeiten mit dem Unterhosenschlitz überwunden und hatte ihn auf der Innenhand liegen. Ich konnte nicht zurückstehen.

Der Fluß plätscherte locker und spannte die Bootsleine. Aus der knallenden Hitze heraus hörten wir die Heuschrecken, spürten, wie ihre Hinterbeine unsre Nerven sägten und wie es plötzlich in einem Punkt juckend und zuckend zusammen sich ballte. Da sagte Gesa:

»Guck doch, Gabriel, deiner bewegt sich ja!« und grapschte danach. Mir zog's die Gurgel eng, es schlossen und streckten sich meine Finger, unerbittlich kratzten die Hüpfer, und ich hörte Gesas Stimmchen aus dieser hitzeflirrenden Monotonie:

»Darf ich mal streicheln?« und machte Trockenübungen.

»Guck nur, wie der immer größer wird«, rief Gesa, »und ist wie 'ne Zwiebel mit Häuten. Du kannst sie ganz abschieben!«

Und da geschah, was ich zum zweitenmal in meinem Leben wahrnahm, was mich denken ließ:

Gottogott, was ist'n das für'n komischer Rüssel? Entweder ich hab 'nen Kranken oder Gabriel ist nicht ganz normal. Mir fiel plötzlich ein, wonach ich suchte:

»Jesus, du hast 'nen Pimmel wie Pinkus Schierbaum! Ist ja'n richtiger Judenpimmel!«

Da verstummten die Heuschrecken, und der Anprall seines Kopfes warf mich hintüber. Weg kippte der Fluß, das Boot schlingerte nicht mehr. Zwischen den Ästen sah ich ein Stückchen Himmelblau, dicht über meinen Augen zitterte das reife Gras, gegen mich rückte ein Schatten, dann zwei ausgebeulte Hosenbeine aus schwarzem Cord, und ich sah Fäuste mit weißen Knöcheln, daneben den Griff seines HJ-Dolches. Ich wagte nicht aufzublicken. Dann hörte ich Gesas Stimmchen: »Bitte Gabriel, laß ihn«, und er atmete aus, Körper und Schatten drehten ab.

Gabriel hatte ihn zuerst erspürt. Nicht weil wir etwas gehört hätten, sondern weil er schon eine Zeitlang dort gestanden haben mußte, unbeweglich und wortlos, ein großes Kinderauge hinter durchbrochenem Grün. Gesa schrie:

»Marin, was haste mich erschreckt!«

Eine Hand stieß durch die Blätter, an der baumelten Geige und Bogen, Marin trat in den Schatten, und seine Augen dunkelten nach im Staublicht der Weide.

»Was'n los mit dir? Schleicher!«

Noch immer hielt Marin das Instrument weit von sich, so etwa, wie Joschi Kuhnke, unser großer Freund, einst die Monstranz zu halten pflegte vor dem Altar, ehe ihn in Frankreich eine Kugel traf.

4

Wenn ich mir den damals achtjährigen Marin vorzustellen suche, dann erscheint es heute noch unglaublicher, wie schnell er sich auf seiner Geige (wir nannten's Wimmerholz) zurechtgefunden hat. Zart von Wuchs, gezeichnet von Anfälligkeit, die ihn unfähig machte, ein gleichwertiger Kumpan zu sein, war es ausgerechnet er, der uns, den Stärkeren vorlebte, was wir an seinem Vater, dem General, nicht genug bewundern konnten: ruhige, beständige Leidenschaft: Für seine Sache, für Musik und Violine. Es war und blieb unbegreiflich, mit welcher Entschiedenheit er allem trotzte, was uns in Atem hielt: Gefangenentransporte, Russen, Tschechen, Polen, die zerlumpt in langen Reihen vom Klinkerbahnhof zum Lager in den *Roten Grund* marschierten, auch die Fronturlauber interessierten ihn nicht, noch weniger die Glutsonne im Mittagszenit, wenn er nach dem Essen vom Tisch aufstand, den verbeulten Geigenkasten ergriff, in den Keller hinunterstieg, weil unsren Müttern nach Musik nicht zumute war, dort sorgfältig sein Instrument stimmte und oft bis zum Abendessen nicht mehr zu sehen, wohl aber zu hören war. Mit Tonleitern fing es an, später klangen die ersten Etüden aus dem Kellerfenster empor, wieder einige Wochen danach hatte er sich einen Stapel dickleibiger Notenbände organisiert und in den Keller geschleppt und begann nun, als wäre das folgerichtig, die ersten Konzerte zu studieren: Vivaldi, Haydn und Mozarts *Kleine Nachtmusik.* Und er spielte sie so gut, daß unsere Mütter gelegentlich an späten Nachmittagen unweit des Kellerfensters am steinernen Gartentisch saßen, seinem Spiel zuhörten oder gar mitsummten. Hoffnungen und Ängste, zu oft schon mit Worten genannt, waren längst anheimgefallen dem zersetzenden Schweigen. Und wenn eine der Frauen mal die Beherrschung verlor und wie zu sich selbst halblaut sagte:

»Mein Gott, was gäb ich, wenn ich wüßte, daß mein Mann noch lebt ...«, wenn diese Laute zwischen Sandsteinmauern hallten und verhallten, dann schauten sie sich schweigend an, dachten an Atlantik, Ostsee und Rußlands Steppen, und meine Mutter seufzte vielleicht und dachte an das Soldatengrab.

In solchen Stunden gelang es Marin, Todesfurcht und Todesnähe mit Bogenstrichen zu bannen. *Ich seh dich nicht, ich hör dich nicht*, war es dies zusammen und darüber hinaus feinnervige Katastrophenwitterung bereits, die ihn späterhin zu jenem bitteren Geständnis veranlaßt haben mag:

»Für mich ist die Zeit viel zu früh stehengeblieben damals, ich mußte meine Kraft verbrauchen, und ich habe sie in Tönen verbraucht, der Rest war Teilnahmslosigkeit!«

Mir waren solche Spekulationen schnurz, als wir an jenem Sommernachmittag im Zittergras am Wohraufer lagen. Marin fiedelte. Und er sah uns nicht, weil seine Augen geschlossen waren, aber er lächelte, vielleicht weil er spürte, daß wir gebannt waren von den Klängen, die sein Bogen federnd aus der Geige zog, die uns einkreisten, wehrlos machten und unwiderruflich davon waren. Erst als er unvermittelt abbrach, mit flottem Strich ein Soldatenliedchen anstimmte, war der Zauber gewichen. Gabriel summte mit, spuckte den zerkauten Strohhalm aus und fiel in den Text ein, krächzend:

»... steht 'ne Laterne, und steht sie noch davor.
Ja wenn sich die weißen Nebel drehn
und wir unter der Laterne stehn ...«

Abrupt verstummte die Geige. Alle hörten wir den schneidenden Ruf der Trompete, der vom *Roten Grund* lerchenhoch unter die geneigten Sonnenstrahlen aufstieg. Der Wind schlug um, und wir hörten die Motorräder der SS-Wachmannschaft aus dem Rengersloch kommen. Dann sahen wir sie: zuerst die geschulterten Läufe der Schnellfeuergewehre, Schirmmützen, die rußschwarzen Uniformen, den Auspuffdreck über verdörrtem Gras und dahinter Staub, der hochwirbelte und sich grau und lautlos auf Gesichter legte, die eng gepfercht auf den beiden Leiterwagen hockten: Kinder, Frauen, Männer – Gefangene, Verräter und Heckenschützen.

Hundert Meter flußabwärts rumpelte der Zug über die Wohrabrücke, zockelte an der zerfallenen Pumpstation vorbei und verschwand hinter dichtem Erlengestrüpp, das wild und unbeschnitten bis zum *Roten Grund* hinunter und herauf wuchs und abbrach vor einem breiten Streifen gepflügter Erde. In den Abendstunden klangen fremdartige Lieder zum Flußufer herüber. Auch Schreie hatten wir gehört, Hundegekläff und Schüsse zwischen den Baracken, die grün getüncht, nur von der hohen Eiche auf Vetter Schorschs Wiese für uns gut sichtbar, wie die Behausungen Aussätziger im Mittelpunkt einer unsichtbaren Bannmeile, einer sichtbaren Sperrzone standen zwischen vier Wachtürmen und einem Doppelverhau aus Stacheldraht.

»Da! Da! Da!«

Gabriel war aufgesprungen und zeigte auf Staubwolken und -wölkchen, die aus allen Richtungen der Windrose über dem *Roten Grund* verschmolzen zu einem Staubpilz, der vor der Sonne stand.

»Feindliche Einheiten gesichtet mit Zugrichtung auf die Festung Stalingrad von Norden, Süden, Ost und West, Herr General!« meldete Gabriel erschöpft.

Marin lachte und intonierte den Radetzkymarsch.

Langsam verzog sich der Staub und legte sich lautlos auf die Feldwege nieder, von denen er aufgestiegen war. »Drittes Panzerregiment durchstößt Feindumklammerung am rechten Flügel!« befahl Gabriel. »Marschgeschwindigkeit: fünfzig Stundenkilometer, Richtung: Südsüdost über Vetter Schorschs Wiese!«

»Wer den Klee umtrampelt, kriegt 'nen Arsch voll!«, sagte ich.

»Klappe«, brüllte er zurück.

»Ich will nich Krieg spieln«, muckte Gesa.

»Und ich mach die Musik dazu«, setzte Marin nach,

»ich bin die Kapelle!«

»Ins Wasser tunk ich's, dein Wimmerholz! Alles klar?!«

Gabriel sagte nun nicht: »Ich bin der General.« Er reichte mir wortlos sein Tesching mit sechs Patronen und gürtete sich meinen Degen um, der ihn als Oberbefehlshaber auswies. Dann verschwand er in den Erlen. Und wir wußten: Jetzt holt er die Granaten.

Diese beiden Handgranaten, die der alte Klemm, Stallknecht seines Onkels, vor drei Wochen im Gras gefunden hatte, oben auf der *Röthe*, am Rand des Truppenübungsplatzes: Die er entdeckt hatte mit seinen Jägeraugen, die groß und ernst blickten, als er Gabriel im Karnickelgriff am Kragen packen mußte. Zurück auf den Trampelpfad zog er ihn.

»Laß die man läen, min Jong. Is nischt for kleene Kinner, weil se könn furchtbares Unheel anrichte!«

Und schickte uns dann mit den sechs schwarzweiß gescheckten Kühen die Landstraße hinunter in die Dämmerung und tauchte am Kepplerschen Hof unvermittelt zwischen den prallgefüllten Tieren wieder auf. Die Abendluft zerriß er mit der Peitschenschnur. Wir hatten indessen kräftig angezapft, vom Euter in den Blecheimer, wie wir das jeden Abend taten, nicht zuviel, nicht zuwenig, stripp, strapp, stroll, ohne daß er davon Notiz zu nehmen schien oder auch nur ein Wörtchen der sparsamen Tante gegenüber fallenließ. Vielleicht, weil wir nicht nur Gleiches mit Gleichem vergalten, sondern ihm darüber hinaus noch halfen, die gut getarnten Drahtschlingen nachzusehen, in denen Hasen, nicht allzu selten auch feiste Rehe, verendet waren. Und so hatte er sich an jenem Abend kaum Mühe gegeben, die beiden ausgebuchteten Seitentaschen seiner Stalljacke zu verbergen, als er zurückkam. Dachte vielleicht auch: Was wissen die Jungs schon von Wehrzersetzung oder einer Handgranate, ohne damit zu rechnen, daß Gabriel wirklich eine Menge davon verstand und ihm mit Vorbedacht, knöcheltief im Kuhmist, zur Hand ging beim Anketten und Melken der Tiere, die Sprache aufs Angeln und Jagen brachte, den Schwalbennachwuchs über die Stalltür hinzuzog, weil er wußte, das liebt der alte Klemm, das lullt ihn ein und entschärft seine Wachsamkeit. Und als dann tatsächlich der Alte den Türriegel geräuschvoll zuwuchtete und die Jacke wie gewöhnlich innen an dem rostigen Nagel baumelte, zögerte Gabriel nicht eine Stunde, das Vertrauen zu brechen, das Klemm in ihm und uns gesetzt haben mag. Denn Gabriel glaubte und sprach's auch aus:

»Nun kann ich ihm näherkommen, meinem Vater, dem General, wenn ich selbst den Granatsplittern ausgesetzt bin, als stünde ich an seiner Seite.«

Und er nahm nicht nur die Granaten, er klaute die ganze Jacke nebst Mistgabel und einem Paar ausgelatschter Gummistiefel und versenkte sie in der Wohra. Die Handgranaten verbarg er unter den Erlen, wohin er jetzt verschwunden war, drei Wochen später, um sie hervorzuholen und einen Traum Wirklichkeit werden zu lassen. Nicht schlecht hatte er geflucht am nächsten Morgen, der Alte:

»Jarnescht ist mähr secher in diesem jottgestraften Land, weil se eim klaun tun alles, selbs die Jopp noch vom Leib wech, de Pollacke, de varfluchte!«

Seine Worte also meinten Bollek, Kriegsgefangener und Zwangsarbeiter auf dem Hof. Doch die Durchsuchung der Spinde und Kammer konnte nichts beweisen, und des alten Klemms Blicke wurden nachdenklich damals und trafen uns.

»Ich hau ab«, sagte Marin gelangweilt, »ich verzieh mich in meinen Keller! Kommste mit, Gesa?«

Doch die wollte nicht. Klein Gesa trippelte an den Erlensaum, lief ein Stück weit das Wohraufer entlang und rief:

»Wann kommter denn? Wo isser denn? Wie wird das rummsen!«

»Wenn's jemand rauskriegt?« warf Marin ein.

»Gabriel ist schlau, auf den kannst du dich verlassen!« verteidigte ich.

Und kichernd drang's aus den Erlen:

»Das kannst du laut sagen. Wer sich auf mich verläßt, is nie verlassen! Kein Aas zu sehen, weit und breit! Los geht's!«

»Gut, ich bin die Kapelle«, sagte wieder Marin und störte mich, weil ich unentwegt auf Gabriels Arme geblickt hatte, die nicht wie sonst in die Hüften gestemmt oder ins Koppel gestützt waren, sondern scharf gewinkelt, in Brusthöhe, hinter seinem Rücken verschwanden. Ich wußte: Da in seinen Händen hat er nun die beiden Granaten, dachte ich: Besitzt sie schon zwanzig verdammte Tage lang, ohne sie herzuzeigen, ohne davon zu sprechen. Gehütet hat er sie wie Augäpfel, um ein einziges Mal so etwas Ähnliches sein zu können wie ein richtiger Soldat, und ich sagte laut:

»Zeig doch mal her, die beiden Dinger, ich würd sie gern mal anfassen!« und brach ab, als seine linke Hand blitzschnell nach vorn zuckte und ungefähr dort verhielt, wo eben noch meine Brust gewesen war. Da lag sie auf seiner Handfläche: oval, gut apfelgroß, schwarz wie ein Stück Kohle, und Gabriel sagte lässig:

»Na, willste sie mal nehmen?«

Mit Entsetzen nahm ich den Ruck wahr, der die Granate hochschnellte, die einen Herzschlag lang, dicht über meinem Kopf, in der Luft zu stehen schien. Ich hechtete ins Buschwerk und mußte sein Lachen ertragen, als er sie auffing und, immer noch grinsend, Marin anbot. Dann pirschten wir in Einerreihe am Flußufer entlang. Spitze Schatten hinter uns im Sand, Faulholzmoder und Fischlaich im Atemwind, Wind, Wind, Wind! Mein Herz klopfte. Am liebsten wäre ich losgerannt. An der Wohraschleife scherte Gabriel nach links. Und sicher dachte er an Sieg, an diesen einen Sieg, der alle Schlachten des Vaters in Polen, Frankreich und zuletzt in Rußland übertreffen und krönen sollte: der Ruhm dem Sieger, der Sieg fürs deutsche Vaterland!

Heiß wurde mir, die Erregung wuchs, ich dachte an meinen gefallenen Vater, an die Ängste der Frauen, umklammerte das Gewehr wütend und schrie plötzlich:

»Denen werden wir's zeigen, den russischen Menschenfressern!« und dachte nicht: Warum hast du so geschrien.

Ich sah nur den dottergelben Ginster in der heißen Luft, sah die tiefblauen Schlagschatten der Lahnberge, dachte: *Stalingrad*, floh mit den Blicken über das Blumenfeld, streifte die Ruine der stillgelegten Pumpstation und prallte gegen den Glutball der Sonne: Flirrende Lichtkugeln sausten mir entgegen. Geblendet taumelte ich und hörte mich flüstern:

»Krieg«, und dachte: Zu Haus solltest du sein.

Aber die beiden Eisendinger stießen mich vorwärts. Da war der Mauerzacken der Pumpstation, knappe fünfundzwanzig Meter vor meinen Augen, daneben das Wasserbecken mit rostbrauner Brühe. Gabriel schwang den Degen und kommandierte:

»Geschütz richten!«

Ich riß das Gewehr hoch.

»Feuer!«

Zwei Kugeln klatschten an die Wand. Mörtelscholle kippte und verschwand im Gestrüpp.

»Volltreffer!« rief Gabriel.

Dann hatte er die eine Granate in der Hand. Und in die Stille hinein, die nun folgte, als er das Kettchen riß und leise zählte:

»Ein-und-zwanzig, zwei-und-zwanzig«, hörte ich Marin wild fiedeln, sah sein verzerrtes Gesicht, daneben Gesas Kinderblick, sah wieder die Hand und Gabriels Oberkörper, der kraftvoll nach vorne oben schwang, während das schwarze Eisending durch die Luft gegen die Mauer flog und nichts geschah.

»Süßer Heiland, 'n Fehlzünder!« hörte ich Gabriel fluchen. »Sabotage! Wehrzersetzung!«

Und wieder fiedelte die Geige wild, zum zweiten Male war er hochgelatscht, der Arm mit dem eisernen Apfel, während Blitz, während Donner den Abend zerrissen hatten und im Fallen Äste über mein Gesicht ratschten. Staub um die Ruine. Ein Schemen in meinen Pupillen, ein geschwungener Degen, den Staub zerschneidend, alles unwirklich und viel zu langsam. Blut hämmert in meinen Ohren, dann tastet das Bewußtsein herbei und pumpt, während die Sprache noch verloren ist, erste Gedanken in mein Hirn:

Vater, Vater ... du bist richtig tot ..., und noch immer sehe ich das hoch aufspritzende Wasser, die Mauer, die im Staub gegen uns zu stürzen scheint. Jetzt drehe ich den Kopf, und da steht Marin: Geige angesetzt, Bogen auf den Saiten, sein Mienenspiel ganz und gar beherrscht von einer Geste ungeheueren Erstaunens. Und da rief Gabriel:

»Feiglinge! Ist euch der Schiß im Hintern eingefroren?!«

Er stand mit erhobenem Degen stolz auf der Grundmauer der alten Pumpstation inmitten der Ginsterblüte und rief:

»Sieg Heil! Stalingrad ist unser!«

5

In jenem Jahr (zweiundvierzig), erinnre ich, daß die Natur den Herbst überging. Pflanzen und Blumen verdörrten, ohne ihre Früchte auszutragen, auf der Höhe des Glutsommers und starben vorzeitig weg. Noch sehe ich am letzten Sonnentag träge über die Bergketten hin unsre Flugzeuge gegen Werflo ziehen, hinein ins ungetrübte Blau, sehe Lichtblitze von ihren Flanken schießen, Kondensstreifen den Raum markieren, abknicken, nach Osten wie leere Himmelsstraßen. Grau wird die Erinnerung dann: dunkelgrau bis wolkenschwarz. Nieslige Tage im längst verwilderten Garten des Herrenhauses. Zahllose Stunden in klammen Zimmern und die fade Kost der morgendlichen Schulunterweisung, mehrere Klassen in einen Raum gepfercht. Judenschule nannten wir das verächtlich. Noch immer schlug die Böhme auf Fingerspitzen, in den Schulgarten jedoch ging keiner mehr. Noch immer grüßte sie mit »Heil Hitler« und überschrie die ungenierten Stimmen der älteren Jahrgänge, die Kriegsberichte vorlasen und kommentierten mit den gewohnten Parolen:

»Die arische Rasse ist eine überlegene Rasse, deswegen ist unser Kampf ein gerechter Kampf, und die deutschen Helden werden siegen!«

Oder sie las vor aus einer Führerrede:

»Mister Churchill hat es soeben wieder erklärt, daß er den Krieg will. Er hat nun vor etwa sechs Wochen in dem Raum begonnen, in dem er anscheinend glaubt, besonders stark zu sein, nämlich im Luftkrieg gegen die Zivilbevölkerung.

Ich habe bisher kaum darauf antworten lassen. Aber das soll nicht bedeuten, daß dies so bleiben wird.

Ich bin mir nun darüber im klaren, daß aus dieser unsrer kommenden Antwort namenloses Leid und Unglück über die

Menschen hereinbrechen wird!

Herr Churchill sollte mir vielleicht ausnahmsweise glauben, wenn ich als Prophet jetzt folgendes ausspreche:« – Die Böhme ließ einen langen Blick über die Köpfe schweifen, und ihr Körper wurde steif und starr:

»Es wird dadurch ein großes Weltreich zerstört werden. Ein Weltreich, das zu vernichten oder auch nur zu beschädigen niemals meine Absicht war. Allein, ich bin mir darüber im klaren, daß die Fortführung dieses Kampfes nur mit der vollständigen Zertrümmerung eines der beiden Kämpfenden enden wird. Mister Churchill mag glauben, daß dies Deutschland ist. Ich aber weiß, es wird England sein.«

Wenn dann Dieter Flimm, Sohn des Ortsgruppenleiters, seinem Hintermann ein Faß Tinte in den Kragen goß und der sich nicht zu wehren traute, wenn die Böhme tränenblind und schamlos vor den Klassen stand, dann glühten auch Gabriels Augen, so als lauschte er nach innen, einem Schwarm summender Träume in seinem Hirn, die zwischen Pumpstation und den neuesten Nachrichten über Stalingrad hin und her wechselten, ihn stolz machten, unnahbar wie kaum zuvor.

Auch Marin hatte sich gewandelt. In der Schule, bemerkbar nur dem, der seine Augen gezielt rückwärts oder seitwärts richtete, auf den Fensterplatz der hinteren linken Bankreihe, war er uns, die wir zusammen lebten, um so gegenwärtiger. Sein Geigenspiel war wie von selbst einer frühen Vollendung nahegekommen.

Und eines Abends, im eiskalten Schlafzimmer, kaum hatten wir uns warmgezittert unter den Federbetten, konnte Marin es nicht lassen. Aus der Dunkelheit drang seine Stimme gekünstelt und schwer:

Vereinsamt – Friedrich Nietzsche

Die Krähen schrein
Und ziehen schwirren Flugs zur Stadt:
Bald wird es schnein –
Wohl dem, der jetzt noch – Heimat hat.

Nun stehst du starr
Schaust rückwärts, ach! Wie lange schon!
Was bist du Narr
Vor Winters in die Welt entflohn?

Die Welt – ein Tor
Zu tausend Wüsten – stumm und kalt!
Wer das verlor,
Was du verlorst, macht nirgends halt!

»Halt die Klappe«, brummte Gabriel, »mich fröstelt!«
»Weiter, weiter, wie geht's weiter?« rief ich.
Und erneut tönte die Dunkelheit:

Nun stehst du bleich,
Zur Winter-Wanderschaft verflucht,
Dem Rauche gleich,
Der stets nach kältern Himmeln sucht.

Flieg, Vogel schnarr,
Dein Lied im Wüstenvogel-Ton!
Versteck, du Narr,
Dein Herz in Eis und Hohn!

Die Krähen schrein
Und ziehen schwirren Flugs zur Stadt:
– bald wird es schnein.

»Psst! Horch mal!«

Gabriel war zum Fenster getreten und hatte den Vorhang gelupft. Und da hörten auch wir:

»Ratatatatta tack tack tack!« Schüsse, kurz darauf das überschnappende Kläffen der Hunde.

»Da hat's wieder einer versucht!« lachte Gabriel. »Der Rote Grund ist taghell erleuchtet!«

Und jetzt sah auch ich zwischen Bäumen und Erlengestrüpp Scheinwerferlanzen stochern, anhalten, hüpfen und suchen. »Tack, tack, tack!«

Stille. Nirgendwo in Werflo brannte ein Licht. Wir waren hoch im November. Die letzten Blätter dallerten von der Platane in den nassen Sand hinunter oder torkelten, im Wind verfangen, in die Dachrinnen der brüchigen Scheune, die dicht daneben stand.

Eines Morgens, die Kälte hatte uns vorzeitig erwachen lassen, sahen wir Nebeldunst am Ufer der Wohra und perlgraue Schneewolken über der Ebene. Frierend tappten wir in die Küche hinunter, uns anzukleiden und aufzuwärmen. Doch im Herd staubte nur Asche. Und als am Abend desselben Tages der Bürgermeister, Nikolaus Prediger, in der Eichenholzhalle vor der Ahnengalerie auftauchte und sich die Füße warmklopfte, da dachten wir, es könnte ein Holz- oder Kohlentransport gekommen sein, es gäbe also Arbeit für uns mit dem Bollerwagen, den wir oft schon zwischen Stürmers Holzhandlung und dem Herrenhaus hin- und herbewegt hatten. Lautlos glitten wir über den fleckigen Purpurläufer die Treppe empor. Wir hörten das Knarren der Schranktür, dann die leichten Schritte Frau Marins, den dumpfen Ruck, als sie die letzte Flasche Burgunder auf den Nußbaumtisch niederstellte. Kristall erklang. Dann tropfte die Stimme des alten Bürgermeisters wie aus einem undichten Wasserhahn in die eiskalte Stille des Obergeschosses: »Sie wissen – gnädige Frau – ich – bin – ein alter Freund Ihrer Familie. Viel – habe – ich gesehen – in diesem

Dorf – und noch mehr – gehört.«

Gabriels Kopf tauchte empor, und er wisperte:

»Frau Oberlehrerin, wo kommen die Babys her?« und beugte sich wieder hinunter mit einem Auge in den Lichtstrahl und ließ Tabakgeruch in meiner Nase zurück. Wieder der Wasserhahn, weiter aufgedreht jetzt:

»Und so habe ich gedacht, Sie sollten rechtzeitig wissen, daß ich weiß – nein, daß seit heute noch ein anderer da ist und es morgen vielleicht schon alle wissen werden … Also, es geht um Gabriel, den Jungen! Sie sollten mir vertrauen!«

Gabriel stieß mich an, und ich glaubte, ein unterdrücktes Glucksen aus seinem Munde zu hören, und hielt nun selbst das Ohr enger ans Holz gepreßt.

»Einer im Rathaus hat's heute nachmittag ausgegraben. Und nun will er sich unbedingt einen Orden damit verdienen …«

»Sie meinen, daß Gabriel …«

»Ja, daß er nicht Ihr Sohn, sondern ein adoptierter Judenjunge ist.«

Da war es plötzlich nur noch das Pendel der Standuhr am Ende des dunklen Flures, das die Stille ausmaß. Und dann sah ich Gabriels Auge, noch immer dicht vor dem Schlüsselloch, das sich nun verkniff, feucht wurde hinter verklebten Wimpern und ein paar Herzschläge lang im Lichtstrahl aushielt. Dann tauchte sein Kopf in die Dunkelheit. Und da dachte ich: ›Pinkus‹ und dachte: ›Judenpimmel, Judenpimmel‹ und fühlte mich elend und hörte auch Marins Atem und spürte ihn heiß im Nacken und hörte erneut die Stimme seiner Mutter:

»Und Sie glauben, man wird ihn mir nehmen? In ein Lager stecken oder ausweisen in ein fremdes Land?«

Gabriel stand reglos, als jetzt die Stimme des Bürgermeisters laut und deutlich durch die Tür drang:

»Ich dachte, gnädige Frau, Sie wüßten Bescheid! Um so bitterer für mich, der ich weiß und schweigen muß, weil auch ich Frau und Kinder habe. – Wußten Sie denn nicht … daß man die

Juden tötet ... zu Tausenden? Der Junge muß außer Landes, heute nacht noch!«

Und dann schrie Gabriel. Ein Schrei, der so schnell aufgestiegen war, daß ich ihn erst hörte, als Gabriel zurückwich, am Geländer entlang, Schritt für Schritt, ins schützende Halblicht des endlos sich erstreckenden Flures. Dann vollzog er eine plötzliche Kehrtwendung, hetzte die Treppe hinunter, zerrte und riß am Eisengriff des Portals, das klirrend aufsprang, die Glocke scheppern ließ und ihm den Weg freigab in die mondlose Finsternis des Gartens. Wir standen wie ertappt. Und reglos stand auch Frau Marin, die von allen Hausbewohnern am längsten fähig gewesen war, seit Ausbruch des Krieges zu lächeln oder zu weinen, die mehrmals täglich vor dem hohen Spiegelglas ihr Haar gekämmt hatte: reglos stand sie jetzt und blickte über uns hinweg:

»Armer Gabriel ...«

Wind stieß ins Haus, kalter, feuchter Novemberwind, und berührte unsre Haut.

»Kommen Sie, gnädige Frau, wir müssen ihn suchen!«

Und während wir, ins Kinderzimmer verwiesen, hinter den Gardinen Wache hielten, ging sie mit der Petroleumlampe in den Garten hinunter und rief nicht »Gabriel! Gabriel! Wo bist du?«, sondern suchte in der Dunkelheit, an den Kieswegen, immer mit schwankender Laterne, quer über die Wiese, beim Springbrunnen, der nicht mehr sprang, in und hinter dem Gartenhäuschen, schlug einen Bogen und fand ihn, wie wir deutlich sehen konnten, im nassen Gras liegen vor der Buchenhecke. Ich wandte mich ab, zitterte und fror. Wir krochen in die klammen Betten. Keiner sprach. Kurz nachdem die Uhr geschlagen hatte, zehnmal, hörte ich Schritte auf der Treppe, dachte: Jetzt kommt er zurück:

und ich sah uns über die wasser der wohra treiben, zeitlos im schräglicht der nachmittagssonne, so, als würde der fluß niemals enden, das licht nicht in dunkelheit vergehen, und dachte: ›auf mich kann er sich verlassen.‹ dann näherten sich schritte über den gang, verhielten, ein körper schabte draußen an der tür, die klinke knackte, und ich war überzeugt, daß er schon mitten im dunklen zimmer stünde, richtete mich auf und rief leise:

»Ga-briel.« Da dröhnte wieder die Standuhr, ich zählte mit: elf.

»Du hast geschlafen«, sagte Marin, der neben mir lag, »und gesprochen im Traum.«

»Habe ich wirklich geschlafen?« sagte ich.

»Ja. Er ist bei Mutter mit dem Bürgermeister. Gesa schläft auch.«

»Ist er denn noch dein Bruder?« hörte ich mich fragen, erschöpft von dem, was geschehen war, erwartete wohl eine Antwort, die nicht gleich kam, und war schon wieder eingedämmert, als er mit wacher, leidenschaftlicher Stimme in mein Bewußtsein einbrach:

»Ja, ja, ja. Ich würde meine Geige geben, das Haus und alles, was wir haben, wenn sie ihn nur bei uns ließen!«

»Ich bin müde«, sagte ich, »hörst du den Wind?«

»Ja. Der macht Musik …«

»Weck mich, wenn er kommt!«

dann saß ich inmitten blühender wiesen unweit der wohra und hörte geigenspiel, zart und windverloren. über schaumkraut und sumpfdotterblumen schwebte ich hinunter zum fluß und beobachtete die forellen. wie mühelos sie durchs grünliche wasser glitten. jetzt, dachte ich, und schnappte mit der hand.

Glas klirrte, das Fenster war zugeschlagen. Draußen graute tief der Morgen, und Marin, aufrecht neben mir, sagte heiser:

»Eben war sie im Zimmer und hat seine Sachen geholt!«

6

Vielleicht glaubte sie uns ahnungslos in den Betten, während Marin und ich doch seit geraumer Frist am Fenster im Zugwind froren und in den Hof hinunterspähten. Sorglos schlief Gesa hinter ihrem Puppengesicht, als ein Motor vom Amöneburger Tor her dröhnte, wo die Straße nach Marburg abzweigt, als das Geräusch unter Fehlzündungen gegen den *Gefangenenberg* hinaufwuchs und auf dem Kopfsteinpflaster mit Karosseriegeklapper vermischt sekundenlang am Eisentor des Herrenhauses hängenblieb. Dann war es still. Dampf kräuselte von den Kühlrippen. *Spedition – Güterfernverkehr – Georg Leuthold.*

Und obwohl Nikolaus Prediger ausstieg, zur Stalltür ging und Getreidesäcke anschleppte, wußten wir genau, daß es nur der alte Leuthold selbst sein konnte, dem dieser wachsfarbene Gesichtsfleck hinter der beschlagenen Scheibe zugehörte, dem die Zigarre im Führerhäuschen Funken sprühte. Seine Söhne, Gernulf und Peter, die uns auf ihren Fahrten mitgenommen hatten, moderten unter polnischer Erde, was ihn, den Sechzigjährigen, veranlaßt hatte, seinem Firmenschild *Güternah* das Wörtchen *Fernverkehr* hinzuzufügen, wohl, weil er's nicht ertragen konnte, allein zu sein mit seinem nachdenklichen Verstand in einem Haus, das eigentlich auch von seinen Söhnen und deren Frauen bewohnt sein sollte.

Plötzlich war es sehr still. Der bucklige Hanomag hätte tagelang schon dort stehen können, festgeeist neben der rissigen Mauer, hätten wir ihn nicht unter tiefziehenden Schneewolken anrollen sehn, wären wir nicht sicher gewesen, daß dieser Fleck wirklich sein Gesicht war, das wir uns sogar in Einzelzügen vorstellen konnten. Und weil wir unentwegt auf die Haustür unter uns geblickt hatten, sahen wir plötzlich die Gestalt vermummt im Hof stehen neben dem offenen Stall, hinter ihr Frau Marin, klein und zerbrechlich im Dämmerlicht. Nicht einen Mucks gaben wir von uns. Wir ahnten die Gefährlichkeit dieses Unternehmens und sollten wohl eigentlich schlafen, um nicht zu sehen, was wir wahrgenommen hatten, um nicht zu hören und zu sehen, was uns traurig machte und hilflos.

Unversehens drängelte Gesa mit Schultern, Kopf und Armen, bis wir den Sichtspalt freigegeben hatten. Und weil die Fensterbank zu hoch war und ihr Puppenkopf nur an die Holzkante emporreichte, sie aber keine Ruhe gab: »Laßt mich, laßt mich, was is los da unten!«, griffen wir ihr rechts und links unter die Achseln und hoben sie hoch. »Gabriel, Gabriel! Nein. Nein.« Strampelte und trat so heftig, daß sie unserem Griff entglitt, unter vier Händen wegtauchen konnte und im Nachthemd die Treppe runterflitzte. Wir sahen Gabriel einsteigen, Nikolaus Prediger die Autotür zuwerfen, hörten, wie der alte Leuthold den Motor kommen ließ, und sahen dann Gesa mit fliegenden Zöpfen an Frau Marin vorbeiwischen und x-beinig dem Wagen nachjagen.

Und sie hatten vielleicht schon Allendorf umfahren, da zitterten wir immer noch am Fenster des Obergeschosses. Werflo erwachte. Erste Lichter glühten auf.

»Also Gabriel is 'n Juud und hat Schuld, daß Deutschland in den Krieg gegangen ist«, sagte ich.

In der Halle waren Frauenstimmen laut geworden, die redeten auf Klein Gesa ein.

»Gabriel ist und bleibt ein *Marin*«, sagte er leise. Und dann spürten wir das Schweigen im Haus, das unsre Kehlen schnürte.

Marin nahm das Tesching vom Gewehrständer, klemmte den Lauf zwischen die gußeisernen Heizungsrippen und warf sich gegen den Schaft. Seinen Kopf lehnte er gegen den Fensterrahmen, und ich sah, wie die Lippen blutleer wurden, sah auch Wangen und Stirn eine schockweiße Blässe annehmen.

»Marin, Marin, bist du krank?«

»Ich habe Angst, daß ihm etwas passieren könnte.«

Dann rüttelte er heftig meine Schultern.

»Was immer auch geschehen wird, die Nacht ist zum Schlafen da, verstehst du! Wir haben nichts gesehen und nichts gehört!«

Vielleicht waren sie jetzt in Neustadt oder schon ein gutes Stück darüber hinaus. Sicherlich hat es, wo immer sie fuhren im olivgrünen Hanomag, gleichzeitig zu Schneien begonnen.

Aus schweren Wolken flockte es in die Windstille und fiel auf Werflos Dächer und Straßen, auf die feuchte Erde herab. Ich dachte daran, daß man jetzt die Radspuren überdeutlich im Schnee verfolgen könne, kurze Zeit nur, dann würde die Landschaft weiß sein, unberührt weiß.

Marin legte mir den Arm um den Hals: »Wie still sie fallen, die Flocken!«

Da war seine Mutter hinter uns getreten, streichelte unsere Köpfe und sagte: »Ja, beinahe lautlos fällt er aus dem Universum, der Schnee, da hast du recht, mein Junge. Jetzt aber schnell in die Betten! Es ist noch viel zu früh für euch!«

Später, am selben Morgen, es war Sonntag, und wir setzten uns schon nicht mehr in der kalten Eingangshalle zum Frühstück nieder, sondern drängelten uns am Küchentisch über Weizenbrot und Grieben, da spürte ich: Das Schweigen zwischen diesen dicken Mauern war noch beklemmender geworden. Und nicht nur das: Die Frauen saßen geduckt, während wir einspeichelten, kauten und runterschlangen, saßen fast reglos, während plötzlich Schneesturm gegen die Scheibe tobte und Eiskristalle zurückließ an den Kitträndern, die auswuchsen zu zarten Blüten ohne Duft. Die Frauen duckten sich unter ihren schwarzen, schafwollenen Umhängen, froren und hatten Angst.

Plötzlich standen meine Kiefer still. Da war etwas in mir, das ich nicht kannte. Mein Körper hatte sich kerzengerade aufgerichtet, ich spürte einen Schmerz, einen Krampf in meiner Brust und dachte: Mein Gott, was sitzt du hier! Raus, schnell raus auf Vetter Schorschs Wiese! Dort passiert etwas, und du bist nicht dabei! Wie unter Zwang hetzte ich aus dem Zimmer, riß meine Tuchjacke vom Haken, hörte meine Mutter rufen: »Komm zurück, Michael, der Schneesturm!«, nahm die Steintreppe in großen Sprüngen, Schnee in den Augen, kalt, eiskalt auf meinem Gesicht, rannte über den Hof, schlitterte den Berg neben der Schebitzschen Scheune hinunter, umrundete den Teich vor dem Schleusenrechen, hörte Turbinen schnurren und hatte die Stadtmauer erreicht.

Wiesen! Meine weiten, vertrauten Wiesen!

Naß glänzte der hohe Eichbaum, und das Erlgebüsch stand schwarz und dicht dahinter im Wirbel der Flocken. Nichts. Nichts geschah. Nichts, was Spuren hinterlassen hätte, war geschehen!

Schon hatte ich mich heimwärts gewandt, als ein Windstoß vom Kirchberg herunterdrückte und meinen Kopf noch einmal gegen die Wiesen zwang. Und da sah ich, zwischen verkniffenen Lidern, wie aus dem Schneechaos der Erlenwall in Bewegung kam, mal vorrückte gegen die Stadtmauer und mich, mal zurückwich an die Grenze des Sichtbaren.

Ich wagte nicht zu atmen. Gespenster, Gespenster!

Da schlug der Wind um, drückte mich durch die Stadtmauernische, wurde zum hilfreichen Rückenwind, während ich haste was kannste, den Berg, die Steintreppe hoch, aus diesem grauenhaften Sturm heraus in den Schutz der dämmrigen Halle und von dort in die Marinsche Küche flüchtete.

»Die Erlen sind gegen das Dorf gerückt!« keuchte ich und hörte meine Mutter sagen: »Auch das noch, der Junge ist verrückt geworden!«

Und ich schwor Stein und Bein und beschrieb, was ich gesehen hatte. Da lachte Frau Marin zum erstenmal seit langer Zeit: »Wind und Schnee«, sagte sie sanft, »haben dir ein Trugbild vorgegaukelt.«

»Trugbild, Trugbild vorgaukelt«, äffte Gesa nach und spielte Rumpelstilzchen. »Der Junge ist verrückt geworden!«

»Still! Willst du wohl still sein, du Irrwisch!« befahl Frau Thomsen, und meine Mutter sagte plötzlich:

»Ich wünscht, ich könnt 'nen Sprung nach Kassel tun und sehn, ob alles in Ordnung ist im Haus."

Evakuiert waren wir schon seit fast zwei Jahren, auf den Rat und ausdrücklichen Wunsch meines Vaters. »Ihr kehrt nicht in die Stadt zurück, bevor dieser Krieg ein Ende genommen hat und ich höchstpersönlich kommen werde, euch abzuholen!«

Kommen würde er nicht mehr, aber Mutter hielt sich an seine Worte.

Marin stellte den *Drahtfunk* an, und wir hörten die Takte der Eroica, dann die Stimme des Nachrichtensprechers:

In Stalingrad schob sich der Feind von allen Seiten an die deutschen Abwehrstellungen heran …

Obwohl wir kaum etwas vom wirklichen Krieg an den Fronten verstanden, war uns doch klar, daß die Abwehr nicht gleichbedeutend sein konnte mit Sieg. Um so mehr vermißten wir Gabriels Sachkenntnis, mit klarer Stimme vorgetragen, die uns in manchem aufzuklären und zu beruhigen gewußt hatte: »Laß die nur reden, der General ist und bleibt unbesiegbar«, so klang's jetzt in meinem Kopf nach.

»Schau nur!« Ich drehte mich um und blickte zum Fenster und sah die Sonne hinter der Amöneburg hervorbrechen.

Es stürmte nicht mehr, und die Ebene lag grell und weiß im Licht zwischen den drei schwarzen Flußkokarden. »Komm«, sagte da Marin, »gehen wir Vetter Schorsch besuchen!«

»Die Märzlämmer streicheln«, rief Gesa, und los ging's, zur Pforte hinaus auf die *Hintergasse*, durch Pulverschnee an der Dorfmauer entlang, aus deren Ritzen Goldruten wuchsen. Die

Wohra gluckste und rauschte, als wir an die Stelle kamen, wo der Ölmühlgraben abzweigt, wo der Mauerdurchbruch zum Ahnapark uns den Weg freigab ins Uferdickicht. Weiter unten am Fluß standen die Frauen mit leeren oder vollen Säcken, frierend den Schnee zertrampelnd, und wir sahen die lange Reihe der Blechkannen vorm Mühleneingang, in denen sie das kostbare Bucheckernöl heimschleppen würden. Die Eisenpforte klemmte. Unsre Schuhe drückten tiefe Spuren, die quer über den Parkrasen hinweg zum Bismarckdenkmal führten. Marin blieb stehn und las:

»Neunzehnhundertvierzehn bis achtzehn, unseren gefallenen Helden in Angedenken. Dem Sieg geweiht, vom Krieg zerstört, den Frieden mahnend.«

Zwischen gekreuzten Schwertern, unter der Keilschrift und dem Lorbeerkranz aus Eisen am Fuß des hohen Denkmals, waren eingraviert in langen, engen Reihen die Namen, Ränge und Todesdaten der Helden, viele verwittert, manche schneeverkrustet. Marin stocherte und rieb und kratzte einen Namen frei: *Friedrich Ferdinand Marin 1900 – 1917, Fahnenjunker, gefallen zu Verdun.* »Mein Onkel«, sagte er. »Er wäre ein Cellovirtuose geworden, wenn nicht …«, und ich dachte: Feigling, du fürchtest den Tod, auch wenn's ein Heldentod sein könnte! und sah die Leuchtfarben an Schierbaums Milchladen am Markt, die nachts weithin sichtbare Flammenschrift, sah Pinkus den gelben Stern tragen, trotzig, wortlos und stolz, genau wie Samuel und Balthasar, die alle samt Familien über Nacht verschwunden waren. Wer läßt schon einen gutgehenden Milchladen, ein Juweliergeschäft so einfach im Stich? Aber auch wir hatten unser Kassler Haus Hals über Kopf verlassen, als die ersten Bomben auf Hamburg fielen. Wissen Sie denn nicht, daß man sie tötet zu Tausenden, dachte ich plötzlich und hörte erneut diesen tierhaften Schrei, während meine Füße hinter Marin und Gesa schwarze, wäßrige Tapsen zurückließen.

Da hatten wir das Parktor erreicht und sahen am östlichen

Dorfausgang an der Kirchhainer Straße Vetter Schorschs Einsiedelei liegen.

Aus dem Dachfenster, an einem Stock, flatterte die Hakenkreuzfahne im Wind, flatterte dort wie eh und je, seit wir ins Dorf gekommen waren, als hätte er sie einmal aufgesteckt und dann vergessen einzuholen. Vor dem Haus dampfte der Misthaufen, roch angenehm und scharf nach frischem, noch nicht gefrorenem Bockschiß, Jauche sickerte aus der Betonumrandung und hatte den Schnee grün geätzt gegen scharfrandiges Weiß.

»Määäääääähhh, määäääääääääääähh«, klang es um die Hausecke.

»Märzlämmchen streicheln«, rief Klein Gesa. Um die Ecke wischte sie mit wippenden Zöpfen zum Lämmerstall, und wir sahen sie dann Sekunden später, schlohweiß im Gesicht, ganz dicht an die gekalkte Wand gedrückt. Denn unter seinem breitrandigen Schlapphut mit Querkniff stand Vetter Schorsch und arbeitete heftig. Mit den Hinterläufen angenagelt, hing das Märzlamm am Pflock, fleischrot bis zum Bauch, und schrie.

»Schlachttag«, sagte der Patte, »feine Spürnasen habt ihr Kinder, ihr wißt, wo's was zu fressen gibt in diesen schlechten Zeiten. Komm, Günther, gib mir mal die Feile rüber!«

Und er schlug zweimal kurz und trocken ins Genick:

»Määäääääähh«, das Tier zuckte, schwieg und tropfte aus dem Maul.

»So geht die Haut am besten runter, wenn der Körper mithilft«, sagte er und lächelte, »merkt's euch für später!«

Ein schneller Schnitt in Runenform, den Bauch hinunter kopfwärts, rechter und linker Vorderlauf, ein scharfer Ruck, und das Lamm, dem durch die Kehle er nun die Messerschneide zog, hing nackt und pulste Blut in den glitzernden Schnee.

»Puuuh.«

Ich drehte mich um und sah Marin mit Gesa hinter der Querwand des Gehöfts verschwinden.

»Noch richtige Kinder, die zwei«, sagte der Patte und schmunzelte mir zu. »Ich bin zu alt für den Krieg, aber die Nerven, glaub mir, die hätt' ich noch! Der Günther, der hat sie nicht. Und ist der Sohn des leibhaftigen Generals. Hier«, sagte er und trennte geschickt, am Gelenk sägend, eine Keule ab vom Lamm, wickelte sie in Leinentuch und übergab sie mir:

»Bring das der Generalin von einem Kämpfer der Heimatfront mit besten Grüßen! Das Tuch soll sie mir zurückschicken, Leinen ist knapp!«

Ich nahm die Keule, dankte und rannte den beiden nach.

7

Unter hochstämmigen Kastanien, gegen den Himmel geschnitten, hetzte ich die Straße entlang. Warm spürte ich das Fleisch durch Jacke und Hemd.

»Marin! Gesa!«

Öd lag der Ahnapark hinter dem Torgitter. Schnee stäubte von den Ästen und wirbelte auf im Wind, der über die Rabatten strich.

»Marin, Marin, wo bist du?«

Da sah ich die Sonnenkugel auf der Spitze des Munitionsfabrikschlotes, erschrak und sah in diesem kalten, fast waagrecht schwebenden Licht die Dunkelheit einfallen, roch Blut und hetzte den Häuserschatten entgegen. Die Keule fiel. Wie gelähmt stand ich und konnte das tote Fleisch nicht aufheben.

»Ei, ei, was liegt denn da so herrenlos im Schnee!«

Aus dem Hinterausgang von Stürmers Kohlenhandlung waren sie herausgetreten, Pitter Ficke und Dieter Flimm.

»Ich bin gestolpert!«

Schnell griff ich nach dem Leinensack.

»Ei, ei, sieh an, dunkle Flecke«, und schnappte danach, der Pitter:

»Richtiges Blut von richtigem Fleisch!« sagte Dieter Flimm und schnüffelte und sagte: »Lammfleisch, und das mitten im Krieg; Junge, Junge, haben wir drei ein Glück!« und entriß mir die Keule und sagte: »Gut und gerne fünf Pfund Fleisch, das macht zweieinhalb für Pitter und zweieinhalb für mich, kaum zu fassen, Kleiner, unser Glück!«

»Na, los, hau ab«, sagte Pitter Ficke und spielte mir dem HJ-Dolch: »Mutter will die Kinder zählen!«

»Ich will das Fleisch!«

»Es gehört der Generalin«, widersprach ich und wäre am liebsten losgerannt, hinein in die schützende, von keinen Lampen erhellte Dunkelheit.

»Zu der kommen wir morgen«, schrie Dieter Flimm: »Mein Vater weiß Bescheid!«

»Hepp!«

Die Keule schwang hoch und landete klatschend in Pitters Händen.

»Hepp!« schrie Pitter, und sie rannten werfend, auffangend, hepp, hepp, hepp, die Straße hinunter. Im Schnee stand ich und heulte. Dann spürte ich die Kälte und den eisigen Wind, der an der Stadtmauer entlangpfiff, setzte mich in Bewegung und ging am schmiedeeisernen Eingangstor, an der Schebitzschen Scheune vorbei, wo im Kuhstall nebendran das Petroleumlicht tanzte.

Dann stand ich in der Nacht, draußen an der Wohra, und sah die dunklen Wiesen und rechts die vier Wachtürme zwischen dem Stacheldraht im Stechlicht der Scheinwerfer, das drüben am *Roten Grund* durch die Erlenbüsche blitzte.

Die Wohra saugte Uferschlamm. Ich lehnte mich gegen die Mauer, schloß die Augen und dachte: Einfach so stehnbleiben, nicht bewegen, nicht atmen, nicht denken: Das Fleisch hast du dir nehmen lassen, und spürte dann, daß meine Beine bis über die Knie herauf kalt waren, wie abgestorben. Da blickte ich gegen das Schwarzblau mit vielen Sternen, großen und kleinen, leuchtenden und blassen, und je länger ich hinsah, um so weiter fort rückten sie, und ich sah die Milchstraße und dahinter wieder Sterne schimmern, dünn und zerbrechlich im All. Wie klar und weit, dachte ich, wenn doch nur Friede wäre ... Und da hörte ich das Schnarren und war schon losgerannt, als der Heulton auf und ab schwang. Fliegeralarm! Die Sirene auf dem Rathausturm. Die wenigen Lichter waren weggeputzt. Ich rannte durch die erzwungene Dorfdunkelheit unter einem Winterhimmel, von dem herab plötzlich Gefahr drohte. Die

Sirene brach ab, meine Lungen stampften, als ich vor der Stahltür des Luftschutzkellers gegen jemand stieß, der in der Dunkelheit gewartet hatte.

»Gott sei Dank!« sagte Mutter: »Was hast du mich in Schrecken versetzt, Junge!«

Eilig schob sie mich gegen die Basalttreppe, die, aus Fels gehauen, steil abwärts führte; oben verriegelte sie die schwere Tür.

Im Petroleumlicht hockten wir alle auf Feldpritschen, die Lampe flackerte in der Eisluft, die aus dem Entlüftungsschacht nach unten strich, Schattenspiele hüpften, die knochenweißen Felsblockwände schwitzten und begannen, je länger ich hinsah, zu verschwimmen und mit den Schatten zu tanzen. Klein Gesa, ins Mollige (ein Tuch aus Angorawolle) gewickelt, schlief zufrieden auf ihrer Mutter Schoß. Wir anderen warteten vornübergebeugt, die Unterarme auf den Schenkeln, die Köpfe gegen den Luftschacht geneigt. Warten, warten! Das Knacken eines Pritschenholmes ließ uns heftig zusammenzucken. Und wenn dann endlich einer von uns, nein, alle gleichzeitig, dieses ganz entfernte Grollen gehört hatten, das sehr schnell zum Brummen wurde, durchbohrt vielleicht von scharfem Sirren, dann wußten wir und hielten den Atem an: Jetzt ist sie über Werflo, die wilde Jagd der englischen Bombergeschwader, in tausend Meter Höhe am Winterhimmel, unterflogen und umspielt von den wendigen Mosquitojägern mit Scharfschützen hinter den Bord-MGs. Nichts geschah. Die Sirene entwarnte, und wir stiegen empor in die klare, kalte Winternacht, in die klammen Betten. Sofort schlief ich ein, erlebte eine traumhafte Verwandlung.

Marin sprach: *»denn weißt du, daß diese reise, die vor dem schmiedeeisernen tor unsres hauses in werflo auf dem zerrissenen polstersitz des hanomags an einem graugetönten, kurz darauf eingeschneiten oktobermorgen begann, daß diese reise ihn auf nächtlichen schleichwegen durch halb deutschland führte, ehe sie* *abbrach irgendwo an der nordseeküste in einer friesischen fischerhütte ...«*

»woher weißt du das?« wollte ich rufen und wollte auf, vielleicht ihm entgegenspringen, und sah mich sitzen, traumgebannt, während des alten leutholds hanomag draußen vor dem fenster zwischen dünen stand. »... abbrach, um wenige tage später mit erschreckender endgültigkeit zu vollziehen, was er, gabriel, in wüstem schlaf mit zerfetzten fäusten gegen die hüttenwände getrommelt hatte: es wird geschehen, sie werden irgend etwas mit mir tun. und rief: vater, vater, wo bist du, und fiel zurück auf seegraskissen und hörte und fühlte wind und das herrenhaus und die wiesen und den fluß und lächelte vielleicht im schlaf und schlief so lange, bis sie ihn wachrüttelten, derbe fäuste, und zum strand hinunterschafften. diesmal war es nicht das windgeschützte führerhäuschen, das stoppelige gesicht des alten neben ihm am steuerrad, das er kannte und liebengelernt hatte, diesmal war es ein fischkutter, der nach tang roch und salzheringen oder nach der ausdünstung dreier männer in ölzeug, die den motor anwarfen, die positionslichter löschten und den schmuck seiner nichtmehrmutter in empfang nahmen ...«

wie hinter dickem glas sah ich leutholds gesicht, seine schlohweißen haare, blaß und fahl und fahl und blaß, ausgezehrt vom weißen sand. und dann schwankte der sessel unter mir, wie planken über den wassern schaukeln, haare, nase, haut traten in die dunkelheit, die zwischen strand und meer und schilf und strand emporwuchs, bis nur mehr ein wesenloser, irisierender fleck jenseits der wasser übrigblieb.

auf einem alten segel kauerte gabriel im gezeitenschlag, spürte, wie das boot stetig vorwärtszog, ohne daß sich die sterne über ihm auch nur um ein geringstes sichtbar bewegt hätten ... nein! nein!

»Wach auf, Michael, wach auf!« sagte Marin und rüttelte mich. Ich schreckte hoch und sah draußen vor dem Fenster eine weiße schimmernde Schneenacht.

»Schau mal raus!«

Wir öffneten das Fenster weit, und ich sah, kurz nach Mitternacht, einen blutroten Sonnenuntergangshimmel und hörte ein Brausen wie von fernem, gewaltigem Sturm.

Da war auch Gesa wieder zwischen uns:

»Laßt mich! Laßt mich, was gibt's zu sehn?«

Und wieder hoben wir sie hoch, sie schaute gen Norden, wurde ganz still und sagte plötzlich:

»Wie schön, der Himmel, schau nur, der Himmel brennt! Er wärmt die Menschen im kalten Winter.«

Wir ließen sie einfach fallen, und sie war's zufrieden, kroch zurück unters Federbett und sang ganz leise:

Maikäfer flieg
Dein Vater ist im Krieg
Dein Mutter ist in Pommerland
Pommerland ist abgebrannt
Maikäfer flieg.

»Willst du wohl ruhig sein? Da brennt doch eine ganze Stadt!« sagte Marin

Sofort war sie eingeschlafen.

»Die englischen Feuerteufel bombardieren unsre Städte«, sagte ich. Marin schwieg, und ich dachte: Ob sie wohl nach Werflo kommen werden eines Nachts? Und betete leise: »Lieber Gott, beschütze unsre Brüder und Väter im fernen Rußland und unser Haus und mach, daß die Flak alle Feinde rechtzeitig vom Himmel holt.«

8

Die Tante hatte wohl ihr Herz entdeckt und war in der Schebitzschen Räucherkammer gewesen. Auf unseren Frühstücksbrettchen lagen für jeden drei Scheiben Hartwurst, die wir gierig berochen und auf dem Bauernbrot zur Schiebewurst werden ließen. Dann kamen die Finger zur Zunge, dann wurde nachgeschmeckt, aus Zahnritzen gesaugt, ehe wir uns von kuhwarmer Milch den Wurstgeschmack nehmen ließen.

Frau Thomsen drehte den *Volksempfänger* an, und wir hörten den Sprecher:

Starke britische Bomberverbände griffen gestern nacht die Stadt Kassel an. Der Terrorangriff, durch den schwere Verluste unter der Zivilbevölkerung entstanden, zerstörte und setzte fast alle Wohnviertel, Kulturstätten sowie öffentlichen Gebäude in Brand. Nachtjäger und Flakartillerie der Luftwaffe schossen aus den britischen Verbänden nach bisher vorliegenden Meldungen siebenundvierzig Bomber ab. Der Abschuß weiterer Flugzeuge ist wahrscheinlich! Damit verlor der Feind in den letzten vierundzwanzig Stunden über dem Reich und den besetzten Gebieten dreiundneunzig Maschinen!

Da sah ich meine Mutter kreidebleich werden: »Erst den Mann und jetzt auch noch das Haus. Ich weiß, das Haus ist zerstört, dem Erdboden gleichgemacht!«

Frau Marin sagte:

»Wer kümmert sich in diesen Zeiten noch um ein Haus. Beruhige dich, ihr seid doch hier in Sicherheit.«

Und meiner Mutter schnappte die Stimme über: »Du! Du! Mit deinem Gleichmut! Was hast du denn verloren? Nichts! Dein Mann lebt. Und euer Besitz ist unversehrt!« »Und der Krieg ist noch nicht zu Ende«, antwortete ganz ruhig Frau Marin und sammelte die Frühstücksbrettchen ein. Da schepperte laut die Glocke unten am Portal. Wir rannten hinaus, beugten uns weit über die verschneite Verandenbalustrade, sahen den Einspänner im Hof stehn, ein schwarzes Pferd zwischen den Deichseln, und auf dem Kutschbock, in Fell gehüllt, klein und verkrümmt, die Zügel locker um die Hand geschlungen, eine Gestalt, die uns jetzt ihr Gesicht zuwandte.

»Omi, Omi«, rief Marin.

»Mutter! Um Gottes Willen, du!« rief Frau Marin.

Und die alte Frau antwortete nach oben:

»Na, los, helft mir mal hier runter, meine Knie sind steifgefroren!«

Als ich dann dem hechelnden Pferd die Flanken klopfte, in den Zügel dicht neben der Trense griff, guckte ich sie mir in aller Ruhe an, diese Frau, Mutter der Generalin, die sich gleich zu Kriegsbeginn energisch geweigert hatte, ihr Gut in der Schwalm im Stich zu lassen und nach Werflo überzusiedeln. Ihr Gesicht war faltenlos und rot, die Hakennase an der Spitze blau gefroren. Weiß schimmerte ihr Haar.

Als sie nun, von den beiden Frauen abgestützt, vom Kutschbock auf das Trittbrett, vom Trittbrett auf den Erdboden hinunterstieg, etwas steif, aber ohne Ächzen, da bemerkte ich diese straffe Oberlippe über der vorquellenden Unterlippe und dachte: Jetzt schmollt sie, die Alte, und sah dann, als sie lächelnd uns nacheinander umarmt und begrüßt hatte, daß dieses Schmollen nichts anderes war als ein ungewöhnlicher Mund, ein Kindermund, der gut zu ihren großen blauen Augen paßte.

»Als die Flieger«, sagte sie, »in der letzten Nacht Kassel bombardierten, war das so ein höllischer Krach, daß ich nicht schlafen konnte. Da kam ich auf dumme Gedanken und dachte: Wenn der Herrgott entschieden hat, daß dieses Land verwüstet und gestraft werden soll für seine Sünden, dann will ich's hinnehmen. Da entschied ich: Die Kinder brauchen dich in Werflo, und sie sollen nicht alleine sein!«

»Ja, Mutter«, sagte Frau Marin, »jetzt komm ins Haus, du bist bis auf die Knochen durchgefroren!«

»Kunststück«, antwortete die Alte, »die liegen ja gleich unter der Haut!«

Sie nahm Günther bei der Hand und stieg bedächtig, uns allen voran, die Treppenstufen empor.

Ich schirrte den Gaul aus, rieb ihn ab in unsrer Stallbox, rannte mit dem Ledereimer zum Schebitzschen Hof hinüber, borgte mir Decke und Hafer, brachte beides dem schwarzen Pferd, das Bubu hieß, und fügte einen Trog Wasser hinzu. Vom Wagen hatten sie inzwischen abgeladen, Marin und die Frauen. Ich lachte laut, als ich ihn da stehen sah: die eine Hand um einen nackten, kopflosen Gänsehals geklammert, die andere um einen Knochenschinken gespannt, auf dem Haupt einen breitkrempigen Damenhut mit Straußenfeder, die wippte. »Fuchs, du hast die Gans gestohlen«, sang ich und zog ihm den Hut über die Augen. Dann schnappte ich den Sonnenschirm aus Elfenbein, klöppelte die Gans ein wenig und auch Marin, der seine Hände nicht befreien konnte oder wollte, sang: »Gib sie wie-der her, gib sie wie-der her«, entriß ihm das Vieh ohne Federn, griff noch ein Bündel Kleinholz vom Wagen und rannte die Treppe hoch.

Im Küchenherd flackerte schon das Feuer, am Tisch saß die Großmutter und packte aus: Eier, Butter, einen Sechspfünder Bauernbrot, Mehl und Speck und Schmalz und reichlich Schlackwürste, große Stracke und dünne Runde.

Da hörten wir alle, laut und deutlich, Marins Stimme in der Eingangshalle: »Soll dich gleich der Teufel holen mit dem Schießge-we-he-her!«

Inne hielt die Alte und richtete einen strengen Blick gegen die Türöffnung, in der Marin jetzt aufgetaucht war: »Du sollst deinen Bruder nicht hassen in deinem Herzen, sondern du sollst deinen Nächsten zurechtweisen, auf daß du nicht seinethalben Schuld tragen müssest. Und du sollst nicht fluchen«, fügte sie streng hinzu: »Wie heißt das siebte Gebot?«

Verdattert stand Marin und klammerte sich an den Knochenschinken:

»Du sollst den Namen des Herren, deines Gottes, nicht unnützlich führen, denn der Herr wird den nicht ungestraft lassen, der seinen Namen mißbraucht«, leierte Marin und sah aus wie Rinaldo Rinaldini unter dem Federhut.

»Also halt dich dran! Wer den Satan ruft, dem ist er schon an den Fersen.«

Ich duckte mich hinter ihren Sessel und grinste. Da spürte ich einen stechenden Schmerz, fremden Daumen und Zeigefinger an meinem Ohr:

»Und für dich, du kleiner Satan, gilt das gleiche. Hast du verstanden?«

Da lachten wir alle und fielen über die Köstlichkeiten her. Sie aber saß bequem zurückgelehnt, aß nichts und schaute uns lächelnd zu.

»Wie geht's deinem Mann?« fragte sie leise. »Hast du Briefe von der Ostfront?«

»Nein, Mutter«, antwortete Frau Marin ebenso leise.

»Keine Briefe seit Wochen.«

Sie setzte sich neben die Alte auf die Ofenbank und lehnte den Kopf an die hagere Schulter.

»Stell mal den *Drahtfunk* an, mein Junge«, sagte die Großmutter, und die Röhren summten, dann donnerte Marschmusik aus dem Lautsprecher:

»Damm, damm, damm, ratatata damm damm damm.«

Stimmen im Hintergrund, singende Stimmen, grölende Stimmen, mitreißende Stimmblöcke, kaum hielt es mich auf meinem Stuhl, die Beine zuckten.

Das Oberkommando der Wehrmacht Gruppe Ost gibt bekannt: Im Raum südlich Stalingrad und im Großen Donbogen halten die erbitterten Abwehrkämpfe an. Deutsche und rumänische Truppen brachten bei einem Gegenangriff sechshundert Gefangene ein und vernichteten fünfundzwanzig Panzerwagen. Deutsche und rumänische Luftstreitkräfte fügten den Sowjets in rollenden Angriffen gegen Panzer-, Infanterieverbände und Fahrzeugkolonnen hohe Verluste zu.

In Stalingrad wurden stark befestigte Stützpunkte genommen und Vorstöße der Sowjets abgewiesen.

»Schalt den Rappelkasten aus«, sagte die Großmutter.

Und Frau Marin sagte:

»Die erbitterten Abwehrkämpfe! Das heißt doch, sie alle sind in Gefahr, und mein Mann ist bei ihnen.«

»Wenn dieser unheilvolle Krieg nur ein Ende hätte«, lamentierte die Alte: »Mord. Brand. Tod. Unsagbares Leid. Das hat er den Völkern gebracht!«

Dann sagte sie: »Ja, wo ist denn der Junge, der Gabriel?«

Und Frau Marin schaute sie an: »Komm, gehen wir dein Zimmer richten.«

Sie gingen und ließen uns Kinder kauend am heißen Küchenofen zurück.

9

Satt hatten wir die warme Küche geräumt. »Wenn sie euch in der Schule«, hatte Frau Marin uns eingeschärft, »nach Gabriel fragen, so antwortet: ›Er ist verreist‹, und kein Wort weiter!«

Es war Montag, das Klassenzimmer wie immer überfüllt. Dicht an dicht, auf Bänken, Stühlen oder stehend, die Rücken an Wände gelehnt, drängten Schüler aus drei Klassen in diesen einen Raum, wo vor der schwarzen Schiefertafel das Pult der Oberlehrerin und in der rechten Fensterecke auf Gipssockel, vom wechselnden Licht mal erhellt oder verschattet, die Marmorbüste des Führers thronte.

»Achtung!«

Klaus Pingebergers Rotschopf blitzte durch den Türspalt, die Stimmen erloschen, Bänke und Stühle knarrten, wir alle standen in Reih und Glied mit den Händen an der Hosennaht. Die Tür flog auf, und herein stolzierte, durchgedrückten Kreuzes, die Böhme, einen Packen Bücher unter dem Arm.

»Heil Hitler, Jungs!«

Ihr Arm schnellte empor zum deutschen Gruß, auch wir rissen die Arme hoch.

»Heil Hitler, Frau Oberlehrerin«, tönte es vielstimmig.

»Setzen!«

Wieder scharrten Füße auf Holz.

»Wer sind die Urheber des gegen unser Deutsches Reiche gerichteten Terrorkrieges?!«

Dieter Flimm knallte die Hacken und hob den Finger.

»Ja, Dieter!«

»Juden, Freimaurer und die mit ihnen verbündeten Kräfte sind die Urheber dieses schandbaren Krieges!«

»Sehr gut, Setzen. Wer kann uns von diesen Reichsfeinden erretten? Pitter?«

»Was den Goten, den Warägern und anderen germanischen Rassen nicht gelang, das schafft unser Führer! Er allein wird jetzt den Ansturm der Steppe zurückschlagen, wird die Ostgrenze sichern, er allein wird erfüllen, wovon germanische Kämpfer einst träumten! Ein dreitausendjähriges Geschichtskapitel erfährt durch ihn einen glorreichen Abschluß! Wieder reiten die Goten! Jeder von uns ist germanischer Kämpfer!«

»Sehr gut. Setzen!«

Dann schlug sie eines der Bücher auf und las mit bewegter, lauter Stimme:

»So wie die Nacht aufsteht gegen den Tag, wie sich Licht und Schatten ewig feind sind – so ist der größte Feind des erdbeherrschenden Menschen der Mensch selbst.

Der Untermensch – jene biologisch scheinbar völlig gleichartige Naturschöpfung mit Händen, Füßen und einer Art von Gehirn – ist doch eine ganz andere, eine furchtbare Kreatur, ein Wurf nur zum Menschen hin mit ähnlichen Gesichtszügen, geistig-seelisch jedoch tiefer stehend als jedes Tier! Im Inneren dieses Menschen ein grausames Chaos wilder, hemmungsloser Leidenschaften: namenloser Zerstörungswille, primitivste Begierde, unverhüllteste Gemeinheit!

Untermensch, sonst nichts!

Denn es ist nicht alles gleich, was Menschenantlitz trägt! Wehe dem, der das vergißt!

Was diese Erde an großen Werken, Gedanken und Künsten besitzt – der Mensch hat es erdacht geschaffen und vollendet. Ruhe! Ruhe!« brüllte sie: »Wer hat da geredet!?«

Marin sah mich an mit großen, furchtsamen, vielleicht auch traurigen Augen.

»Ich erwarte eine Stille, in der man Nadeln fallen hört! Habt ihr mich verstanden?«

Und fuhr dann fort: » Er ersann und erfand, nur mit dem einen Ziel, sich emporzuarbeiten in ein höheres Dasein, das Ungestaltete zu gestalten.

So wuchs die Kultur.

So wurden Pflug, Werkzeug und Haus.

So wurde der Mensch gesellig, so wurde Familie, so wurde Volk, so wurde Staat. Nur so wurde der Mensch gut und groß! Weit stieg er über alle Lebewesen empor.

So wurde er Gottes Nächster.

Aber auch der Untermensch lebte. Er haßte die großen Werke und die anderen. Er wütete dagegen, heimlich als Dieb, öffentlich als Lästerer, als Mörder!

Er gesellte sich zu seinesgleichen. Die Bestie rief die Bestie! Nie wahrte der Untermensch Frieden, nie gab er Ruhe. Er suchte das Halbdunkel, das Chaotische. Er scheute das Licht. Er brauchte den Sumpf, brauchte die Hölle auf Erden. Und diese Unterwelt der Untermenschen fand ihren Führer ... und der ist? Marin?«

Erschrocken wandte Marin den Blick vom Fenster, vom chaotischen Schneetreiben, in das hinaus er geblickt hatte.

»Unser Führer Adolf Hitler!« sagte er laut und deutlich, worauf der Böhme Zornestränen in die Augen traten und die Klasse ihn dem Schweigen auslieferte.

»Ich könnte dich erschießen lassen«, schrie die Oberlehrerin, »ist das klar! Wenn alle gehen, wirst du nachsitzen und hundertmal in gestochener Schönschrift aufschreiben:

Und diese Unterwelt der Untermenschen fand ihren Führer: den ewigen Juden!

Den ewigen Juden!, hast du verstanden?«

»Ja.«

»Ja, Frau Oberlehrerin, heißt das. Wiederhole!«

»Ja, Frau Oberlehrerin.«

»Und jetzt komm nach vorn!«

Blaß ging Marin durch die Bankreihen und schwankte.

»Wer ist das?« Sie wies auf die Büste.

»Das ist die Büste des Führers«, antwortete Marin.

»Das ist der Führer selbst«, schrie sie. »Denn er ist allgegenwärtig, unter uns und mit uns. Knie nieder und sprich mir nach!«

»Ich, der Schüler Marin ...«

»Ich, der Schüler Marin ...«

»... bereue zutiefst ...«

»... bereue zutiefst ...«

»... daß ich dich ...«

»... daß ich dich ...«

»... schändlich ...«

»... schändlich ...«

»... beleidigt habe ...«

»... beleidigt habe ...«

»... mein Führer.«

»... mein Führer.«

»Steh auf. Und Fingerspitzen auf den Tisch!«

Die Böhme ließ den Rohrstock zischen. Beim ersten Hieb riß die Haut, beim zweiten, dritten, fünften Schlag färbten sich Stock und Hände rot, und Marin stand aufrecht vor der Klasse, weinte nicht und zuckte nicht mit der Wimper.

»Willst du wohl schreien, du Verstockter«, schrie sie und konnte nicht aufhören mit dem Stock.

Da drehte sich Marin wortlos um, die Rute klatschte aufs Pult, und er ging zur Tür und zur Tür hinaus, und die Böhme heulte hysterisch, und die Stimmen begannen endlich, diese unerträgliche äußerste Anspannung zu vertuscheln.

Auf der Toilette eingeschlossen, hatte ich, bis die letzten Schritte verhallt waren, reglos auf dem Klodeckel gesessen und versucht, das Bild des gezüchtigten Marin wegzudenken. Es gelang einfach nicht. Ich habe dabeigesessen mit den andern und habe mich nicht gemuckst, und sah die Pappwände und hörte die lecke Wasserspülung tropfen und roch den Karbolgestank und flüsterte: ›Feigling ... du bist ein Feigling, du kannst sein Freund nicht mehr sein, das trennt dich von ihm, ab heute und für immer‹. Und war dann durch die verlassenen

Gänge zur Schultür geschlichen und hinausgetreten in die Dämmerung. Als ich den Schulhof überquerte, knackte das Schlagwerk der Kirchturmuhr, und fünf Schläge dröhnten herab. Ich fröstelte und hielt die Augen niedergeschlagen. Ich fror und schlurfte durch den von Schülerstiefeln ganz und gar niedergetrampelten und vermatschten Schnee, der, rechts und links zu Wällen angeschaufelt, Eiskrusten gebildet hatte. Ich schämte mich, die Winterstiefel schienen aus Blei. Ich ging nicht einfach den Kirchberg hinunter, sondern bog ab in die *Obergasse* an *Röses* Anwesen vorbei und dachte: Was werden sie sagen zu Hause, wie kann ich Frau Marin und ihm unter die Augen treten? Und sagte plötzlich laut: »Meine Ehre ist verloren, ich möchte sterben!« Da hörte ich Schritte hinter mir und erschrak. Ich blieb stehen. Die Schritte zerknirschten nicht mehr den Schnee. Ich ging weiter, schneller jetzt, zwischen spärlich erleuchteten Fachwerkhäusern, am Blauen Löwen scharf um die Ecke, sah die Skatspieler am Stammtisch sitzen hinter Butzenscheiben und begann zu rennen.

Die Schritte in meinem Rücken rannten auch. Und ich sah drei Gestalten im Lichtschein der plötzlich geöffneten Wirtshaustür, aus der unwillig eine Stimme rief: »Was ist denn los da draußen, verdammt«, erkannte Horst Pingeberger an seinem roten Schopf und wußte, wer die anderen beiden waren, und spürte ein heftiges Seitenstechen, wurde langsamer, blieb, hechelnd an die Stadtmauer gelehnt, einfach stehn und wußte: Jetzt bist du dran.

Sie grinsten eisig, und eisig pfiff der Wind den Berg hinauf. »Ei, ei, unser kleiner Fleischlieferant!« sagte Pitter. »Wie schnell der laufen kann mit seinen kurzen Beinchen!« sagte Dieter Flimm. »Und heute ganz ohne Keule, schau an!«

»Die Zeiten ändern sich«, sagte Horst Pingeberger und lachte.

»Halt die Fresse«, zischte Pitter Ficke. »Heute haben wir dir ein Keulchen mitgebracht!«

Er streifte einen Schlagring über die linke Hand, die blitzschnell an meinem Ohr vorbeizischte.

Die Faust mir unter die Nase haltend, sagte er trocken: »Wenn die Knospe aufgeht, dann gehst du unter!«

»Also los, antworte!«

»Der Gabriel war heut nicht in der Penne?« fragte Dieter Flimm. »Und du weißt, warum!«

»Ja.«

»Spuck's aus!«

»Er ist verreist!«

»Wohin?«

»Das weiß ich nicht.«

Da sah ich Pitters Arm rückwärts sicheln, die Faust zustoßen und empfand einen vernichtenden Schmerz, der mich gegen die Mauer warf. Ich lag im Schnee, spürte ganz nah Kälte und Nässe, wollte schreien und hörte mich röcheln, würgen und sah die drei Körper spitz über mir zusammenstoßen, hörte wieder eine Stimme: »Na, wohin ist er verreist?«, und endlich hatte ich Luft und schrie, so laut ich konnte:

»Nein … nein … nein!« An ein paar schnelle Tritte erinnere ich mich noch, die nicht mehr schmerzten, und sehe die Körper sich abdrehen und höre Stiefel stampfen, den Berg hinunter und in die Dunkelheit, und sah den Winterhimmel, dann den Löwenwirt über mir und hörte seine Stimme: »Na, da hast du aber Glück gehabt, daß wir dein Brüllen gehört haben!«

Er hob mich auf und betastete meinen Körper: »Noch alles dran. Jetzt aber nichts wie heim! In solchen Zeiten sollten sich Pimpfe wie du nicht in der Dunkelheit rumtreiben!«

10

In der Eingangshalle brannte Licht. Hinter Mattlack, in ebenholzschwarze Hintergründe gebannt, blickten sie aneinander vorbei, die Marinschen Ahnen, unnahbar stolz, und schwiegen mich an.

»Aha!« sagte der eine Herr. »Jetzt sind wir vollzählig. Setz dich, Jungchen!«

Die eng gegürtelten Ledermäntel hatten sie anbehalten, und die Hutkrempen verschatteten ihre Augen. »Nein, ganz vollzählig sind wir nicht!« sagte der andere Ledermantel und stippte Zigarettenasche auf den Fußboden. »Da fehlt doch noch einer?«

»Heißt er nicht Gabriel Marin?« sagte der andere Herr.

Frau Marin war kalkweiß, und weiß waren ihre verschränkten Hände aufwärts von den Fingerwurzeln. Die Großmutter schob die Unterlippe vor.

»Mit welchem Recht, meine Herren, dringen Sie hier ein, erteilen Befehle und stellen Fragen?«

»Liebe gnädige Frau!« antwortete der, der am Ofen stand. »Wir tun unsre Pflicht, das alles ist durchaus nicht persönlich zu nehmen. Ich bitte Sie!«

Der andere verkniff die Augen, weil blauer Dunst unter seine Hutkrempe stieg.

»Es gibt da«, sagte er leise, »ein Gesetz zum Schutze des deutschen Blutes und der deutschen Ehre vom fünfzehnten September neunzehnfünfunddreißig. Da heißt es unter anderem: Verkehr zwischen Juden und Staatsangehörigen deutschen oder artverwandten Blutes ist verboten!« »Und wer«, fuhr der andere fort, »dem Verbot dieses Paragraphen zwo zuwiderhandelt, wissentlich oder unwissentlich, wird mit Zuchthaus oder Gefängnis bestraft!«

»Wir sind deutsche Patrioten und sind uns keiner Schuld bewußt!« sagte die Großmutter. »Und da Sie so gut informiert sind, wird Ihnen nicht unbekannt sein, daß mein Schwiegersohn, der Generalleutnant Marin, in eben diesem Augenblick mit seinen Truppen beteiligt ist an den schweren Kämpfen um Stalingrad! Nicht für sich, wie Sie wissen, für das Deutsche Reich und unser aller Vaterland, meine Herren!«

»Das wissen wir«, sagte der eine.

»Aber wir wissen noch nicht, wo der Junge ist.«

»Gabriel heißt er, nicht?«

»Ein seltsamer Name.«

»Er ist verreist! Und ich wüßte nicht, wie und warum Sie das hätten verhindern wollen!«

»Oha! Paul«, sagte der erste. »Was haben wir da für eine kombattante Großmutter!«

Der Paul Genannte trat ans Fenster, die Hände auf dem Rücken, und führte ein Selbstgespräch:

»Dieser Krieg ist der jüdische Weltkampf gegen die Befreiung der arischen Menschheit aus der geistigen und materiellen Hörigkeit Alljudas!«

»Da hast du wohl recht«, sagte der erste. »So steht's in allen Zeitungen zu lesen, immer wieder, für jeden, der lesen will und kann!«

»Kurz: Es geht ums Überleben der arischen Rasse in Gegenwart und Zukunft!«

Paul, den wir nicht kannten, der sicher nicht aus Werflo stammte, schwieg beleidigt.

»Ich halte Sie«, begann der andere wieder, »alle für klug und einsichtig genug und, wie Sie selber schon zum Ausdruck brachten, verehrte Großmutter, außerdem noch für gute deutsche Patrioten. Deshalb mach Sie's kurz! Also, wo ist der Junge?«

»Nein!« sagte die Großmutter. »Und ade!«

Da riß er ein Brotmesser an sich, durchbohrte zwei Bratäpfel auf dem Küchenherd, aus denen Saft zischte, und schrie:

»Schluß jetzt! Sie wissen, und wir wissen, daß dieser Bursche Volljude ist, adoptiert vor zehn Jahren und seitdem der Justiz durch die Maschen geschlüpft!«

»Und das hier«, schrie der andere, »ist ein Haftbefehl, blanko! Es liegt an uns, auch Ihre Namen einzutragen!« Er schwenkte das Papier auf und nieder und schmetterte die gespießten Äpfel dicht über Großmutters Kopf an die Wand.

»Unsre Zeit ist kostbar!«

»Wo ist der Bengel, raus damit!«

»Verreist ist er nach Nimmerleinsland«, sagte die Großmutter und lachte, »spielen Sie sich hier nicht auf, meine Herren, und vergessen Sie nicht, wo Sie sind!«

Da schlug ihr der Paul Genannte kräftig über den Mund. Großmutters Gesicht flammte, und sie stieß Schreie aus, die lauter wurden und spitz, und greinte dazwischen:

»Eine alte Frau zu schlagen, ist das eine Heldentat ... achtzig Jahre mußte ich werden, um das zu erleben! Die Beschwerde ist Ihnen sicher, darauf verlassen Sie sich!«

Da heulten wir mit, und der harte Gesichtsausdruck der Männer ließ Zweifel durchscheinen und Verwirrung und hilflosen Überdruß, und der eine verließ das Fenster, der andere den Ofenbereich, vor der Tür stießen sie zusammen, sahen aus wie Zwillinge in Ledermänteln und Hüten, drehten sich beide, schon in der Halle stehend, um und riefen: »Wir kommen wieder! Verlassen Sie sich drauf!«

Und der Paul Genannte steckte den Kopf noch mal ins Licht und sagte hämisch: »Dann bringen wir sie mit, den alten Leuthold und die Judensau!«

Die Glocke schepperte am Portal. Wir saßen reglos und schweigend, und nur die Großmutter kicherte in sich hinein, und ihr Kopf glich einem Pendel, das einen Stoß erhalten hat.

Da summte Frau Marin in die Stille, und ihr pechschwarzes Haar hatte plötzlich einen Grauschimmer, der mir vorher entgangen war.

»Ich hoffe, er ist auf dem Meer oder schon in England und in Sicherheit, der Junge.«

»Ja, Mutter, jaah, jaah«, sagte Marin, »das wünsch ich mir auch!«

Kurz darauf saßen wir nur noch zu dritt um den Küchenherd. Frau Marin, die einfach sitzen geblieben war, wortlos und erschöpft, und dann Marin und ich. Wir hatten die Großmutter ins Obergeschoß gebracht, wo sie, in Decken gehüllt, in die Dunkelheit hinausgestarrt und gesagt hatte: »Laßt mich ein bißchen allein, ihr Jungs, eine alte Frau wie ich braucht Ruhe, viel Ruhe!«

Als wir uns durch den langen, eichenholzgetäfelten Gang zurücktasteten, hatte ich Marin von dem Überfall am Gefangenenberg erzählt, und er war schweigend mir voraus um die Ecke vor der Herrenzimmertür gebogen, immer auf dem Purpurläufer, der die Schritte und meine Stimme dämpfte, hinein in den Lichtschimmer, der von unten herauf die breite abwärtsführende Treppe und dann auch sein Gesicht matt beleuchtet hatte. Als wir hinuntertapsten, war er plötzlich stehngeblieben, hatte seine Augen, an meinem Gesicht vorbei, etwa dorthin gerichtet, wo in der weiträumigen Halle der Kristallüster Strahlen brach, und hatte gesagt:

»Ich weiß nicht, warum, aber sie hassen uns im Dorf, dich und mich, uns alle, die wir in diesem Hause leben. Besser, wir wären fort!«

11

So flüchtig der Herbst gewesen war, dieser nachfolgende Winter hat sich eiskalt in die Erinnerung eingegraben. Das Hochwasser auf den Weiden erstarrte in den Dezembertagen zu einer kilometerweiten Eisfläche, von der sich Zaunspitzen und die kahlen, parallelen Reihen der Erlenbüsche schwarz und verloren abhoben gegen die Lahnberge. Es war die Zeit der Wollsammlung fürs Winterhilfswerk, zu der Bürgermeister Prediger und Ortsgruppenleiter Flimm die Bevölkerung Werflos aufriefen: eine Dorfbevölkerung, die selber in Lumpen und zerrissenen Schuhen fror.

Es war auch die Adventszeit, ohne Kerzen und Lametta, und ein Weihnachtsfest stand bevor, das mit glänzenden Augen zu feiern niemand Grund hatte: Die Nachrichten vom Heldentod junger Werfloer Bauernsöhne, gefallen im Kulturkampf gegen bolschewistische Barbaren, hatten sich derart gehäuft, daß kaum noch ein Gehöft oder Haus zwischen Werflos Mauern zu finden war, in dem nicht die Zeichen auf Trauer standen, in dem nicht der Ortsgruppenleiter Flimm den unausgesprochenen Spitznamen *Leichenbitter* oder *Todesvogel* auf diese oder jene Art zu verspüren bekam. Denn als Überbringer der Nachrichten sah man ihn lieber gehen als kommen. Die letzte Meldung über Stalingrad hatte düster geklungen:

Südwestlich Stalingrad und im Großen Don-Bogen sind die Sowjets unter rücksichtslosem Einsatz von Menschen und Material in die Verteidigungsfront eingebrochen. In harten und wechselvollen Kämpfen wurden mehrere Hundert feindliche Panzerkampfwagen vernichtet. Verbände der deutschen und rumänischen Luftwaffe griffen trotz ungünstigen Flugwetters laufend in die Erdkämpfe ein. In Stalingrad selbst nur örtliche Kampftätigkeit.

Das war noch im November gewesen, vor dem Einbruch eines erneuten, fast greifbaren Schweigens in unsre Hausgemeinschaft, in die Gabriels Flucht eine Lücke gerissen hatte, die größer wurde, weil nun auch die Mütter, als Arbeitskräfte auf dem Schebitzschen Anwesen für überflüssig befunden, in der Munitionsfabrik am Stadtwald der Rüstungsindustrie Handlangerdienste leisten mußten. Die Großmutter sei Manns genug, den Haushalt und uns Kinder zu versorgen, befand die NSDAP-Leitung, und außerdem, fügte Herr Flimm hinzu, habe man ja allen Grund, durch rücksichtsloseste Aufopferungsbereitschaft für Vaterland und Endsieg wiedergutzumachen, was man durch Fluchthilfe am Führer sowie am deutschen Volke verbrochen habe. Einer für alle, alle für einen! Gott sei Dank, nein, dank des Führers und der Nationalsozialistischen Partei, gäbe es schließlich in unserem tausendjährigen Reich so etwas wie Sippenhaftung und kollektive Verantwortung! Ist das klar?

Worauf die Großmutter wieder mal die Unterlippe springen ließ und den Prediger Salomo zitierte:

»Es ist alles ganz eitel, sprach der Prediger, es ist alles ganz eitel. Was hat der Mensch für Gewinn von all seiner Mühe, die er hat unter der Sonne? Ein Geschlecht vergeht, das andere kommt; die Erde bleibt aber ewiglich.«

Und der Ortsgruppenleiter schrie sie an:

»Willst du wohl dein Maul halten, geschwätzige Alte!«

Und ungerührt wie im Selbstgespräch fuhr sie fort:

»Ich sah alles Tun, das unter der Sonne geschieht; und siehe, es war eitel Haschen nach dem Wind. Krumm kann nicht schlicht werden, noch, was fehlt, gezählt werden!«

Da hatten seine Stiefel den Küchenboden gestampft, da hatte er von Wehrzersetzung, von Dolchstoß in des Volkes Rücken gesprochen und dann gebrüllt: »Verjudetes Pack, euch sollte man ausradieren!«

Wir hatten dabeigestanden und gezittert, und Frau Thomsen

hatte die Hände gerungen und ausgerufen:

»Gott, Großmutter, Sie bringen uns noch allesamt ins Grab mit ihren Sprüchen!«

Aber die Alte hatte nur den Kopf geschüttelt, und das Schweigen war von den dicken Basaltwänden gerückt. Und schloß sich auch um Frau Leuthold, die, während vorm am Portal die Glocke wild schepperte und wir durchs Küchenfenster hindurch die schweren Reitstiefel treppabwärts stampfen hörten, heimlich durchs Hinterpförtchen, durch Waschküche und Vorratskammer eingetreten und in die Küche geschlichen war. Hilfesuchend stand sie da und setzte sich wortlos auf einen Stuhl.

»Sie wissen alles, die von der Partei«, flüsterte sie.

»Flimm war bei mir und die *Gestapo* auch …«

»Ihr Mann war nicht davon abzubringen«, sagte Frau Marin, »ich habe das auch gar nicht versucht!«

»Er mißtraute der braunen Bande seit der Machtübernahme … und er haßt sie, seit Gernulf und Peter so sinnlos sterben mußten! Jetzt sind wir alt und allein, die Uhr ist abgelaufen!«

»Papperlapapp!« mischte sich die Großmutter ein.

»Schaun Sie mich an. Wer wird denn den Mut verlieren. Im Dorf gibt's nichts als Kinder, unglückliche Mütter und Alte. Wir werden gebraucht mit Rat und Tat, mehr denn je, in diesen schrecklichen Zeiten!«

»Die Nazis wissen alles und wir nichts! Sie haben die Macht! Und sie werden siegen!«

Frau Leuthold preßte die Hände vors Gesicht, und ihre Schultern zuckten.

»Das Ende eines Dinges ist besser denn sein Anfang, ein geduldiger Geist ist besser denn ein hoher Geist.«

»Aber Georg, mein Mann, wenn sie ihn fassen, foltern und an die Wand stellen!«

Unbeirrt fuhr die Großmutter fort:

»Zur Zeit, wenn die Hüter im Hause zittern, und sich krümmen

die Starken, und müßig stehen die Müller, weil ihrer so wenig geworden sind, und finster werden, die durch die Fenster sehen ...«

»Mutter, hör auf, denk an Gabriel, auch er ist in Lebensgefahr, er, mein Mann und viele Millionen Menschen!«

»Wenn man auch vor Höhen sich fürchtet und sich scheut auf dem Wege; wenn der Mandelbaum blüht, und die Heuschrecke beladen wird, und alle Lust vergeht ...«

Da flossen auch meiner Mutter die Tränen, die Lippen bebten, und ihr Gesicht verzerrte sich: »Und ich!? Da liegt er schon seit Jahren unter französischer Erde, mein Mann, und jeder in diesem Hause spricht nur von sich selbst, von seinem kleinen Leid, und Sie zitieren fortwährend und ohne Unterlaß Bibelverse! Egoistisch ist das, kalt und herzlos ...«

»Und gefährlich!« sagte Frau Thomsen. Die Großmutter, der zu Füßen Marin kauerte und sich das Haar kraulen ließ, schaute zum Fenster hinaus, über die Dächer hinweg in die weiße, glitzernde Ebene und sprach unbeirrt zu Ende:

»Denn der Staub muß wieder zur Erde kommen, wie er gewesen ist, und der Geist wieder zu Gott, der ihn umgeben hat.«

Dann schwieg sie beharrlich, ließ Stimmen und Worte in den Stimmen einfach weiterhaspeln, als ginge sie das nichts mehr an.

»Vielleicht haben sie ihn längst gefaßt und auf Nimmerwiedersehn in einem KZ verschwinden lassen, das Deutsche Reich ist riesengroß!« bemerkte meine Mutter.

»Von der Maas bis an die Memel«, sagte Gesa.

»Solange wir nichts wissen, können wir hoffen!« sagte Frau Marin. »Vielleicht haben sie's geschafft. Nordseeküste und mit den Fischern, die er kennt, über den Kanal nach England, das war der Plan.«

»Und die Fliegerangriffe? Die Sperren und Kontrollen auf den Weg?« Frau Leuthold schüttelte traurig den Kopf. »Der Weg zur Küste ist weit und der über den Kanal ins feindliche Britannien noch weiter ...«

»Bitte«, sagte Frau Marin, »wir dürfen die Hoffnung nicht verlieren ...«

Leise war ihre Stimme und mutlos.

»Hoffen und warten!«

Frau Leuthold war aufgestanden.

»Warten, nichts als warten«, sagte Frau Thomsen und dachte an U-Boote im Atlantik.

Die Petroleumlampe wurde runtergeschraubt, bald darauf gelöscht. Gesa schlief im Zimmer ihrer Mutter, im gleichen Bett. Von nun an waren wir nur noch zu zweit. Die beiden anderen Betten standen leer. Und der Anblick der kalten, feldgrauen Matratzen erinnerte uns nächtlich daran, wie einsam es geworden war, ohne Kinderlachen, ohne das Geräusch freundlicher Männerstimmen, ohne knisternde Holzscheite im Kamin des Herrenhauses, das zeitbeladen und uralt, hoch über den Dächern Werflos, in der Schwebe zu hängen schien.

Wieder war es Marin mit seiner Geige, der gegen die tödliche Stille im Hause anspielte. Vergessen stapelten im Keller Bach-, Mozart- und Beethoven-Noten, Marin fiedelte in der kalten Eingangshalle, was ihm der Augenblick eingab: abgehackte Tonfetzen, durchzogen von schneidenden Akkorden, disharmonisch und grell; und wurde des Spiels nicht müde, das aus den vier Saiten brach, bemerkte nur, daß wieder eine Woche dahingegangen war, und sah wohl nicht, daß sein Gesicht die Farbe gelöschten Kalks angenommen hatte und zerrissen wirkte wie das Klangbild seiner Töne.

12

Draußen vor dem Eisblumenfiligran des Küchenfensters, über die ganz und gar verschneite Erde, durch eine frostverklebte Nacht, hetzte der Winterwind.

Und als die Flammen im Herd zuckten, als das feuchte Holz knackte, als die Feuergeister ihren Schattentanz gegen die Kalkwände ziselierten und Marin rechts, ich links, beide eng gegen die Großmutter gekuschelt, die Geisterstimmen von draußen und drinnen belauschten, da sagte Gesa, die auf ihrem Schoße saß: »Bitte, Omi, erzähl uns eine Geschichte!«

Wie von fern sah sie uns an mit ihren blauen, leuchtenden Augen und antwortete:

»Wo Kummer herrscht und Sorge Feldmarschall ist, da ziehen sich die Geschichten tief in die Erde zurück!«

»Bitte, Großmutter, versuch's«, bat auch Marin, und ich spitzte die Ohren.

Da lehnte sie sich zurück, schloß die Augen und glich sekundenlang dem Uhu, der in unsrer Eibe haust.

Sie lächelte und sprach:

Lied des Gefangenen – Heinrich Heine

Als meine Großmutter die Lise behext,
Da wollten die Leut sie verbrennen.
Schon hatte der Amtmann viel Tinte verklext,
Doch wollte sie nicht bekennen.

Und als man sie in den Kessel schob,
Da schrie sie Mord und Wehe;
Und als sich der schwarze Qualm erhob,
Da flog sie als Rab in die Höhe.

Gesa klatschte in die Hände, und ich sah, wie aus Großmutters hageren Schulterknochen, aus dem selbstgewebten schwarzen Kleid schwärzere, dichtbefiederte Flügel wuchsen.

»Noch. Noch mehr!« rief ich begeistert, und Marin fügte hinzu: »Großmutter, erzähl uns die Geschichte von dem Haus, in dem wir wohnen!«

»Das ist eine sehr lange Geschichte und nicht einfach«, war ihre Antwort, »aber ich will's für euch versuchen!

Es war einmal vor langer, langer Zeit, gemessen an der Ewigkeit jedoch nur einen Herzschlag lang entfernt, ein König. Der hatte ein großes Reich.«

»Wie hieß der König?« fragte Gesa.

»Er hieß der König Nimmerfroh, mein Kind. Wenn immer die Zeit kam, daß er traurig wurde, befahl er, das Lieblingsroß zu zäumen, schwang sich in den Sattel und ritt davon. Eines seiner Häuser war der Güldenhof, dieses Haus, in dem ihr sitzt. Es war gebaut wie alle seine Königshöfe, an einen Berghang, damit, wenn er rastlos und traurig durch die Zimmer schritt, er hinausblicken konnte, weit, weit übers Land, über Ohm und Wohra. Zum Schutze ließ er zur Fallseite des Berges eine dicke Mauer um sein Anwesen ziehen. Und das erwies sich als richtig. Denn es kamen die Reiterstämme der Magyaren. Die zogen auf ihren Pferden mordend und plündernd durch sein Reich. Da scharten sich die Menschen um den Güldenhof, bauten Häuser und eine Mühle und zogen um ihre Häuser und um die Mühle eine höhere Mauer aus dickem Basalt.«

»Unsre Stadtmauer?!« rief ich aus.

»Ja, diese Stadtmauer. Und das war im Jahre neunhundertunddreiundzwanzig. Der König Nimmerfroh starb, wie wir alle sterben müssen, eines Tages, und sein Sohn übernahm wohl die Kriege, den Güldenhof aber, den liebte und wollte er nicht und auch nicht den kleinen Ort zwischen Wohra und Ohm, den man Werflo genannt hatte.

Könige kamen und gingen. Die deutsche Kirche wurde

gegründet. Die Kriege blieben. Mal kämpfte man um Land, mal kämpften sie um des Glaubens willen. Immer ging's um Macht, immer floß Blut, stets starben viele, viele Menschen. Friede kam und Friede ging. Die Kriege blieben.«

»Weiter, Großmutter, erzähl! Wann besaßen die Marins dieses Haus?«

»Jahrhunderte, ihr Kinder, dauert das noch. Jahrhunderte voller Zwist, Haß, Mord, Brand und Totschlag. Ich will euch Namen nennen. Namen, heute nichts als Schall und Rauch! Klangvolle Familiennamen damals. Jeder einzelne steht für ein Geschlecht, für Aufstieg, Reichtum und Macht, für Leid, Umnachtung, Niedergang und Tod, Ritter, Edelleute, Fürsten, Ordensvögte ...

Hartmann von Schröck
Heinrich zu Löwenstein,
Heidenreich von Derbach,
Johann von Hohenfels,
Johann Schenck zu Schweinsberg,
Augustin von Berlepsch,
Franz von Hatzfeld ...

Und dann kam die Zeit des großen Martin Luther, der die Kirche reformierte im sechzehnten Jahrhundert, der die lutherischen Protestanten zur Rebellion gegen die Allmacht des Papstes führte, der widerrufen sollte vor den Kardinälen, ja vor dem Kaiser selbst, und der stolz und trotzig rief: »Hier stehe ich und kann nicht anders!« Ja, ihr Kinder. Er hat unsre Bibel übersetzt und auf der Wartburg in größter Einsamkeit mit dem Teufel selbst gerungen. Noch heute könntet ihr an der Tapete in seinem Arbeitszimmer den Fleck sehen, wo das Tintenglas zersprang, das er in höchster Gewißheit gegen den Satan warf!

Das Geschlecht der Marins? Ja, das lebte schon: Von Generation zu Generation, sammelte Kraft und Mut und trat zur Zeit des dreißig lange Jahre währendes Krieges, der mit Brand, Verwüstung, Mord und Pestilenz vom Süden Deutschlands nach Norden, Osten und Westen zog, zum erstenmal in die Geschichtsbücher und in den Mund des Volkes ein. Da lebten in Werflo, im Güdenkönigshof, der jetzt einfach Gillhof genannt wurde, weil nicht mehr Könige, sondern einfache Bürger den Besitz verwalteten, zwei Brüder, Dietrich und Heinrich Marin. Der eine, Heinrich, ihr kennt sein Bild aus der Ahnengalerie, war ein starker lebenslustiger Mann mit dichtem Vollbart und wilden feurigen Augen. Er trank gern, aß viel und war beliebt bei den Werfloer Bürgern. Und weil er ein gutes Herz hatte, jeden Streit zu schlichten wußte und denen, die im Elend standen, zu Hilfe kam, machten sie ihn zu ihrem Bürgermeister. Der andere, Dietrich Marin, war schon als Kind dem geistlichen Beruf bestimmt worden. Früh legte er die Kutte an, lernte eifrig auf der Klosterschule, wurde ein Gefolgsmann Luthers und später Pfarrer in seinem Heimatort. Als dann während des Dreißigjährigen Krieges die Katholiken und Protestanten sich mit äußerster Grausamkeit bekämpften, ausplünderten und umbrachten, als im Gefolge von Elend, Not und Krankheit unter der Bevölkerung Hessens die Pest ausbrach und auch in Werflo die Menschen dahinraffte, da, ihr Kinder, wurde der Gillhof Ort eines gewichtigen Ereignisses. Der Pfarrer Dietrich Marin sah das Elend der Bevölkerung und konnte es nicht länger mit ansehn!

Und was tat er? Er schloß sich in sein Zimmer ein, drei Tage und drei Nächte lang: Er fastete, lag auf den Knien in tiefem Gebet und sprach mit Gott. Und in der dritten Nacht endlich, da erleuchtete ihn der Herr, und eine Stimme sprach: »Gehe hin und halte einen Banngottesdienst in den Katakomben!«

»Was sind Katakomben, Großmutter?« fragte Marin und schob ein Holzscheit in die niedergebrannte Glut.

»Das waren unterirdische Gebets- und Versammlungsstätten der frühen Christen in Rom, die vom Kaiser Nero verfolgt und den wilden Tieren vor allem Volke zum Fraß hingeworfen wurden.

Dietrich Marin lud seinen Bruder und den Rat in das düstere Kellergewölbe unter dem Gillhof zum Gottesdienst ein. Er wollte streiten wider den Teufel. Kerzenlicht flackerte auf dem Altartisch, Schatten hüpften über Schädel und Totengebein, Duft von Weihrauch und Myrrhen schlug den Männern entgegen, als sie in die feuchte Luft des Gewölbes traten, um den Geruch von Pestilenz und Teufelsdreck zu bannen. Sie konnten kaum atmen, als nun die heilige Handlung begann. Mit gefalteten Händen standen die Männer und sprachen im Flüstertone mit: »Und nehmen sie uns den Leib, Gut, Ehr, Kind und Weib ... Es muß uns doch gelingen!« Und was glaubt ihr?! Es gelang, das schwere Werk. Die Pest wich und ist nie wieder über Werflo gekommen!

Seitdem ist dieses Haus im Besitz der Familie Marin geblieben. Vor der Stadt gehörten dazu Ländereien, über tausend Acker, und die Wetzelwiesen, an denen eine Bestimmung hing:

Die Marins waren zur Heuernte nur berechtigt bis zum alten Jakobstage. Danach durften die Bürger Werflos diese Wiesen mit Zug- und dem Schrägevieh behüten und begrasen bis zur Walpurgisnacht.

Friede kam und Frieden ging, die Kriege blieben, ihr Kinder. Krieg um Krieg! In jedem Jahrhundert ein paar. Millionen Menschen starben gewaltsam. Die, die übrigblieben, lernten Demut, Liebe zueinander und Achtung vor dem Menschenleben nicht. Das Deutsche Reich zerfiel. Die Fürsten bekriegten einander. Die Fürsten schlossen kurzen Frieden, die Fürstentümer wurden geeint, mit Gewalt und der Vormacht Preußens. Preußen wurde stark. Doch stärker wurde Frankreich. Unter Napoleons Führung wurde Preußen besiegt, wurde Österreich besetzt, wurde Ägypten erobert und sollte auch das große weite Rußland französisch werden! Napoleon war ein Feldherr. Seine Soldaten vergötterten ihn und hatten die Kaiserkrone auf sein Haupt gesetzt, und sieggewohnt, wie sie waren, zogen sie hinter dem Kaiser und der Trikolore durch Rußlands weite

Steppen. Ein Heer von sechshunderttausend Soldaten und Söldnern siegte in Smolensk und Borodino und wollte als letztes Moskau, die Hauptstadt, nehmen. »Auf, Soldaten, auf nach Moskau. Im Kreml will ich sitzen und mit dem Zar speisen und feurigen Krimsekt trinken!«, rief der Kaiser Napoleon. Das war im Oktober achtzehnhundertzwölf, Kinder, ein gutes Jahrhundert nur entfernt. Sie zogen nach Moskau, und Moskau brannte, und sengend heiß war die Luft. Und der russische Winter kam über Nacht mit Schnee und Eis, mit Eis und Schnee, mit Hunger und Tod! Und das große, große Heer ward zerschlagen, der Kaiser besiegt, und er floh dem Heer voraus in geschlossenem Schlitten, vorbei an den Toten, vorbei an den Erfrierenden, und ließ die Hungrigen zurück und wollte die Verwundeten nicht sehn und wollte nicht hören die Schreienden. Zurück kehrte er nach Paris und stellte ein neues Heer auf. Wieder wollte er Krieg und Sieg. Er verlor die Völkerschlacht bei Leipzig, verlor Reich, Heer, Ehre und wurde gefangen, wie's beschrieben ist im Gedicht von den zwei Grenadieren:

Nach Frankreich zogen zwei Grenadier,
Die waren in Rußland gefangen.
Und als sie kamen ins deutsche Quartier,
Sie ließen die Köpfe hangen.

Da hörten sie beide die traurige Mär,
Daß Frankreich verlorengegangen,
Besiegt und zerschlagen das große Heer –
Und der Kaiser, der Kaiser gefangen.

Ihre Stimme verklang. Unsre Wangen glühten.

»Und das Haus, Großmutter, das Haus, was geschah mit dem in diesen Zeiten? Erzähl bitte, erzähl!«

»Schluß jetzt! Das Haus blieb stehn in all den Kriegen, sonst säßet ihr nicht hier am warmen Küchenofen.«

13

Von Osten herauf, hinter Wolkengrau, geisterte die Sonnenscheibe in den Mittagszenit. »Sonne, liebe Sonne«, rief das Kind und reckte die Arme, während uns die Kälte biß und der Atemstoß aus unsren Mündern zu Rauhreif erstarrte. Das Grau am Himmel war dünn geworden, und wir konnten jetzt sehen, daß Wolken schwebend aneinanderfetzten, von Winden gezerrt und wieder abgekühlt, und spürten augenblicklich Wärme auf unseren Gesichtern und sahen, was wir Sonne nannten, herzschlaglang in unsre Augen brechen.

Kurz sind die Nachmittage in der Erinnerung geworden. Es blieb: das Zwielicht endloser Winternächte, die lautschluckende Monotonie der verschneiten, seit November nicht mehr von Tauwinden befreiten Erde.

In den Nächten richtete Marin sich auf und redete wirres Zeug, von dem er anderntags nichts wußte. Und da dies immer öfter, kurz nachdem er eingeschlafen war, geschah, blieb ich, der Angst hatte vor Sirene und Fliegerangriffen, wach und ließ mich von seiner Stimme beruhigen. Eines Nachts sprach er ganz klar: »Vater, lebst du noch ... Vater, Vater ... du mußt siegen ...«

»Marin«, rief ich erstaunt und glaubte, er sei wach. Doch sein Körper klappte aufs Bett, und ich hörte ihn tief und ruhig atmen. Weil ich nicht einschlafen konnte, zählte ich Schafe. Und als ich mehr zusammen hatte, als drüben im Stall unter Klemms Obhut standen, war ich hellwach, weil mir bei jedem Schaf der dazugehörige Namen eingefallen war: Anna, Elisabeth, Kunigunde, Heidi, Bella ... und ich hatte Mohri, den Hirtenhund, bellen gehört und alle Schafe blöken und lag gemartert auf meiner Matratze. Da plötzlich hörte ich etwas, das von draußen kam: ein metallisches Knirschen. Ich huschte zum Fenster, spitzte durch die Gardinenritze und sah unten im Hof eine Gestalt, die auf Stiefelspitzen vom Eingangstor zum Stallgebäude schlich. Weil das Licht des Mondes, den ich nicht sehen konnte, vom Kirchberg auf den Hof hinunterschien und der Schnee im Hof es aufnahm, brach und glitzernd zurückwarf, war zuerst der Rücken des Eindringlings gut beleuchtet und dann, ich hatte atmen zu vergessen, das dazugehörige Gesicht, das sich jetzt gegen mich und zum Herrenhaus hinauf gedreht hatte.

»Der alte Leuthold!«

»Wie bitte?« Marin war erwacht.

»Der alte Leuthold«, wiederholte ich. »Eben ist er in unser Stallgebäude geschlichen!«

Hellwach war Marin. Er stand neben mir, und sah als Beweis dafür, daß ich nicht träumte, wie der schwere Eisenriegel an der Außenseite der Stalltür sich von links nach rechts bewegte.

»Wir müssen Mutter wecken!« Schon war er in die Pantoffeln geschlüpft, während ich keinen Blick von der Stalltür ließ, und kam kurz darauf, so leise wie er verschwunden war, mit Frau Marin in unser Schlafzimmer zurück. Weil keine Geisterhand meine Glaubhaftigkeit untermauern und den Riegel noch einmal bewegen wollte, sie mich jedoch ganz ruhig, aber prüfend anschaute, blickte ich ein letztes Mal in den Hof hinunter, und sah, was mir eben noch entgangen war: »Schau! Die Stiefeltapsen im Schnee«, dachte ich laut und war erleichtert. »Vom Tor zum Stall«, fügte Marin hinzu, »und ganz frisch!«

»Gut. Ihr bleibt stehn und beobachtet die Tür«, sagte sie, »ich gehe runter und spreche mit dem Mann.«

Keinen Laut gaben wir von uns außer dem Geräusch, das zwei Kinder machen, die stockend atmen, und kein Knarren und Tappen hörten wir, als Frau Marin sich vom ersten Stockwerk des Herrenhauses durch den langen, dunklen, verwinkelten Gang, die Treppe hinunter, die Glocke am Portal mit der Hand abschirmend, zum Portal hinaus in die Eisluft der Veranda bewegte.

Verstrickt waren wir in diese durch Stromsperre erzwungene, von Mond- und Schneelicht wider das Gesetz durchbrochene Dunkelheit, in der Werflos Höfe und Giebelsilhouetten zwar schweigsam, aber für jedes Flugzeug himmelhoch sichtbar kauerten, weil eine Nacht wie diese keinen Schutz gewähren kann. Eingemauert waren wir bereits, ohne das zu wissen, in eine Geschichte von Schuld und Verstrickung, von Verstrickung und Tod, die ihren Anfang ohne unser Zutun genommen hatte, die ein Ende nehmen würde, das wir vielleicht ahnten, das viele als gesichert hinnahmen, gegen das die meisten sich ohnmächtig fühlten, obgleich sie's nicht hätten sein müssen.

Da stand Frau Marin im Hof. Da schlich sie, als würde alle Welt ihr zuhören, auf Zehenspitzen durch den verharrschten Schnee, die frischen Stiefeltapsen austretend und verwischend. Da schob sie mit einer an Ewigkeit gemahnenden Langsamkeit den Riegel von rechts nach links, zwängte sich durch den Türspalt und war im Stall verschwunden. Wir hörten nichts und sahen nichts, was wir nicht vorher schon gesehen, und konnten trotzdem unsre Augen nicht losreißen von der Tür, wagten nicht, wie unter Geisterzwang, unsere Körper zu entkrampfen. Die Zeit blieb einfach stehn in dieser nicht meßbaren Erregungsdauer und tat einen Sprung nach vorn, als das Türholz wiederum in Bewegung geriet und gegen die weder sichtbare noch greifbare Eisluft klirrte. Wir zuckten zusammen. Da traten sie heraus, die zerbrechliche Frau und Georg Leuthold, in die lichte Dunkelheit, zogen unter dem Mond zwei weithin sichtbare Spuren, hatten die Steintreppe erreicht, die zur Veranda emporführte, und tauchten erst wieder auf vor dem Portal. Und das führte ins Haus.

14

Der Hof, noch vor dem Morgengrauen, verwehte im Wind. Der Alte, seit Tagen der Kälte ausgesetzt, bei Licht sich verbergend in Scheunen und Wäldern, nachts auf Güterzügen südwärts rollend, geriet in Schwierigkeiten, als er das Portal des Herrenhauses öffnete, um Schutz zu suchen hinter tausend Jahre alten Mauern. Laut schepperte die Glocke zwischen Tod und Morgen. Frau Marins dämpfende Hand kam zu spät. Was vielleicht unter uns hätte bleiben sollen, war an die Glocke gehängt, die Mütter erwachten sofort, Großmutter stieg als erste bei Kerzenschein die Treppe hinab, bald darauf waren wir allesamt am Küchenofen versammelt, nur Klein Gesa schlief weiter und wußte von nichts. »Leid tut's mir«, sagte der alte Leuthold, »daß es so gekommen ist. Ich bin wohl doch zu alt für kriegerische Unternehmungen.«

Reglos saßen wir alle, und Frau Marin wurde aschfahl im Gesicht. Leuthold, zwei Finger seiner Rechten in Mundhöhe gespreizt, an einer Zigarre saugend, die nicht sichtbar war und keine Funken sprühte, blickte sie an.

»Als sie uns stoppten auf einer verlassenen Landstraße zwischen Hannover und Celle, da wußte ich sofort: Die suchen nicht irgend etwas. ›Was haben Sie geladen?‹

›Weizen für Hamburg.‹

›Ausladen!‹

Den Motor hatte ich laufen lassen. Der Auspuff wärmte, und sie ließen's geschehen. Sack um Sack banzte ich auf den Teer zwischen ihr Fahrzeug und meinen Hanomag. Und weil's so kalt war, und weil ich sehr langsam ablud, immer denkend: der Junge, der letzte Sack ist sein letzter Schutz, legten sie ihre Maschinenpistolen zur Seite und halfen mir.

›Los, Alter, Schneller! Wir wolln hier keine Wurzeln schlagen!‹

›Ich schalte den Motor ab. Sprit‹, sagte ich, ›wird gebraucht an der Front.‹ Ich sprang ins Führerhaus, legte den Gang ein und raste los. ›Halt dich fest, Junge‹, brüllte ich nach hinten. Schüsse hämmerten irgendwo durchs Blech, ein Wald tauchte auf am Straßenrand, eine Fuhrstraße schnitt in den Wald, ich kurvte ein. Scheinwerfer aus, Motor aus. Stille. Absolute Dunkelheit. ›Junge, komm runter, schnell, wir müssen durch den Wald!‹ Als keine Antwort kam, wußte ich, das Spiel ist verloren, so oder so. Mit der Taschenlampe stieg ich nach hinten. Nichts, nichts. Kein Blut. Kein Gabriel!

Da hörte ich Motorenlärm und sah die Scheinwerfer durch die Bäume schwenken. Ich rannte los, tief in den Wald, weg von dem Hanomag auf der Langholzstraße …«

Der alte Mann, als habe erst mit diesen letzten Worten die Anspannung ein Ende genommen, physische Überforderung ihn eingeholt, sackte zwischen seinen Schulterknochen zusammen.

»Sie waren großartig!« Die Großmutter schob ihm heißen Kaffee über die Tischplatte. »Sie haben Ihr Bestes versucht!«

»Ich habe diese Pflicht übernommen, geplant und ausgeführt und habe, wie so oft, versagt.«

»Leuthold, keine Selbstvorwürfe zu dieser Stunde!« sagte eindringlich die Großmutter. »Sie haben Ihr Leben riskiert und riskieren es noch, während andere noch im Träume ›Heil Hitler‹ schrein!«

Da richtete er sein bartverstoppeltes Gesicht gegen uns alle und sagte: »Sie haben den Jungen, Gott sei ihm gnädig! Sie haben meinen Transporter mit Namen und Anschrift – und morgen früh wird die Gestapo an meine Tür klopfen …«

Da verbarg er sein Gesicht in den klauenhaft hageren Händen, schwieg gegen das Schweigen der Mauern, gegen uns alle, die wir stumm saßen, an Totempfähle aus Stille und Angst gelehnt.

»Ich habe die Sache angefangen, und ich werde sie wieder zu Ende bringen«, sagte er und zeigte uns wieder sein Gesicht.

»Es muß ein Zeichen gesetzt werden für das ganze Dorf. Ich werde mich morgen früh der Gestapo stellen und alle Schuld auf mich nehmen.«

»Das werden Sie nicht tun!« sagte die immer noch aschfahle Frau Marin. »Die Gestapo war bereits bei Ihrer Frau und uns, die haben nichts Gutes im Sinn!«

»Fluchtbeihilfe für einen jüdischen Untermenschen, und das im Krieg!« sagte die Großmutter und schob die Unterlippe vor. »Man wird sie binnen zwei Stunden aburteilen und an die Wand stellen, oder Sie verschwinden, was schlimmer sein könnte, auf Nimmerwiedersehen in einem KZ!«

»Dieser Krieg kann nicht mehr lange dauern! Dieser Wahnsinnige hat die halbe Welt gegen sich: Amerika, Rußland, England, Frankreich, Polen und all die anderen. Der Zusammenbruch ist nah. Und so lange werden wir sie im Kellergewölbe verstecken!«

Wir Kinder lauschten gebannt.

»Das ist Verrat!« schrie meine Mutter. »Gemeiner Verrat an den Gefallenen und unsrem Vaterland. Mein Mann liegt nicht umsonst in der Fremde unter französischer Erde!«

»Und unsre Männer draußen an der Front«, sagte leise Frau Thomsen, »kämpfen die denn umsonst, werden die vielleicht sterben ganz ohne Sinn, für nichts als eine Niederlage?«

»Und wir selbst, Frauen und Kinder, in diesem Haus«, heulte meine Mutter, »erinnern Sie sich doch der Worte des Ortsgruppenleiters über Dolchstoß und Sippenhaft!«

Jetzt sprach sie ihn direkt an, den alten Leuthold, der wortlos gesessen hatte, von einem Gesicht ins andere aufmerksam und traurig blickend.

»Können und wollen Sie die Verantwortung auf sich nehmen, daß man Sie hier in diesem Hause, von uns verborgen, findet? Daß wir alle, auch die Kinder, Ihre unabwendbare Strafe zu teilen und mitzutragen haben? Wenn Sie die Stirn haben, bleiben Sie!«

»Ich gehe!« Leuthold stand auf.

»Armes, verblendetes Deutschland!« rief die Großmutter. »Wenn Sie gehen, werde ich höchstpersönlich mitgehen zum Ortsgruppenleiter Flimm. Der sitzt schon und wartet. Ich werde ihm den gesamten Fluchtplan von Anfang bis zum bittren Ende erklären!«

»Dann sind wir alle mitschuldig«, schrie meine Mutter, »wir haben alle davon gewußt!«

»Genau.«

Die Großmutter hatte sich vor die Tür gestellt.

»Setzen Sie sich Leuthold! Stimmen Sie zu! Sie werden dringend gebraucht, wenn das Strafgericht über Deutschland hereinbricht!«

Der alte Leuthold blickte sie an und schaute in die Runde, ließ seine grauen, gutmütigen Augen auf unsren Kindergesichtern verweilen und sagte dann ruhig:

»Ich werde jeden einzeln fragen.«

»Die Antwort sei: ja, ja; nein, nein und was darüber ist, das ist von Übel!« erwiderte die Großmutter.

Der alte Leuthold fragte zuerst die Frauen, dann uns, und jeder antwortete: »Ja.«

Die Großmutter fragte er nicht.

15

Gong, gong, gong, Bronze schlug gegen Eisen hoch oben im zugigen Glockenturm, schwer fielen die Töne aus der heiligen Kriegsnacht in Werflos Gassen ein. Ich erinnre mich, daß wir schrecklich froren, frierend saßen in den Kirchenbänken, in Uniformen oder Mäntel gehüllt, nach Blöcken geordnet: SS, SA, Deutsche Arbeitsfront, BDM, Reichsfrauenschaft, Hitlerjugend und Jungvolk, dazwischen, bei ihren Familien mit Orden und Ehrenzeichen, einzelne Fronturlauber, die sich sehr aufrecht hielten. Ja, so saßen wir dort mit vom Lichterbaum beglänzten Augen, sangen vielstimmig dieselbe Melodie, dieselben Worte:

Stille Nacht, heilige Nacht
Alles schläft, einsam wacht …

Hörten mit vielen Ohren die eine Predigt:

»Und nehmen sie uns den Leib, Gut, Ehr, Kind und Weib, es soll uns doch gelingen … denn er ist für uns gestorben, wie auch unsre Väter und Brüder ihr Leben hingegeben haben für die Heimat und uns … Aber …«, Pastor Malbrinck wurde ganz steif und sehr hymnisch, »… heute, an diesem heiligen Tag, sehen wir in der Ferne ein Licht: das Licht eines neuen Morgens, für den wir kämpfen in der Heimat und an den Fronten, dem wir mit der ganzen Kraft unsres Glaubens zustreben! … Schütze, Herr, mit starker Hand, Führer, Volk und Vaterland, Aaamen!«

Belastet und Beladen waren wir alle. Zwar brannte auch bei uns noch der Weihnachtsbaum, sonderzugeteilt waren auf die Frauen je eine, auf uns Kinder zwei Kerzen, so daß auf dieser Tanne in der Eingangshalle zwanzig halbierte Kerzen brannten und verlöscht waren, noch ehe sich jeder ein Lied hatte wünschen können. Das Schweigen hinter den dicken Mauern war nicht dasselbe geblieben. Die unerschütterliche Wehrhaftigkeit des Marinschen Herrenhauses war von innen heraus rissig geworden, denn unter dem Haus hockte jemand so gegenwärtig, als säße er mit uns am Küchentisch, als läge er, sich versiebenfachend, nachts mit jedem von uns im Bett, wortlos zwar, aber brennend heiß, hautnah und dennoch weit entfernt im kalten Wind, der durch die Fensterritzen strich, flüsternd: Gefahr, Gefahr. Und manchmal, weder träumte ich, noch wachte ich, wurde mir das Ticken der Standuhr zu einem als dem Kellergewölbe, vielleicht aus tieferen Tiefen emporsteigenden, mich ganz und gar verstörenden Mahnimpuls.

Zwischen den Jahren brachte Schulz, der Briefbote, Feldpost vom Kapitänleutnant Thomsen, wenige Zeilen, Postamt: Atlantik: *Liebe Luise, liebes Kind, von See ein kurzes Lebenszeichen, mir geht's gut, wünschte, ich könnte bei Euch sein! Hoffe sehr auf Urlaub im neuen Jahr. Sieg Heil, Euer Vater.*

Frau Thomsen umarmte Gesa und uns und hätte beinahe Frau Marin das gleiche angetan. Der Generalleutnant war stumm geblieben, die Ostfront schwieg, und es tat schweigend, an den Schläfen grauer geworden, ihre Arbeit Frau Marin. Frau Thomsen fegte summend vor und hinter dem Besen die Eingangshalle. Meine Mutter weinte öfter und saß mit Vaters Brustbild, das an der rechten oberen Ecke einen Trauerflor trug, im Zwiegespräch.

Auch Marin hatte sich seiner Mutter angepaßt. Immer seltener vernahmen wir die zerrissenen Tonfolgen seiner Geige, ja, manchmal verschwand er stundenlang im Kellergewölbe und spielte überhaupt nicht mehr.

Die Jahreswende kam und verging, keine Feuerwerkskörper krachten, und in den klaren, sterngezeichneten Neujahrshimmel, frei von Bombern und Nachtjägern, zischten keine Raketen. Unsre Hausgemeinschaft, aus Not zusammengewürfelt, zerbrach an der Not, an unausgesprochenen Ängsten, zersprang unter dem Druck des Geschehens, unter der Vorahnung des Nochnichtgeschehenen. Die Frauen mieden sich und vermieden den offenen Blick der Augen. Eine jede zog es in ihren Zimmerbereich zurück nach getaner Arbeit. Während Marin noch im Untergeschoß auftauchte mit seiner Geige, sahen wir seine Mutter tagelang überhaupt nicht mehr. Nur wenn ich den *Werfloer Menschenfreund*, nach dem sie verlangte, hinauf ins Obergeschoß in ihr Zimmer trug, wenn der Geruch von Druckerschwärze aus den Schlagzeilen in meine Nase stieg und ich gelesen hatte: *In Stalingrad, wo die Truppen ohne Munition mit der blanken Waffe kämpfen müssen, wurde in der Nacht vom 14. zum 15.1. die Front in die Linie Bolschaja-Rassoschka, 5 km südostw. Noworogatschnik, zurückverlegt,* wenn ich ihr solche Nachrichten ins kalte Zimmer bringen mußte, sah ich sie reglos im Plüschsessel am Fenster sitzen. In schwarzem Kleid, wie alte Frauen es tragen, wie's die Großmutter trug, die Arme parallel auf den Sessellehnen, die Hände rechtwinklig abgekippt, den Oberkörper kerzengerade aufgerichtet, saß sie wie erstarrt oder gleich einem Wachsmodell ihres eignen Körpers und flößte mir zuerst Schrecken, dann Grauen ein. Bei jedem Knarren der alten Holztäfelung etwa zuckte ich zusammen, mir einbildend, die wirkliche Frau Marin mit schwarzglänzenden Haaren, den zärtlich sanften Händen sei schattengleich hinter mich getreten und müsse nun vor ihrem eigenen Abbild erschauern. Eilig legte ich die Zeitung auf denselben Stapel, auf dem auch die anderen lagen, und stelle eines Tages fest, daß sie die Blätter nicht mehr las, unberührt beließ, wie ich sie aufgeschlichtet hatte, Nummer um Nummer, so daß Staub grau und lautlos sich darübergelegt hatte und atembeklemmend aufwirbelte, wenn der Stapel anwuchs. Ihr schmaler Kopf, das Haar zu einem strengen Knoten gebunden, schien in unverändertem Winkel zum Fenster gerichtet, auf jene Hälfte der Glasscheibe, die nicht durch vorgelegte Jalousien verdunkelt war, so daß sie auf die blendend weiße Schneelandschaft hinunterstarren konnte, auf irgendeinen unergründlichen Punkt zwischen Ebene und Lahnbergen. So sah ich sie Woche um Woche sitzen, als hielte sie Wache oder Ausschau nach jemanden, der nicht kam.

Und weil niemand sprechen wollte über das Geschehen an der Ostfront, studierte ich um so gründlicher die Nachrichten:

31.1.43

In Stalingrad schob sich der Feind zunächst von allen Seiten näher an die Abwehrstellungen heran und griff dann konzentrisch an. Die unter persönlicher Führung des Generalfeldmarschalls Paulus heldenhaft kämpfende südliche Kampftruppe wurde auf engstem Raum zusammengedrängt und leistet den letzten Widerstand im GPU-Gebäude. Im Nordteil der Stadt wehrten die Verteidiger unter Führung des Generals der Infanterie Strecker die feindlichen Angriffe zum Teil im Gegenstoß ab …

Das war, wie ich wußte, das 9. Armeekorps, zu dem auch der Generalleutnant Marin gehörte. Und ich brachte auch diese Zeitung ins Obergeschoß, und als Anfang Februar dreißig Zentimeter Neuschnee gefallen waren, stieg ich zum letztenmal empor und klopfte ganz leise gegen die Tür. Ein letztes Mal stieg der Duft der beiden weißen Hyazinthen, die neben ihr auf dem Fensterbrett standen, süß und schwer mir zu Kopf, mehr als je zuvor klopfte mein Herz, als ich ihr diesmal die Zeitung direkt unter die Augen hielt.

»Ich weiß schon, mein Junge«, und ich erschrak über das fremdartige Geräusch, das ihre Stimme machte, und sah ihre Lippen lesend sich bewegen:

Der Kampf um Stalingrad ist zu Ende. Ihrem Fahneneid bis zum letzten Atemzug getreu, ist die 6. Armee unter der vorbildlichen Führung des Generalfeldmarschalls Paulus der Übermacht des Feindes und der Ungunst der Verhältnisse erlegen! Ihr

Schicksal wird von einer Flakdivision der deutschen Luftwaffe, zwei rumänischen Divisionen und einem kroatischen Regiment geteilt, die in treuer Waffenbrüderschaft mit den Kameraden des deutschen Heeres ihre Pflicht bis zum äußersten getan haben.

Das Opfer der Armee war nicht umsonst. Als Bollwerk der historischen europäischen Mission hat sie viele Wochen hindurch den Ansturm von sechs sowjetischen Armeen gebrochen. Vom Feind völlig eingeschlossen, hielt sie in weiteren Wochen schwersten Ringens und härtester Entbehrungen starke Kräfte des Gegners gebunden. Sie gab damit der deutschen Führung die Möglichkeit zu Gegenmaßnahmen, von deren Durchführung das Schicksal der gesamten Ostfront abhing.

Die zweimal vom Gegner verlangte Übergabe fand stolze Ablehnung. Unter der Hakenkreuzfahne, die auf der höchsten Ruine von Stalingrad weithin sichtbar gehißt wurde, vollzog sich der letzte Kampf.

In Gedanken sprach ich die nun folgenden Sätze mit, und mein Herz raste in den Ohren, als wolle mir der Kopf zerspringen:

Generäle, Offiziere, Unteroffiziere und Mannschaften fochten Schulter an Schulter bis zur letzten Patrone. Sie starben, damit Deutschland lebe. Ihr Vorbild wird sich auswirken bis in die fernsten Zeiten!

Und da sah ich durch den Staub, der noch einmal von den Zeitungen aufwirbelte, ihre Lider zufallen, als sei sie erst jetzt, nachdem sie genau wußte, wieder fähig, Müdigkeit zu empfinden, und sah ihre linke Hand über die geschlossenen Augen wischen, wie man Traumbilder aus den Sinnen verscheucht, um rückzukehren in eine von Grauen erstarrte Wirklichkeit.

16

Ja, so habe ich sie in Erinnerung behalten, die Frau des besiegten Generalleutnants Marin: zart, überfordert, vorzeitig gealtert und zerbrochen, hinter zwei vorgelegten, verriegelten, in den nächsten beiden Jahren nicht mehr geöffneten Jalousien, sitzend am Fenster im Hyazinthenduft.

Sie starben, damit Deutschland lebe!

Mag sein, daß sie nach langer Pause sich im Sessel wieder aufgerichtet hat und zu mir sagte: »Schick mir Günther« oder: »Weiß es Marin schon?« Vielleicht sagte sie auch nur: »Geh jetzt, mein Junge, und sage Marin, daß sein Vater tot ist.«

Wie immer, ich weiß: Ihre Stimme war nicht weich, nicht hart, eher knarrend, ohne Selbstmitleid, wie jemand Worte gebraucht, die, noch unausgesprochen, ihm bereits fremd geworden sind.

Die Zeitung in der Hand, schlich ich hinunter, hetzte durch die eisige Luft, tastete die Wendeltreppe abwärts und hörte Geigentöne, die im Gewölbe schaurig klangen. Mit geschlossenen Augen, bei Petroleumlicht, auf dem Feldbett, hockte Marin und hielt die Violine, während die rechte Hand mit monotonen Strichen denselben Ton aus der leeren G-Saite zog, abbrach, ansetzte, eine Melodie intonierte, den Faden verlor und zurückfiel in lange, kratzende Tongeraden.

»Hör auf!« hörte ich mich plötzlich schreien. »Dein Vater ist gefallen!«

Aber Marin blieb, wie er war: Geige am Kinn, Bogen auf der Saite, die Töne waren ihm urplötzlich erstarrt. Die Zeitung gab ich, und er begann zu lesen, reglosen Gesichtes, das sich nicht verzog, das nicht weinte, als er zu Ende gelesen hatte, das auch nicht sprechen wollte, als er einfach durch mich hindurchblickte und die Zeitung fallen ließ. Er nahm die Geige und schritt, als stünde ich nicht dort, gegen den schmalen Türrahmen, gestochene Falten um beide Mundwinkel, eine steinerne Ruhe im Gesicht.

Es ist vollbracht, dachte ich, er wird verrückt, und spürte die feuchten Wände näherrücken, hörte seine Schritte hallen und verhallen und fühlte einen plötzlichen Schmerz in meiner Brust, der mir den Atem schnürte, der übersprang auf meinen Kopf, und dachte: Raus hier, schnell raus, der Keller stürzt ein, und rief: »Marin! Marin!« hörte meine Stimme aus dem Labyrinth schallen: »Marin, Marin!« und hetzte, mit Knien und Schultern an den kalten Stein stoßend, bis zur Treppe, die Stufen empor, hinaus ins blendend weiße Schneegelicht.

Zwischen den Zaunstaketen sah ich ihn vor der Scheune um den Mühlteich herum über die Schleusenbretter zur Stadtmauer gehen und lief ihm nach, so schnell vereistes Kopfsteinpflaster mich rennen ließ, und war ihm dicht auf den Fersen, als ich atemlos und erhitzt anhielt unter jener Weide unten am Fluß, von der aus wir in die Schlacht an der alten Pumpstation gezogen waren. Reglos stand ich, als er niederkauernd Kies in seine Geige füllte, als er zum Fluß hinunterblickte, als er die Geige warf, sie aufschlagen hörte und versinken sah. Schnell war die Wohra glatt und strömte ruhig. Dann sah ich diesen hageren Knabenkörper, in Schnee und Kälte reglos, gegen den Spiegel des Flusses gewandt, und sehe noch jetzt Marins dunkle Augen aufs Wasser starren, dorthin, wo sein Mund sich schlingernd verzerrt, wo ein irres Lächeln hinunterspringt, über das ein Stück Faulholz treibt.

»In mehrtägiger Trauer wird das deutsche Volk seiner tapferen Söhne gedenken, die bis zum letzten Atemzug, bis zur letzten Patrone ihre Pflicht getan, die damit die Hauptkraft des bolschewistischen Ansturms gebrochen haben. Der Kampf um Stalingrad wird zum größten Heldenlied der deutschen Geschichte werden. Aus dem unsterblichen Heldentum werden sich in der deutschen

Nation Kräfte entfalten, die ihr den Sieg sichern werden, den zu erringen sie jetzt um so fanatischer entschlossen ist.«

Drei Tage trauerte Werflo und drei Nächte. Man trauerte in der Turnhalle, wo wir Schüler frierend und traurig das Lied: *Ich hatt' einen Kameraden* mit allen Strophen beisteuerten, wo zackige Reden gehalten wurden, die meine Mutter und Frau Thomsen in der siebten Stuhlreihe mit anhörten, die Marin nicht musikalisch untermalen konnte mit dem Largo, weil er keine Geige mehr besaß und sich standhaft geweigert hatte, einer fremden Violine die Ehre zu geben. Aus Werflos Fenstern flatterten lustig die Hakenkreuzfahnen. Hinter Werflos Häusermauern gingen Gerüchte um die Anzahl der Toten, zweihunderttausend Deutsche hieß es, keiner wußte genau, fast alle aber, die Söhne oder Männer an der Ostfront hatten, klammerten sich an das eine Gerücht: Viele haben überlebt und sind in Gefangenschaft geraten!

Der Bolschewismus ist nicht mehr, was er war, hieß es, er hat sich gemausert, ist versöhnlicher geworden! Es gibt doch die Genfer Konvention! Amerikaner und Engländer werden nicht zulassen, daß man deutsche Gefangene hinschlachtet! Warten und hoffen, die Hoffnung bleibt uns!

Am Abend des dritten Trauertages dröhnten wieder die Treppenstufen, schepperte herrisch die Glocke am Portal, stürmte Ortsgruppenleiter Flimm, ohne anzuklopfen, unsere Küche.

Meine Mutter sah ich zittern unter seinem herausfordernden Blick.

»So, den Jungen haben wir!«

»Dann seien Sie mitleidig und bringen Sie ihn zurück«, sagte die Großmutter, »Gabriel gehört hierher, zu niemanden sonst!«

»Ruhe!« sagte der Ortsgruppenleiter.

»Uns fehlt noch der Alte in diesem geschmacklosen

Komplott! Wo ist er?!

»Wir wissen's nicht«, antwortete die Großmutter.

Flimm lächelte maliziös und sagte: »Überspannen Sie den Bogen nicht, Großmütterchen, es ist nicht alle Tage Volkstrauer, und Sie haben keinen Schwiegersohn mehr an der Front!«

»Bitte, bringen Sie uns Gabriel zurück«, sagte leise Marin, und die Großmutter fügte hinzu: »Dieser Staat wird und kann nicht ewig überdauern. Denken Sie klug, Handeln Sie voraus!«

Herr Flimm prallte zurück.

»Kapitulation?« schrie er. »Wagen Sie, mir das anzudeuten! Wenn der Feind glaubt, uns durch einige Schläge entmutigen zu können, dann irrt er! Das Wort Kapitulation existiert für einen Nationalsozialisten nicht! Und dabei wird es bleiben! Wir glauben unumstößlich an den Sieg! Wir glauben daran, weil wir den Führer haben. Hüten Sie Ihre Zunge, wir sprechen uns noch!«

Wild hatte er die Hände gerungen vor seiner Brust, hatte die Hacken, sich abwendend, geknallt und übersah, hinausstampfend in den dunklen Flur, daß sein Parteiabzeichen vom Revers gesprungen und zwischen uns auf dem Küchenboden liegengeblieben war.

»Der Alte muß weg aus diesem Haus«, sagte meine Mutter und war leichenblaß. »Der Herr Flimm ist zum Letzten fähig!«

»Lassen Sie das!« Die Großmutter stand auf und stieg bedächtig die Treppen hinauf.

17

Was mit den Weihnachtsferien begonnen hatte, wurde zur unerwarteten Schulpause auf Widerruf: Kohlenferien hieß es offiziell, wir nannten's hitzefrei, weil die Heizrippen des Schulgebäudes wirklich frei von jeder Hitze waren, ja sogar frei von Wasser, das der Hausmeister Pfeiffer hatte ablassen müssen, damit es nicht, weil Eis sich dehnt, das Gußeisen aufknackte. Wir zu Hause hatten vorgesorgt im letzten Sommer, Holz geschlagen, Treibgut getrocknet, Tannenäpfel im Stadtwald abgeschüttelt und heimgeschleppt ins Stallgebäude. Kein großer Vorrat, genug, den Küchenofen am Glimmen zu halten, auf dessen Herdringen im Bratentopf die Himbeergrütze Krater bildete und Blasen schlug.

Klein Gesa hatte den Teller abgeschleckt, während wir hungrig saßen, hatte mißtrauisch der Großmutter Gesicht angepeilt, hatte sich auf die Holzkiste verkrümelt, ihre polnische Trachtenpuppe umständlich ausgezogen, um sie anders an- und umzuziehen, als wir die Mütter kommen hörten, heimkehrend von der Munitionsfabrik im Stadtwald, zu müde, um hungrig zu sein. Da zog die Großmutter den Löffel aus dem Grützepamps, lächelte und sagte: »Gesa, auf ins Bett!«

Und wie immer, während die Frauen sich wuschen, als die Standuhr in der Eingangshalle das Schlagwerk ausrastete, den ersten Schlag dröhnte, dem sieben weitere folgen würden und folgten, tat Klein Gesa, als habe sie nichts gehört.

»Gesa!«

»Gesa, mein Kind!«

»Jaaah?«

»Es ist höchste Zeit, du mußt ins Bett.«

Und als sie ihre Puppe gegen die Holzkiste geschleudert hatte, als ihr hübsches weiches Kindergesicht sich greinend verzerrt hatte, hörten wir unsere Mütter fast gleichzeitig die Treppen hinuntersteigen und sahen sie, Frau Thomsen voran, in die Küche treten. Gesa wimmerte leise, Großmutter klapperte mit den Tellern, auf denen die Grütze dampfte, Frau Thomsen beugte sich nieder, küßte das Kind, nahm's auf ihren Arm und trug's hinauf ins Bett.

Marin und ich hockten schweigend mit den noch schweigsameren, ganz und gar in Schwarz gekleideten Frauen, die ihre Löffel einstippten und zum Munde führten, die kauten und schluckten, als schmecke die Grütze nach nichts, als seien wir, die wir Himbeersaft und Gelatine genossen, nicht mit am Tisch, ihre Söhne noch, doch sie unsere lebendigen Mütter nicht mehr.

Zu sechst waren wir, nachdem Frau Thomsen im schlichten braunen Kleid zurückgekehrt und Platz genommen hatte, sechs Teller also mit wasserblauem Blümchenmuster und an der Tischecke, abgedeckt und heiß, das verbeulte Militärkochgeschirr.

»Ene mehne muuh«, zählte ich laut in die Stille. »Müllers Kuh«, und meine Fingerspitze wies mal auf Marins, mal auf meine Brust und wurde schneller. »Müllers Esel, der bist du!« und blieb auf meinem Hemd haften.

»Ich trag's ihm runter!« sagte ich, stand auf und sah die Augen meiner Mutter und wußte, noch ehe ihre Gedanken laut wurden: Jetzt kommt ein Befehl.

»Du gehst nicht! Und niemals mehr!«

Sie blickte von mir weg in die Runde.

»Mit dieser Geschichte haben wir nichts zu tun, ein für allemal!«

»Schluß jetzt«, die Großmutter war aufgesprungen, »das hat uns gefehlt!«

Das Radio unter dem Arm sagte sie in barschem Ton: »Kommt Jungens, haltet mir mal die Türe auf, gleich spricht der Klumpfuß, den soll sich Leuthold nicht entgehen lassen!« und schlurfte schweratmig, Küchenlicht im Rücken, durch die

Eingangshalle. Ringedingeding, der Klöppel schlug die Türglocke, ringeding, die Tür war zugemacht, und wir standen beide neben der Großmutter im Freien. Ich hielt den warmen Essensbehälter, Marin half am *Volksempfänger* mit, und so stiegen wir zu dritt wie auf unausgesprochenen Gegenbefehl ins Kellergewölbe hinab. Die elektrische Birne flammte auf, was ich vordem nur gerochen hatte, sahen wir nun im Strahlerlicht: den nackten Fels, grobporig und nachgedunkelt im Wasser, das hier und da an Basaltvorsprüngen niederplatschte in die Bodenpfützen.

»Leuthold!« rief die Großmutter.

»Leut-hold ... Leuthold ... Leuthoold«, wisperte das Kellerecho. Und wir waren, vorbei am Luftschutz-, Kohlen- und Kartoffelkeller, die erste Ganggerade entlang, scharf um die Ecke zu den hinteren Räumen des Gewölbelabyrinthes eingebogen, da sagte eine Stimme: »Kommt nur, hier hört uns niemand.« Es bewegte sich der alte Milchschrank und gab einen Spalt frei in die fensterlose, nur durch ein Luftloch mit der Außenwelt verbundene Gruft. Feldpritsche, Waschschüssel, mit Eichenholzplatte abgedeckter Kübel, an der Decke eine Petroleumlampe, die im Zugwind rhythmisch schwankte, die unsre Schatten an den Wänden tanzen ließ. Stinken tat's nicht wenig.

»Gott sei Dank, ihr habt das Radio!«

Leuthold, im Gesicht graubraun zugewachsen, hockte neben Großmutter nieder und ließ Blechlöffel gegen Blech klappern. Der Kohlenklau geht um, dachte ich und sah dem essenden Wandschatten zu, gab ihm Schieberkappe, geschulterten Kohlensack und geschlitzte Augenbinde, den Schatten Schattenhaftes, dem Dämmerlicht Geheimnisvolles und mußte plötzlich lachen, als der angewinkelte Arm mit Hand und Löffel, sich hebend, riesengroß wurde und in einem Scheunentor von Maul zwischen Haargestrüpp halb verschwand und abgebissen schien.

»Schlimm ist nicht das Kellerleben«, sagte er kauend, »schlimm ist, daß ich lebendig begraben und vielleicht schon für tot befunden bin ...«, und füllte erneut den Mund mit einem Löffel Schlacks.

»Hier sitze und liege ich oder gehe auf und ab zwischen den Wänden, weiß nichts von draußen und kann nichts, aber auch gar nichts tun!«

»Leuthold, soll ich's Ihrer Frau doch sagen?«

Er kaute, schluckte, sah uns an, blickte in Großmutters Augen und ließ die Kiefer plötzlich stillstehen:

»Stalingrad ist gefallen«, sagte er eindringlich, »jetzt werden die Russen nicht ruhen, bis sie Berlin und das Reich genommen haben, und sie werden's nehmen, ich hoffe bald! Festung Europa!«

Er lachte krampfhaft: »Bleibe fest, Europa, gegen diesen Wahnsinnigen mit dem Deutschtum- und Germanenfimmel!«

»Niemand weiß«, Großmutter schüttelte traurig den Kopf, »wie lang's noch dauert, bis die Alliierten hier sind.«

»Sagen Sie meiner Frau nichts«, entschied er und sperrte das Scheunentor auf und wieder zu: »Ich will nicht, daß sie auch nur das Geringste weiß, das man aus ihr herauspressen und gegen sie oder uns anwenden könnte. Die Gestapo versteht ihre Arbeit!«

Da hatte ich das Kabel in der Hand, war durch den Spalt zwischen Schrank und Mauer geschlüpft, spürte es, länger werdend, durch meine Finger streifen, tastete weg vom Holz mit den Fingerspitzen am Fels entlang, fand die Steckdose rechts und hatte den Stecker links. »Zu kurz«, rief ich, hörte Marin antworten: »Warte, ich rück's näher zur Wand«, spürte die Doppelschnur schlaff werden und fügte den Stecker ein. Da brummten die Röhren, da klirrte der Verstärker, da schepperte der ganze *Volksempfänger*, es bellte und riß mit der Propagandaminister:

Ihr also, meine Zuhörer, repräsentiert in diesem Augenblick die

Nation. Und an euch möchte ich zehn Fragen richten, die ihr mir mit dem deutschen Volke vor der ganzen Welt, insbesondere vor unsren Feinden, die uns auch an ihrem Rundfunk hören, beantworten sollt:

Die Engländer behaupten, das deutsche Volk habe den Glauben an den Sieg verloren. Ich frage euch: Glaubt ihr mit dem Führer und mit uns an den endgültigen totalen Sieg des deutschen Volkes?

Jaaaaaaaajajaaaaaaaaaaaaaajjaahhh, ein ohrenbetäubendes Gebrüll, handzerklatscht, fanfarendurchstoßen, brach aus dem Lautsprecher gegen den Fels. Goebbels fuhr fort: Ich frage euch: *Seid Ihr entschlossen, dem Führer in der Erkämpfung des Sieges durch dick und dünn und unter Aufnahme auch der schwersten persönlichen Belastungen zu folgen?*

Jaaaaaaaaaaaaahhhhjaaaahh, Leuthold drehte den Knopf, das Gebrüll aussteuernd, und wie von weit her hörten wir: Ich frage euch: *Seid ihr bereit, mit dem Führer als Phalanx der Heimat, hinter der kämpfenden Wehrmacht stehend, diesen Kampf mit wilder Entschlossenheit und unbeirrbar durch alle Schicksalsfügungen fortzusetzen, bis der Sieg in unsren Händen ist! Ich frage euch: Wollt ihr den totalen Krieg?*

Jaaaaaaaaaaahhahahahahaahahahahahahahhhh,

Wollt ihr ihn, wenn nötig, totaler und radikaler, als wir ihn uns heute überhaupt noch vorstellen können?

Und als dann wieder die Hände prasselten im Berliner Sportpalast, als Stimmen und Geräusche zum Lautorkan anschwellen wollten, als der Minister in den Orkan gebrüllt hatte: »*Das Volk steht auf, der Sturm bricht los*«, da knipste der alte Leuthold den Kasten aus uns sah uns an.

»Nein! Nein! Das ist nichts für euch!«

Großmutter lächelte: »Die Jungen sind in Ordnung«, sagte sie. »Leuthold, hängen Sie sich Wolldecken um, 's ist eisig kalt in diesem Kellerloch!«

18

Niemand könnte behaupten, daß uns Kindern dieses letzte Kriegsjahr schnell vergangen oder gar davongelaufen sei. Es hielt uns noch im Griff, als eines Nachts, Ende März, die Dachschindeln flogen, als Eiben- und Platanenäste tanzten im böigen Wechselwind, der kalt aus Ost und Norden einfiel, der dann sich drehte und stetig von Süden heraufblies. Südwind, Südwind, dachte ich, wehe, wehe Wind übers eisige Land! Ich war gestanden vor den weit geöffneten Fensterflügeln, hatte die warme Luft eingesogen, tief in die Lungenspitzen, und war zurück unter die Decke geschlupft.

»Ach, wenn doch nur Frühling wäre«, sagte Marin,

»horch!«

Wir hörten Tropfen auf die Veranda schlagen, vereinzelt und sehr unregelmäßig. Und während wir beide wach lagen, das Frühlicht erwartend und den ersten Hahnenschrei, dachte Marin laut:

»Die Wehrmacht ist auf dem Vormarsch im Osten, Charkow ist zurückerobert, vielleicht muß der alte Leuthold doch sein ganzes Leben in unserm Keller verbringen.«

»Und die Bomber?« sagte ich. »Berlin, Hamburg, Düsseldorf, tagsüber die Amis, in den Nächten die Tommys! Vielleicht sind morgen nacht wir dran!«

Da war das Tropfen lauter geworden und schnell und schneller, ein Fließen und Gluckern vom Schrägdach in die Zinkrinne, und der Wind drückte die Schneemassen krachend in den Garten hinunter.

Und als der Morgen dämmerte, als der Hahn geschrien hatte, als der graugekörnte Horizont im Osten glühte und in Flammen stand, da hörten wir wieder: tack-tack tack-tacktack drüben vom *Roten Grund* und sahen die ersten braunen und grünen Flecken ins Wiesenweiß gestanzt, Erde und Gras, und sahen, wie aus dem schwarzen, spießästigen Erlenring etwas ebenfalls dunkel oder schwarz schimmerndes sich löste, in großen Sprüngen über den weißen Schnee der Glutsonne entgegenhüpfte. Hunde kläfften, ein MG spuckte, da sprang der erste Punkt sehr hoch und versank im Schnee.

»Der Südwind«, sagte Marin leise, »hat ihn um den Verstand gebracht.«

Dampf quoll gegen den Himmel, Güterwagen rollten über den Bahndamm, Silhouetten von Panzern, von Kanonenrohren und Munitionskisten zogen eine lange, lange Schleife im Gegenlicht zwischen Sonne und Werflo, und wir hörten einen an Klage und Aufbruch, an sehr weite Fernen gemahnenden Pfiff.

Dann schepperte unten die Türglocke. Wir standen in den Hosenbeinen, hatten Pullover und Stiefel übergestreift und wußten, es war gegen acht, als vom Kirchberg die Turmuhr schlug. Da geschah etwas nicht, was eben jetzt, als wir zum weitgeöffneten Fenster traten, um ihnen nachzuwinken, hätte geschehen müssen. Das Eisentor klirrte nicht. Das Tor blieb verschlossen. Die Frauen standen weder davor, noch marschierten sie im Hof zur kleinen Hinterpforte durch die Schneepfützen. Wir hörten Großmutters Stimme im Hof: »Verdammte Bande!« Dann stürmten wir die Treppen hinunter, hinaus in den Südwind und sahen in Leuchtfarbe wuchtig ans Eichenportal gepinselt die Worte: Judenknechte, Volksverräter!

Bleichgesichtig neben Gesas Mutter stand Frau Marin. Meine Mutter war die Treppe schon hinabgestiegen und rief: »Michael, du gehst sofort ins Haus!«

Das tat ich, um Großmutter zu helfen.

»Hol den Schrubber!« Es sprang die Unterlippe, ihr Gesicht war rot und jung vor Zorn. Ich trug den Schrubber. »Nimm noch die Kernseife!« Und schnappte die Seife, und wir schmirgelten, rieben, kratzten mit dem Messer, bis die Flammenschrift endlich verschwunden war.

Die Worte aber waren uns eingeätzt, und immer wieder stellte sich stumm oder ausgesprochen die Frage: Wo ist Gabriel?

»In irgendeinem Konzentrationslager« antwortete die Großmutter.

»Omi, was ist ein Konzentrationslager?«

»Das sind Lager wie drüben im *Roten Grund,* Baracken, Wachtürme, Stacheldraht im Doppelverhau, Bluthunde und bewaffnete SS-Einheiten zur Bewachung, ihr Kinder.«

»Aber im *Roten Grund* gibt's nur Kriegsgefangene, keine Deutschen!« sagte ich. Ihre Hand zuckte, ich zog den Kopf ein. Der Schlag blieb aus.

»Nur Kriegsgefangene«, erwiderte sie streng, »wir Deutschen sind auch nur Menschen, wo liegt da ein Unterschied?«

»Aber wir sind doch Arier«, setzte ich nach, der Oberlehrerin Böhme eingedenk.

Da zuckte noch einmal ihre Hand. »Knie nieder«, sagte sie unerbittlich, »und sprich mir nach:

Du sollst nicht falsch Zeugnis reden wider deinen Nächsten, du sollst deinen Nächsten lieben wie dich selbst.«

Ich sprach's und sie strich über mein Haar.

»Und Gabriel?« beharrte ich. »Der Bürgermeister hat gesagt, daß man die Juden tötet ...«

Ihr Gesicht war bekümmert. Sie drehte sich gegen den Herd, stocherte mit dem Feuereisen und antwortete über die Schulter hinweg: »Wir können nur hoffen, daß er überlebt ...«

»Hoffen und warten«, sagte Marin, »immer dieselben Worte!«

Die Großmutter richtete sich kerzengerade auf, sah uns lange und prüfend an und sprach wie zu sich selbst: »Da hast du ganz recht, mein Junge!«, nahm das schwarze Schafwolltuch vom Haken und warf sich's über. »Ich gehe jetzt zum Bürgermeister Prediger!«

Wir waren aufgeregt und sperrten Klein Gesa in der Küche

mit ihren Puppen ein, kümmerten uns wenig um ihr Gejammer, das zum Winseln wurde und verstummt war, als wir den schneewasserpfützigen Hof durchquert hatten.

Klemm, der Knecht, saß im Schweinestall, schnitt Scheiben vom Speck und sprach mal zärtlich, mal väterlich belehrend mit den Säuen, zu denen er, wie man im Dorfe munkeln hörte, ein schweinisches Verhältnis gehabt haben soll.

Vetter Schorsch hatte nur gelacht über diese Geschichten: »Was dem Dorfeber recht ist, das hat der Klemm ihm billig abgeguckt!«

An diesem Morgen waren wir ganz friedlich, ohne Anspielungen oder Schmeicheleien, rollten den leeren Hafersack vor seinen Augen auf, und Marin sagte: »Das schwarze Pferd in unserem Stall hat Hunger!«

»Hunger haben wir alle«, er kaute und schluckte. »Bubu gehört zur Artillerie, wenn ihr mich fragt!«

»Und deine Schweine, die gehören allesamt in die Gulaschkanone«, erwiderte ich.

Der alte Klemm lachte, ging mit uns übers verjauchte Kopfsteinpflaster in den Pferdestall, wo die beiden Ackergäule, alpenländische Haflinger, im Halbdunkel standen und ihre Köpfe gegen das Türlicht drehten. Sogleich machten wir uns über die Futterkiste her, ich hielt den Sack, und Marin schaufelte: Als er prall gefüllt gegen das Holz lehnte, beugte auch ich mich hinunter, suchte im duftenden Hafer nach Melasseklumpen, die ich fand und in den Hosentaschen verschwinden ließ.

»Genug!« Klemm schloß den Deckel. »Kein Wort der Bäuerin! Sonst ist das euer letzter Sack gewesen!«

Im Handumdrehen hatte ich die Furcht verloren vor dem starken Tier mit seinen wilden, großen, manchmal schläfrigen Augen. Tritt nie an ein Pferd, ohne es anzurufen und nie von hinten in den Schlagbereich der Hufe! Ich konnte nur lachen. Bubu erkannte mich, wenn ich draußen im Schnee reglos vor der Stalltür stand, und sie pendelte unruhig in der engen Box, schnaubte und zupfte mit den Lippen, bis meine Rechte, flach darauf der Melasseklumpen, vor ihren weichen, geifernden Lippen stand.

Der Bürgermeister Prediger sei auf Dienstreise im Osten, in Polen vermutlich, und käme erst zum Wochenende, wenn man diesen Kriegsfahrplänen trauen wolle, nach Werflo zurück, sagte die Großmutter ein wenig später.

Ich stand am Küchenfenster, hörte sie reden und hörte gar nichts mehr und sah den Südwind die Äste biegen, sah die langen braunen oder grünen, südnordwärts breiter und schneller tauenden Streifen im Weiß der Ebene und die Krähen gegen den Wind ankämpfen, weite Schleifen und hohe Spiralen fliegend, ehe der Schwarm krächzend auf die Wiesen niederfiel.

Nun stehst du starr.
Schaust rückwärts, ach! Wie lange schon!
Was bist du Narr vor Winters in die Welt entflohn?

Da sprach wieder diese uns fremd vertraute, im Lautsprecher ganz und gar entstellte Stimme, der kein Gesicht zugehörte, die einfach durch den Äther schwang, über Berge hinweg, von Haus zu Haus, die auch vor unsren Basaltmauern nicht haltmachte.

Das Oberkommando der Wehrmacht gibt bekannt:

In der vergangenen Nacht flogen britische Bomber in das Reichsgebiet ein und drangen bis zur Reichshauptstadt vor. Sie warfen Spreng- und Brandbomben auf einige Orte in Nordwest- und Westdeutschland und auf das Gebiet von Groß-Berlin. Es entstanden vorwiegend Brandschäden in Wohnvierteln und Zerstörungen an öffentlichen Gebäuden und Kulturstätten. Die Bevölkerung hatte Verluste. Acht der angreifenden Bomber wurden abgeschossen.

Zwei Tage später, abends in der Küche hinter verdunkelten Fenstern, und diesmal wurden wir nicht ins Bett oder hinauf ins Obergeschoß geschickt, sprach zu uns fassungslos und ziemlich schnell der Bürgermeister: »Drei Tage bin ich im Warschauer Getto gewesen. Gnädige Frau, die Zustände sind unbeschreiblich! Schüsse fielen. Verwundete. Tote. Schreiende Frauen, Kinder und Greise.«

Schweiß stand auf des Bürgermeisters Stirn.

»Zehntausend Juden werden jeden Tag, morgen und übermorgen und wurden gestern und vorgestern abgeholt und deportiert nach Auschwitz, nach Treblinka und wie die Lager heißen. Von den Güterwagen geht's in die Entkleidungsräume, aus den Entkleidungsräumen in die Gaskammern, und von den Gaskammern werden die Leichen in Krematorien geschaufelt. Die Öfen rauchen Tag und Nacht. Nacht und Tag werden Zehntausende von Menschen vernichtet!«

Der Bürgermeister preßte beide Fäuste vor die Augen und stöhnte, wie verletzte Pferde stöhnen können.

Wir aßen und wagten kaum zu atmen.

Da lachte meine Mutter. »Krieg bleibt Krieg!« sagte sie trotzig. »Denken Sie an die Greuelgeschichten aus Frankreich und Rußland. Auch deutsche Soldaten wurden gefoltert, aus dem Hinterhalt von Partisanen erschossen, und russische Frauen schnitten ihnen mit Rasiermessern durch geöffnete Toilettenfenster von hinten die Hälse durch. Stellen Sie sich das vor!«

Der Bürgermeister blickte ihr fest in die Augen, und Großmutter sagte: *»Wer das Schwert nimmt, soll durch das Schwert gerichtet werden!«*

Und meine Mutter schrie: »Hören Sie auf, ich bitte Sie! Diese nichtssagenden, abgedroschenen, von Ihnen zu jeder Gelegenheit zitierten Bibelverse!«

»Armer Gabriel«, sagte Frau Marin, und es geschah etwas mit ihrem Gesicht: Die Nasenflügel wurden rot, dann weiß, ihre Mimik zeigte ein Zucken der Lippen, die ein vielleicht mit letzter Energie gewolltes, uns Kindern zugedachtes Lächeln nicht mehr zustande brachten.

19

Über Nacht standen die Bäume in hauchhellem Grün. Werflos Erde trieb das junge Gras und zwischen den Grashalmen die ersten Blumen empor. Draußen zwischen den Flüssen, fettgelb von Troll- und Sumpfdotterblumen, war's bereits Sommer, als das Storchenpaar sein angestammtes Nest auf dem Rathausturm bezogen hatte und zwischen Werfloer Frühling und Flußwiesensommer klappernd hin und her flog.

Die Starre aus Eis und Schnee, diese hellhörige Kriegswinterschweigsamkeit war dünnwandig geworden unter dem Südwind, war aufgeknackt und weggeschmolzen. Was Beine hatte, jung und alt, drängte hinaus auf Wiesen und Äcker. Voran Ortsgruppenleiter Flimm; hoch zu Roß, in Uniform, mit gewichsten Reiterstiefeln und über dem Sattelknauf quergestellter, im Trab- oder Galopprhythmus wippender Gerte, kontrollierte er die keimende Saat, begutachtete das Jungvieh auf der Kälberweide, Tadel herabbrüllend: »Los! An die Arbeit, ihr gichtknotigen Faulenzer, der Himmel bewölkt sich, das Heu muß unter Dach, ehe der erste Tropfen fällt!«

Geschlossen, uniformiert wie stets, marschierte auch Werflos HJ unter Dieter Flimms und Pitter Fickes Kommando zum Arbeitseinsatz. Wir, Marin und ich, waren nicht mit ihnen. Nicht nur, daß wir zu jung waren – uns beiden fehlte ein gutes Jahr zur HJ-Reife –, nein, sie hielten uns sorgfältig auf Distanz.

Wir waren auf der Hut. Immer zu zweit an den Rockschößen des alten Klemm oder inmitten einer sensenbewaffneten, hohes Fettgras niedermähenden, ganz und gar in Schwarz gekleideten Frauenschaft von Müttern und Großmüttern, igelten wir uns ein, banzten wir Arme voll Gras auf hölzerne Trockengerüste, die gleich Scharfschützen gegen eine dunkelblaue, weder greifbare noch abfärbbare Nachtluft knieten, um

Ausschau zu halten nach einem unsichtbaren Feind. Wir mieden die Wiesen und Feldareale um den *Roten Grund*, der über Tag das ausschließliche Arbeitsrevier der HJ-Truppen war. In der Frühlingsluft neben Spatzengeschilp, unter Lerchengetriller, waren wieder die verschiedensten Gesänge: *Die Fahne hoch, Horst-Wessel-Lied* und *Im Märzen der Bauer die Rößlein anspannt.* Dahinter, aus dem *Roten Grund* und jenseits davon, wo zwischen Bahndamm und Stadtwald die Gefangenentrupps zur Feldarbeit im Morgengrauen antreten und bis zur blauen Stunde schuften mußten, erklangen wie im Vorjahr die schwermütigen Baßchöre der Russen, stiegen die Kopfstimmen der Vorsänger und berichteten vom Wolgastrom, von *Stenka Rasin* und dem Räuberhauptmann *Kudia,* wie uns der alte Klemm, der Russisch konnte, eindeutschte:

Zum Herrgott wollen wir be-eten
und euch berichten, was geschah,
wie's der ehrwürd'ge Chronist in
Salowski, selber erzählt, Pytirim.

»Heimweh haben sie, die armen Teufel«, sagte Klemm, auf den Heugabelstiel gestützt, und lauschte den Gesängen.

Es gibt kaum ein Volk auf Erden, das seine Heimat liebt wie die Russen. Versteht ihr? Heimat heißt bei ihnen Mütterchen Rußland, die heilige russische Erde, legendenreich und voller Lieder, und russischer Herrgott, der außer Russisch keine Sprache spricht, versteht oder erhört!«

»Aber Rußland ist doch unser schlimmster Feind!« rief ich: »Bolschewisten, Barbaren und Menschenfresser!«

Der Alte spuckte Priemsoße.

»Was versteht ihr Kinder schon von Menschen oder gar vom Krieg?«

Vetter Schorsch, der auch den Gabelstiel senkrecht gen Himmel gerichtet und seinen Filzhut mit Querkniff hinauf zum

Haaransatz geschoben hatte, lachte laut: »Arthur?!«

»Ja.«

»Ein Berliner und ein Mann aus Essen unterhalten sich über Bombenschäden!«

»Ja.«

»Sagt der Berliner: ›Bei uns war's höllisch. Fünf Stunden nach dem Angriff sind noch die Fensterscheiben aus den Häusern geflogen!‹«

»So.«

»Sagt der Mann aus Essen: ›Bei uns sind vierzehn Tage nach dem letzten Angriff noch die Führerbilder aus den Fenstern geflogen!‹«

Vetter Schorsch meckerte: »Ist das nichts?«

Der alte Klemm grinste, spießte einen gewaltigen Haufen Gras auf und sagte: »Den solltest du mal dem Ortsgruppenleiter erzählen!«

Vetter Schorsch grinste zurück: »Werd ich tun, aber erst nach dem Zusammenbruch, wenn er abgeschwollen ist!«

Dann lachten sie beide noch ein bißchen, ich tat, als sähe ich der Schwarzamsel zu, die an einem Regenwurm, der länger wurde, zog und zog, bis er riß, dann lachte auch ich, sah, das Auge reibend, Marin zu den Bergsilhouetten hinüberstarren.

»Schau!«

Wir folgten seiner Fingerspitze, vorbei an Pferdegespannen, über schwankende, im Gegenlicht fast schwebende, sich mit unendlicher Langsamkeit vorwärts oder gar nicht bewegende Heuwagen in die schon blaustichige Spätnachmittagsluft über der Flußmulde am *Roten Grund* und sahen, was er meinte: das Storchenpaar. Den einen laut klappernd, der aufgeregt mit seinen Schwingen flappte, den anderen mit kurzen, hilflosen Ruderschlägen, der nur sehr mühsam Höhe gewann und eher zu stürzen als zu fliegen schien.

Ein Pfeil, quer durch des Weibchens Körper gebohrt, ragte an beiden Seiten heraus.

»Sie haben an dem Storch gefrevelt!« riefen die Frauen.

»Ein Glücksbringer ist er für jedes Dorf! Schaut nur, seht!«

»Stirbt der eine, zieht der andere fort und kommt nie mehr zurück!«

Wir hörten das Rauschen der Luft, das Pfeifen der Schwingen und sahen die Vögel dem Dorf zustreben. Da schlug's auf dem Kirchberg sieben, das kupferne Zifferblatt blitzte auf und reflektierte das letzte, hinter den Lahnbergkämmen abkippende Sonnenlicht.

Die schwarze Kompanie trägt nicht Litzen
Trägt nicht Schnur,
Die schwarze Kompanie kennt nur
Einen Schwur:
Holt die Fahne uns zurück,
Die der Feind uns geraubt!
Die schwarze Kompanie marschiert!

Die HJ, in Zweierformation, zog heimwärts, auch wir machten uns auf dem Weg, denn Großmutter hatte das Essen bereitet.

»Großmutter, sie haben das Storchenweibchen mit einem Pfeil durchbohrt.« Marin legte den Löffel auf den leeren Teller. Nichts regte sich in ihrem Gesicht. Nur der Abendwind, der durchs geöffnete Fenster strich, bewegte ihre weißen, seidenfeinen Schläfenhaare.

Und da sprach sie, als seien wir nicht und sie selbst nicht körperlich anwesend in diesem Raum, als sei sie nichts als uraltes Weltgedächtnis, das ebenso im Wind wie mit irgendeiner austauschbaren, sterblichen, immer wieder auferstehenden Stimme hätte laut werden und sich regen können:

»*Ich aber sprach: Ach Herr! Du hast's diesem Volk und Land weit fehlgehn lassen, da sie sagten, es wird Friede bei euch sein, so doch das Schwert bis an die Seele reicht. Zu derselben Zeit wird man diesem Land und Volk sagen: Es kommt ein dürrer Wind über das Gebirge her aus der Wüste. Ja, ein Wind kommt, der ihnen zu stark sein wird. Siehe, er fährt daher wie Wolken, und seine Wagen sind wie ein Sturm, seine Rosse sind schneller denn Adler. Weh uns! Wir müssen verstört werden!«*

»Großmutter, Großmutter, halt ein! Was sprichst du!«

Marin weinte, er berührte ihre knochigen Hände.

»Mit mir dauert's nicht mehr lange.« Sie schaute zum Fenster hinaus.

»Die uralten Berge und die schwarze Erde: da liegen meine Eltern, mein Mann, meine zwölf Geschwister und alle meine Freunde …«

Das Standuhrpendel tickte ins Leere.

»›Gelt, als ich geboren wurde, habt ihr alle gewünscht, ich wäre tot‹, hab ich später einmal meinem Bruder Benjamin gefragt. ›Weißt du‹, hat er geantwortet, ›wir waren ja schon zwölf hungrige Mäuler, und der Vater im Franzosenkrieg geblieben, aber als du dann da warst und herumliefst, da haben wir dich allesamt lieb gehabt.‹ Unserer Mutter war's schwer damals, der Mann tot, das Schorschchen unters Mühlrad gekommen, du weißt doch, Günther, wo die Schleuse war, da ist er reingefallen, und Heinrich, mein Bruder, der gerade aus dem Kuhstall kam, hat ihn am Schürzenbändel erwischt, und das ist abgerissen, der kleine Kerl ist unters Mühlrad getrieben und zerstückelt worden … Dann kam ein harter, früher Winter und die Maul- und Klauenseuche, und die Tiere kippten um wie Fliegen, und wir alle hatten nichts zu beißen …

›In jener Zeit‹, hörte ich unsre Mutter sagen, ›hab ich geglaubt, es gäbe keine Gnade mehr …‹«

Draußen war es Nacht geworden. Der Zauber in ihrer Stimme zersprang: »In der Erde, da ist Friede, und auf den Gräbern blühen die Herbstastern ganz weiß und still …«

Wir lagen in unsren Betten und hörten Wind in den Blättern und rochen den Duft der Baumblüte, die Blumen und das würzige Heu im Wind.

»Warum machst du keine Musik mehr«, dachte ich plötzlich und hatte es schon ausgesprochen. »Du warst doch ganz verrückt nach deiner Geige, nach Tönen und alten Noten ...«

»Die Musik ist tot in mir«, antwortete Marin, »wie dein Vater tot ist und meiner und wie die Großmutter tot sein wird, wenn die Zeit gekommen ist ...«

»Und vielleicht Gabriel«, fügte ich hinzu.

Ich hörte ihn die Bettdecke umdrehn, tief ein- und ausatmen und sagen: »Mausetot, wie wir vielleicht alle bald sein werden, wenn die Bomber über die Lahnberge gen Werflo fliegen ... Jetzt gib Ruhe, ich bin müde!«

Ich schlief ein, dachte: *Tot, tot, tot, tot, wie wir alle bald sein werden ... und trudelte weg und ritt plötzlich auf dem schwarzen pferd durch schwärzeste nacht. ich schlang meine arme fest um seinen hals und spürte eine schwere auf meinen körper fallen, zu einem griff nach innen werden, der meine atmung lähmte, der einen gewaltigen druck in meinem kopf erzeugte. da flammte schwarz rot, ich sah deutlich eine steinkante, hörte hufe scharren, das pferd schrill aufschreien in todespein, dann stürzten wir ...*

20

Am nächsten Morgen, es war ein Samstag, hatten wir ausgemistet, Sägemehl unter Bubus Hufe gestreut, Hafer in die Krippe nachgelegt und Heu in den eisernen Korb.

Erhitzt traten wir aus dem Stall.

»Heil Hitler!« Herr Schulz, der Briefträger, drehte verlegen einen Brief.

»Ihr Jungens seid doch tüchtig in der Schule, könnt ihr mir mal …«

Marin las laut: »Frau Luise Thomsen, Werflo, Gillhof.«

Schulz sagte: »Na, dann hab ich's ja richtig gemacht«, grüßte deutsch und zog mit seiner schwarzen Ledertasche von dannen. Klein Gesa, die im Sand Kuchen buk, hatte die Ohren gespitzt, ließ den letzten Kuchen in der Form anbrennen. »Gib her«, sie hatte den Brief und dackelte die Steinstufen empor, schrie atemlos schon auf der Veranda: »Mutti, Mutti, ein Brief!« Dann schepperte die Glocke und schepperte noch mal, und es war morgenstill auf dem Hof. Die jungen Platanenblätter dallerten im Wind und spielten mit den Sonnenstrahlen. Wir fetteten Zaumzeug und wienerten den Sattel, da stand das Kind neben uns und weinte.

»Willst du wohl still sein, du Irrwisch!« rief ich.

Marin legte den Lappen hin: »Na, was hast du, was heulst du denn?«

»Wir müssen weg von hier«, flennte sie. »Vati ist befördert worden, nach Rostock zur Marineverwaltung … ich will aber hierbleiben!«

Und sagte immer noch: »Ich will nicht nach Rostock, ich will bei euch bleiben«, als am nächsten Morgen der alte Klemm Bubu vor den Einspänner geschirrt hatte, das Gepäck hinter dem Kutschbock gut verstaut, breitbeinig auf der Bank saß, die blanken Lederzügel um den Handrücken der Rechten geschlungen, in der Linken die Stummelpfeife hielt und blauweiße Wölkchen über den Pferderücken blies und dachte: Feine Leute mit ihrem Getue!

Oben in der Eingangshalle, wo wir uns, um Abschied zu nehmen, versammelt hatten, geriet Klein Gesa außer Rand und Band. »Gesa, ich komm zurück«, hat er gerufen, als das große Auto um Bohnes Haus gebogen is«, und sie klammerte sich ans Treppengeländer und sah mit blauen Knopfaugen erst die Großmutter und dann Frau Marin flehend an.

Als die gesagt hatte: »Gut, mein Kind, du schreibst ihm einen Brief, jetzt gleich, hier in der Küche«, da ließen ihre Finger das Geländer los. Frau Thomsen, der kein Abschiedsschmerz im Gesicht geschrieben stand, eher Freude und Erleichterung, diesem gefährlichen, weiß die Vorsehung wozu verdammten Herrenhaus den Rücken kehren zu können, Frau Thomsen nickte zustimmend und ging ein letztes Mal mit zur Ofenbank.

Klein Gesa diktierte: *»Lieber Gabriel«*, »Ausrufezeichen«, sagte Frau Thomsen. Das Kind fuhr stockend fort:

»Bin mit Mutti nach Rostock gefahren, wolln dort mit Vati wohnen. Ich bin furchtbar neugierig, wie er aussehen tut. Mutti sagt, er hat einen schwarzen Schnurrbart wie dein Onkel Niklaus. Ich muß jetzt fort und hab Dich lieb. Wenn der Kriech rum ist, mußt du uns besuchen!!«

»Auf Wiedersehn, lebt wohl und vielen Dank für alles

»Bleib du gesund, Luise, und schreib mal«, rief meine Mutter, »und grüße deinen Mann!«

Klemm schnalzte mit der Zunge, und Bubu spitzte die Ohren. Die Hufe klapperten, rutschten, schlugen Funken, als sie um Bohnes Hausecke herum in die Dorfstraße einbogen und in leichten Trab fielen.

In ehemals rotem, hier und da durch den Rußbelag schimmerndem Klinkerstein erstreckte sich der Bahnhofsflachbau vor den Gleisen, die Werflo ein halbes Jahrhundert schon, und wahrscheinlich nur, weil unser Dorf an der Hauptstrecke Hamburg-Frankfurt gelegen war, mit der Welt verbanden.

Wir schleppten das Gepäck durch die seitliche Schwingtür an den Reichsbahnfahrkartenschalter, am Getränkekiosk vorbei die Treppe hinunter durch den Unterführungstunnel hinauf ans Gleis 3, wo die Lok zischte und Dampf abließ. Man hatte schon Wasser nachgefüllt und Kohle in den Tender geschippt, als der Bahnhofsvorsteher unter seiner roten Schirmmütze unruhig auf die elektrische Uhr blickte und sehr gewichtig tat. Es roch nach Kohle, Ruß und heißem Teer, ich schmeckte Kohle auf der Zunge, spürte diese sekündlich anwachsende Unruhe, als der alte Klemm das Gepäck im Netz verstaut hatte, wir draußen auf dem Bahnsteig standen und durch das von Regenwasser und Ruß in senkrechten Streifen verschmutzte, halb erblindete Fenster nach innen sahen, und hörte meinen Herzschlag in den Ohren. Als Frau Thomsen das Fenster einen Spalt weit hatte öffnen können, hörte ich den alten Klemm sagen: »Wo sie hinfahren, da bin ich hergekommen, nur ein Stück weiter östlich, Frau Thomsen, die russische Grenze ist nicht weit weg, hoffentlich machen Sie keinen Fehler jetzt!«

Da sahen wir die Nasenspitze weiß werden, in Hüfthöhe die Umrisse des Kindergesichts, fremd schon fast, während der Mann die Kelle hob. Die Trillerpfeife schrillte. Die Lok pfiff, Kupplungen klirrten, Waggons ruckten, glitten davon, und in meinem Ohr klang der Lautsprecher nach: »Bitte zurücktreten, Türen schließen, der Zug fährt ab«, ich dachte: *Räder müssen rollen für den Sieg*, das hatte in meterhohen Pinselbuchstaben auf der Rückwand des Schlußwagens gestanden. Und als der zuerst weiße, unter das Perrondach kriechende Dampf an den Rändern hervorquoll, die sonnenglastige Luft grau verfinstert hatte und wir drei Zurückgebliebenen, Marin rechts, ich links vom alten Klemm, auf dem Kutschbock des dahinrumpelnden Einspänners saßen, da sah ich den grauen Stein des Glaeserschen Bahnhofhotels sich grauer einfärben und blickte nach oben: Schwere Wolken zogen unter die Sonne.

Bubu galoppierte die Hauptstraße hinunter, diese einzige Geschäftsstraße Werflos, mit Hakenkreuzfahnen geschmückte Fassaden, hinter denen in Brandmauerbreite das zu finden war, was Werflo zum Dorf machte: Höfe, Misthaufen, Kleinvieh, steile Stiegen und enge, dunkle Zimmer.

Auf dem Marktplatz fiel der Alte dem Pferd in die Zügel und zog die Bremse an, direkt vor Herrn Flimms Kolonialwarenladen, der auch Tabak im Sortiment hatte. Und aus dem Laden heraus kam der Sohn des Ortsgruppenleiters, Dieter, sah uns hoch auf dem Wagen, sah das Pferd an, das mit dem Schweif nach Schmeißfliegen auf seiner Kruppe schlug und ärgerlich schnaubte.

»Bubuuuuh!« rief Marin. »Steh still!«

»Bubuuuuh«, rief Dieter, »zieh Leine!« und gab der Stute einen kräftigen Faustschlag in die Weiche. Im selben Augenblick hatte das Tier mit dem Hinterhuf zugetreten und Dieter Flimm auf die Straße vor seines Vaters Laden geschleudert. Das abgebremste Rad knirschte über Stein und wurde einfach mitgerissen, während hinter uns die Stimme des HJ-Führers sich überschlug: »Judenklüngel! Volksverräter! Das zahl ich euch heim!!«, bis wir endlich die Zügel vom Holz losgebunden und das entnervte Pferd kurz vor dem eisernen Hoftor in der Gewalt hatten. Klemm kam kurzatmig hinterhergehetzt. »Eine Sekunde allein! Schon ist euch das Unheil auf den Fersen!«

Schweigend löffelten wir den Grießbrei, der trotz Zucker und Zimt glasig schmeckte. Marin knipste den *Volksempfänger* an, wir hörten:

Die britische Luftwaffe führte in der vergangenen Nacht erneut einen schweren Terrorangriff gegen die Wohnviertel der Stadt Köln. Durch Abwurf einer großen Zahl von Spreng- und Brandbomben auf dicht bebaute Stadtteile entstanden ausgebreitete Brände. Die

Bevölkerung der Stadt hatte Verluste ... Bisher wurde der Abschuß von sechsundzwanzig feindlichen Bombern festgestellt ...

Füße scharrten auf den Steinstiegen, hielten an, kamen näher, und wir wußten: Das ist Frau Leuthold, die täglich, kurz nach dem Essen, zur Großmutter in die Küche schlurfte, Tag um Tag an hör- und sichtbarer Lebendigkeit weniger zu werden schien, wenn sie verkrümmt auf der Ofenbank Reste tilgte, dergestalt zerbrechlich, daß der Blechlöffel in ihrer Hand nicht zum Kopf, sondern der Mund hinunter zum Löffel sich bewegen mußte und sie in die Luft starrte, als wär's ein Vakuum, in dem Flaumfeder und Stein gleich schwer zu Boden fallen.

War der Teller leergearbeitet, kippte sie zurück. Eine Stimme, die nicht mehr die ihre war, sprach immer denselben Satz: »Mein Georg, mein Georg ist tot ...«

Wir sahen Großmutter an, sie blickte uns an, hielt den gestreckten Zeigefinger vor die Lippen. »Warte nur ab, wenn der Krieg vorbei ist, wirst du deinen Mann leibhaftig vor dir sehen!«

In der Küche war's duster geworden. Es donnerte, ich zählte leise, sah einen phosphorhellen Blitz über den Himmel zacken und wußte, das Gewitter steht hinter den Lahnbergen über den Flüssen. Dann prasselte der Regen aus schweren, tief über der Ebene stillstehenden Wolken auf Werflo hinunter.

Als das Gewitter längst vorbei und die Luft sehr klar war und in dieser die Entfernung verkürzenden, die Lahnberge greifbar ans Schlafzimmerfenster heranrückenden Luft die Sonne in ihren letzten Glutfarben spielte und versank, da sprach Marin plötzlich aus dem Dämmerlicht heraus:

»Weißt du noch, wie dein Vater aussieht?«

Ich schloß die Augen, sah rote und schwarze Kreise und öffnete sie wieder.

»Nein. Du?«

»Nein. Es ist zu lange her.«

»Wir sind jetzt Kinder ohne Väter ...«

Fest und traumlos hatte ich geschlafen, da trommelten Marins Fäuste auf meine Brust.

»Schnell, wach auf!«

»Was ist?«

»Im Stall! Da hat jemand geschrien!«

Wir blickten zum Fenster hinaus in eine mondlose Finsternis, aus der, je länger und angestrengter wir starrten, das Stallgebäude erst Umrisse, schattenhafte Außenwände, dann Fenster zeigte und eine Tür. Die Tür stand weit offen.

»Großmutter, Großmutter!« schrie Marin, während wir hinunterrannten. Im Herrenhaus flammte das Licht auf und gab uns beßre Sicht. Wir stolperten in den dunklen Stall, rochen sofort das Chloroform und sahen unter der fliegenverschissenen Birne die Klappe an Bubus Box weit offen und die Stute nicht hinter dem Bretterverschlag stehn. Hellrotes Blut floß, die Pißrinne war voll davon, und da lag das Pferd, von Stichen übersät, die sein schwarzes Fell an Flanken und Hals zerfetzt hatten.

Blut war ans Holz gespritzt und hatte dunkle Lachen ins Sägemehl gefressen. In Bubus Auge stak ein HJ-Dolch, ihr Fell zuckte.

21

Was die beiden Ledermäntel nicht mit ihren Drohungen vermocht hatten, das bewirkte noch in derselben Nacht der Fememord an dem Pferd.

Als meine Mutter begriff, daß Bubu hingemetzelt, noch dazu Pfosten und Türflügel des Portals mit ihrem Blut gezeichnet worden waren, verlor sie die Nerven und verlangte zur Stunde, die Kirchturmuhr hatte irgendwann vier geschlagen, Leutholds Auslieferung an den Ortsgruppenleiter, der ihn der Gestapo übergeben sollte.

»Sie alle«, schrie sie und heulte dazwischen, »wissen klipp und klar, daß er bei uns im Keller sitzt!«

»Frau Rost, wenn die Sache so steht, nehmen Sie Ihren Jungen und verlassen Sie das Haus!«

Frau Marins Stimme hatte erschöpft geklungen, doch sehr bestimmt. Weil ihr, der rechtmäßigen Erbin und Besitzerin des Hauses, niemand diesen Ton zugetraut hätte, weil wir alle beinahe vergessen hatten, daß sie überhaupt eine Stimme besaß, die zu gebrauchen war, zog dieser Satz ein betretenes Schweigen nach sich.

Ich roch das inzwischen geronnene Blut, hörte einen Nachtfalter um die Glühbirne taumeln, Schmeißfliegen krochen auf Bubus zerfetzter Augengallerte.

»Der Alte muß geopfert werden«, schrie wieder meine Mutter, »nur, wenn wir dem Gesetz Genüge tun, ist Gnade zu erhoffen und Vergebung!!«

Da fühlte ich meinen Kopf ganz heiß werden, rot bis unter die Haarwurzeln: »Mutter, bitte, bitte nicht!«

Sie aber schrie: »Du bist still, wenn Erwachsene reden!«

Die Großmutter sagte sehr ruhig: »Frau Rost, lassen Sie Worte wie Vergebung und Gnade aus diesem schmutzigen Spiel.«

Da antwortete meine Mutter: »Gott, was Gottes ist, dem Führer, was des Führers ist!«, drehte sich um, verschwand in der Dunkelheit. Wir hörten das Eisentor klappern und ihre Schritte den Gefangenenberg hinunter verhallen.

»Geh, Michael, geh zu ihr!« Frau Marin strich über mein Haar.

Ich lief ihr nach. Nein, ich war schon den ganzen Berg hinunter, war an Bohnes und Leutholds Fachwerkhäusern vorbei, da wurde mir bewußt, daß ich nicht lief, sondern sehr langsam ging. Aus den Hinterhöfen schrie wieder der Hahn, und ich dachte: Mutter, komm zurück! Und wollte ihr zurufen. Da spürte ich plötzlich die Morgenstille, hörte das nachhallende Klacken meiner Pinnschuhe auf dem Basalt und erschrak. Die Fenster Werflos starrten auf uns herab. Poock, poock schlug mein Herz, pock, poock, und als ich den Rathausturm sah, begann ich zu laufen; als meine Mutter den Markt erreicht hatte, rannte ich und winkte mit beiden Armen, aber sie wandte sich nicht. Die Schultern auf und nieder wippend, ging sie am rechten Rand des Marktplatzes, dicht an den Häuserwänden entlang, gestärkt von einer Kraft, die weder sichtbar noch hörbar und dennoch gegenwärtig in fast jedem Hause Werflos war.

Die Fahnen regten sich im Morgenwind.

»Dem Führer, was des Führers ist.« Ich stand im Schutz der Brandmauern zwischen Hehns Metzgerei und dem Hotel zur Post. Der Führer ist das Gesetz! Ich stand im Windkanal zwischen beiden alten Häusern, schaute zum Flimmschen Haus empor, wo im Obergeschoß zuerst dicke Gardinen vorgezogen wurden und dann das Licht durchschimmerte. Ich stand einfach, losgelöst aus dem Herrenhaus, aus Werflo, aus dieser meiner damaligen, auf einen bestimmten Tag, einen sehr bestimmten Augenblick bezogenen Zeit und hätte damals wie heute nicht sagen können, wieviel Einheiten in Minuten und Sekunden unserer aller Lebensfrist kürzer geworden und das

Böse Werflos um eben diese Spanne gewachsen war und triumphiert hatte. Da trat meine Mutter aus der Seitentür auf den immer noch menschenleeren Platz hinaus, hielt sich im Schatten der Wände. Ich rief laut: »Mutter! Mutter!« und rannte ihr nach. Sie blieb stehn, beugte sich nieder und küßte mich: »Kind, Kind, du bist ja ganz bleich!«

Ich sah ihr in die Augen, von unten nach oben, und die blickten fremd und starr und ganz weit weg.

»Mutter«, keuchte ich, »Mutter, hast du's getan?!«

»Ja, ich habe den Ortsgruppenleiter gebeten, uns wegziehn zu lassen. Er hat nein gesagt. Wir Frauen werden gebraucht in der Munitionsfabrik. Deutschland ist schließlich im Kriegszustand!«

Hand in Hand gingen wir die Dorfstraße hinunter. Die Sonne brach durch, irgendwo schrien ein paar Hähne. An Leutholds Hausecke küßte sie mich noch einmal und ging in Richtung Munitionsfabrik davon.

Mein Kopf schmerzte. Als ich dann wieder in der Küche gesessen und man mich gefragt hatte: »Michael, wo ist deine Mutter hingegangen?«, mit Stimmen, die nicht eigentlich fragen wollten, die nur die Angst aller in diesem Raum hatten laut und für mich hörbar werden lassen, und ich beiläufig geantwortet hatte: »Sie ist schon in die Fabrik gegangen, ich hab sie ein Stück begleitet«, da war ich ganz weit weg von ihnen, sah Gabriel im blühenden Ginster stehen, den Arm emporgeschwungen, hörte ihn mit einer zum Wahnsinn treibenden, nicht enden wollenden Langsamkeit zählen: ein-und-zwanzig, zwei-und-zw..., spürte dieses nackt und grauenvoll gewordene Entsetzen in ihren Gesichtern.

Die Stühle scharrten. Großmutter räumte den Tisch ab. Frau Marin küßte uns und ging zur Arbeit.

»Komm, gehen wir Holz holen!«

Schnell drückten wir uns am Stall vorbei, in dem der alte Klemm das Pferd in bratengerechte Stücke zerlegte, laut mit sich selbst im Gespräch. Fast gewichtslos sprang der Bollerwagen, von unsren Händen gezogen, über das Pflaster. Auf der Stadtmauer wuchsen frisches Gras und lange, im Wind schwankende Goldruten. Als wir durchs Pförtchen hinunter zur Wohra kamen, sahen wir unsren U-Boot-Tank, seit einem Jahr unberührt, verrostet und auf Grund gegangen durch die Wasser schimmern, rochen Jasmin und Geißblatt, sahen die alte Pumpstation hinter der Schebitzschen Pferdekoppel, die Reste der Trümmer emporragen und einzelne Sonnenfäden den Ufergestrüppdschungel durchbrechen.

Seit die Oberlehrerin Böhme, vor zwei Monaten schwer erkrankt, aus der Marburger Universitätsklinik nicht mehr zurückgekehrt und die wenigen Junglehrer ausgerückt waren an die Ostfront, hatte man Werflos Dorfschule und Schulgarten kurzerhand geschlossen.

Ungehemmt war das Unkraut, wilde Brom- und Himbeerpflanzen, aus der feuchten Erde geschossen, hatten Trieb auf Trieb gesetzt und Ranke auf Ranke, dazwischen blühte gelb der Löwenzahn, und riesige Huflattichblätter warfen Schatten. Irgendwo in der Pflanzenwildnis blitzte Glas. Ich nahm einen Kiesel, zielte und warf. »Ding« machte das Glas und war zerbrochen.

»Willst du Krieg spielen?« Marin lächelte traurig.

»Nein.«

Im Ahnapark rauschten die Bäume: Buchen-, Eichen- und Kastanienstämme, verwittert und borkig, jeder verschieden vom anderen und darüber Äste und Ästchen und Zweige und ungezählte Blätter an den Zweigen, die alle flatterten gegeneinander und im Wind, dieses Rauschen erzeugend, das mal stärker, mal schwächer, mal ganz nah oder von sehr weit her zu kommen schien.

»Wieder reiten die Goten! Jeder von uns ist ein germanischer Kämpfer!« sagte ich.

Marin blickte mich an wie aus Träumen.

»Das ist das Heer der Toten. Sie ziehen durch die Lüfte, bis das letzte Gefecht zu Ende und der letzte begraben unter der Erde liegt ...«

Dann lachten wir beide überlaut.

Wehe, wehe Wind über Werflo hin,
Denn ich warte an diesem Fluß,
Bis in seinen Wassern irgendwann ...

Als wir später ein halbes Ster Buchenholz bei Stürmers auf den Wagen geladen, heimgekarrt und an unsrer Stallwand unter dem überstehenden Dachrand aufgestapelt hatten, da sagte plötzlich Marin: »Ich habe euch nicht am Mühlteich vorbeigehn sehn heute morgen, das ist doch der kürzeste Weg zur Munitionsfabrik.«

Ich fühlte die Röte in mein Gesicht schießen, wandte den Kopf und antwortete: »Wir hatten viel Zeit. Mutter hat den Weg über den Bahndamm genommen«, meine Zweifel aber waren aufgestöbert. Irgend etwas in mir zählte ein-und-zwanzig... zwei-und..., ich sah die Gardine wie von Geisterhand mir die Einsicht nehmen in jenes Zimmer, in dem meine Mutter stehen mußte mit dem Ortsgruppenleiter, der, vielleicht bekleidet mit einem hastig übergeworfenen Morgenmantel, auf sie einredete oder einfach schweigend und begierig zuhörte, was sie, die Mitbewohnerin jenes nicht nur verdächtigen, ihm zutiefst verhaßten Herrenhauses an der Kirchbergschräge, zu berichten in aller Frühe gekommen war. Und dachte: nein ... nein!, und spürte die Gesichtsröte weichen, drehte den Kopf und sah ihn an. »Mißtraust du uns?«

»Nein. Ich glaube dir.«

Da fühlte ich mich hundeelend, hätte am liebsten geheult, hatte auf der Zungenspitze, zu sagen: Ich hab gelogen, sie ist doch bei ihm gewesen, als Großmutter, weit über die Verandenbalustrade gebeugt, in den Hof hinunterrief: »Günter!

Michael! Das Essen ist fertig!«

Wir rannten die Steintreppe hoch, ins Badezimmer zum Händewaschen, dann in die Küche.

Da saßen sie: Frau Marin und meine Mutter, und die Großmutter tischte auf, was es seit langem nicht mehr gegeben hatte: einen riesengroßen Braten, knusprigbraun und würzig riechend. Schon hatten wir Messer und Gabel in der Hand.

»Lasset uns beten!« sagte die Großmutter. Wir falteten die Hände, und sie sprach:

»Herr Gott, Du bist unsre Zuflucht für und für, ehe denn die Berge wurden und die Erde und die Welt geschaffen wurden, bis Du Gott von Ewigkeit zu Ewigkeit, der Du die Menschen lässest sterben und sprichst: Kommt wieder Menschenkinder! Denn tausend Jahre sind vor Dir wie der Tag, der gestern vergangen ist, und wie eine Nachtwache. Du lässest sie dahinfahren wie einen Strom: sie sind wie ein Schaf, gleichwie ein Gras, das doch bald welk wird und verdorrt. Das macht Dein Zorn, daß wir so vergehen, und Dein Grimm, daß wir so plötzlich dahin müssen. Unser Leben währet siebzig Jahre, und wenn's hochkommt, sind's achtzig Jahre, und wenn's köstlich gewesen ist, so ist es Mühe und Arbeit gewesen, denn es fähret schnell dahin, als flögen wir davon.

Lehre uns bedenken, daß wir sterben müssen, auf daß wir klug werden. Amen.«

Wir machten uns über das Fleisch her, schnitten, kauten, würgten runter. Meine Mutter, sehr bedacht, füllte uns nach und bot auch den beiden Frauen an: Kartoffeln, Gemüse, Soße und wieder Fleisch, und hatte ihren ersten Teller nicht geleert, als wir beim zweiten waren, und aß sehr langsam mit fahrigen Bewegungen ihrer Arme und Hände.

»Der Tisch ist zu groß geworden«, sagte sie plötzlich, »jetzt, wo wir nur noch zu fünft sind.«

»Zu sechst«, sagte die Großmutter und wies mit dem Daumen senkrecht nach unten.

»Ja, zu sechst, natürlich, wie konnte ich das vergessen.

Ob die Thomsens wohl gut angekommen sind?«

»Eine weite Reise bis zur Ostseeküste«, antwortete die Großmutter, »und das in diesen Zeiten. Die englischen Tiefflieger beschießen die Personenzüge!«

»Großmutter, was ist das für Fleisch?«

Die Frauen blickten sich über unsre Köpfe hinweg an, und meine Mutter antwortete: »Rindfleisch natürlich, ihr Jungs?«

Marin hörte auf zu essen.

»Es schmeckt so seltsam, und Rindfleisch gibt's doch nicht mehr!«

Dann ließ er das Messer auf den Teller klirren und sagte: »Es ist Bubus Fleisch.« Ich fühlte Übelkeit, und Großmutter sagte: »Ja, natürlich, es ist Pferdefleisch, was habt ihr denn erwartet?« und drehte den *Volksempfänger* an, während Marin aufsprang, beide Hände vor den Mund gepreßt zur Küchentür hinaus auf die Toilette rannte. Wieder die Drahtfunkstimme:

Feindliche Fliegerverbände führten neue schwere Terrorangriffe gegen deutsche Städte. Am gestrigen Tage wurden Hamburg und Kiel sowie einige Orte im norddeutschen Küstenraum und in den besetzten Westgebieten angegriffen und in der vergangenen Nacht die Stadt Essen erneut bombardiert. Dabei entstanden schwere Verluste unter der Bevölkerung und starke Verwüstungen in den Wohngebieten der angegriffenen Städte. Luftverteidigungskräfte schossen aus den britisch-amerikanischen Angriffsverbänden einundsechzig Flugzeuge ab. Fünf eigene Jagdflugzeuge gingen verloren.

»Warum nur schießen sie die feindlichen Flugzeuge nicht ab, ehe die Bomben fallen?« fragte ich. Großmutter sagte was von Übermacht, ungenügendem Flakschutz, von Wolkenbildung und Überraschungstaktik, und ich fühlte plötzlich eine schwere Müdigkeit hinter den Augen. Da hatte meine Mutter am Radio gespielt, wir hörten ein Rauschen wie von fern und eine zerbrechliche, etwas holpernde Stimme aus dem Lautsprecher:

Deutsche Hörer!

»Lassen Sie das mal, bitte«, sagte Frau Marin, und die Stimme fuhr fort:

Wir Europäer, selbst wenn wir im Begriff sind, die Bürgerpapiere der Neuen Welt zu nehmen, wollen stolz sein auf unser altes Europa. Es ist ein bewunderungswürdiger Erdteil. Wieviel leichter, bequemer hätten seine Völker es haben können, wenn sie Hitlers infame neue Ordnung hingenommen, sich in die Sklaverei ergeben, mit Nazideutschland, wie man es nennt, kollaboriert hätten …

»Ein Feindsender!« Meine Mutter war aufgesprungen und hatte die Hand am Knopf.

»Lassen Sie!« Großmutters Stimme schnitt. »Das wollen wir zu Ende hören!«

Sie haben es nicht getan. Jahre voll von brutalstem Terror, von Marter und Hinrichtungen haben nicht genügt, ihren Widerstandswillen zu brechen.

»Sabotage!« Mutter war den Tränen nah. Sie war aufgesprungen, rief empört: »Das ist Wehrkraftzersetzung und ist verboten! Ich verstehe Ihre Einstellung einfach nicht, Frau Marin!« Und war hinausgegangen, als die Stimme wieder hörbar wurde:

… ist die erbärmlichste aller Nazilügen. Die Fremden gegen die es die heiligsten Güter zu verteidigen gilt, das sind sie, die Nazis, und sonst niemand. Nur eine dünne korrupte Oberschicht, Verräterpack, dem nichts heilig ist als Geld und Vorteil, arbeitet mit ihnen zusammen. Die Völker weigern sich dessen, und je deutlicher sich der Sieg der Alliierten abzeichnet, desto mehr gewinnt …

Die beiden Frauen saßen hellwach, Großmutter schüttelte dann und wann den Kopf oder ließ ihn in Zustimmung, als säße der Redner hier bei uns am Küchentisch, nicken.

Sieben Millionen Menschen sind zur Zwangsarbeit deportiert, fast eine Million sind exekutiert oder ermordet worden, und Zehntausende hält die Hölle der Konzentrationslager. Es hilft nichts, der ungleiche, heroische Kampf geht weiter.

»Mein Gott, das sind ja Ungeheuerlichkeiten«, stöhnte die Großmutter, »und wir haben von allem nichts gewußt!«

Wieder war diese würdige, mahnende, ergriffene Stimme in unsren Ohren:

Ich sage: Ehre den Völkern Europas! Und ich füge etwas hinzu, das im Augenblick manchem, der mich hört, befremdlich klingen mag: Ehre und Mitgefühl auch dem deutschen Volk! Die Lehre, daß man zwischen ihm und dem Nazitum nicht unterscheiden dürfe, daß deutsch und nationalsozialistisch ein und dasselbe seien, wird in den Ländern der Alliierten zuweilen, nicht ohne Geist, vertreten …

Da fühlte ich die Müdigkeit in meinem Kopf schwere, immer engere Kreise ziehn, dachte: nicht schlafen, schlafen, war eingedämmert, hörte keine Stimmen mehr, schrak auf, als das Kinn von der Handfläche rutschte und an mein Brustbein schlug. Noch immer saßen die beiden schwarzen Frauen und Günther Marin, auch die Radiostimme brabbelte noch und sprach:

… aufs Tiefste bewegt von den Vorgängen an der Münchner Universität, wovon die Nachricht durch Schweizer und schwedische Blätter erst ungenau, dann mit immer ergreifenderen Einzelheiten zu uns gedrungen ist. Wir wissen nun von Hans Scholl, dem Überlebenden von Stalingrad, und seiner Schwester Sophie, von Adrian Probst, dem Professor Huber und all den anderen, von dem österlichen Aufstand der Studenten gegen die obszöne Ansprache eines Nazibonzen im Auditorium Maximum, von ihrem Märtyrertod unterm Beil, von der Flugschrift, die sie verteilt hatten und worin Worte stehen, die vieles gutmachen, was in gewissen unseligen Jahren an deutschen Universitäten gegen den Geist deutscher Freiheit gesündigt worden ist. Ja, sie war kummervoll, diese Anfälligkeit der deutschen Jugend – für die nationalsozialistische Lügenrevolution. Jetzt sind ihre Augen geöffnet, und sie legen das junge Haupt auf den Block für ihre Erkenntnis und für Deutschlands Ehre – legen ihn dorthin, nachdem sie vor Gericht dem Nazipräsidenten ins Gesicht gesagt: »Bald werden Sie hier stehen, wo ich jetzt stehe …«

Da wurde die Radiostimme einfach übertönt von diesem entnervenden Heulen der Sirene, das uns in Panik und Schrecken von den Stühlen riß: »Lichter aus! Schnell!«

Dann rannten wir, rissen die Kellertür auf, stiegen einer nach dem anderen hinab in den Orkus, hinunter in die Welt der Kellerschatten, ehe eintreten konnte, wovor wir flohen, der apokalyptische Vernichtungsschlag von Brand-, Phosphor- und Sprengbomben aus britischen und nordamerikanischen Flugzeugen irgendwo, hoch oben in der Luft, während die Sirene jenen Terrorton des Grauens unerbittlich in unsre Hirne schnitt.

22

Wir saßen auf den segeltuchbespannten Feldpritschen und horchten nach oben ins Gestein.

Marin war aufgestanden, und ich wußte, jetzt geht er den gewohnten Weg, vorbei am Kohlen- und Kartoffelkeller, die Ganggerade entlang, scharf um die Ecke zu den hinteren Räumen, macht halt vor einem alten Milchschrank, ruft oder klopft. Nein, da traten beiden schon zu uns herein und hatten sich irgendwo im dunklen Gang getroffen.

Leuthold glich einem Bild des Schreckens. Haarig zugewachsen stand er reglos unter der Glühbirne und blickte zuerst irritiert, dann beruhigt in die Runde.

»Ihr braucht keine Angst zu haben, die fliegen vorbei!«

Schon hörten wir dieses ganz entfernte Grollen, das zum Brummen wurde, das sich auflöste in deutlich unterscheidbares Motorengedonner, ziemlich tief in der Luft und dicht über Werflo, und Leuthold sagte: »Die Piloten können eine einzelne, nicht verdunkelte Lampe über viele Kilometer hinweg in ihren Kanzeln sehen, die Nachtjäger mit ihren Bord-MGs könnten einen Menschen in diesem Lichte töten.«

Das Donnern wurde zum Grollen, wir atmeten tief aus und durch, und ich wischte mir den Schweiß von der Stirn.

»Aber irgendwo lassen sie doch die Bomben fallen!« sagte Frau Marin, und wir spürten diese Zerbrechlichkeit in ihrer Stimme und hörten den alten Leuthold antworten: »In Frankfurt vielleicht oder in Gießen, da gibt's Industrie und Tausende von Menschen. Sie wollen die Rüstung lahmlegen und die Widerstandskraft der Bevölkerung brechen!«

»Der Nazibevölkerung«, verbesserte die Großmutter, »bei uns gibt's nichts mehr zu brechen. Lieber heute Schluß mit Regime und Krieg als morgen!«

Und Frau Marin sagte: »Ja, Mutter, da hast du recht, daß unser Kellergeist wieder ans Licht kommen kann.«

Leuthold ergriff ihre Hand: »Ich werde Ihnen das nie vergessen. Dieser mörderische Krieg ist in wenigen Wochen zu Ende. Die Ostfront ist gefallen. Die Rote Armee ist im Vormarsch am Don. Roosevelt hat in Casablanca bereits die bedingungslose Ergebung von Hitler gefordert. Bald werden die Alliierten die Feste Europa knacken und uns von der Diktatur befreien! Freiheit! Fast hab ich vergessen, was das ist!«

Großmutter nickte: »Ja, Leuthold, da wirst du noch gebraucht werden, wenn's soweit ist!«

Die Sirene entwarnte, ich beobachtete meine Mutter, die schwieg und schwieg, zu Boden starrte und mit ihren Fingern knackte. Und sah wieder den alten Leuthold, zugewachsen und abgemagert, hörte noch einmal in der Grabesstille die Worte: Freiheit! Freiheit, und begriff deutlich, daß hier etwas sehr Kostbares gemeint war, von dem ich mir keine Vorstellung machen konnte. Da hörten wir Stimmen draußen im Gang, dicht bei der Tür, und sahen den alten Leuthold hilflos aus den Augen blicken.

Hart schlug Metall gegen Metall. Eine herrische Stimme befahl: »Aufmachen! Geheime Staatspolizei!«

Niemand rührte sich. Die Klinke kippte nach unten und die Tür, weil niemand sie abgeschlossen hatte, ging einfach auf. Herein traten die beiden Ledermäntel, hinter ihnen Ortsgruppenleiter Flimm mit gezogener Pistole, die sich auf die linke Kellerecke ausrichtete mit einem hörbaren Geräusch, das der Entsicherungsbügel verursachte.

»Ich protestiere, das ist Hausfriedensbruch!« rief die Großmutter.

Der erste Ledermantel lachte schallend laut. Paul brüllte: »Ruuuhe!«

Die Ruhe, die jetzt einschlug, gehörte dem alten Leuthold, an dem sich die Blicke der drei Männer festsaugten: Flimms listig wieselnde Augen, die ihn kannten und wiedererkannten unter dem eisgrauen Bartwuchs, die kalt und sachlich blickenden Augen der Gestapomänner.

»Sind Sie Georg Leuthold, Fuhrunternehmer aus Werflo?« fragte der Paul Genannte.

»Ja, er ist's!« schrie Herr Flimm.

Leuthold stand auf: »Ich habe mich wegen des Fliegeralarms in diesen Keller geflüchtet.«

»Wo ist ihr Durchsuchungsbefehl?« Die Großmutter hatte sich schützend vor Leuthold gestellt.

»Ah, unsre kombattante Oma!« sagte der erste Ledermantel und gab ihr einen Faustschlag vor die Brust, der sie quer durch den Raum in die Ecke schleuderte. Sie blieb liegen. Frau Marin war aufgesprungen.

»Wie konnten Sie das tun, sie ist eine alte Frau!«

»Halt, bleiben Sie sitzen, oder ich schieße!«

Der Ortsgruppenleiter hatte den Lauf der Pistole von Leuthold weg gegen Frau Marin geschwenkt.

»Sind Sie die Ehefrau des Generalleutnants Marin?« fragte Paul.

»Ich bin seine Witwe«, hörten wir Frau Marin leise antworten. Da sagte Paul: »Sie sind beide verhaftet! Wegen Fluchtbeihilfe für einen jüdischen Untermenschen, wegen Landesverrats und vorsätzlicher Irreführung! Kommen Sie mit!«

Die Großmutter stöhnte, meine Mutter saß ganz und gar erstarrt, lebloser als eine Stoffpuppe auf ihrer Segeltuchpritsche.

»Das können Sie nicht tun!« sagte der alte Leuthold.

»Sie hat einen Jungen und die alte Frau zu versorgen und mit der ganzen Sache nichts zu tun!«

»Das mußt grade du uns erzählen! Ich habe beide Frauen dieser sauberen Familien Worte sagen hören, die mehr sind als nur Wehrkraftzersetzung oder Landesverrat! Das«, rief Herr Flimm in Wut und zeigte auf Leuthold, Frau Marin und die

Großmutter, »sind die Leute, die den Dolchstoß führen in des Volkes und unsres Führers Rücken. Nehmt sie mit, sie sind des Todes!«

Da sahen wir den alten Leuthold sich gegen den Ortsgruppenleiter bewegen, mit einer Langsamkeit, die seine Schritte auszulöschen schien, und hörten ihn sagen: »Du gemeiner, unmenschlicher Leuteschinder, dich bring ich um!« und sahen ihn auf Armeslänge herangerückt und sahen die beiden Gestapomänner, von denen jeder ihn leicht hätte angreifen können, und hörten Herrn Flimm hysterisch rufen: »Bleib stehn, oder ich schieße!«

Laut summte eine Schmeißfliege in der Stille, Leuthold schwebte weiter, und die Schußdetonation nahm uns das Gehör. Der Alte prallte im Rückschlag gegen die Luft und klappte zu Boden. Ich sah meine Mutter den Mund bewegen, sah, wie Marin sich zur Großmutter in die Ecke flüchtete, hörte ganz entfernte Stimmen, die näher kamen, und der erste Ledermantel sagte:

»Das war ein glatter Mordversuch am Ortsgruppenleiter!«

»Herzdurchschuß! Erspart dem Richter die Arbeit und dem Henker den Strick!«, fügte Paul hinzu.

Herr Flimm ließ die Pistole sinken und steckte sie ins Futteral über seiner rechten Gesäßbacke.

»Holen Sie sich Mantel und Waschzeug und kommen Sie mit!«

Frau Marin sah ein letztes Mal in die Runde, schweigend überfordert, vorzeitig grau und alt geworden. »Lebt wohl ...«, ihre Stimme war nicht weich, nicht hart, eher knarrend, ohne Selbstmitleid, wie jemand Worte gebraucht, die, noch unausgesprochen, ihm bereits fremd geworden sind. Sie schlug die Augen nieder und ging zwischen den beiden Ledermänteln und hinter dem Ortsgruppenleiter Flimm davon. Da plötzlich, aus einer tiefgreifenden Erstarrung gelöst, sprang meine Mutter auf von ihrer Pritsche und rannte ihnen nach.

Und aus dem dunklen, echotragenden Gewölbegang hörte ich ihre Stimme zurückschallen: »Nein! Nein! Laßt sie hier, die Frau. Das alles habe ich doch gar nicht gewollt ... gewollt ... gewollt ...«

Marin, seinen Kopf der Großmutter in den Schoß gebettet, blickte mich an, und ich sah durch ihn hindurch auf das feuchte, tropfende Felsgestein in seinem Rücken und dachte: nein, nein, nein ... sag's nicht, und hörte ihn sagen: »Und ich hab dir geglaubt!«

Ich wollte sprechen, wollte antworten und fühlte Leere in mir, bleischwere Müdigkeit und dachte: Sie hat uns ... verraten, und hörte mich ganz laut schreien: »Ich schwöre, ich habe von allem nichts gewußt!«

Hinaus rannte ich in den dunklen, kalten, modrigfeuchten, ganz und gar finster werdenden Gang.

23

Ich lag in meinem Bett, hörte kurz darauf Großmutter und Marin die Treppenstufen emporsteigen und an meiner Tür vorbeigehn. Ich lag in meinem Bett in dem geräumigen Kinderschlafzimmer ganz allein und weinte und wußte, von nun an würde ich alleine schlafen und alleine wachen, mit allen Träumen und meiner Angst allein bleiben, und dachte:

Nur der Tod kann die Schuld löschen, ich will sterben, und hörte die Pistole knallen und sah immer wieder den alten Leuthold zu Boden brechen, in grauenhafter Endgültigkeit. Draußen hörte ich den Wind vor dem Fenster, der in den Platanenblättern rauschte, der an den Schindeln der alten Scheune riß, und hörte wieder Stimmen unten im Hof, Männerstimmen und die meiner Mutter, hörte die Kellertüre quietschen in der Nacht und wieder Wind, Wind, Wind, der kühl über meine Haut, über die heiße Stirn strich, dachte: Wir sind schuld an allem: du, Mutter, und ich, wir sind schuld, daß er tot ist und Frau Marin verhaftet und die Großmutter geschlagen. Und ich sah sie, in die Kellerecke geknickt, sah den Vorwurf, die stumme, mit keinem Wort laut gewordene Anklage in ihren blauen Augen, als man ihr die Tochter griff, abführte und sie, die mehr als doppelt ältere Frau zurückließ in ihrer Ohnmacht, in ihrem Schmerz.

Wieder waren die Stimmen im Hof, und Füße scharrten, und ich hörte den Bürgermeister sagen: »Vorsicht, das Blut!«, dann klapperte das Eisentor, die Stimmen wurden schwächer, und ich wußte: Jetzt tragen sie die Leiche den Gefangenenberg hinunter in *ihr* Haus. Vor dem Fenster war es Nacht und blieb es Nacht, nicht irgendeine, sondern diese nicht austauschbare, noch immer währende Nacht, in die hinein und aus der heraus, den Berg hinauf, nein, einfach durch die schalltragende hellhörige Luft plötzlich eine hohe Fistelstimme schrie: »Mein Georg! Mein Georg ist tot!«

Da hörte ich mich in die Zimmerstille sagen: »Ich hasse Werflo … ich hasse mich …« Dann zählte ich Schafe und hatte fünfzehn Hundertschaften beisammen und war noch immer hellwach, dachte: Schlafen, schlafen, ich will schlafen, und hörte ganz weit entfernt Schritte an mir vorbeigehn und wieder Schritte und schlug die Augen auf. Der Morgen hatte die Nacht vergraut. Mutter ging in die Munitionsfabrik.

Bald klopfte es an meiner Tür: »Michael, aufstehn!«, und die Kirchturmuhr schlug acht. Ich schlich die Treppe hinunter in die Küche. Da saß die Großmutter und neben ihr Marin, und drei Gedecke waren aufgelegt. Ich setzte mich schweigend. Ich hatte keinen Hunger.

Die Großmutter schlug die dicke Familienbibel auf und las:

»Hiob antwortete und sprach: Wenn man doch meinen Unmut wöge und mein Leiden zugleich in die Waagschale legte! Denn nun ist es schwerer als Sand am Meer, darum gehen meine Worte irre. O daß meine Bitte geschähe und Gott gäbe mir, was ich hoffe! Daß Gott anfinge und zerschlüge mich und ließe seine Hand gehen und zerscheitere mich!«

Sie schloß die Augen und lehnte den Kopf, halb ins Licht gedreht, halb im Küchenschatten, gegen das Fensterglas und sprach, als seien wir nicht und nicht sie anwesend in diesem Raum, als sei sie nichts als Stimme, die ebenso im Wind hätte laut werden können:

»Und ich will Jerusalem zum Steinhaufen und will die Städte Juda wüste machen, daß niemand drinnen wohnen soll. Der Tod wird zu unseren Fenstern hereinfallen und in unsre Paläste kommen, die Kinder zu würgen auf den Gassen: so spricht der Herr: Sage, der Menschen Leichnam soll liegen, wie der Mist auf dem Feld, und wie Garben hinter den Schnittern, die niemand sammelt …«

Wir saßen in der stillen, ausgekühlten Küche in einer winzigen Ecke des riesigen Herrenhauses, zu dritt nur noch und jeder für sich allein.

Dann und wann, über, neben oder unter uns, knackte es laut, und wir wußten, es war das uralte, wurmstichige, in Jahrhunderten dunkel und dunkler gewordene Holz und Gebälk, das sich streckte in der Feuchtigkeit, das atmete und Überlebenszeichen gab und weiterschwieg, wie es fast ein Jahrtausend gelebt und geschwiegen und überdauert hatte, während in dieser unausdenkbaren Frist ungezählte Menschenstimmen laut und leise geworden waren, um ein für allemal, unwiderruflich im Schweigen zu versickern und für das alte Gebälk stumm zu werden. Der Himmel war bleigrau draußen vor dem Fenster über dem Giebel des Scheunendachs. Wind wogte und zerwühlte die Blättermassen der Platane. Der Regen fiel aus einem wasserschweren, das Sonnenlicht vergrauenden Wolkensturm, stürzte durch die Luft, klatschte auf die Dächer, gurgelte in Dachrinnen und Tonnen und netzte fast lautlos das fette hohe Gras.

»Mich! Mich hätten sie mitnehmen sollen!« Ihre Stimme glich einem Klagegesang. »Ich bin uralt. Meine Augen haben zu viel gesehen. Meine Ohren haben ein Übermaß gehört. Meine Augen, meine Ohren sind müde geworden, und mein Geist ist überschwer ...« Da hörten wir eine Art Schluchzen, ein Weinen, ein hüpfendes, mal hohes, mal tiefer klingendes Geräusch, das ihr aus Brust, Hals und Mund in die Stille entstieg und nicht abreißen wollte und plötzlich fistelig und dünn sich streckte und klang wie ein Sägeblatt im Eichenkern.

»Mein Gott«, sagte sie und blickte uns an, »es muß etwas getan werden, ich muß etwas tun! Sie ist mein einziges Kind!«

Marin sagte: »Hoffen und warten, warten und hoffen!«

Da sprang sie auf, Altersmüdigkeit und Resignation einfach wegwischend, als habe sie Furcht, auch nur eine Sekunde zu versäumen. Und dachte vielleicht, während sie das wollene Umhängetuch vom Haken riß und schwarz um ihre hageren Schultern schwang, dachte: Jetzt, jetzt ist der Augenblick gekommen, wo ich handeln und handelnd das allerletzte einsetzen muß an Willen, Widerstand und Überzeugungskraft. Und wir mußten uns strecken, rechts und links neben ihr, um Schritt halten zu können mit diesem gegen Wind und Regen vorgebeugten, vom Schafwolltuch nur notdürftig geschützten Körper der alten Frau, der über das Kopfsteinpflaster in Richtung Marktplatz hetzte. Blicke empor zu den Fenstern riskierend, sah ich graue Gesichtsflecken hinter Scheiben und Augenpaare zwischen Gardinenritzen herunterspähen, wesenlose Zeichen von Aufmerksamkeit, Neugierde, vielleicht Mitempfinden, wer konnte das wissen, sah und hörte die Hakenkreuzfahnen flattern und regenschwer umeinanderpeitschen und war sicher, daß all diese Gesichtsflecken hinter den Fassaden wußten, was letzte Nacht in unsrem Haus geschehen war.

Dann sahen wir den Rathausturm, ich blickte hinauf zum Wagenrad und bemerkte, daß die Störche ihr Nest verlassen hatten, und spürte Angst, als Großmutter jetzt zielstrebig auf die Flimmsche Ladentür zusteuerte, als ich hinter der großen Schaufensterscheibe nicht nur Frau und Sohn Dieter, sondern den Ortsgruppenleiter selbst in voller Uniform an der Kasse stehen sah. Ding machte die Glocke und noch mal ding: wir standen im Laden, im Dämmerlicht, und rochen die Gewürze.

»Ich wüßte nicht, was Sie hier noch zu suchen haben!«

Herr Flimm starrte uns an.

»Ich bin gekommen, Sie um das Leben meiner Tochter zu bitten.«

»Das ist wohl das erste Mal, daß ich Sie ›bitte‹ sagen höre!«

»Dazu kann es nie zu spät sein, wenn's um Menschen geht«, antwortete Großmutter leise: »Sie haben doch selbst Kinder, die Sie lieben.«

Da trat der Ortsgruppenleiter hinter der Kasse hervor, bewegte sich ganz langsam um den Ladentresen herum und blieb dicht vor ihr stehen.

»Na, und?«

»Vor Ihnen steht eine Mutter und bittet Sie um Verständnis, um Hilfe.«

»Mein Mann hat nur getan, was er kraft seines Amtes tun mußte!« sagte Frau Flimm, und Sohn Dieter schrie: »Es ging um Deutschlands Ehre! Dies mußte geschehen, damit Deutschland lebe!«

Und Herr Flimm sagte mit unbeweglichem Gesicht, in dem ich nur die Augenlider auf- und niederwippen sah:

»Gesetzt den Fall, ich wollte Ihnen helfen und hätte auch noch einen Grund dazu ... so muß ich Ihnen sagen, es ... ist ... zu ... spät! Die Gestapo hat sie mitgenommen. Und seien Sie gewiß, Ihre Tochter wird ihr gerechtes Urteil finden!«

»Das heißt: Tod.« Großmutter war sehr bleich geworden unter seinen Worten, klein und verkrümmt wie am frühen Morgen. Ich sah sie den Ortsgruppenleiter anblicken, mit ihren von Kummer und uraltem Wissen gezeichneten Augen: Sie fiel auf beide Knie und ergriff Herrn Flimms Hand:

»Bitte, haben Sie Erbarmen.«

Da kam Bewegung in den gedrungenen, muskelstrotzenden Körper des Mannes. Er riß die Hand weg, eilte hinter den Tresen und schrie: »Wie können Sie das verlangen? Ich hab doch nichts, aber auch gar nichts anderes als meine Pflicht getan!! Gehen Sie und danken Sie dem Führer, daß man Sie und den Jungen geschont hat!«

Da setzte die Großmutter erst den rechten Fuß vor unter ihrem schwarzen weiten Rock, dann hörte ich den linken über den Holzfußboden scharren, dann hatten wir ihr unter die Achseln gegriffen, und sie stand wie vorher klein und verkrümmt im Kramladen und sagte: »Kommt, ihr Kinder, wir müssen gehn.«

Ding ... ding machte die Glocke.

Jetzt nahmen wir wahr im Strichregen dicht gedrängt vor der Schaufensterscheibe ein gutes Dutzend Körper in Kleppermänteln, einige in SA-Uniform gekleidet, die sich hatten naß regnen lassen, um dichter dran zu sein, um wenn schon nicht hören oder riechen, so doch mit den Augen registrieren zu können, was im Flimmschen Kramladen geschehen war.

»Da sind sie!« schrie Herr Hoffmann, Stadtschreiber und SA-Mitglied. »Ich hab' die ganze Sache mit dem Judenbankert ausgegraben!«

Die Menschengruppe geriet in Bewegung, formierte sich, einen Halbkreis bildend, der keine Lücke ließ. Wir standen reglos vor der Ladentür, und ich hörte, wie hinter unserem Rücken an der Innenseite des Holzes jemand den Riegel vorschob. Hinter Großmutter hervorguckend, erkannte ich einige Gesichter: Pitter Ficke, Horst Pinnebergers Rotschopf, Bulli Kahlerts gefürchtete Frettchenaugen, die gierig in die Runde spähten. Sie alle in HJ-Uniformen, stramm und eisern, und dahinter im zweiten Glied, an Körpergröße überragend, die SA-Leute und der Dorfgendarm Berglod, der hilflos zu uns herüberblickte. Ich hatte Angst und spürte Marins Körper dicht an meinem zittern. So hatten wir der Gruppe schweigend gegenübergestanden, als Großmutters Stimme vor uns durch Regengepladder und Wind in aller Ohren schnitt: »Was soll das, lassen Sie uns durch!«, und sie der Stimme durch ihren Körper Nachdruck verlieh, der sich einen Ruck gab, erst Marin, dann mich, die wir uns fest an den Händen hielten, mitriß gegen das nächststehende Glied der Kette.

Bulli Kahlert wich zur Seite, der Stadtschreiber Hoffmann jedoch blieb, beide Hände ins Koppel gestemmt, unverrückbar und eisern stehn.

»Judenknechte! Volksverräter!« Ohne hinzusehen fühlte ich Bewegung durch die Körper zucken, die den Kreis fester schloß, die eine Spannung herstellte und in der Schwebe hielt: einundzwanzig ... zweiund ...

»Ich bitte Sie nochmals, wir müssen nach Hause!«

»So einfach kommt ihr nicht davon!« Herr Hoffmann schrie.

Flankiert von den SA-Leuten, marschierten wir die Dorfstraße entlang, neben uns Stiefelgedröhn, hinter uns, unsichtbar das Tempo bestimmend, unter Gröhlen und Zurufen: »Judenknechte! Volksverräter!«, drohte Werflos Volksmasse. Gardinen flatterten und Stimmen aus weitgeöffneten Fenstern: »Volksverräter! An die Galgen mit ihnen!« klang's von oben wie unten wirr durcheinander. Wir wankten über das Kopfsteinpflaster, Großmutter in der Mitte, unter trommelnden Regen, durch Jauchepfützen und Pferdemist, mit zitternden Knien und erhobenen Köpfen.

24

Das Wasser kübelte vom Himmel, als wir am Fuß des Gefangenenberges angelangt waren, blieb sekundenlang in oder unter den Wolken einfach stehen und prasselte als Hagelschlag taubeneigroß und schmerzhaft-wuchtig auf unsre Körper, auf Werflos Dächer und Steine nieder. Allen Mut nahm ich zusammen, drehte den Kopf und sah den Volkspulk rückstauen gegen die Dorfstraße und von Hagelgeschossen verpeitscht den schützenden Dächern, den Stiegen und Fluren entgegenhetzen. So standen wir allein wie eine Stunde zuvor im Hof des Herrenhauses, und Großmutter, die sich erschöpft auf unsre Schultern stützte, drängte in den verlassenen Pferdestall.

»Ihr Kinder, jetzt haben wir keinen Menschen mehr in Werflo. Wir sind allein und von Gott verlassen!«

Sie fiel auf die Futterkiste, zitternd wie Espenlaub, so daß die Schmeißfliegen in Schwärmen von ihrem Körper abließen und wir uns verstört in die Stallbox flüchteten.

»Großmutter! Großmutter, komm ins Haus!« Marin auf Zehenspitzen war herangetreten, hatte sie geküßt und gestreichelt und wieder geküßt, bis ihre Schreie leiser geworden und verstummt waren.

Als wir dann über den Hof, die Steintreppen empor, atemlos in der düsteren Eingangshalle waren, kippten wir sie in den Ohrenbackensessel aus Plüsch, zogen uns zwei Stühle heran und hechelten. Laut knackte das Holz irgendwo in der feuchtkalten verstaubten Düsternis. Wir blickten empor zu den ratlosen Ahnen auf ebenholzdunklen Gründen hinter rissigem Mattlack.

»Wir sind am Ende und verlassen ...«, sagte Marin wie jemand, der Worte gebraucht, die, noch unausgesprochen, ihm bereits fremd geworden sind.

»Weg, nur weg von hier, dachte ich, hinaus auf meine weißen Flußsommerwiesen! Und wurde geschüttelt von Unruhe und sah, daß der kalte Himmel über dem Scheunendach sich leergehagelt und geglättet hatte, und sah die Bodennebel an den schwarzen Zaunpfählen emporkriechen, bis die Spitzen und die Felderung im Nebelgrau versunken waren. Dann sprang der Wind gegen die Platane. Zwischen silbrigen Blattrücken schimmerte erstes Gelb, riß ab und wurde davongewirbelt. Dann war der Wind in den Nebelfeldern, und ich sah in der jetzt grau versprühten Luft die Lahnberge unsichtbar und ebenso plötzlich zu Riesenbuckeln werden.

»Die Berge! Die Lahnberge rücken gegen Werflo!« rief ich erschrocken, hielt inne und erinnerte: Ach, es sind nur Nebel und Wind, die mir ein Trugbild vorgaukeln.

»Still, mein Kind. Still.«

Die Großmutter hatte sich aufgerichtet im Sessel und saß jetzt, den Rücken gegen die Lehne gestemmt, weißhaarig und verrunzelt, und ihr zu Füßen hockte Marin und bat: »Omi, erzähl uns eine Geschichte.«

Durch die geöffnete Eingangstür, Schlag um Schlag, in genau dem Zeitabstand, den jemand braucht, einen Klotz aufzuheben, hinzustellen, die Schneide niedersausen zu lassen, hörten wir Holzscheite zerspringen und auf schon zerspaltenes Holz niederprasseln. Ich schlurfte zur Tür, die Axt verstummte.

»Es war einmal«, hub sie an mit einer Stimme so spröde und leer, »ein Haus, gebaut aus meterdickem Basalt. Viele hundert Jahre stand dieses Haus unzerstörbar und fest inmitten eines blühenden Gartens an der Kirchbergschräge. Jahrhunderte voller Zwist, Haß, Mord und Wahnsinn. Geschlechter lebten im Schutze seiner Mauern, Namen, heute nichts als Schall und Rauch …

Heinrich zu Löwenstein,
Johann von Hohenfels,
Franz von Hatzfeld …

Und ganz zuletzt das Geschlecht der Marins. Frieden kam und ging. Der Krieg blieb.«

Da hörten wir Marin angstvoll rufen:

»Großmutter! Großmutter! Was sprichst du …«

Mich fröstelte. Ich sah ihre rechte Hand über die zugefallenen Augenlider wischen, um rückzukehren in eine von Grauen und Tod unberührte, den Schattenvögeln nicht zugängliche Welt.

»Es war einmal, es ist gewesen, und es wird sein«, sprach sie jetzt mit geschlossenen Augen und ganz leise, »ein Garten und ein Haus, und in dem Garten blühende Mandelbäume ohne Duft. Und über dem Garten ein immer helles Licht und eine Luft, in der Flaumfedern wie Stein gleich schnell zu Boden fallen. Worte klingen dort nicht …«

Sie machte uns ein Zeichen. Wir faßten sie rechts und links unter die Achseln, halfen ihr Stufe für Stufe den samtroten Läufer hinauf, durch den verfinsterten Gang des Obergeschosses in ihre Kammer aufs Bett. Dort blieb sie liegen, sprachlos und zu Tode erschöpft.

25

Wir lagen in unsren Betten, Marin und ich, in dem großen alten Kinderschlafzimmer, zwischen uns die beiden leeren Bettgestelle, rechts an der Wand der wuchtige Bauernschrank aus heller Eiche.

»Mussolini ist gestürzt und verhaftet!« sagte ich und blieb ohne Antwort. »Warum verhaften sie Hitler nicht?«

»Zu spät! Laß mich schlafen! Verräter!«

Und in das künstliche Schweigen hinein, in dem geräuschlos die weißen Tüllgardinen sich regten, aus der klaren Nachtgewitterluft heraus hörte ich wieder die Bäume rauschen, wehe, wehe Wind über Werflo hin, und roch den Blütenduft, Jasmin und Geißblatt und wilde Minze im Wind und spürte eine große Unruhe, dachte: Weg, weg, hinaus auf die Wiesen, trat leise ans Fenster und sah den Scheinwerfer am *Roten Grund* durch die verwachsenen Erlenbüsche schlitzen, sah Werflos Höfe und Giebelsilhouetten in dieser von Mondlicht wider das Gesetz durchbrochenen Dunkelheit zwar verschattet, für jedes Flugzeug aber himmelhoch sichtbar kauern am Wohraufer unter einer Nacht wie dieser, die keinen Schutz gewähren kann.

Ich fror. Reglos lag ich auf dem Rücken, begraben unter dieser jahrhundertealten Stille, die zwischen Basalt und Holztäfelung ruht, die herauskriecht aus den Ritzen, sobald die Dunkelheit vor dem Fenster steht.

ich ging unter blühenden kastanienbäumen hinunter zum fluß, entlang der stadtmauer im goldregen und sah das zifferblatt der kirchturmuhr aufblitzen im letzten, späten nachmittagssonnenlicht und wußte, jetzt fallen fünf gläserne schläge, aber das schlagwerk blieb stumm. ich erschrak, mit nackten füßen im hohen schnee, und sah die langen reihen der blechkannen, die frierenden frauen daneben und hetzte quer über den rasen im ahnapark und sah marin am bismarckdenkmal mit einem stöckchen in der hand, und zwischen gekreuzten schwertern und einem lorbeerkranz aus eisen waren eingraviert die namen der toten, und darüber las ich in großen lettern: dem sieg geweiht vom krieg zerstört den frieden mahnend, und hörte jemanden rufen im eisigen wind: märzlämmchen streicheln, märzlämmchen streicheln. unter hochstämmigen kastanien, hetzte ich die straße entlang und schrie: vater, vater, du mußt siegen … das lammfleisch hab ich mir nehmen lassen.

Dann heulte die Sirene, ein langgezogener, auf-und niederschwingender, Herz und Hirn zerfetzender Ton, und mein Körper wurde geschüttelt, und ich schrie, schrie in Todesangst.

»Kommt schnell!« sagte eine Stimme, die meiner Mutter. »Schnell in den Keller! Fliegeralarm!«

Marin wartete an der Tür. Ich griff nach Hose und Strümpfen, riß im Laufen meine Jacke vom Nagel, während Mutter in Großmutters Kammer verschwand. Zitternd stiegen wir die steile gewundene Steintreppe, mit Schultern und Hüften aneckend, einundzwanzig Stufen in die Tiefe hinab, hinunter in dieses von Feuchtigkeit tropfende, von Eisesluft und Moder durchwehte Gewölbe. Wir hockten auf den Feldpritschen und horchten nach oben ins Gestein. Hinter Drahtgeflecht und Glas brannte die Glühbirne. Ein Pritschenholm knackte, wir reckten die Hälse. Der *Drahtfunk* zertickte Zeit und Angst, und wir atmeten ruhiger, wußten, solange der tickt, wird diese unheimliche, über Städte und Felder schwingende, Backstein und Basalt wie nichts durchbrechende Stimme schweigen.

Da stand Mutter in der Tür, den Arm voll nasser Tücher, setzte sich neben mich auf die Pritsche und sagte: »Sie hat sich geweigert! ›Hier bin ich, und hier bleib ich, in meinem Zimmer, in meinem Bett! Mein Schicksal liegt in Gottes Hand!‹«

Höchste Gefahrenstufe für die Stadt Marburg. Die Bevölkerung wird aufgefordert, Ruhe zu bewahren und Disziplin … Luftschutz-

mäßiges Verhalten ist un-be-dingt erforderlich ... Es ist dreiundzwanzig Uhr siebzehn.

Die Stimme schwieg.

»Marburg ist nicht Werflo«, sagte meine Muter.

Marburg ist nicht Werflo, Werflo ist nicht Marburg.

Und da reckte Marin den Hals: »Horcht nur, horcht!«

»Ihr braucht keine Angst zu haben!« schreit Mutter.

»Die fliegen ganz gewiß vorbei!«

Und wir hören dieses entfernte Grollen.

Marin sagt ganz laut: »Jetzt sind wir dran!«

Motoren donnern tief in der Luft, genau über Werflo und über unsrem Haus.

Entfernte Detonationen, schneller, als ich mitzählen kann. Marin rief in die Stille:

»Großmutter! Großmutter!«

Dann schlug's ein.

Die Druckwelle riß uns zu Boden, die Glühbirne erlosch. In der Finsternis lag ich, roch Staub und glaubte zu ersticken. Der Boden wankte, Kellerwände schienen auf uns niederzustürzen. Ich spürte eine feuchte Hand an meinem Gesicht, packte zu und hörte Marin flüstern: »Lebst du noch?« und sagte ganz laut: »Ja, ja, hier bin ich!«

Langsam richteten wir uns auf und wußten, daß die Wände standgehalten hatten.

»Mutter?!«

»Ja, Kinder?«

Da spürten wir die Hitze durch den Schacht nach unten drücken.

»Schnell raus hier«, keuchte sie, »ich glaube, das Haus steht in Flammen!«

Schlag folgt auf Schlag. Die Wände beben, während wir uns durch den langen Gang tasten, Brocken fallen irgendwo aus der Dunkelheit. Die Hand meiner Mutter klebt. Von Blut und Schweiß? Wir sehen einen Lichtpunkt am Ende des Ganges.

Eine brennende Katze rennt vorbei und schreit. Wir stehn am Fuß der steilen Treppenstufen.

»Michael? Günther!?«

Da knallt die eiserne Kellertür nach innen, Wäschestangen klirren herunter, Schutt prasselt, Staub und Hitze nehmen mir den Atem. Ich presse das nasse Tuch vor Mund und Nase und sehe einen Flammenhimmel.

»Raus, schnell raus hier!« schreit Mutter. Wir hetzen die Stufen empor. Durch Geröll und Staub springen wir in den Hof hinaus. Ein ganz und gar fremdes Rauschen ist in der Luft. Wir starren nach oben: Die Kirche brennt. Das Schebitzsche Anwesen brennt. Kühe blöken. Das Herrenhaus steht in Flammen. Die Steintreppen glühen weiß. Schwarze Rauchsäulen steigen aus den Fensterlöchern.

»Großmutter! Großmutter!« Marin will sich losreißen.

Mutter hält fest, und er wird still hinter dem nassen Tuch.

Wir rennen durch den Hof, durchs Hinterpförtchen hinaus. Funken sprühen im Wind um die flammende Kirche. Schwarzgrauer Qualm wischt die Sterne aus. Da höre ich einen Knall, ein brüllendes Donnern, sehe hinter der Finsternis eine strahlende Sonne steigen. Tauben, Spatzen und Krähen fallen brennend aus der Luft. Der alte Klemm schreit:

»Die Munitionsfabrik, die Munitionsfabrik hat einen Volltreffer!«

Die Luft rauscht nicht mehr, sie heult jetzt und prasselt unter dem Feuerwind. Ätzender Gestank weht aus den Ställen. Das Blöken der Kühe ist verstummt. Die Armbanduhr zeigt Mitternacht.

Ich hetze vorbei am Schleusenrechen, höre ein letztes Mal das Surren der Unterwasserturbinen, bumm, bum, bumm, bum schlägt das Herz, als wolle es davonstürzen, und treibt mich durch die Stadtmauerpforte hinaus an die Wohra. Der Gluthimmel zuckt, der Rauch verweht. Ich höre Stimmen, fremdartige Worte vom Uferpfad, sehe Sträflingsuniformen und dann Gesichter in langer Reihe gegen Werflo marschieren. SS-Männer kommandieren:

»Schnell, ihr Lumpen! Es muß gelöscht werden!«

Frauen, Männer, Kinder eilen vorbei. Reglos stehe ich im Schlamm, Wasser über den Schultern. Kalt, Kalt. Die Wasser unter dem Feuersturm!

Leise schlingert die Wohra und zerrt am Schilf. Da höre ich ganz dicht an meinem Ohr Schwimmstöße.

»Pst!« macht der Kahlkopf.

»Vorwärts! Los voran!« dröhnt's vom Ufer herunter und ist vorbei.

Noch immer glüht die Mitternachtssonne.

»Wer bist du?« sage ich laut in die heulende Luft und sehe den wilden Kirschbaum auf der Stadtmauer seine Äste krümmen.

Die Luft heult. Das Dorf flammt und glüht unter Rauchwolken, die nicht weiterziehn. Ausgeblendet sind die Sterne, geschwärzt ist die Luft, die wir Himmel nannten.

Ende

Mathias Schröder

DER WEG NACH LAMPEDUSA

2. Teil der Marin-Trilogie

Meiner Schwester Mechthild
gewidmet

1

»Diese Insel hat der Teufel ausgespuckt«, sagte eine Frau hinter ihm. Franziska, das hättest du sagen können! Er drückte seinen Kopf gegen das Flugzeugfenster und blickte hinunter auf das blaue Meer. Tief unten sah er eine sandfarbene Insel, etwa fünfzehn Kilometer lang und vier Kilometer breit. Dieses kleine Stück Land hatte seit Jahrtausenden in den Fluten überdauert. Sichtbar nur an der karstigen Oberfläche, ragte ein kompakter Felskegel in die Bucht von Tunis. Diese Insel Lampedusa war, wie er wußte, der südlichste Punkt Europas und wurde im letzten Weltkrieg von den Amerikanern als Flottenstützpunkt benutzt, abgeholzt und dann verlassen.

Es war 12.30 Uhr, die Sonne brannte im Zenit, und die DC-9 von Rom und Palermo war angeflogen. Sie zog eine Wendeschleife, verlor beträchtlich an Höhe und donnerte auf den Asphaltstreifen der Landebahn zu. Er spürte den harten Stoß der Räder, atmete aus, hörte den Gegenschub der Bremsen, ein Pfeifen, das zum hysterischen Kreischen umschlug, und sah in Gedanken eine gewaltige Wolke aus Öl und Sprit gegen den makellos blauen Himmel sich ballen, die wohl minutenlang über dieser karstigen Insel hing, um ebenso plötzlich, wie sie die Luft verfinstert hatte, wieder in Wind und Blau unsichtbar zu werden.

Später, als er nackt auf der Terrasse seines Appartements unter dem Himmel und einer kreisrunden Sonne lag, spürte er, diese Insel hatte ihren eigenen Atem. Ein launischer Wechselrhythmus war es, der nie zur Ruhe kam. Lampedusa atmete wie ein Lungenkranker, der, zu lange einer gnadenlosen Sonne ausgesetzt, im Davonlaufen einfach niederbricht und röchelt, säuselt, hustet, sekundenlang den Atem anhält, um ihn dann in seufzerlangem Stoß gegen Meer und Hitze wieder auszupressen. Er lag unter dem Wind, der kühl über die kleinen Schweißperlen auf seiner Haut strich. Der Schatten einer Möwe huschte über die Steinplatten der Terrasse.

Am zweiten Tage seines Inseldaseins fiel ihm die Uhr vom Handgelenk, weil der Schweiß die Klebung zersetzt hatte. Sie schlug auf den Karstboden und blieb stehen. Ab dann versuchte er, sich nach der Sonne zu richten und wußte, wenn er an einer bestimmten Stelle der Terrasse im Liegestuhl saß und Strahlen an der Dachkante vorbei auf ihn herunterschienen, war es gegen ein Uhr.

Bald darauf hörte er den Start der DC-9 nach Palermo. Nachdem die Maschine ihre Kehrschleife über dem Meer im Osten gezogen hatte, sah er sie, das Cockpit steil nach oben gerichtet, vorbeifliegen, an Höhe gewinnen und hörte nur noch dieses schnell zum Summen werdende Grollen der Düsen, wenn sie am Westhimmel im durchsichtigen Blau verschwunden schien.

Am Tage summten die Fliegen, nachts zogen die Moskitos sirrend ihre Fangschleifen durch die Dunkelheit. Anfangs noch schlug er nach ihnen, ließ seine Schulter- und Nackenmuskeln zucken, zog sich die Decke über den Kopf, bis ihm die Luft knapp wurde. Dann gab er auf. Nackt auf dem Bett spürte er die ersten Einstiche an Knöcheln und Schenkeln und fühlte, wie sie ihm Ohrläppchen und Augenlider punktierten. »Laß uns ein Kind haben, jetzt in diesem Augenblick!« hatte Franziska immer wieder gesagt, aber das Kind blieb aus.

2

Der weiße Streifen an seinem Handgelenk, von dem die Armbanduhr abgefallen war, hatte schon nach wenigen Tagen Sonnenbräune angenommen. Er sah die Fischerboote in der Hafenbucht, die ihre spitzen Kiele so gerichtet hatten, als würde eine Sturzflut sie über die Hafenmole hinwegreißen wollen zu einer schnellen Invasion des Festlandes. Der Wechselwind aber trieb die Wellen hinaus aufs Meer, und so lagen die Schiffe gefangen unter der Sonne und zerrten an ihren Ankerketten.

Er beobachtete zwei alte, schwarzgekleidete Frauen. Wie in den frühen Jahren schauten sie hinaus aufs offene Meer, als ihre Männer und Söhne noch hinausgefahren waren und zurückkamen mit frischem Fang oder nie mehr heimkehrten, weil die tückische See sie getötet hatte. Fast gleichgültig schauten sie jetzt, als sei ihnen aus hartem Schicksal und gemeinsamen Leid ein stillschweigendes Einvernehmen zugewachsen.

Auf der karstigen Straße zog ein Schafhirte mit seiner Herde gegen den scharfen Felsrand der Insel hin, vorbei an geduckten Häusern, deren Dächer flach sind und abgeschrägt, so daß der Regen hinunterfließen kann. Blökend blieben die Schafe stehen an den hochgestapelten Steinmauern und zupften hier und dort ein Gras aus der spärlichen Erdkrume.

Was hier wuchs, wuchs klein, aber zäh und stark. Es war gekeimt und aufgewachsen gegen die Sonne, in diesem steinigen trockenen Boden, in dem die Wurzeln sich mühsam hinunterbohren müssen.

Marin lag auf der ummauerten Terrasse und spürte die Hitze. Die Augenlider hielt er geschlossen und hörte Musik, die von weit her kam, als sei sie im Schirokko von Tunis herübergeflogen. Irgendwann schlief er ein, und im Traum kreisten die Seefalken hoch über den Steilküsten, und er hörte die Luft durch ihre Schwingen zischen und sah sie plötzlich herunterstoßen und über seinem Kopf sehr enge Schleifen ziehen.

3

Günther Marin war neununddreißig Jahre alt und Oberarzt an einer bundesdeutschen Universität im Westen. Als er nach hektischem Nachtdienst und nur drei Stunden Schlaf hellwach wurde, wußte er sofort: dies ist ein besonderer Augenblick, ein Morgen ohne Wind.

Der Tag war jung, Marin fühlte sich alt und traurig. Er sah einzelne Patienten in ihren Betten und sich selbst auf einem Stuhl gegenüber sitzen und hörte ihre Stimmen, in die aus den Tiefen der Menschenseele Leid drang. Und so war er, Zuhörer und Tröster oft in allerletzter Not, zu oft schon Gefäß gewesen, zu oft schon erhitzt worden und dann erkaltet, und hatte tiefe Risse und eine spürbare Brüchigkeit dessen, was er seine Liebe zu den Menschen nannte, nicht verhindern können.

Das Morgenlicht schmerzte ihn. Und aus der Erinnerung drängten graue Gesichtsflecken hervor, für die er kein Lächeln mehr fand und keinen Trost. Es waren zu viele gewesen in den Hospitälern: Menschen, die kamen und gingen oder auf klapprigen Leichenkarren ins Kühlhaus gebracht und eingefroren worden waren. Zu selten hatten ihn Seelen angerührt, die unverwüstet, im ausgeglichenen Wechselspiel mit den kosmischen Gesetzen, Ruhe und Freude ausstrahlten an der Fülle des Seins: und das trotz dieser bitteren Vergänglichkeit des Lebens.

Er wußte, daß auch Ärzte beteiligt waren an den Verbrechen der Nazis. »Juda verrecke!« hatte an jeder Straßenecke gestanden, und manche Ärzte hatten nicht *Nein* gesagt zum Mord an Geistesschwachen, zum Mord an den Asozialen und Außenseitern der Gesellschaft. Mit ärztlicher Hilfe waren sie in KZs abgespritzt oder zu Tode unterkühlt worden. Marin hatte gelernt, die Schuld jener Kollegen auch als seine eigene Last zu akzeptieren.

Immer noch lag er reglos, sah die Silbersonne draußen am Himmel, hörte die ersten Geräusche auf den langen Gangfluchten des Hospitals und tauchte wieder in die Stille, die er früher gebraucht hatte, die ihm in letzter Zeit aber manchmal unerträglich geworden war. Da sang eine Amsel draußen in der Frühlingsluft. Er lauschte angestrengt diesen Tönen, die ein unbegreiflicher Wille aus der Vogelkehle steigen ließ: diamanthart und süß. Der Vogel verstummte. Er ging zum weitgeöffneten Fenster und sagte laut in die Stille: »Ich gehe hier weg. Ich werde mein altes Leben neu beginnen.«

Am selben Tag noch schüttelte sein Professor heftig den Kopf und wies auf die Versuchsanordnungen im Laboratorium hin, die vor einem sehr erfolgreichen Abschluß standen. Aber Marin dachte immer wieder: Dieser Alptraum von Karriere ist nicht, was du brauchst und willst.

»Denken Sie doch an Ihre Arbeit! Drei lange Jahre! Soll das umsonst gewesen sein!?!«

»Mein Entschluß steht fest, Herr Professor!«

»Sie sind ein Narr – mein Lieber!«

Und der Narr in ihm lachte laut, und Marin fügte hinzu: »Mir ging's nie um die Wissenschaft, die kommt leicht ohne mich aus!« Der berühmte Mann hatte geseufzt, um die Lippen gelächelt und ihm die Hand geschüttelt, von der Marin ganz genau wußte, daß an ihr Blut klebte aus vergangenen Zeiten. »Reisende soll man nicht aufhalten!« sagte er dann leichthin.

Noch am selben Tag war Marin losgefahren mit seinem R4, zwei Koffer hinten drin, unter einer wärmenden Frühlingssonne, die Landstraße entlang, durch den Pfälzer Wald nach Karlsruhe und dann in scharfem Tempo die Autobahn hinunter nach München. Diese stundenlange Fahrt tat ihm gut. Jäh empfand er den Schmerz der Loslösung.

Bei Augsburg hatte er jene seltsame Erscheinung wie früher bei den optischen Versuchen: Noch eben war von der Leinwand der scharfgestochene Kreis als Bild auf seine Netzhaut übertragen worden, als das Licht verlöschte und derselbe Kreis, ebenso scharf umrissen, in seinen Augen nachglühte, schwächer wurde und verschwand. Und so erging es diesem Trennungsschmerz, als die Dunkelheit sich unmerklich in das Abendrot gemischt und den Himmel so schwarz gefärbt hatte, daß er hell die Sternbilder in der Nacht sah und im Licht der Scheinwerfer grob gekörnt den Asphalt der Autobahn.

4

10.6.1982 Lampedusa

Die Nächte bringen Kühlung und samtblaue Dunkelheit, aus der die Schreie der Möwen über die Klippen stoßen. Morgens steigt die Sonne glühend über den Horizont, so als würde genau an dieser Linie das Meer enden und lautlos ins All hinabstürzen.

Ich sitze auf der Terrasse und spüre das Kreisen der Erde nicht und sehe die Sonne langsam hohersteigen und weiß, daß es die Erde ist, die steigt.

Ich hoffe, daß ich in diesem Tagebuch meine verlorene Ruhe wieder finde.

Ich sehe das karge Land unter dem Sonnenlicht. Steine, Agaven und Kandelaberkakteen: staubgelb, olivgrün und knochenbleich.

Mittags sitze ich nahe bei den Menschen, aber immer an einem Tisch allein. Ich lasse ihre Stimmen auf mich zukommen.

Immer wieder höre ich das leise Branden der See.

Rastlos gehe ich im Abendsonnenlicht und sehe schon bald die Sterne flackern. Der Abendstern erschien mir wie eine kosmische Winzigkeit, ein Schneekristall auf dem Gipfel des Himalaja.

Gelb durch die Nacht leuchtete Ginas Bar. Ich setze mich zu Moreno, dem Barkeeper.

»Israel marschiert gegen Beirut. Auf den Falklandinseln wird hart gekämpft.«

Er lächelte mich an und sagte: »Heute nacht, wenn die Bar zu ist, gehe ich fischen und tauchen.« Er zog einen Nagel aus der Tasche, um dessen Kopf eine Schnur geknotet war: »Den Nagel steche ich ihnen durch die Augen und fädle sie alle auf dieses Seil.«

Ich trank den Orangensaft in einem Zug und ging hinaus. In der Dunkelheit hörte ich plötzlich Franziskas Stimme: »Du willst alles! Du willst mich ganz!«

»Ja, ja, natürlich, ich will dich ganz! In mir und in dir, in unserer Lust und in unserem Schmerz suche ich die Ewigkeit.«

Ich kniff mich in die Backe und mußte lachen: es ist schon mancher an seinem Hochmut verrückt geworden.

5

Marin saß im Sprechzimmer seiner Praxis in München am Nymphenburger Kanal, so als habe er immer hier in diesem Raum gesessen, in dieser endgültigen Stille, die entsteht, wenn der letzte Patient die schalldichte Tür hinter sich geschlossen hat, wenn sein »Gute Nacht, Herr Doktor« längst verklungen ist. Er saß im Sessel mit dieser uralten Reglosigkeit, die immer das Ende bedeutet, wenn die Menschen gegangen, die Lichter erloschen sind. Er wischte den Schweiß von der Stirn und hörte die letzten Sätze, die er dem Davongehenden als Trost zugesprochen hatte, höhnisch in seinen Ohren nachklingen: »Natürlich werden Sie weiterleben. Krebs in diesem Stadium ist doch heute kein Problem mehr. Die Operation war ein rettender Eingriff!« Vor dem erleuchteten Schirm jedoch hing das Röntgenbild und zeigte deutlich die hellen Flecken der Tochtergeschwüre in den Lungen.

Er entspannte sich. Draußen in der Dunkelheit sah er die vermummten Schlittschuhläufer auf dem Eis ihre Pirouetten drehen oder in lang ausschwingenden Fluchtbewegungen unter dem Flutlicht davoneilen.

Die Sprechstundenhilfe war gegangen. Es war sieben Uhr, und er dachte: das ist das erste Mal, daß sie nicht anruft und fragt: »Günther, bist du fertig?«, und er seine Stimme hören würde wie auf dem Anrufbeantworter: »Ja, Franzi, ich fahre jetzt los«, und sie würde antworten: »Gut, ich richte das Essen, bitte sei pünktlich!«

Er nahm den Hörer ab, hielt ihn sekundenlang ans Ohr gepreßt, so heftig, daß ihm der Ton ins Trommelfell schnitt, hielt ihn dann mit ausgestrecktem Arm einfach in die Luft und hörte Tuuuut-Tuuuut, diesen nicht enden wollenden Ton.

Er blickte hinaus ins grelle Scheinwerferlicht und sah die

Gestalten der Schlittschuhläufer mit weit vorgebeugten Oberkörpern, tief herabpendelnden Armen, wie Lemuren, mal im Licht deutlich, mal in noch tiefere Schwärze hinein unsichtbar werden.

Wieder versuchte er, sich zu entspannen und blieb, obwohl er längst auf dem Heimweg hätte sein sollen, einfach sitzen. Eigentlich hieß seine Frau Franziska, aber er hatte sie schon nach wenigen Tagen, mit leichtem Unbehagen gegen diese Wortkürzung, Franzi genannt und hatte ihren Protest, ob er sie vielleicht für eine Schäferhündin halte, stürmisch weggeküßt, damals, als die Gefühle noch so zärtlich und stark und sein Herz ganz und gar zu Diensten dieser Liebe stand.

Seit Jahren jedoch lebte ein Fremder in ihm. »Einer, der sich von meinem Blut ernährt, der meine Nähe zur Liebe fürchtet, dachte er: Wenn ich schweige, spricht er, und lacht, wenn ich traurig bin. Ich bin ihm ausgeliefert wie das Opfer dem Mörder und kann nichts dagegen tun.«

Marin war erschöpft. Er ging nach hinten in sein Privatzimmer und spürte die Schwere in den Kniegelenken und abwärts von ihnen die Unterschenkel wie gut gemachte Prothesen, die nicht seinem Willen, sondern ihrer künstlichen Eigenmechanik seelenlos gehorchten. Als er dann die Lampen ausgeknipst und den Schlüssel im Sicherheitsschloß gedreht hatte, fiel ihm ein, daß er Franzi hätte anrufen sollen.

Er trat hinaus in die Dezembernacht unter die schwarzen Lindenbäume, sah noch einmal das Scheinwerferlicht und hörte die Stimmen vom Kanal. Stimmen, die irgendwo laut wurden auf dieser gekrümmten Erdoberfläche, unter brillantklaren Sternfiguren, die, wie man sagt, unser Schicksal mitbestimmen. Er hörte den ungleichen Rhythmus der Kolben unter der Kühlerhaube, legte den Sicherheitsgurt um und sah, wie der Zeiger der Temperaturskala langsam in den grünen Wärmebereich anstieg. Noch immer spürte er die Kälte im Wageninnern und lehnte sich geduldig zurück.

Früher hätte er seine Ängste verlacht. Die wechselnden Jahreszeiten, ein buntes Herbstblatt, das zur Erde taumelt, eine Winternacht wie diese mit der funkelnden Milchstraße, die sanfte Berührung eines Mädchengesichtes, ja das Einatmen der Luft selbst hatten ihn so lebendig gemacht, daß sein Herz vor Glück stehenblieb und er seine Arme ausbreitete, um davonzufliegen in das weite, lichte Blau.

Ihm wurde bewußt, wie ungemein gespenstisch diese Hauptverkehrszeit von oben wirken müßte: Blech und Stahl, Scheinwerfer an Auspuff und der Abgasqualm, der gegen den frostklaren Himmel stieg und irgendwo dicht über der Stadt zu einer Wolke aus Dreck und Gas zusammenwuchs. Er kannte die Strecke ganz genau. Seit vier Jahren, nachdem Franziska und er geheiratet hatten, war er sie fünfmal wöchentlich hin- und zurückgefahren. Er hielt den alten Volvo stetig auf der dritten, äußersten Überholspur, fuhr über die Bahngleise an der Donnersberger Brücke hinweg, am Elektrizitätswerk vorbei über die Isar, ließ die Ausfahrt Grünwald rechts liegen, raste durch die schalldämpfende Unterführung zwischen den amerikanischen Kasernen hindurch, in der bei geöffnetem Fenster, der Druck auf den Trommelfellen ganz leicht anwuchs. Da sah er die letzte Ampel am Stadtrand gelb werden und wurde im Gurt leicht gegen die Windschutzscheibe gerissen. Er lachte. Damals, vor der Hochzeit, waren sie in Liebe miteinander wunderbar blind gewesen. In irgendeiner lauen Augustnacht hatten sie eine rote Ampel für einen Kuß als Anlaß genommen, der zart begann und so leidenschaftlich wurde, daß Franziska und Marin die Welt um sich vergessen hatten. Erst als sie ein lautes Hupen hörten, schraken sie auf. Der junge Mann am Steuer rief: »Ihr seid doch nicht im Bett! Die Ampel ist schon dreimal rot und grün geworden!« Sie hatten mitgelacht und waren, von Leidenschaft benommen, schnell nach Hause gefahren.

Das war einmal, dachte er und fuhr aus dem Neonlicht auf

die dunkle, nur von den Scheinwerfern sichtbar herausgeschnittene Autobahn. Er dachte an jenen Spaßvogel, der Oktoberfestluft in Konserven verkauft und Riesengewinne erzielt hatte. Unser Glück war ohne Gewinn. Wir konnten es nicht kaufen oder verkaufen, auch nicht berechnen oder wiederholen. Es hatte einfach seine Zeit. Er war 39, als sie sich kennenlernten. Er hatte durch Studium und Stipendienaufenthalte in Frankreich, in Spanien und den USA in seinem Beruf Erfahrung mit Menschen und auch im Umgang mit sich selbst gesammelt. Er hatte begriffen: irgendwann kommt für jeden der Augenblick, wenn aus dem Spiel Ernst wird, wenn Leichtigkeit mit dem schweren Muß sich mischt. Dann geht es darum durchzuhalten. Franziska war 24 gewesen, Musikalienhändlerin aus München, und war, abgesehen von ein paar Bildungsreisen mit den Eltern zu innerdeutschen Kulturdenkmälern, aus ihrem geschätzten Bayern nie herausgekommen. Sie liebte die Berge besonders im Winter, wenn steile Pulverschneeabfahrten ihr Lebensgefühl berauschten und jene Ahnungen schattengleich vorauswarfen, die sie später mit Begriffen wie Leichtigkeit und Freiheit so nachdrücklich in den Mittelpunkt ihrer Bedürfnisse rückte.

Beide bevorzugten sie das Landleben. Der Zufall hatte ihnen kurz nach der Heirat jene Eigentumswohnung in die Hand gespielt, inmitten einer Merowinger Rodung, dem Dorf Ödenhausen, das nur aus vier Gehöften bestand. Für beide war es eine Zuneigung gewesen des ersten Blicks: dieses rosarot gestrichene Haus im Alpenvorland, umgeben von dichten Tannenwäldern, die nachts unter Wind und Sturm aufbrausten. Ihrer Neigung hatte er ausdrücklich vertraut, die Wohnung mit Bankdarlehen gekauft, um ihrer Gemeinsamkeit eine bestimmte Landschaft als Zuflucht und ihrer Rastlosigkeit einen Mittelpunkt zu geben. In den letzten beiden Jahren, als Glück und Alltagspflicht sich in wechselndem Gleichgewicht spannungsvoll zu vermischen, ja auch zu bekämpfen begannen, sagte sie immer öfter den Satz: »So jung bin ich noch und schon begraben in der Einsamkeit.«

Marin rollte über die S-Bahnbrücke und sah vor sich den Wald. Schneller fuhr er in den dichten Forst hinein. Er sah die Fichten ringsherum, die hellbraunen Stämme und zwischen den Stämmen Farnkrautwedel im Scheinwerferlicht auftauchen und wieder unsichtbar werden. Benommen wischte er über die Augen und bog von der Landstraße auf die Lichtung ein. Dort sah er das Haus, diesen heimleuchtenden Lichtschein aus der Dachwohnung und sagte laut: »Jetzt freue ich mich auf ein ruhiges Wochenende.«

Über der Lichtung hing der Neumond nikotingelb und schief. Und wirklich, er empfand eine warme Vertrautheit, als der eine Flügel des Gittertores, den er jetzt in der Dunkelheit aufstieß, wie immer leise quietschte, während seine Hand am kalten Eisen lag und er die rissige Farbe auf der Haut spürte. Der Kies knirschte unter den Schuhsohlen, dann und wann sprang ein Steinchen seitwärts in das dünne Laub. An der Hausecke schimmerte die Nachtleuchte, und hoch oben im sechseckigen Südfenster formten die Fichtenbalken ein metergroßes Kreuz, das in die Dunkelheit strahlte. Aus der frostigen Nacht trat er in den Flur. Es war acht Uhr, und Günther Marin ging schneller, so, als wolle er auf den letzten beiden Treppenstufen die verlorene Zeit einholen und die Verspätung ungeschehen machen. Aber er wußte, Franziska hatte ihn kommen hören, hinuntergeschaut und das Essen auf die Herdplatte gestellt. Er hatte Hunger.

»Franzi, mein Schatz, hier bin ich!«

Er hängte den Mantel an den Garderobenständer. Eine Sekunde lang, in dem Spiegel zwischen den beiden Kombüsenlampen aus Messing, um die herum sich die Zweige der Bougainvillea gerankt hatten, sah er ein Gesicht, das ihm ganz und gar fremd erschien: die hohe Stirn unter den ergrauten Haaren, die tiefen Falten von den Nasenflügeln zu den Mundwinkeln, verspannte Lippen dazwischen und ein schlaff wirkendes Doppelkinn, das seine ehemals energisch vorspringende Kontur im Fett verloren hatte. Nur die Augen waren ihm noch vertraut: jene Mischung von Traurigkeit, Sanftmut und Schärfe der Beobachtung in ihnen. Das bin noch ich, dachte er, der Rest gehört dem Fremden, der lacht, wenn ich traurig bin.

Eine für ihn nicht mehr meßbare Weile hatte er einfach verträumt vor seinem Spiegelbild und wachte so abrupt auf, wie man gewöhnlich in die härtere Wirklichkeit hinunterfällt. Er breitete die Arme aus, um Franziska zu begrüßen.

»Franzi, wo bist du?«

Die Wohnung blieb totenstill. Schnell ging er den gedielten Flur entlang, bog um die hüfthohe Thekenmauer der offenen Küche und sah auf dem spreizbeinigen Bauerntisch im hellen Lampenschein einen weißen Zettel: *Ich habe dich verlassen: Die Gebrauchsanweisung für die Wasch- und Spülmaschine anbei. Ich hoffe, du kommst damit zurecht. Suche nicht nach mir, das wäre sinnlos. Franziska.*

6

15.6. Lampedusa

Warum konntest du nicht warten, Franziska! Oft habe ich mich nicht um dich gekümmert, aber ich habe dir vertraut.

Warum hattest du keine Geduld? Ist nicht standhafte Liebe ein Stückchen Ewigkeit?

Marin stand nackt unter der Morgensonne. Er beugte sich über die Terrassenmauer und sah einen alten Mann gebückt davonschleichen. »Hallo«, rief er, und der alte Mann versteckte schnell einen Sack in seiner Hosentasche und machte sich aus dem Staub.

Erst jetzt sah Marin den jungen Hund. Unten am Liegestuhl war er festgebunden, ein Fell gelb wie der Sand von Lampedusa: er hatte viel zu lange Hinterläufe. Der Schwanz wedelte, als Marin näherkam und sein Herz schlug hart gegen die magere Flanke. Marin brachte ihm Wasser, und der Speichel troff aus seinem Maul.

Von der Hauptstraße her sah er eine Staubsäule näherrücken und sah Enrico auf der Vespa heimkommen und vor dem Haus anhalten. »Wem gehört der Hund?«

»Ein alter Mann hat ihn heute morgen dagelassen!« antwortete Marin.

»Dieser gebeugte Alte?« fragte Enrico.

»Ja, der!«

»Das ist ein sehr freundlicher alter Mann. Im letzten Jahr hat er mir oft Geschenke einfach vor die Türe gelegt. Mal Fische, mal Obst ...« Enrico lächelte mit den Augen.

»Der Hund ist wirklich lieb«, sagte Marin.

»Solange er klein ist!« Enrico ging wortlos zurück in die

Stube, kam wieder heraus mit einem Teller, auf dem er Cornedbeef zerdrückt hatte. Das Hündchen fraß gierig, und die beiden sahen zu.

»Die Familie wächst«, sagte Enrico.

»Hast du Kinder?«

»Nein«, antwortete Marin.

»Magst du die Frauen nicht?«

»O doch, sehr«, sagte er, »aber ich bin wohl kein Familientyp.«

Der kleine Hund pendelte jetzt zwischen ihnen hin und her: mal ging er zu Enrico, der ihn fütterte, mal zu Marin, der ihm Wasser gegeben hatte.

»Im letzten Jahr hat er mir auch so einen geschenkt«, sagte Enrico. »Ich habe ihn behalten bis Oktober. Dann mußte ich, wie jedes Jahr, zurück nach Mailand reisen und habe den Hund einfach hiergelassen.«

Marin stieg wortlos die Treppen hinauf und setzte sich in den Liegestuhl. Dann sah er, wie das Hündchen mit seinen viel zu kurzen Vorderbeinen mühsam Stufe um Stufe erklomm, bis es seinen Kopf wieder zwischen seine Beine drücken konnte. Dort winselte er lange und leise und schlief ein. Draußen flimmerte die Mittagshitze. Am Fenster summten die Schmeißfliegen und schillerten grün.

7

Ich habe dich verlassen. Suche nicht nach mir. Das wäre sinnlos. Franziska.

Im Schornstein hörte er den launischen Dezemberwind rauf- und runterpfeifen, mal näher, mal ferner, ein ganz bestimmtes Geräusch, das ihn plötzlich an seine Kindheit erinnerte: im Krieg hatten sie, Mutter, Gabriel und er, unter dem zerbombten Haus im Keller gelebt. Das Gift war karminrot wie die Kriegsbemalung der Indianer: viele kleine Körner, überall im Keller ausgelegt. Nachts, im Halbschlaf auf einem Kartoffelsack, hatte er plötzlich dieses Geräusch gehört. Es war ganz dicht an seinem Ohr vorbeigepfiffen und war höher geworden und schrill, und er hatte gewußt: eine Ratte raste, den karminroten Tod im Bauch, durch den Keller, um nach außen zu zwingen, was innen war und blieb und gnadenlos nach ihrem Leben griff. Er las noch einmal laut: *Die Gebrauchsanweisung für Wasch- und Spülmaschine anbei. Ich hoffe, du kommst damit zurecht.*

Dann setzte er sich auf den Stuhl, mit dem Rücken zur Küchentheke, und sah die Dunkelheit vor dem Fenster. Bald konnte er nach außen hinunter auf den Dorffriedhof von Ödenhausen sehen, wo auf dem Grab der Kaiserhofbauern dieser sanfte Marmorengel mit geneigtem Kopf und nach oben gekehrten Handflächen stand, seit Vierzehnhundertachtundneunzig schon, in Regen, Sonne und Wind unter der ewigen Lampe, der nie das Öl versiegte.

»Sie hat mich verlassen!« sagte er laut.

Dann trieb es ihn in der weiträumigen Diele auf und ab. Und zum ersten Mal erkannte er die magischen Zeichen, die Franziska wie Sendboten aus der Schattenwelt an die Wände geheftet hatte: diese alten Stiche, eine vertraute Familienidylle,

Vater, Mutter, Kind, daheim in Biedermeierplüsch und sichtbarer Geborgenheit, wenn nur diese Tigerköpfe mit gebleckten Zähnen ihnen nicht auf den Spitzenkragen gesessen hätten. Oder: der Gaukler auf der Freilichtbühne, gespenstisch grün die Gesichter der Menschenmenge, die nach ihm greift, als wolle sie ihn in der Luft zerreißen, ihn, den Spaßmacher, den sein Narrenkleid sichtbar spaltet in eine schwarze und eine weiße Seite, dem rechts ein Lächeln um den Mund sich gräbt, während aus dem linken, starren Auge Tränen über die schwarze Haut rollen, die mit Stichen in die Wange eingenäht erscheinen.

Marin empfand Grauen: fünf Jahre haben wir zusammengelebt, und ich habe so gut wie nichts von ihr gewußt! Wo immer er hinblickte, war er von Franziska umstellt: das dunkle Grün der Türen, die Messingklinken, der von ihr geflochtene Kranz aus weißen, duftlosen Kunstrosen, der im Obergeschoß genau im Schnittpunkt des Balkenkreuzes hing, im Bad die Tuben und Fläschchen mit Nagellack und Schönheitsmitteln, die Holzmulde, die sie als Brotbehälter benutzt hatte. Wo immer er ging und hinsah, war es Franziska, die ihn anrührte oder abstieß. Nur sein Arbeitszimmer im Hinterteil des unteren Wohntraktes, wo er oft nachts noch gesessen hatte über den Büchern, gab seinen Fluchten einen kurzen Ruhepunkt. Aber dieser Raum erschien ihm plötzlich viel zu eng. Wieder ging er hinaus in den Flur, hinüber in ihr Zimmer, öffnete den Kleiderschrank und sah, daß alles so wohlgeordnet auf der Stange hing, als sei Franziska nur eben zum Bauern Milch holen gegangen. Es fehlten die Cowboystiefel, ihre Jeans, ein paar Männerhemden, die Weste ihres verstorbenen Großvaters und die blaue Cordsamtjacke. Erst jetzt fiel ihm ein, daß er ihren alten Militärjeep nirgendwo gesehen und auch gar nicht vermißt hatte.

Erst in diesem Augenblick fiel ihm auf, daß sie, Franziska, in den letzten beiden Jahren ihre zahlreichen Kleider eigentlich nur noch im Schrank belassen und ihren weiblichen Leib hinter Männerkleidern verborgen und nach außen hin neutralisiert hatte.

Als er wieder am Küchentisch lange vor sich hingestarrt hatte, hörte er in dieser Ruhe des einsamen Dorfes von der Hauptstraße her ein Motorengeräusch über leicht gefrorene Erde gegen das Haus rücken: ich werde nichts sagen, ich werde an der Tür stehen, sie anschauen, in die Arme nehmen und hier an ihren Platz führen, wo sie hingehört.

Aber das Auto fuhr zwischen den Gehöften davon. Es war Mitternacht, und die meßbare Zeit hatte sein Bewußtsein um ein paar Stunden übersprungen. Er war hungrig, nahm zwei Scheiben Brot aus der Holzmulde, strich Butter drauf, hatte die Hartwurst schon in der Hand und legte sie wieder hin. Er kaute das Brot, wollte runterschlucken und kaute weiter, als ihm eine heftige Übelkeit in die Kehle stieg. Nach dem Erbrechen wischte er sich die Augen trocken, roch diesen leichten Säureduft und sah das Fett einen dunklen Ring in das Holz ziehen. Eine Flasche Wein, das wär's, ganz schnell getrunken. Er konnte geradezu fühlen, wie der Weingeist ihm zu Kopf steigen würde, um sich mit seinem Geist in Euphorie zu mischen. Schon hatte er die Flasche in der Linken. Nein, das wäre zu einfach, dachte er. Anrufen könnte sie doch wenigstens!

Den Wein stellte er zurück ins Regal und griff nach dem Telefon. Wie oft war hier draußen schon der Strom ausgefallen. Er horchte: tuuuuuuut.

Wieder lachte der Fremde in ihm, als er das Weinglas blitzschnell gegen die Wand schleuderte.

8

Wenn die Kugelsonne hinter den Küstenfelsen ins Meer eintaucht, segeln von Westen mausgraue Kumuluswolken über das Inselland in brandrotem Widerschein. Gelbe Erde wird lehmfarben, die Steinmauern knochenbleich und das mitternachtsblaue Meer zum Grau dunkler Tauben. Im Osten scheint die Dämmerung aus dem Meer gegen den Himmel zu fließen, während im Westen das Rot der Sonne nachglüht: Schwebezustand zwischen dem vergehenden Sonnentag und der kosmischen Sternennacht, die hell gepunktet gegen das letzte Licht heranrückt. Die Singvögel schweigen. Das Meer brandet stetig gegen die Küstenklippen in der Ferne, Lampen leuchten auf in Lampedusa wie in einer künstlich beleuchteten, menschenleeren Ruinenstadt. Zikaden sägen auf ihren Hinterbeinen, Seefalken und Möwen schreien zu dem einsamen Haus herüber:

Marins Zimmer wird enger im Glühbirnenlicht. Er sah die zwei Rattanbetten nebeneinander an der Wand stehen, die zwei viereckigen Nachttische dazwischen, neben der Tür den Kühlschrank. Hinter sich wußte er die Kleiderhaken an der Wand. Zwischen den drei Gitterstäben des einzigen Fensters lauerte die Nacht. Er legte sich aufs Bett und sah, daß die Zimmerdecke aus Baulatten grob gehauen war, getragen von acht dicken Querbalken, darüber Dachpappe, über die er Mäuse und Ratten leichtfüßig trippeln hörte. Die Balkontür in seinem Rücken war geöffnet, und er hörte die ersten Moskitos sirren. Draußen raschelte der Wind im Schilf. Die Stille wurde ihm zu still, unterbrochen nur vom gelegentlichen Auffrosten des Kühlschrankes. Franziska, dachte er, wenn ich mit dir sprechen, wenn ich dich berühren könnte.

15.6. Lampedusa

»Diese Insel war früher eine Sklaveninsel«, sagte Pasquale, als wir mit dem Boot um die Westküste herumschipperten. »Als man die ersten Häusergruben ausschachtete, wurden Tausende von Skeletten gefunden mit übergroßen Sarazenenschädeln.«

Plötzlich stellten sie den Motor aus, und das Boot trieb ruhig im Wasser. Schweigend standen die Fischer und bekreuzigten sich.

»Dort unten«, sagte Pasquale, »steht tief in den Wassern eine Statue. Sie ist unser größtes Heiligtum. Wenn immer wir können, tauchen wir und beten sie an.«

Einer nach dem anderen sprang jetzt vom Bootsrand in die blaue See und tauchte an der Steilküste. Ich hielt den Atem an und spürte den Druck auf meinen Ohren sehr stark werden, aber das Wasser unter mir blieb ruhig. Tief atmete ich aus und wieder ein und blickte an dem Küstenfelsen empor, von dem ich wußte, daß er einhundertvierundsechzig Meter in die Tiefe ragte, und dachte: mein Gott, es ist ein Unglück geschehen. Im selben Augenblick sah ich Pasquale lachend emportauchen, und kurz darauf die anderen.

Später schwang die Weinflasche von Hand zu Hand, die Fischer sangen, bis das Abendlicht seine Farben verlor im Meer der Toten.

9

Ihr Vater, ein Ex-Berufsoffizier der Hitlerarmee, konnte sich und der Welt nicht verzeihen, daß der Krieg verloren wurde. Noch immer hörte er dessen Worte: »Die Neger sind eine genetisch minderwertige Rasse, denen der Erfolg verwehrt bleiben muß, weil die weiße Rasse ihnen haushoch überlegen ist!«

Genau diese Worte im Partyplauderton zwischen das kristalline Klimpern der Sektgläser gesprochen beim Hochzeitsbankett. Und sie, Franziska, saß dabei, nickte freundlich und sagte nichts.

»Mein Adoptivbruder war Jude«, hatte Marin provozierend laut geantwortet, und Franziskas Vater, dem inzwischen wieder erfolgreichen Unternehmer, war das teure Kristall auf den Perser gefallen und Gott sei Dank nicht zerbrochen.

»Nichts ist erfolgreicher als der Erfolg«, hatte er zurückgeschossen, nachdem das Dienstmädchen seinem Wink gefolgt war und aufgetupft hatte. »Als ich aus der Gefangenschaft zurückkam in das zerbombte München, hatte ich nichts als diese beiden Hände. Ich habe einen Spaten genommen, die Ärmel hochgekrempelt und genau dort in den Trümmern angefangen zu graben, wo mir mein Freund gesagt hatte: »Heinz, gehe hin und grabe! Unter jenem Trümmerhaufen liegt ein Schatz.« Und siehe da, ich grub und fand eine alte, ziemlich intakte Maschine.«

Sein Schwiegervater hatte gelächelt. In diesem Augenblick begriff Marin das verhängnisvolle Unrecht klar, das der Vater seiner Tochter angetan hatte. Er erzog sie strikt nach dem Belohnungsprinzip: tust du das, bekommst du das ... und als blitzende Krönung hatte er hoch darüber das Wort Erfolg gezaubert wie einen freischwebenden Kristallüster in einem fürstlichen Saal.

Sie aber sehnte sich nach Nähe und Liebe. »Mein Vater hat aus mir jemanden gemacht, der ich eigentlich gar nicht bin und niemals sein wollte.« Da weinte sie, alleingelassen und betrogen, in ihrem Jungmädchenzimmer und dachte: Ich hasse ihn, ich hasse ihn so sehr, daß ich ihn umbringen könnte, denn er hat mich verraten und betrogen, und ich habe im blind vertraut. Sie spürte den Haß ganz dicht neben der Liebe, die sie jahrelang zu ihrem Vater empfunden hatte, von ihm genährt durch lustige Späße, die er als Erziehungshilfen immer wieder auf die Bühne schickte. Aber diese lustigen Spaßmacher tanzten plötzlich vor ihr in der Dunkelheit wie mit Leuchtfarbe angestrichen, grün und blau und rot mit verzerrten Gesichtern, mit einem weinenden Auge und einem, das lacht. Da war es, als habe sich direkt neben ihrem Jungmädchenbett der Boden geöffnet. Sie erschrak und blickte gebannt nach unten und sah eine gehügelte Landschaft, halb im Schatten und halb im Licht. Mitten drin einen noch tieferen Spalt, aus dem heraus glühende Lava diese Schönheit in eine krustige Ödnis verwandelte. In diesem Augenblick sprach sie es aus, was sie am nächsten Abend tat: ich werde von hier weggehen, weil sie mich einsam gemacht haben mit ihren Lügen und ihrem Geld. Ich werde mir ein Zimmer nehmen und ganz allein leben. Dann werden sie begreifen, was sie verloren haben …

Das Telefon schrillte. Marin erschrak. Eilig nahm er den Hörer ab und rief: »Franziska?« Er hörte ein Geräusch, wie jemand nach einer durchzechten Nacht am Morgen den Schleim aus der Gurgel zieht, und dann ein Gelächter, das ihm durch Mark und Bein ging. Es knackte, und die Leitung war tot.

Als er nun flach auf dem Rücken in der rechten Ehebetthälfte lag, sah er die Kleider herumliegen, das eine Hosenbein links, das andere verknotet, obendrauf Jacke und Hemd, und darüber wirbelte der Staub. Er knipste das Licht aus. Er beugte sich über die andere Bettseite herüber, strich über das Leinen und nahm ihr Kopfkissen fest in den Arm. Ganz deutlich empfand er einen Ruck, als sei eine zentnerschwere Last gegen die Gesetze der Schwerkraft aus ihm heraus in die kalte Dezemberluft entwichen: frierend stand er vor einem sanften engel und hatte einen apfel in der hand. tu es nicht, sagte der engel, und marin blickte in seine stummen, in jahrhunderten uralt und rissig gewordenen marmoraugen und fühlte den hunger und hob die hand mit dem apfel und sah den engel seinen weißen marmorarm gebieterisch über den kopf hinausheben und spürte, wie sich in ihm begierde verband mit dem hunger, der nicht nur ein hunger des magens war, und dachte, der mond ist wie in fingernagel abgeschnipselt und rasiermesserdünn, eine neulichtsichel ohne griff. und sah den rotbäckigen apfel und spürte die unwiderstehlichkeit des apfels mit der triebkraft in seinem körper eins werden und hörte wieder die stimme des engels unmenschlich und kalt, so als habe nur der dezemberwind von hinten durch seinen kopf geblasen und vorne in seinem halbgeöffneten mund töne zu worten geformt, die ihm zuriefen: laß los! doch das waren nur worte um ihrer selbst willen, die vom wind erzeugt in der windstille sofort wieder erstarben. marin biß in den apfel und sah plötzlich ein schwert in des engels hand, das gezackt war und einen herzschlag lang flammen schlug. er spürte eine unerträgliche hitze in seinem körper, ein letztes mal hörte er diese stimme im wind heulen, wie ein wolfshund über die steppe heult: im schweiße deines angesichts sollst du dein brot essen, bis daß du wieder zur erde werdest, davon du genommen bist. da wurde ihm bewußt, daß er nackt war. er schämte sich und hörte plötzlich preßluftbohrer auf der anderen seite des friedhofs neben der kirche und spürte die schneekristalle, die der nordwind gegen seine haut trieb. er lief hinüber zur grube und sah die drei männer. was wollen sie denn hier, fragte der jüngste, mitten im winter nackt wie ein pavian, die beerdigung ist doch erst im morgengrauen, wenn die geweihte erde ihn überhaupt reinläßt in ihren schoß.

der dritte drillte verbissen mit dem preßluftbohrer das gefrorene grab. für marin war die zeit einfach stehengeblieben in dieser vom schnee belagerten nacht, und von der sechsten stunde an ward eine finsternis über das ganze land, und um die neunte stunde schrie er und sprach, warum hast du mich verlassen, und siehe da, der vorhang im tempel zerriß in zwei stücke von obenan bis untenaus. da tropfte ihm blutiger schweiß von den lippen über die kinnspitze, und er hatte einen unerträglichen durst. hoch über der kapelle schlug die turmuhr ganz deutlich elfmal mit dem eisenharten klöppel gegen das schwingende klingende messing. er rannte zur friedhofskapelle. holz polterte gegen stein, und aus dem dämmerlicht der kapelle traten stufe um stufe ins tageslicht hinaus die totengräber, auf der schulter ein brett und auf dem brett ein sarg. marin fror ein allerletztes mal. nackt und ohne gefühle trat er neben dem küster an die spitze des zuges. wie im traum bewegten sie sich auf das grab zu. er trat dicht heran, während sie die taue befestigt und ihre füße fest gegen die hölzerne umrandung gestemmt hatten. und als nun der sarg, hand über hand abgeseilt, sich von selbst nach unten zog und dumpf aufstieß, da blickte er den küster fragend an: wer ist denn der arme, der mitten im winter in die kalte erde muß? des menschen sohn natürlich, antwortete ihm der kleine mann mit den wieselflinken, vom weingenuß eingetrübten augen. und wer ist des menschen sohn, fragte marin. der, welcher nackt ist und fragt! der mann hob die rasiermesserscharfe schaufelkante und schlug sie marin mit aller kraft ins genick.

10

18.6. Lampedusa

Draußen hinter den Scheiben ist der Fächelwind zum Sturm geworden. Er rauscht, pfeift, peitscht, hält sekundenlang den Atem an, wechselt die Richtung, wühlt in Büschen und Bäumen, wirbelt Staub gegen das helle Blau unter dem Sonnenzenit und dreht mir urplötzlich den Rücken zu, so daß ich in einer Windstille sitze und das Rauschen und Pfeifen nur noch ganz entfernt über dem Meer an der Westseite der Insel zu hören glaube. Ich selber steige und falle, atme nach innen und nach außen, schlafe ein und breche auf, als packe mich jemand, um mich wie ein Wolkenbündel über den inneren Himmel zu jagen:

»und da er auf dem wege war fiel er auf die erde und hörte eine stimme, die sprach zu ihm: was verfolgst du mich? es wird dir schwer werden, wider den stachel zu löcken. stehe auf und gehe in die stadt, da wird man dir sagen, was du tun sollst. saul aber richtete sich auf von der erde: und als er die augen auftat, sah er niemand. und er war drei tage nicht sehend und aß nicht und trank nicht.«

19.6. Lampedusa

Jeden Abend gegen zehn Uhr sitze ich als einziger Gast in Ginas Nachtclub. Immer in derselben Ecke an der Bar, dicht an dem kleinen Fenster, das Moreno, der Barkeeper öffnet, um die kühle Abendluft hereinzulassen. Er nennt es seine Klimaanlage. Oft lehnt er schweigend den Kopf an eine der beiden Holzsäulen, die den Baldachin über der Bar abstützen und spricht von seiner Kummersäule. So träumt er von der Unterwasserwelt, die er als Sporttaucher und Fischjäger mit Flossen und Schnorchel durchschwimmt: »Heute hatte ich einen riesigen Fisch an der Harpune und wollte ihn heranziehen. Er riß sich los, und ein großer Krebs kam aus einem Felsspalt heraus und trug ihn fort.« Er seufzt: »Meine Frau hat ihre Stimmungen. Moreno hier, Moreno da, tu dies, tu das. Ich muß gehorchen, sonst macht sie mir die Hölle heiß. Ich will auf dieser schönen Insel bleiben und gute Geschäfte machen. Sie aber will, daß wir nach Deutschland zurückgehen, wo ich hart arbeiten muß. Aber ich kann mir hier ein besseres Leben vorstellen: Kino, Fernsehen, Tauchen, Schwimmen, Jagen, und jeden Tag ein gutes Essen, und schon ist die Woche rum.«

Der Sturm wird wieder stärker und hat gedreht. Auf der Terrasse höre ich die Winde vom Capo Levante herüberpfeifen und sehe sie Gischtspritzer aus dem Meer reißen, die weit durch die Luft bis auf meine Haut fliegen. Der Liegestuhl kratzt über die Fliesen. Hellblau ist der Himmel, nur einzelne Wölkchen fegen über seinen Azur. Zwischen den Zähnen spüre ich Flugsand. Die Zigarette brennt schneller, Asche und Glut wehen davon.

Dann sehe ich Franziska vor mir sitzen im »Alten Simpl« in München. Wir hatten Wein getrunken, und unsere Hände berührten sich auf dem Tisch. Dann gingen wir durch den Regen, und ihre gesprayten Haare hingen in Strähnen um ihren Schädel, und wir blieben stehen im Regen und küßten uns, und ich sah im Schein der Straßenlampe ihre glanzlosen Pupillen strahlend werden und ganz jung im Blick. Leicht und beweglich waren unsere Körper im Bett: »Komm, nimm mich«, stöhnte sie und keuchte. Später spürte ich mehrfach, wie sie mir den Mund zuhielt, um das Schnarchen zu stoppen.

Leider vergaßen wir, um die Gnade der Liebe zu bitten.

11

Marin lag in seinem Angstschweiß. Dann sah er den Schnee. Aus tiefziehenden Wolken war er auf die Lichtung heruntergeschwebt. Er spürte seinen Schweiß kalt werden. Wo wird sie sein, dachte er und zog die Bettdecke fest um die Schultern. Bei ihren Eltern? Er griff zum Telefon und legte den Hörer wieder auf.

Mit achtzehn Jahren hatte sie das reiche Zuhause verlassen, in Schwabing ein Dachzimmer gemietet, um Buchhändlerin zu werden. Aber sie schätzte offene Autos. Das VW-Cabrio war teuer. Sie hatte von ihrem Vater Geld erbeten und das Geld bekommen. Sie genoß Wind, Sonne und Luft, aber irgendwann war aus dem Geldleihgeschäft Unheil entstanden, weil Franziska gespürt hatte: ich muß sparen, und er läßt mich trotzdem meine Schuld monatlich abbezahlen. Ich bin ich, und dann erst bin ich die Tochter meiner Eltern. Das war die Zeit, als ihr klar wurde, daß der Musikalienhandel für sie eine Sackgasse war.

Eines Tages teilte sie ihren Eltern mit, ein bekannter Popsänger habe sie singen hören und gesagt: »Mädchen, du hast eine Stimme wie Joan Baez. Nimm Gitarrenunterricht und mach etwas aus dir!« Er hatte ihr dabei geholfen.

Ihr Vater aber hatte sie mißtrauisch angeschaut. »Kennst du diesen Popsänger näher?«

»Nein!« Die Antwort war trotzig, und ihr Vater war blaß geworden.

Der Sänger hatte ihr nicht nur die ersten Griffe auf der Gitarre beigebracht, sondern ihr dann das Instrument geschenkt mit seiner in Gold eingravierten Unterschrift. Franziska übte und sang dazu die Lieder von Melanie und Joan Baez zwischen den schrägen Wänden ihres Dachzimmers. Aber in ihr hatte sich etwas verändert, sie hatte ein Ziel, eine neue Richtung gefunden: weg aus der harten Musikhandelswirklichkeit in den Lichterglanz eines Konzertsaales, der aber diesmal mit Menschen gefüllt sein würde unter dem Kristallüster. Als Sängerin kann ich mich verwirklichen und werde dazu auch noch Erfolg haben, dachte sie …

Marin lag reglos im Bett. Er sah nicht die weißglitzernden Kristalle im Fensterquadrat und auch nicht die Lindenäste wie durch einen wehenden Hochzeitsschleier dahinter. Im Kopf, auf einem magischen Dunkelfeld, tanzten graue Pünktchen und wurden zu Morsezeichen, die aus der Unendlichkeit zu kommen und im Nichts wieder zu verschwinden schienen. Er sah Franziskas Gesicht: ihr schwarzes schulterlanges Haar, eine niedrige Stirn über der kühn geschwungenen Nase, den seltsam gespaltenen Mund, in dem eine sinnliche Unterlippe gegen die strichdünne Oberlippe sich absetzte. Er liebte diese ausdrucksstarken, dunkelblauen Augen. Oft waren sie träge und verschwommen, dann wieder belebt von Blicken, die ganz aus den Tiefen der Kindheit emporgeschwebt schienen. Wenn sie ihn ansah, hatte er oft die Arme um ihren Hals geschlungen und sie auf den Mund geküßt. »Franziska, du hast die schönsten Augen der Welt!« Aber wenn er sie lobte, waren die Blicke unnatürlich geworden wie Papierblumen, die ohne Duft in den Jahrmarktsbuden stehen.

Marin stand auf. Der eisige Wind drückte böig gegen das spitze Giebeldach. In den Ritzen der knistertrockenen Balken schlüpfte er nach innen, so daß Marin einen stetig kalten Luftzug verspürte, der von der unteren Wohnung hinauf zum Durchbruch über die Küche in das ausgebaute Dachgeschoß zirkulierte.

Er zögerte ratlos in der Küche. Auf dem Tisch hätte eigentlich ein liebevoll zubereitetes Frühstück gestanden. In der großen Tasse hätte frischer Tee gedampft. Franziska und er würden sich gegenüber sitzen an diesem Bauerntisch, denn es war Samstag. Marin fühlte sich verloren, als er jetzt allein da stand und ein Brot schmierte. Er mußte Messer und Gabel suchen und in Gedanken die Vorräte ergänzen, während er die Gebrauchsanweisung der vollgepackten Geschirrspülmaschine durchlas: hier das Salz, dort den Klarspüler, ins Klappfach schließlich das Pulver. Aufmerksam sah er die verschiedenen Pakete an und versuchte, sich die Namen der Waschmittel einzuprägen. Was wäre, wenn ich von heute auf morgen meine Patienten im Stich ließe: Praxis geschlossen wegen persönlicher Schwierigkeiten!

In der unteren Wohnung hörte er Schritte und dann die Wasserspülung rauschen. Im Parterre lärmten die Kinder. Er stieg die Holztreppe ins Dachgeschoß empor und setzte sich in den Ledersessel ans sechseckige Fenster. Es schneite nicht mehr. Die Lichtung lag weiß und klein unter dem bleigrauen Himmel. Er sah den schwarzen Asphalt auf der Straße und rechts und links hohe Schneewälle. Stundenlang blickte er hinaus, und wenn ein Motorengeräusch näherkam, dann klopfte sein Herz, und er dachte: das ist Franziska, jetzt kommt sie zurück.

Als der Schnee aber weiß in der Nacht leuchtete, saß er noch immer im Sessel. Er fror, knipste die beiden Wandlampen an, sah die meterhohen Balken über dem weißgekalkten Kamin zusammenstoßen und dann das große Rousseaubild über dem Fernseher: dieses Lemurenpärchen, eng aneinandergedrückt, die putzigen Gesichtchen über eine Orange gebeugt, dem einzigen Lichtpunkt in der lanzettscharfen, drohend sie umwachsenden Wildnis.

»Auf einer geschützten Insel müßten wir sein, nur wir beide allein«, hörte er sie sagen, »geborgen und weit weg von dieser verlogenen Welt.«

Da läutete das Telefon.

»Ja, Marin.«

»Ich bin's«, sagte sie.

»Wo bist du gewesen heute nacht?«

»Ich habe im Auto geschlafen unter zwei Wolldecken im Englischen Garten!«

»Franziska, komm heim, wo du hingehörst.«

»Nein!«

»Kann ich dich sehen?«

Die Leitung rauschte.

»Ja, ich brauche dringend Wintersachen. Morgen um zwei komme ich vorbei.«

Am nächsten Tag hörte er die Klingel und kurz darauf ihre Schritte auf den Treppenstufen. Sie standen sich im Türrahmen gegenüber. Sein Körper macht die gewohnte Bewegung zu ihr hin, ihr Körper bog sich unwillkürlich von ihm weg. Sie war leichenblaß. Ihr feines Haar hing strähnig um den Kopf.

»Hallo!« sagten sie beide, fast gleichzeitig.

»Bitte, nimm Platz!«

»Laß uns nach oben gehen!« sagte Franziska.

Er nahm zwei Gläser und eine Flasche Wein mit zu der oberen Sitzgruppe, die, anders als am kleinen Küchentisch, so weiträumig angeordnet war, daß sie auch weit genug voneinander getrennt sich hinsetzen konnten. »Nun bist du wieder zu Hause, und alles hat ein Ende!«

»Nein«, sagte sie fest, »nichts hat ein Ende!«

»Du wirst also nicht hierbleiben?«

»Nein.«

»Was hast du vor?«

»Ich werde ein paar Wochen bei einer Freundin wohnen und dann für einige Monate nach Griechenland fahren. Ich muß allein sein und nachdenken!«

»Hast du einen Freund?« fragte er leise.

»Nein. Es gibt keinen Mann.«

Er wollte aufstehen und Franziska umarmen.

Da sagte sie: »So, ich packe jetzt meinen Koffer und nehme

ein Bad, und dann muß ich gehen.«

Er blieb sitzen, hörte sie die Treppe hinuntersteigen, unten in ihrem Zimmer hantieren und kurz darauf mit schnellen, energischen Schritten ins Badezimmer gehen. Dann drehte sie den Schlüssel im Schloß von innen herum, und er dachte: sie will nicht mehr, daß ich sie nackt sehe.

Das war das Ende ihrer Ehe.

Er sah hinaus in den Winter.

Wir gehen durch die Nächte
Ohne Wiederkehr
Und hinterlassen
Keine Spur
Im All das Licht
Fällt kalt
Wir fallen
Eine Lichtsekunde
Nur

Dann hörte er ihre schweren Stiefel auf dem Holz und ging hinunter. »Hast du Geld, Franziska?«

»Nein!«

Er schrieb einen Scheck.

»Danke, das ist sehr lieb, ich werd's gebrauchen können.«

»Wie stellst du dir unser Verhältnis weiter vor?« fragte er.

»Laß es uns eine Trennung auf Zeit nennen!« antwortete sie nach langem Zögern. »Nach einem Jahr werden wir weitersehen. Hier hast du meine neue Adresse für die Post!«

Dann ging sie mit dem prallgefüllten Koffer zur Wohnungstür und küßte Marin auf die Stirn. »Einen so guten Ehemann wie dich finde ich nie wieder!« Sie zog die Türe hinter sich zu.

12

20.6. Lampedusa

Der Himmel unter dem Sturm hat heute in allen Spektralfarben geleuchtet über der Küste. Nun ist er wolkenfrei. Der Sturm pfeift und zischt über das karge Land hinweg, Gischt sprüht durch die Luft, die Fenster klappern, die Insel ist beherrscht vom Wind und duckt sich unter den Sternen. Moskitos und Fliegen sind verblasen. Alle fünf Sekunden zuckt der Leuchtfinger durch die Nacht, wie ein Blitz vor dem Donner. Ich stehe vor der Tür, und diese kalte Luft gibt meinem Kopf ein Fiebergefühl. Franziska, ich hätte um dich kämpfen müssen!

21.6. Lampedusa

Moreno hupte um 10.30 Uhr vor meiner Tür. Wir fuhren mit Pasquale und seiner Crew im Boot hinaus. In einer Felsenhöhle wurde mit Butanbrennern gekocht, Nudeln mit Fisch, dazu gab's Wein, Bier und Schnaps. Wie unter Zwang schüttete Pasquale Eiswasser vom Kajütenhaus auf Frauen, Männer und Kinder hinunter oder steckte Eiswürfel in ihre Badehosen. Plötzlich taten sich Paolino, Antonio und Wackelino zusammen, zogen ihm die Hose aus und warfen ihn nackt über Bord. An der Radioantenne wurde sein Slip gehißt. Matteo, dem sie das gleiche antun wollten, sprang in Kleidern über Bord. Sein Hut, die Zigaretten und Streichhölzer schwammen neben ihm. Später sangen wir sizilianische Lieder. Sie kennen Meer und Wetter ganz genau, auch die Fische mit ihren Gewohnheiten und wie man sie am besten fängt. »Schade, daß du nicht

Italienisch sprichst«, sagte Paolino auf englisch. »So bist du für uns nur ein halber Mensch. Das Herz liegt und schlägt auch in der Sprache.«

Die Natur ist ihre Uhr. Sonnenaufgang, Sonnenwanderung in den Zenit und dann nach Westen zurück ins Meer, aus dem sie am Morgen gestiegen ist. Nachts die drei Winde: Schirokko, Tramontana und Greccale. Sie sind dem Paradies näher als ich. Alles verkaufen: die Wohnung in Ödenhausen und meine Praxis, und hier von vorne beginnen, dachte ich. Die Sonne schwimmt in Orange und Türkis und schmilzt das tiefe Blau des Himmels, die ersten Sterne leuchten. Wieder ist Leben vergangen. Windstille draußen, Stille in mir.

Ich knipse das Licht an und lese:

»Hochmut war es und dieses Herz ohne Liebe, das Parzival den Gral verlieren ließ, als er ihn zum ersten Mal gefunden hatte. Er vergaß, nach den Leiden des Amfortas zu fragen. So mußte er weiterwandern zwischen Dornen, bis sein kaltes Herz weise und weich geworden war. Als er nun, zum zweiten Mal, in der Burg des Grals stand nach langer, langer Reise, da fragte er wie von selbst: ›Amfortas, woran leidest du, kann ich helfen?‹« Als ihm dann jenes Schwert gebracht wurde, das nur einer aus der Scheide zu ziehen vorbestimmt war, glitt es ihm leicht entgegen und lag ganz leicht in seiner Hand.«

Ich sehe das Leuchtschild von Ginas Club und werde die paar Schritte gehen und als einziger Gast an der Bar sitzen, Orangensaft trinken und mit Moreno vom Tauchen und vom Fischen reden, vielleicht auch von seinen Sorgen.

13

Zwei Tage hatte er im Hotel *Gambrinus* gewohnt in Schwabing, in der Occamstraße, damals, als er die Universität so spontan verließ und nach München gefahren war.

Es war im Mai gewesen. Das erste, hauchzarte Blattgrün war über Nacht entfaltet, und Marin genoß die Stunden draußen in den Biergärten und Terrassencafés und empfand seit Jahren wieder diese intensive Sehnsucht nach Sonne, Luft und Freiheit, dieses magische Versprechen der Wiedergeburt, des Wachsens und Werdens. In all den Jahren hatte er Wissen gespeichert und Disziplin gelernt. Und in vielen Laboratoriumsnächten war sein Kopf voller und schwerer geworden. Er hatte einer fremden Macht gedient, die nicht gut war, weil sie falsche Opfer verlangte.

Er kaufte sich eine *Süddeutsche* des 17. Mai 1977, setzte sich an einen Tisch des Cafés *Münchener Freiheit*, klappte die Zeitung wieder auf und wieder zusammen. Jetzt roch er den Frühling, sah die Menschen, jung und alt, fröhlich die Leopoldstraße auf- und abflanieren im Sonnenschein. Er dachte an seine viel zu große Dienstwohnung, die er aufgegeben hatte für eine Studentenbude, in der er sich wohl fühlen würde wie damals in Marburg oder Paris. Irgendwann kam die Dämmerung, und er war hungrig und ging in das Tanzrestaurant *Nachteule*. Als er allein an einem Tisch saß, drehte er den Kopf und sah Franziska. Die Musik spielte und die rauhe Stimme der Sängerin sang:

> *»Ich war noch ein Kind*
> *da kamen die Zigeuner*
> *Zigeuner in unsere Stadt ...«*

Die Männer an den Tischen sprangen auf, hasteten durch das enge Lokal und holten die Mädchen zum Tanz, auch Franziska wurde aufgefordert.

»Nein, danke, ich tanze nicht!«

Da war die Tanzfläche gefüllt. Franziska rauchte eine Zigarette. Und jedes Mal, wenn sie tief inhaliert hatte und den Rauch in scharfem Strahl gegen die Decke blies, hielt sie ihren Kopf schräg, ihr seidenfeines dunkles Haar wippte um die Schultern.

»Dann kam der Abend,
es wurde ein Feuer entfacht,
la la la
und die Zigeuner,
sie haben getanzt und gelacht
la la la
Zigeunerjunge, Zigeunerjunge,
er spielte am Feuer Gitarre ...«

Marin bot ihr eine Zigarette an und gab Feuer.

»Sind Sie aus München?«

»Nein, ich bin erst vor zwei Tagen angekommen.«

Jetzt spielte die Kapelle einen Blues.

»Darf ich bitten?« sagte er leise.

Sie standen auf, gingen zur Tanzfläche, er nahm sie in seine Arme und spürte sekundenlang einen starken Widerstand, der plötzlich weg war, als sie ihren Körper sanft und entspannt an seinen lehnte. Er schloß die Augen und genoß den Duft ihres Haars.

Später waren sie draußen in der Frühlingsnacht. Hand in Hand schlenderten sie durch die hell erleuchtete Occamstraße, und er fühlte ihre Handfläche ganz entspannt und doch fest und sicher und mußte plötzlich an die Artisten in der Zirkuskuppel denken, die er als Kind sehr bewundert hatte:

jener Moment, wenn der Flieger hoch über den ängstlich gereckten Köpfen die Schwungkraft in seinem Salto mortale erschöpft und in genau der Sekunde, die den tödlichen Sturz bedeuten würde, der Fänger ihm entgegenschwingt und die Hände laut hörbar aufeinanderklatschen. Während sie jetzt die belebte Feilitzschstraße hinuntergingen, wuchs ein so starkes Gefühl der Zugehörigkeit in ihm, daß er auf dem Bürgersteig ihren Kopf zwischen beide Hände nahm und sie zart auf die Lippen küßte. »Schau die beiden«, hörte er eine Stimme dicht an seinem Ohr, »der Schwabinger Frühling«, und öffnete die Augen und sah eine Gruppe junger Hippies in Jeans und bunten Hemden, die einen Kreis um sie gezogen hatten. Franziska wurde rot, dann lachten sie alle.

»Entschuldigung, ich mußte dich einfach küssen.«

»Hab ich mich denn beklagt?« sagte sie freundlich.

Da fühlte er sich jung und sehr glücklich.

Im Sommer dann waren sie im Nymphenburger Park spazierengegangen. Da hatten sie plötzlich dieses Flappen gehört, das Pfeifen der gepreßten Luft unter den Schwingen. Und ein Schwanenpaar war pfeilgerade über ihre Köpfe hinweggeflogen. Franziska hatte ihn angeschaut: »Weißt du, daß Schwäne sich treu sind bis in den Tod?«

Wieder hatte er sie sehr zart geküßt und leise gesagt: »Laß uns einander treu sein!«

Und sie hatte seinen Kuß erwidert und genickt: da gingen sie hand in hand durch den spätherbstlichen tannenwald und franziska sagte: laß uns getrennt gehen, dann finden wir mehr pilze. geh nicht, franziska, der wald ist dunkel und ich habe große angst um dich. ach liebling, lachte sie, alle tiere des waldes kennen dich: nichts wird mir geschehen, küß mich noch einmal, bevor wir uns trennen. dann ging ein jeder seines weges. sie aber kroch in eine fichtenschonung und bemerkte die schlange nicht, die der gott des waldes ihr geschickt hatte.

als sie nun niederkniete, da biß die kreuzotter ihre ferse, und ihr blut spritzte in den schnee. franziska schrie laut und sah die beiden männer zwischen den fichten heraustreten in lederjacken, und an den fingern ringe mit löwenköpfen aus falschem gold. diese hände trugen sie hinweg. marin aber hörte ihre schreie und rannte zu den zwergenhafen bäumchen. dort fand er ihren körperabdruck und die fußspuren der männer und wollte ihnen nachrennen und sah plötzlich das blut im schnee. lange blickte er hin, und als er aufschreckte, war es nacht geworden, und er wußte, sie haben sie in die stadt gefahren, die ihm als tor zur unterwelt wohl bekannt war. ich habe den richtigen augenblick versäumt, dachte er: ich bin unschuldig schuldig geworden. schnell lief er heim und holte geige und fiedelbogen und ging in die glitzernde stadt. jetzt werde ich sie suchen. er spielte und sang und zog durch die kneipen und gassen. menschen und hunde blieben lauschend stehen. so kam er in den hades, das stadtbekannte etablissement. der pförtner sagte barsch: tut mir leid, für bettler und musikanten ist hier bestimmt kein einlaß. er hielt ihm die faust unters kinn und fügte hinzu: wenn die knospe aufgeht, dann gehst du unter. marin blickte ihn traurig an, legte den bogen auf die fiedel und spielte und sang und machte das panzerherz des harten mannes weich. der ging ihm voraus hinunter in jenen raum, der nur den längst abgetöteten zugänglich war. marin sah die frauen, die schon lange hier unten leben und lieben mußten, die nur noch schatten waren, aber franziska weilte noch nicht unter ihnen. da spielte marin seine schönsten töne und senkte dann die geige und sagte: meine frau franziska ist von deinen zuträgern in dieses dunkle reich verschleppt worden, und ich weiß, wer einmal hier unten ist, muß nach deinen harten gesetzen ganz zum schatten werden. mach eine ausnahme, ich bitte dich, und gib sie frei. das will ich tun, sagte der besitzer, weil dein spiel und gesang mich so berührt haben. geh du voraus und führe sie schweigend zurück in die lebendige stadt. wenn ihr euch in meinem reich auch nur ein einziges mal umdreht, so ist ihr leben verwirkt. marin nickte und stieg stufe um stufe die endlos erscheinende treppe hinauf und wußte ihre leichten schritte hinter sich und fühlte sein herz immer voller werden: da hörten sie plötzlich das wilde knurren der hunde, und franziska drehte sich angstvoll um. sie wurde totenbleich und ihre linke hand legte ihm liebe und abschied vogelleicht auf die schulter, und die lederjacken zogen sie für immer hinunter. marin stand allein auf dem bahnhofsplatz zwischen griechen und türken und sah einzelne menschen mit schweren koffern und reisetaschen eilig an sich vorbeirennen und hörte eine stimme im lautsprecher:

Über uns zwei Schwäne
Gottes Urgesicht
Treu sind wir wie jene
Schworen wir im Licht

Muß ich den Kranz dir binden
Vergehen an der Not
So stürzen aus den Winden
Wir singend in den Tod

Im Sommer unserer Liebe
Waren die Schatten hell
Gelegenheit macht Diebe
Die Nacht kam schnell

Wie kalt hast du gelogen
Das Paradies gebüßt
Vögel sind fortgezogen
Küsse sind geküßt.

14

22.6. Lampedusa

Das Dorf Lampedusa hat eine Hauptstraße, die Via Roma, als Nord-Südachse angelegt, mit Steinen gepflastert und rechts und links mit je einer Häuserzeile umbaut. Die Häuser sind einstöckig, in Kastenbauweise entworfen und mit verschiedenen Farben angestrichen: grau, beige, gelb und olivgrün. Weiß sieht man nicht, weil der Sand und Staub im immer sich regenden Wind ein schmutziges Grau einfärben würde. Im Dorf steht eine Kirche. Ein kleiner Park ist bepflanzt mit jungen Palmen, Oleandern, Pinien, Sträuchern und Blumen und für vier Jahre hoch umgittert und zugesperrt, damit die Pflanzen größer werden können. Rechts und links der Via Roma sind nur Wohnhäuser und Geschäfte, ein paar Straßencafés mit Kuchen und Gebäck hinter den Glasvitrinen. Es gibt Lebensmittelläden, Supermärkte, einen Tabakladen, zwei Metzgereien, ein Reisebüro, einen Friseurladen sowie zwei Sportartikelgeschäfte mit Tauch-, Schwimm- und Angelausrüstungen, einen Bäckerladen und ganz unten, über dem Hafen, ein Hotel. Rechts und links führen Seitenstraßen, geschottert oder sandig, in die Wohnviertel hinein. Etwa in der Mitte der Straßenlänge ist ein kleiner Platz. Auf ihm stehen täglich Obst- und Gemüsehändler mit ihren Karren und wiegen die Ware für die Kunden ab: Tomaten, Pfirsiche, Zucchini, Orangen, Kartoffeln, Zitronen und Limonen. Die Hauptstraße ist schmutzig: Staub in den Rinnsteinen, dazu Colabüchsen, Plastiktüten, verfaulte Früchte, Zigarettenkippen und immer wieder alte und junge, gesunde und kranke Hunde, die, herrenlos, von den Abfällen und der Gnade der Einwohner leben. An jedem zweiten Haus wird gebaut, überall liegen verrostete Eisenstangen oder ragt ein erstes Stockwerk ohne Dach in die Luft. Die Fensterfronten sind halb verputzt. Neben dem Putz schimmern die Natursteine durch. Wenn die Sonne sinkt und ihr kühleres, mildes Spätnachmittaglicht vom Hafen her über das graue Steinpflaster legt, dann belebt sich die öde Hauptstraße. Die Dorfjugend knattert auf Mopeds, Vespas und Querfeldein-Motorrädern johlend die Via Roma hinauf und herunter: freihändig oder nur auf den Hinterrädern sausen sie am Bürgersteig entlang. Die Mädchen flanieren Hand in Hand, rufen zur anderen Straßenseite hinüber. Sie palavern und tanzen wie die Kinder. Die Luft ist erfüllt von Musik, Tango, Oper und Werbeansage: grell gemischt wie die Eissorten.

Nachts leuchtet es aus allen Fenstern. Schweigend sitzen die Alten auf den Schwellen mit fast reglosen Augen. Als warteten sie auf den Tod: heute oder morgen, bei Tag oder Nacht, egal wann. Das sinnliche Leben auf dieser Straße wird in ihren Kindern weiterfließen. Klapperdürre, herrenlose Hunde rascheln in den Mülltonnen.

23.6. Lampedusa

Heute morgen wurde an der Stromleitung gearbeitet: kein Wasser, kein Tee, kein Bad. Um 12.30 Uhr machten die beiden Arbeiter Siesta im Baumschatten. Um 14.00 Uhr luden sie das Arbeitszeug auf einen Lastwagen und fuhren lachend davon.

Mit einem Besenschwung über das helle Blau ausgekehrt, hingen Wölkchen in der Luft. Ich war inselmüde und wollte abreisen. Der Himmel erschien mir plötzlich wie aufgemalt. Ich wollte Wein trinken und hielt mich zurück. Dionysos, der ewig trunkene Mensch, der sich selbst zum Gott erhob. Müde bin ich und ein bißchen erschöpft: die Falten auf der Stirn und um die Mundwinkel werden tiefer. Mich einfach fallen lassen ins

Ungewisse. Der Mond hat gewechselt und dreht uns jetzt die Dunkelseite zu.

In Ginas Bar treffe ich die ganze Mannschaft, Pasquale, Paolo, Antonio, Matteo, mit ihren Frauen und Kindern beim Essen. Sie sprechen weder italienisch noch sizilianisch, sondern, wie sie mit Stolz betonen, »lampedusanisch«, ihre Inselsprache. Sie trinken und lachen und trinken wieder und singen ihre schwermütigen Lieder. Die blonde Tänzerin Ulli sitzt abseits. Ich bin allein in der Bar bei Moreno. Wie immer ist er mein Dolmetscher: Ulli hat die letzte Nacht am Strand mit einem italienischen Soldaten geschlafen. Er habe ihr vorher tagelang schöne Augen gemacht. Gleich danach erzählte er dem Dorf von seinem Sieg: »Ulli ist als Nutte abgewertet«, sagt Moreno traurig. »Sie ist wie eine läufige Hündin, tuscheln sie, und eine Fremde dazu. Was die Hunde dürfen, dürfen die Menschen hier nicht. Sie beten die reine Liebe an, treu mußt du sein in der Ehe und deine Triebhaftigkeit so ...«, er lacht und hält seine beiden Hände wie gefesselt über Kreuz. »Und wenn du genau hinguckst – was steht auch hier an erster Stelle? Geschäft und Geld: sie beten den Teufel an. Diese Leute hier lassen niemanden wirklich an sich heran. Ich bin nun schon ein halbes Jahr auf der Insel und diene ihnen Nacht für Nacht an dieser Bar, aber ich bin ein Fremder geblieben.«

Als ich heimgehe, denke ich plötzlich: wenn ein einziger von diesen Sternen seine Bahn verlassen und gegen die Erde stürzen würde? Unser Herz würde zerspringen, noch ehe er aufprallt. Staub zu Staub, aus der sie genommen. Falkland-Krieg zu Ende, Israel kämpft in Syrien, Rußland kämpft in Afghanistan, der Iran gegen den Irak. Ist es nicht besser, Opfer des Bösen zu sein als sein Mittäter?

15

Um vier Uhr morgens war er aufgewacht in Ödenhausen. Die Vögel schliefen noch. Er versuchte zu lesen. Sein Kopf war benommen. Er knipste die Lampe wieder aus und sah den Horizont licht werden und farbig in den ersten Sonnenstrahlen, die über den Erdrand griffen. Die Vögel sangen ganz nah vor dem offenen Fenster. Er schloß die Augen und horchte hinaus und hörte die verschiedenen hohen und tiefen Stimmen ganz nah und weiter weg und auch aus den fernen Wäldern an sein Ohr dringen. Als er später vom Bad in die Eßdiele kam, sah er, daß über Nacht durch die offenen Fenster hinweg das Radio, die Stühle und der Tisch mit feinem gelben Blütenstaub gepudert waren. Da fühlte er Franziskas Kommen voraus.

Wenige Stunden später schlenderte sie über die Wiese. Er ging ihr entgegen, und jeder schien die Befangenheit des anderen zu spüren. Wochenlang waren Briefe und Anrufe hin- und hergewechselt. Die Entfremdung war gewachsen. Marin hatte erfahren, daß sie inzwischen mit einem Engländer zusammenlebte.

Sie saßen nebeneinander in Korbsesseln, da machte Franziska den Eröffnungszug: »Was soll nun werden aus uns? Ich bereue nichts.«

»Bist du glücklich?« fragte Marin.

»Naja«, sagte sie mit rauher Stimme, »manchmal liege ich stundenlang und heule einfach, danach geht's mir besser, und ich fühle mich leichter. Zurück zu dir will ich auf keinen Fall!«

»Die Liebe ist stärker als der Tod«, sagte plötzlich Marin und griff nach ihrer Hand.

Sie schaute ihn entgeistert an, zog ihre Hand weg und lachte bitter: »Ich habe mit Männern nur geschlafen, weil ich nicht nein sagen konnte«, sagte sie.

»Ich habe mich verhalten, wie mich meine Eltern erzogen haben.« Sie schluchzte und drückte die Hände vors Gesicht. »Warum muß ich nur so viel Unglück haben, wo ich mich doch so bemühe, in meiner Arbeit, mit dir und jetzt mit Jerry?«

»Komm zurück, Franziska, laß uns noch einmal von vorne beginnen.«

»Wie gern würde ich zurückkommen, aber der Weg ist mir zu weit.«

Er schaute in die blauen Augen einer Frau, die ihm sehr fern war.

»Ich muß jetzt gehen«, sagte sie und stand auf.

Als er sie umarmen wollte, spürte er einen heftigen Widerstand.

Sie ging in den Garten hinaus zu ihrem Auto, ohne sich umzudrehen.

Am nächsten Morgen in der Praxis sah er das Hell-Dunkel-Muster der Rolläden an die weiße Wand gezeichnet und genoß diese Minuten zwischen Traum und Erwachen, in denen er sich wie ein Kind fühlen konnte, das keine Zukunft fürchtete und diese Welt auf einer Fingerspitze zu drehen vermag. Franziska, dachte er und stieß den Namen weg.

»Herr Doktor, es ist Zeit!« rief Frau Krüger.

»Ja, ich komme!« Er sprang mit nackten Füßen auf den Dielenboden: rasieren, waschen, ankleiden.

Draußen hörte er die Klingel, dann die Stimmen in der Garderobe, das Geräusch der Stoffmäntel am Holz, die Türe, die auf- und zugemacht wurde.

Schnell zog er den weißen Kittel über. »Guten Morgen, Frau Krüger.« Sie blickten sich an. Er sah die violetten Schattierungen unter ihren Augen und wußte, sie hatte gefeiert letzte Nacht.

Er öffnete die Wartezimmertür. Auf Bänken, Stühlen und Sesseln saßen die Menschen. Dieser alte Mann neben dem

Gummibaum: ein neuer Patient, dachte er und sagte: »So, bitte, wer kommt dran?« und gab Frau Schneckenhofer die Hand, ging voraus ins Sprechzimmer und dachte: Lippencyanose, Ruhedispnoe, der ist schwer herzkrank, und wies auf den Besuchersessel und setzte sich ihr gegenüber hinter seinen Schreibtisch. Diese warnende Unruhe war in ihm, und er wäre am liebsten zurückgegangen und hätte den alten Mann geholt, als er jetzt den Blutdruck kontrollierte, ihr Herz abhorchte und sie plötzlich sagen hörte: »Sie sind so schweigsam heute, Herr Doktor«, mit einer Stimme, die in dem schallverstärkten Stethoskop zum Lautsprecher wurde. Er prallte zurück. »Pssst!«, und die Frau schwieg abrupt. »Alles in Ordnung mit Ihrem Kreislauf!« Er zog die Stöpsel aus beiden Ohren und lächelte. Jetzt öffnete sie den Schnappverschluß ihrer schwarzen Lederhandtasche, zog ein zweifach gefaltetes, bedrucktes Glanzpapier hervor und sagte: »Natürlich vertraue ich Ihnen, Herr Doktor! Wir kennen uns viele Jahre, und ich war immer zufrieden mit Ihnen! Aber bitte, lesen Sie!«

Er nahm die Illustriertenseite, die akkurat ausgeschnitten war, und las: »Wenn man sich einmal klar macht, daß jeder vierte Mensch in unserer Wohlstandsrepublik Herz- oder Blutdruckpillen einnimmt, dann muß sich der gesunde Menschenverstand fragen, ob nicht vielleicht diese Erkrankungen von den Ärzten, als willigen Handlangern der Pharmaindustrie, zuerst durch Tabletten erzeugt worden sind, um danach mit anderen, sehr teuren Pillen behandelt werden zu müssen. Haben denn unsere Vorfahren nicht ohne Tabletten gesünder gelebt, als wir, die vorsätzlich Vergifteten? Wann endlich wird diesen Beutelschneidern das Handwerk gelegt?«

»Herr Doktor, schnell, kommen Sie!« Frau Krüger hatte gegen die Türe geschrien.

Der Mann saß neben dem Gummibaum, als schliefe er. Er kippte wortlos auf den Teppichboden. Marin kniete neben ihm und horchte: das Herz stand still. Lungenembolie, dachte er und roch diesen sauren Schweiß. Unter der Herzmassage hörte er Frau Krügers Stimme: »Entschuldigen Sie bitte, kommen Sie doch zur Nachmittagssprechstunde wieder«, und dazu erregte Worte und das Scharren der Sohlen auf den Steinplatten draußen im Empfang.

Durch die feine Membrane des Instrumentes rasselte die Feuchtigkeit in den gestauten Lungen und dahinter ein leises Pochen, und noch eins und noch eins …

»Frau Krüger, machen Sie weiter!«, und sie senkte jetzt den Brustkorb mit rhythmischen Stößen, während Marin ihm nun seine Lippen über Mund und Nase preßte, einen Brechreiz verspürte, und dann seine Atemluft in die Lungen des Mannes stieß: ein, aus, ein, aus, im Rhythmus der Herzmassage, im Atemrhythmus des Lebendigen. Und tatsächlich, die Pupillen des Mannes sanken herunter und gaben ihm einen letzten dunkelbraunen Blick, dann stand das Herz für immer still.

Die Hibiskusblätter flimmerten über der Heizung, und über den Dachfirst des Nachbarhauses zogen Wolken.

Sie trugen den Toten in das Hinterzimmer. Frau Krüger telefonierte nach dem Leichenwagen. Marin schloß ihm die Lider und spürte schon den Anflug von Kälte in diesem noch warmen Körper.

»Grüß Gott, Herr Doktor!« sagten die beiden jungen Männer und stellten die Trage ab. Der eine, ein Rotschopf, machte beide Fensterflügel auf. »Das Übliche!« sagte er. »Brrr.«

Jetzt, als die Luft ins Zimmer drängte, roch auch Marin den Gestank der Exkremente, während sie den Toten verschnürt hatten und keuchend auf der Bahre durch das Türloch zwängten. In der Pathologie würden sie ihn in eine Zinkwanne legen, aufschneiden und zersägen und würden mit Akribie den Embolus finden, nicht aber die Seele, die längst durch den offenen Mund des Toten zum Fenster hinaus gegen das zarte Blau des Himmels geflogen war.

Von irgendwo hörte er die Takte eines Walzers, und in ihm

war eine Leichtigkeit, die nicht nach gestern fragt und nicht an morgen denkt.

»Ich möchte sterben«, sagte seine Stimme, und der Fremde lachte innen. Dann sah er Frau Krüger ganz verstört im Türrahmen stehen: »Haben Sie mein Klopfen denn nicht gehört?«

Er schüttelte den Kopf.

»Eine Patientin wartet im Sprechzimmer!«

Viel zu hart stieß er die Sprechzimmertüre auf und grüßte. Aber das Zimmer war leer.

»Hier ist niemand!« rief er hinaus, und ein dünnes Stimmchen rief plötzlich hinter seinem Rücken: »Doch, hier bin ich!«

Unter der Liege kroch eine Kleine hervor: die lächelte schief und krank.

Ich muß hier raus! Ich muß weg hier! Ich muß eine Reise machen! Dachte er.

Das Kind aber blickte fiebrig zu ihm empor.

Als er später die Nördliche Auffahrtsallee hinaufging, roch er den Frühling und sah die Magnolienbäume und die Blumen in den Vorgärten. Der Duft des Geißblatts mischte sich mit dem Geruch der Linden: er öffnete die Augen weit und sah im Schaufenster eines Reisebüros das handgemalte Schild: *Abenteuer-Urlaub auf Lampedusa – An den Küsten des Lichts.*

Er buchte die Reise zum 4. Juni 1982 und entschied sich für eine kleine Wohnung in der Wildnis, zwei Kilometer entfernt vom einzigen Dorf der Insel.

16

24.6. Lampedusa

Gegen vier Uhr wachte ich ein paar Sekunden auf, sah die Sonne über dem Meer und den Himmel in Flammen. Gegen 9.30 Uhr wurde ich vom Hämmern der Elektriker an den Strommasten aufgeweckt. Der Kühlschrank schwieg. Ich sah das Tagebuch auf dem Nachttisch liegen und empfand geradezu Ekel vor diesem Schreibkram. Meine Haut klebte von Schweiß und Sonnencreme, die Gelenke krachten und waren steif. Grell drang das Licht durch die Türen und Fenster. Ich wünschte mir, ich wäre nie geboren und hineingeschoben worden in diesen Glutofen meiner Existenz.

Ich blieb einfach liegen. Draußen hörte ich den Wind unter der sengenden Sonne. Wieder peinigte mich dieses Stechen in der linken Brust: ein heller kurzer Schmerz. Ich nahm den geladenen Revolver von der Nachttischplatte. Sein Gewicht drückte gegen meine Angst. Ich entsicherte und preßte den Mündungsring fest an meine Schläfe. Gerade wollte ich abdrücken.

»Marin, Marin!« rief eine helle Kinderstimme, »wo bist du?« Sabrina, die kleine Tochter Morenos, klopfte an die Fensterscheibe.

»Hier«, rief ich, »hier bin ich, komm!«

Das Kind sprang die Stufen empor und lachte.

Schnell hatte ich den Revolver unter die Bettdecke gesteckt. Über uns donnerte die Nachmittagsmaschine gegen die Landebahn. Sabrina war an das Bett getreten und drückte sich erschrocken in meine Arme. Ich küßte sie auf die Stirn, und sie lächelte mich an.

Plötzlich war eine große Wärme in mir. Mein Herz schlug

ruhig und fest gegen die Rippen. Wer nicht vergeben kann, dachte ich, der wird erdrückt von seiner eigenen, täglich sich erneuernden Schuld. Herrgott, vergib Franziska und mir, dachte ich und drückte das Kind ganz fest in meine Arme.

Dein Schmerz wird alt von Jahr zu Tag
Mit jedem Schlag hast du hinzugewonnen
Gekreuzigt zwischen Licht und Nacht
Ist dir das Blut zur Form geronnen
Du schwebst in deinem Innenraum
Vergittert wie ein Wintertraum

Die Sommertage sind genossen
Im Dunkel leuchten sie wie nie
So leicht bist du hinabgeflossen
Den Schattenfluß Melancholie

Dreh dich nicht um die Sorgen
Sie spiegeln dir das Sein
Nacht Rauhreif, Eis am Morgen
Es fällt ein Blatt vom wilden Wein.

17

Als er über die nassen Straßen zum städtischen Altersheim fuhr, sagte er laut vor sich hin: »Ich darf nicht aufgeben!« Dann war er durch das große Portal hineingegangen und hatte der Schwester zugewunken.

»Grüß Gott, Herr Doktor!«

Die kleine Frau, die er besonders mochte, stand auf zwei Krücken gestützt, und er wußte, sie war mit einem Hüftgelenksleiden geboren worden und lief jetzt im sechsundachtzigsten Jahr durch ihr Leben, verkrüppelt und unbesiegt.

»Wo wollen Sie denn hin, Frau Schmid?«

»In den Zirkus will ich!« Sie lächelte verschmitzt: »Jeder Tag ist ein Geschenk. Und wer ihn nicht als Geschenk annimmt, der versündigt sich!«

Sie stakste zur Straßenbahnhaltestelle, und er rief nach ihr: »Soll ich Sie hinfahren?«

»In meinem Alter darf man sich nichts ersparen wollen!«

Er liebte diese Frau, die ihr Schicksal annahm.

Als er nun durch die Zimmer ging, seine Patienten versorgte und beriet, hier und da ein kleines Geschenk bekam und sich dafür bedankte, war er so wach und offen wie lange nicht mehr und dachte: ich begreife das Wichtigste erst jetzt, die Nächstenliebe. Wissen allein ist wenig. Und während er das Rezept ausschrieb für Walburga Perkl, die ihm den Krankenschein hinlegte, sagte sie: »Vergessen Sie bitte das Schlafmittel nicht, Herr Doktor! Es ist schrecklich, wenn man so alt ist und nachts hellwach liegt.«

Auch diese Neunzigjährige war vom ersten Tag an seine Patientin gewesen. Er hatte sie jede Woche besucht und mit zunehmender Verwunderung festgestellt, daß die Zeit für sie längst stehengeblieben war. Sie lebte jenseits der Uhr. Ihr

Denken war irgendwann wie ein Fesselballon einfach hinweggeschwebt in jene unsichtbaren Bereiche, wo Geist, Traum und Erinnerung eine leichte, ganz und gar andere Wirklichkeit sich formen, die man nicht berühren kann. Und da begriff er, daß der Ballon nur noch an einem allerletzten sehr dünnen Faden mit dem Hier und Jetzt verbunden war, und sah ihren Körper, wie aus dünnen Vogelknochen und Pergamenthaut geformt, der im düsteren Schneelicht zu entschweben schien.

Als er jetzt durch den menschenleeren Gang des Altenheimes ging, wurde er von einem Urgrauen geschüttelt, das ihm ein paar Herzschläge lang den Atem nahm. Wieder hatte er die Vision der Unendlichkeit: du gehst auf diesem schmalen Stück Erdellipse entlang, die sich rastlos um die Sonne dreht. Erde wie Sonne sind über vier Millionen Kilometer voneinander entfernt und befinden sich beide nur am Rande unserer Galaxis, die wiederum nur eine unter zehntausend anderen, unendlich größeren Galaxen ist ... Das Grauen wuchs, er begriff die Endlichkeit der Menschen und empfand eine unendliche Sehnsucht nach Franziska und wußte: sie ist irgendwo in der Millionenstadt München, aber sie würde ihn nicht mehr in die Arme nehmen.

Schneller ging er und sah das helle Licht draußen vor dem geöffneten Portal. Er eilte die Treppe hinunter in die kalte Luft.

Wie gewohnt wollte er in die leere Wohnung nach Ödenhausen fahren. Dann aber beschloß er, den Abend in der belebten Stadt zu verbringen. Ich könnte Freunde besuchen, aber sie würden ihn nach Franziska fragen. Je länger er nachdachte, um so klarer wurde, daß er eigentlich gar keine Freunde hatte. Er war dreiundvierzig Jahre und fühlte sich alt. Plötzliche Einsamkeit schnitt tief.

Er zog den Wintermantel an, fuhr mit dem Auto immer die Dom-Pedro-Straße entlang, bog in die Schwere-Reiter-Straße ein, sah das gelbe Laternenlicht matt in der Frostluft wie eine letzte vertraute Abschirmung gegen die eiskalte Unendlichkeit des Alls.

Wie zufällig kam er an all jenen Cafés und Restaurants vorbei, in denen Franziska und er, als sie noch in der Stadt wohnten, liebend gesessen hatten, im Umfeld der Studenten, der Künstler und Ausgeflippten. Erst jetzt bemerkte er, daß er sehr langsam und ganz dicht an den Bordsteinen fuhr, so, daß er sofort hätte anhalten und rufen können: »Franziska!«

Er kannte ihre neue Adresse und sah ihren Jeep vor dem Haus stehen, halb auf dem Bürgersteig, halb in der engen Straße geparkt. Schon hatte er den Finger auf dem Klingelknopf, als er sie lachen hörte, unterbrochen von einer englisch sprechenden Stimme. Im Hintergrund hörte er Bob Dylan, und der sang *Baby Blue*, ein Lied, das sie beide sehr geliebt hatten. Schnell steckte er die Hand in die Tasche. In diesem Augenblick wurde der kleine Abschied größer, wie so oft in den letzten Tagen.

Schnell fuhr er durch die Innenstadt nach Westen in jene Bezirke, die er von Hausbesuchen gut kannte.

Die Sommertage sind genossen
Im Dunkel leuchten sie wie nie
So leicht bist du hinabgeflossen
Den Schattenfluß Melancholie

Dreh dich nicht um die Sorgen
Sie spiegeln dir das Sein
Nachts Rauhreif, Eis am Morgen
Es fällt ein Blatt vom wilden Wein.

Als er im Hinterzimmer seiner Praxis lag und die Stille viel zu nahe rückte, konnte er nicht einschlafen: er sah das gelbe

Laternenlicht und dahinter eiskalt das All, in das die Kosmonauten so himmelstürmend eingedrungen waren. Nach ihrer Rückkehr hatten einige gestammelt: »Die Erde schwebt in einem wunderbar tiefen Blau.« Dann waren sie, wie er gelesen hatte, in russischen oder amerikanischen Irrenhäusern verdämmert. Was sind wir, Gott, vor deiner Macht? dachte er und schlief unruhig ein.

18

28.6. Lampedusa

Als ich gestern abend dem Sonnenuntergang entgegenging zum Capo Ponente, hörte ich Möwenschreie. Weit entfernt über einer Geröllhalde sah ich sie in der Luft: Vögel, die mit ausgebreiteten, fast reglosen Schwingen in den Auf- und Abwinden dahinglitten. Wie kleine Krummschwerter hingen ihre langen, gebogenen Schnäbel über meinem Kopf. Plötzlich stürzte der Leitvogel auf mich nieder. Dann prasselten ihre Schreie auf meine Trommelfelle, und ich verspürte eine Bedrohung, die schnell zur Todesangst wurde. Ich ergriff einen trockenen Agavenstamm, mit dem ich wild um mich schlug. Sind es die ersten Fliegerangriffe meiner Kindheit? Oder ist es eine Urangst vor der Strafe der Götter? Fest hielt ich den Agavenknüppel umklammert und machte dann die schnelle Bewegung des Gewehranlegens. Die Vögel flogen eilig davon.

30.6. Lampedusa

Seit gestern weht der Schirokko, dieser heiße Wüstenwind aus der Sahara. Mittags saß ich nackt in meinem Appartement, und der Schweiß sickerte mir aus den Poren.

Ich ging hinunter zur Cala Creta und saß dann mit Annette, Antonio und Salvatore, dem Medizinstudenten, bei Kaffee und Orangensaft. Anschließend fuhr Salvatore mit uns in seinen Garten, einem Stück Steinwüste, umgeben von handgeschichteten Felsbrocken. Er zeigte uns eine kleine Fläche mit Weinstöcken und ein paar Feigenbäumen und war stolz auf jede einzelne Pflanze, die ihre Wurzel in den kargen Boden hatte hinuntertreiben können. Danach wies er auf die gemauerte Zisterne, die mit einem Holzdeckel sorgfältig verschlossen war. Er öffnete, ließ die Büchse an einem Strick nach unten sausen, zog sie hoch und ließ mich das Wasser trinken. »Fresco!« sagte er stolz, und »Süßwasser!« Er zeigte mir eine Blume wie aus Gelee. Blüten und Stengel waren aus Wasserperlen gebildet. Er drückte drauf, und das Wasser spritzte auf meine Hand. »Eine Wasserblume«, sagte er.

Abends ging ich mit ins *Tartaruga,* wo die Fischer einem Stammtisch haben. Nach dem Essen wurde gesungen und getanzt bis in die Nacht. Ich trank Weinschorle und dann Chianti und sah von der Terrasse dem Treiben zu: diesen lustigen, frohgelaunten Menschen, die sich austanzten mit schnell wechselnden Partnern bei Tango- und Tarantella-Musik. Mittanzen wollte ich nicht. Umgeben war ich von einer Bannzone und stand draußen und sah die Lichtersilhouette des Hafens durch die mondlose Nacht herüberschimmern: diese knochenbleichen Häuserwände glichen Höhlen, in denen Tiere und nicht Menschen hausen. Ich hörte das Stampfen der Füße auf dem Steinboden, dazu die Stimmen zwischen der Musik, und spürte diese uralte Einsamkeit.

Anschließend fuhren wir noch zu Ginas Club. Ich kam ins Gespräch mit Antonio dem Fischer: Von Oktober bis Frühjahr verkauft er sich als Berater für Unterwasserfilme. Er taucht achtzig Meter tief ohne Sauerstoffgerät. Jedes Jahr läßt er seine Familie sechs Monate allein und zieht von seiner Insel hinaus in die größere Welt, die hinter dem Horizont lockt. Antonio ist ein Einzelgänger und Freund seinen Freunden. Mit den Frauen spielt er, bis seine Tierpranke urplötzlich in ihre Weichteile packt. Für einen Freund würde er seine ganze Familie sofort im Stich lassen. Er hat ganz dunkle Glutaugen, einen scharfen Lippenschnitt, das knochige Gesicht umgeben von einem wilden, schwarzen Vollbart, der von einzelnen Graufäden durchsetzt ist. Seine Stimme ist kehlig und rauh. Wenn er singt, spürt man die Kraft, mit der er die Atemluft zu Tönen einpreßt, in Klangfarben, die arabisch-maurischer Herkunft sind und zwischen wilder Lebenslust und abgründiger Traurigkeit sich bewegen. Der Gesang scheint aus dem Herzen der Finsternis ins Licht zu dringen.

Gegen vier Uhr früh fuhr ich mit Moreno ins *Peruga*, einer im Inselinneren gelegenen Kneipe, die bis fünf Uhr geöffnet hat. Wir aßen ausgebratenen Speck, Salami, Knoblauchwurst und Käse. Dazu tranken wir zwei Flaschen Rosé mit einem dicken Wirt, seiner Bedienung und einem späten Gast, der sich, als wir ankamen, draußen in der mondlosen Dunkelheit des Gartens an der Bedienung zu schaffen gemacht hatte. Jetzt saß ich neben ihr, und sie preßte plötzlich ihr Bein gegen mich, während wir uns auf französisch unterhielten. Sie blickte mich begehrlich an, und ich zog mein Bein weg. Je mehr ich von dem Wein trank, um so mehr begehrte ich sie auch.

Im Spitzbogen der Gartentüre sah ich die Sonne aufgehen am Capo Levante. Ich zahlte und fuhr mit Moreno hinunter zum Hafen, wo die ersten Fangschiffe hell erleuchtet in der Morgendämmerung lagen und die Eiskisten mit Fisch in die wartenden Kühlwagen verladen wurden. Calamari, Scampi, große und kleine Fische in allen Regenbogenfarben. Im Wasser des Hafenbeckens spiegelten sich Menschen, Schiffe, Häuser und Lampen und das ganz frühe Morgenlicht. In der Luft hing Fischgestank. Es war sechs Uhr, und wir rollten langsam heimwärts in die leere Via Roma hinauf in die Steinwüste nach Cala Creta. Nackt lag ich dann in meinem Schweiß, und die Müdigkeit rollte wie eine Narkose auf mich zu.

1.7. Lampedusa

Ich stehe wieder am Anfang: ohne Frau, ohne Liebe, ohne Kinder und Freunde. Die Hitze nimmt stündlich zu, und auch die Nächte sind nicht mehr kühl. Der Tramontana ruht, und das Inselklima wird vom Schirokko beherrscht. Draußen höre ich manchmal nah oder fern das Bellen der Hunde. Die Vögel sind totenstill geworden. Das Klima verändert sich, wie ich mich selbst verwandle. Eine Schnecke, die ich gestern im *Mare Morto* fand, trägt zum Schutz ihr über Jahre geschichtetes und nach vorgegebenem Plan ausgeformtes Kalkhaus. Schönheit, die zugleich Schutz und Überlebensvoraussetzung ist. Sie wurde erzeugt von einem Muskel mit Nervenzellen, der auf Berührung, auf Druck, auf Temperatur und osmotisch auf das Salzwasser reagiert: kein denkendes Wesen also, sondern ein Reflex des Naturgesetzes.

Antonio sagt, daß er den Wetterwechsel am Flackern der Mitternachtssterne erkennt, wenn der Tramontana-Wind nachts von Sizilien herüberkommt und den Schirokko an die afrikanische Wüste zurückwirft. Der Schirokko bringt eine trockene Hitze. Das Denken und die Fühlfunktionen lassen nach. Jedes Wort muß der Hitze abgerungen werden. Ich unterdrücke den Impuls, mein Tagebuch an die Wand zu klatschen. Der kommende Abschied von Lampedusa ist in mir. Das Meer ist sanft und friedlich, ich könnte hinausschwimmen, so weit meine Kraft reicht. Stirb und Werde. Wer bin ich schon?

Fünfundvierzig Grad Hitze, auch das Schattenlicht ermüdet meine Augen. Ich sitze im Wartesaal der Hölle, in dem tausend Jahre nur ein einziger Tag sind.

Eben kam Antonio und verlangte von mir, daß ich seiner Hündin, die schon zwei Totgeburten hatte, die Gebärmutter mit einem Küchenmesser aufschneide, um die anderen Hündchen zu retten. Entsetzt habe ich abgelehnt. Wütend ging er davon, und ich schlief ein.

Irgendwann zwischen Morgen und Mittag hatte ich seinen seltsamen Traum:

Ich war in Gesellschaft von Zigeunern in ihrer typischen Tracht. Neben der Zigeunerkönigin, einer uralten, aber sehr vitalen Frau, saß die Tochter, deren Gesicht ich im Kerzenlicht nicht deutlich erkennen konnte. Sie war eine Frau um die Dreißig, hellhäutiger als die Mutter. Die anderen Gäste des Gelages blieben undeutlich, gegenwärtig nur in ihrem Stimmenlärm und der Musik, die ich aber nicht hören konnte. Die Tochter sah mich immer wieder sehr lange an, und mir wurde plötzlich klar, daß ich sie heiraten solle, ja müsse. Ich aber wollte nicht. Die Alte zeigte immer wieder auf mich. Die Tochter schaute mich unverwandt an. Alle standen auf und ich ging unter Zwang mit. Wir kamen in ein orientalisch eingerichtetes Schlafgemach mit dicken Teppichen. Das Hochzeitsbett war bezogen mit Linnen und Spitzendecken. Da ging das Licht aus, und ich lag mit der Tochter. Der Vater kam und legte unsere Hände ineinander, murmelte ein kurzes Gebet, und die Alte rief: »Jetzt seid ihr ein Paar!« Wir hatten uns nicht geküßt noch berührt. Wie im Halbschlaf lagen wir nebeneinander, und ich dachte dauernd: das hast du doch gar nicht gewollt! Du hättest nein sagen müssen! Du bist gegen deinen Willen verheiratet worden.

Dann wehte wieder der Tramontano in meinen Schlaf hinein und wurde zum Sturm, der an mir und an den Dachsparren heftig zerrte. Irgendwann wachte ich auf und sah, daß es elf Uhr war, während Moreno draußen im Auto laut hupte. Er übergab mir einen Brief von Franziska, den ihm der Postbote überlassen hatte.

Da schlug mein Herz wild und schlug ihr ein allerletztes Mal entgegen.

19

Franziska Marin
München, 20.6.1982

Lieber Günther,

Du hast nach unserer Trennung von Disziplin und Verantwortung in unserer Beziehung gesprochen. Ich sag's, wie ich's meine: Ich scheiß auf Disziplin oder Verantwortung. Die einzige Berechtigung für zwei Menschen zusammenzuleben ist, wenn sie sich lieben, wenn sie sich gegenseitig helfen, alles andere ist uninteressant. Für mich gibt es keinen religiösen Sinn, eine Ehe aufrechtzuerhalten mit Anstrengung oder Moral, das ist eher ein Verbrechen gegen sich selbst, eine ständige Lüge, ja, ich halte es sogar für eine Sünde. Ich sagte ja schon, ich werde immer schwächer und kann nichts mehr abfangen, wenn nicht dieses gute Gefühl da ist, geliebt zu werden. Ich war irrsinnig wütend über Deine ersten Briefe nach der Trennung. Kein Ärger, keine Liebe, kein Gefühl. Du wolltest Dich schützen, das haben mir alle gesagt, und es ginge Dir dreckig. Ich sollte nicht sehen, daß Du leidest. Ich will von Dir keine Schonung und ich will dich auch nicht mehr schonen und keine Rücksicht mehr nehmen, weil eben diese Rücksicht unser ganzes Unglück heraufbeschworen hat. Soweit, daß ich selbst nach unserer Trennung noch versucht habe, mir in dem Gedanken zu gefallen, Dich möglichst wenig anzugreifen, genauso blöde und vernünftig zu sein wie Du, anstatt alles auszukotzen. Ich war zwei Wochen schwerkrank, bis ich mir zur Trennung entschlossen hatte. Ich habe vor lauter Rücksichtnahme auf Dich versucht zu verdrängen, daß ich mit Jerry zusammen bin, dabei war ich so glücklich darüber. Diese Welt, die Freunde und Bekannten, Du kannst sie alle vergessen, auch wenn sie jetzt so erschrocken sind. Was für eine entzückende Gesellschaft! Ich möchte all ihre Fotos mit Köpfen von Alligatoren versehen und sie an die Wand hängen, denn so sehen sie innen wirklich aus. In Zukunft will ich ehrlich sein, also kein Samariter mehr. Jeder soll jetzt begreifen, daß meine Hauptmerkmale nicht mehr lieb, ausgeglichen und freundlich sind, sondern daß ich ab jetzt sein werde, wie ich wirklich bin: unanpassungsfähig und kratzig, feinfühlig aber nur noch für Menschen, die es verdienen. Ansonsten bin ich mit mir selbst ab sofort faul, undiszipliniert, häßlich, und dann am Ende glücklich. In mir bäumt sich alles auf gegen jede Bevormundung. Und das nicht, weil ich nicht wüßte, daß Erziehung auch wichtig ist, sondern weil ich endlich begriffen habe, daß alle Erziehung mich bisher nicht zum starken Wolf, sondern zum gefügigen Lamm gemacht hat, ich bin nur noch auf Zehenspitzen geschlichen, um niemanden zu stören, zu verletzen oder zu ärgern, nur weil ich gemocht werden wollte. Und wenn ich mit anderen Männern geschlafen habe, so habe ich nichts dabei empfunden als Mühsal. Ich wollte nicht Dich verraten, sondern mich befreien.

Schluß jetzt: dies ist mein letzter Brief. Ich lebe glücklich mit Jerry zusammen, und am Ende des Jahres werden wir gemeinsam nach Amerika gehen, wo ich eine Stelle angenommen habe. Ich werde die Scheidung einreichen und bitte Dich um Deine Einwilligung.

Franziska

20

Günther Marin
2.7.1982, Lampedusa

Liebe Franziska,

es freut mich für Dich, daß Du mit Jerry glücklich bist. Ich bin nicht glücklich, aber mir geht's besser als in den Monaten davor. Es waren schlimme Wochen oben unter dem Dach. Ich habe in einem langen, langen Prozeß der Ablösung gespürt, wie tief und umfassend Du Teil meines Wesens gewesen bist. Mein Verstand hat mir klar gesagt, Du bist weg, und doch – bei jedem Knacken des Holzes empfand ich Dich körperlich irgendwo in unserer Wohnung in Ödenhausen. Wann immer ein Auto in die Lichtung bog, bei Tag oder bei Nacht, habe ich ihm nachgeschaut mit klopfendem Herzen und habe gedacht: das ist Franziska, sie kommt zurück. Es ist sicher wahr, ich habe mich oft nicht genug um Dich gekümmert. Vielleicht hätte ein Arzt nicht heiraten sollen? Sehr schmerzhaft in den letzten Monaten war für mich, daß viele wußten, was ich nicht wußte. Der Verrat an einem Menschen, der einem vertraut, bleibt eine offene Wunde. Ich war überzeugt, daß Ausdauer und viel Geduld schließlich zum Ziel führen würden. Gefühle ändern sich, was zählt ist die gesamte Existenz des Menschen, und die kommt von Gott. Liebe ist nicht nur Gefühl, sondern sie ist auferlegte Verantwortung. Wir können *Ja* sagen zur »Last der Liebe« und sie annehmen, oder wir können *Nein* sagen und ihr entfliehen. Franziska, ich habe Dich geliebt. Meine Schuld ist, daß meine Liebe nicht stark genug war, dafür bitte ich um Vergebung.

Sehr herzlich,
Dein Günther

21

5.7. Lampedusa

Nachmittags fuhren Moreno, seine Familie und ich in Matteos Boot hinaus aufs Meer. Wir schwammen in der Felsenbucht, und ich sah durch meine Taucherbrille und geriet wiederum in den Bann dieser Unterwasserwelt: Felsen, Grotten, Wüstenlandschaften, je nach Tiefe in einem anderen Licht. Ich sah bunte Fische, große und kleine, in allen Farben aus »Tausendundeiner Nacht«, eine Welt von abgründiger Schönheit. Dann kamen die Medusen. Wie eine gewaltige Armee gingen sie zum Angriff über. Lautlos hingen diese aquamarinblauen Glocken und ließen ihre Brennfäden schwingen. Schnell kletterten wir ins Boot zurück und sahen sie immer näher rücken aus dem Reich der Schatten gegen das Sonnenlicht. Hoch hinauf zwischen die Felsen wurden unsere Stimmen getragen und schallten als Echo zurück. In den Schrunden sah ich die Möwen an- und abfliegen auf engstem Raum. Was immer auf mich zukommen würde, ich war bereit.

Abends im »Papermoon« beutelte der Wind die Tischdecke unter der sterngepunkteten Nacht. Am Horizont flackerten die letzten Lichter der schlafenden Wüstenstadt.

Spät in der Nacht kam ich allein in meine Wohnung. Die Terrassenfliesen waren so heiß, daß ich sie nur springend überqueren konnte. Wieder sirrten Insekten am Fensterglas: Wespen, Fliegen, Käfer, eine Invasion von gepanzerten Lebewesen. Schwitzend lag ich auf dem Bettlaken. Ich schlug die Johannes-Apokalypse auf und las:

»Und ich sah die Toten, beide, groß und klein, stehen vor Gott, und Bücher wurden aufgetan. Und ein anderes Buch ward

aufgetan, welches ist das Buch des Lebens. Und die Toten wurden gerichtet nach der Schrift in den Büchern, nach ihren Werken. Und das Meer gab die Toten, die darin waren, und der Tod und die Hölle gaben die Toten, die darin waren; und sie wurden gerichtet, ein jeglicher nach seinen Werken.«

Draußen, auf der spiegelglatten See, unter der Neumondsichel, erschienen mir die Fischerboote, als wären sie mit dem Kiel auf Grund gelaufen, reglos und ohne Schatten. Über das Wasser zogen die Lichtschneisen der Hafenlampen. Am Westhimmel erlosch der Sonnenbrand. Das Hafenbecken war zum Schiffsfriedhof geworden, wie Grabsteine standen die Boote auf dem Wasser. Ich klappte das Buch zu.

22

10.7. Lampedusa

Heute morgen im Spiegel, aus dem Rasierschaum herausgeschnitten, sah ich plötzlich ein ganz anderes Gesicht: die Fettpolster waren verschwunden, in ihm lag Maß und Disziplin. Ich lächelte.

Ein letztes Mal ging ich zur Via Roma. Ich war dem Abschied voraus.

Am Straßenrand hier und da Bauschutt oder kleine Mörtelhaufen. Jedes dritte Haus ist ein halbfertiger Neubau: Betonsäulen ohne Dach. Die Fischer dringen ein in dieses Meer, das sie nährt und ihr Schicksal mitbestimmt bis zur Vernichtung, dachte ich: sie tauchen in die Tiefe des »Totenmeeres« und beten dort ein menschliches Ebenbild an.

Beinahe wäre ich mit ihm zusammengestoßen. Der junge Mann stand vor mir in verwaschenen Jeans und hatte häßliche Schwären auf der Oberlippe. So ganz und gar nach innen gerichtet war sein Blick, daß ich ihn herzschlaglang für einen Idioten hielt.

Er streckte mir die Hand entgegen, auch die war voller Geschwüre. Ich wollte weglaufen und blieb stehen. Er sah mich schweigend an, und ich kramte in meinen Taschen und gab ihm alles, was ich bei mir hatte. Glücklich wies er zum Straßenrand, wo eine Frau saß mir vier abgemagerten Kindern. Ich verbeugte mich und ging davon.

Vier Wochen lang habe ich keine Zeitung gelesen. Es geschieht nichts Neues unter der Sonne. Generationen von Eintagsfliegen sind hinter meiner Glasscheibe ins Licht geschlüpft und in der nächsten Nacht gestorben. Der Tramontana trägt Stimmen vom Strand herauf. Die Brandung rauscht. In mir ist Ruhe und Harmonie.

Stirb und Werde: hin zu jenem Urbild, das uns der Schöpfer in die Seele gelegt hat. Das ist der Weg ins Licht. Jahrzehnte lang bin ich blind gewesen. Jetzt beginne ich zu sehen und bin dankbar dafür: Leben und Schöpfung ruhen in einer Hand. Mein Herz ist weit geöffnet.

»Nun aber bleiben: Glaube, Hoffnung, Liebe, diese drei. Aber die Liebe ist die größte unter ihnen.«

Irgendwann schlief ich ein in dieser Nacht und wußte meine Seele geborgen.

23

14.7. Lampedusa

Vom Himmel herunter auf die kurze Betonpiste donnert die DC-9. Es ist die Mittagsmaschine, die mich morgen wegbringen wird. Unsere Vorfahren hätten dieses Flugzeug vielleicht als göttliche Erscheinung und die Passagiere als Götter angebetet. Hitzewellen flimmern über Stein und Sand. Zikaden geigen ihren Zittergesang. In mein kühles Zimmer kommt Giovanni, der Medizinstudent.

»Was wir hier wirklich brauchen«, sagt er ganz direkt, »das ist ein Arzt ganz für uns alleine. Einer, der hier ist und bleibt. Willst du nicht unser Arzt sein?«

Da sah ich diese kleine Frau vor mir auf zwei Krücken gestützt, die verkrüppelt und unbesiegt sechsundachtzig Jahre ihr Leben gelebt hatte.

»Wo wollen Sie denn hin, Frau Schmid?«

»In den Zirkus will ich!« Sie lächelte verschmitzt: »Jeder Tag ist ein Geschenk«

Im selben Augenblick begriff ich, zu wem ich gehörte und wem ich dienen sollte.

Noch immer sah Giovanni mich fragend an. »Wie wär's, willst du nicht hierbleiben?«

»Nein«, sagte ich, »das kann ich nicht.«

Wir verabschiedeten uns.

Am späten Nachmittag saß ich zum allerletzten Mal allein an der Steilküste, hoch auf dem Felsen im Wind. Ich sah den wilden Fenchel und die Disteln mit kornblumenblauen Blüten, die Heuschrecken mit grauer Außenfarbe und rosa Innenflügel, die Sonnenblumen und Agaven, die Kakteen und das blühende

Heidekraut. Unter mir segeln die Möwen. Unermüdlich klatscht die Brandung. Die Sonne scheint greifbar nahe. Gleich wird sie hinter dem Horizont eintauchen in ihre nachtlange Unsichtbarkeit und für die andere Erdhalbkugel leuchten. Hinter mir am Capo Levante scheint ein tiefes Dunkelblau aus der See in den Himmel zu fließen. Auf dem Meer tuckern drei Fischerboote. Ich höre das Quietschen der Winschen im Wind. Der Leuchtturmreflektor beginnt zu kreisen. Die steinige Oberfläche der Insel ist in ein allerletztes Rot getaucht. Gleich wird es Nacht. Erste Lampen leuchten herüber von Lampedusa. Die Vögel schlafen in den Felsennischen. Auf den Booten blinken rote und grüne Positionslaternen. Über mir flackert der große Bär seit Ewigkeiten.

Leb wohl, Franziska, Gott schütze dich.

Und ich sah einen neuen Himmel und eine neue Erde.

Ende

Mathias Schröder

SINAI

3. Teil der Marin-Trilogie

Meiner Frau Dagmar
in Liebe gewidmet

1

Denn da der *Herr* seine Lehre dem Volke Israel zu verleihen gedachte, sprach er zu ihnen: »Stellet mir Bürgen, daß ihr alles, was geschrieben steht, befolgen werdet.«

Sie erwiderten: »Sind doch unsere Väter Bürgen für uns!« Gott sprach: »Eure Väter haben an mir gesündigt, möchten sie nur für sich selber einstehen!« Da fragten sie: »Wer ist denn vor dir ohne Schuld?« Gott antwortete: »Die jungen Kinder sind's.« Also brachten sie vor ihn die, die noch an der Mutterbrust saugen, dazu die schwangeren Frauen, deren Leib aber war durchsichtig wie Glas, und die Ungeborenen vermochten es, den *Herrn* vom Mutterleib aus zu schauen, und die redeten mit ihm. Der Heilige aber, gelobt sei er, sprach zu ihnen: »Ihr bürget mir für euere Väter, sollten sie nicht die Gebote erfüllen, so straft sie, ich bin der *Ewige*, euer Gott!« Sie antworteten: »Du bist's!« Und der *Herr* sprach: »Du sollst keine anderen Götter haben neben mir!« Sie gaben zur Antwort: »Jawohl«, und so sagte Gott ihnen jedes der zehn Gebote, und sie erwiderten auf jedes Ja mit ja und auf jedes Nein mit nein.

Maria berührte ihn so leicht als habe Zärtlichkeit ihrer Hand die Schwerkraft genommen: »Hör auf, du bist müde, es war ein langer Tag«. Marin antwortete: »Laß mich noch ein paar Sätze vorlesen. Diese alten Sagen stimmen doch gut ein auf unsere Sinaireise.« Sie nickte, und er las: »Die zehn Gebote kamen in einem Zuge aus dem Munde der Allmacht. Die Stimme des Herrn teilte sich aber in sieben Stimmen und erscholl sodann in siebzig Sprachen, und Mose stand mit seinen Füßen auf dem Berg, mit seinem Körper aber war er im Himmel, der ihn wie ein Zelt umgab, und der Herr redete mit ihm wie mit einem Freund von Angesicht zu Angesicht. Die

Stimme erscholl, und die Himmel entsetzen sich, die Meere und Ströme flohen davon, die Berge und Hügel begannen zu beben, die Bäume fielen um, die Toten in den Gräbern richteten sich auf und standen auf ihren Füßen, und alle Menschen, die noch geboren werden sollten bis ans Ende der Welt, waren da und umstanden den Berg Sinai. Und die Stimme der Allmacht dröhnte und rief: »Wollt ihr die Lehre auf euch nehmen?« Und die Kinder Israel antworteten laut: »Jawohl!«

Nunmehr floß das göttliche Wort heraus aus ihrem Ohr und küßte ihren Mund. Hernach öffnete der Herr die sieben Himmel und die sieben Abgründe und ließ sie die sieben Welten schauen, so erkannten sie, daß es im Weltall keinen gab außer ihm.

»Ich bin der Herr, dein Gott, der dich aus Ägyptenland, dem Diensthause geführt hat« fuhr Maria fort, Marin blickte irritiert: »Ausgerechnet dorthin aber werden wir zu Weihnachten reisen!«

Er klappte das abgegriffene jüdische Sagenbuch zu, welches im Bücherschrank seiner Großmutter schon zu Kaisers Zeiten einen Ehrenplatz gehabt und an eben dieser Stelle sogar das tausendjährige Reich überdauert hatte.

»Gilt der Dekalog auch im Bett?« Sie küßte ihn heftig, denn sie waren ein Paar, das wenig verheimlichte, weil sie einander fast alles gegeben hatten. »Komm zu mir« hörte er ihre vertraute Stimme und zögerte. »Willst du eine jüngere Frau?« neckte sie. »Nein« lachte er: »Ich will nur dich, das weißt du ganz genau.«

Es zog ein Unwetter auf, ein funkelnder Regenbogen baute seine schwebende Brücke, die späte Sonne schoß unter der filzgrauen Decke einen scharfen Strahl.

2

Aus dem Hausgang strömte Herbstluft, als Herr Wurzfeld den Praxisempfang betrat. Maria griff ihm unter dem rechten Arm. Sein linkes Bein war amputiert und trug eine Vollprothese am Oberschenkelstumpf: Die quietschte bei jedem Schritt und quietschte stärker, als die Leichtmetallkrücke tief in den weichen Teppich einsank, weil er ängstlich zu viel Gewicht auf seine kranke Körperhälfte gelegt hatte.

»Kommen Sie, Herr Wurzfeld, ich helfe Ihnen«, sagte Maria fest und zog ihn ins Gleichgewicht und führte ihn über Teppich und Parkettsteg hinweg ins Wartezimmer. »Sie sollten ein tritt festes Linoleum dort verlegen« sagte er, und der Stuhl fing ihn hart auf.

»Dann wäre diese Praxis nicht mehr so schön, wie wir sie alle mögen!« Sie nahm ihm die Krücke ab. »Was meinen Sie mit alle? Ich sehe nur Sie und mich in diesem schönen Wartezimmer und dort oben an der Wand den verrückten Maler Klecksel zwischen dem Bilderrahmen!« Er wies mit gestrecktem Zeigefinger auf das Selbstportrait van Goghs, das links neben der Doppeltüre zum Sprechzimmer hing: Mit schwarzgrünen Augen blickte der Maler auf sie herab und hielt ein Sortiment Pinsel drohend gegen diese Welt erhoben. Er trug eine azurblaue Jacke mit erdfarbenen Flecken, die, von einem einzigen Knopf nur gehalten, seinen Oberkörper umspannte, als wollte er in eben dieser Sekunde aus der Jacke platzen, mit rotem Kinnbart und rostbraunen Stoppelhaaren, als wolle er feuerheiß und nackt mit nur einem Ohr am Kopf, mit dem anderen von ihm selbst abgeschnittenen blutigen Ohr in der Hand, über diese heutige Welt kommen und sie laut und deutlich anklagen der Gefühlskälte und einer zum Himmel schreienden Lieblosigkeit. »Dieser Farbenkleckser hat sich selbst verstümmelt« schimpfte Herr Wurzfeld. »Ich jedoch bin verstümmelt worden gegen meinen Willen, und Sie, Herr Doktor, konnten kaum etwas dagegen tun!«

Seine Fingerspitze zitterte dicht vor der Gürtelschnalle des Arztes Marin, der, um seiner Frau Maria beizustehen, aus dem Sprechzimmer heraus die Doppeltüren schnell geöffnet hatte und ins Wartezimmer gekommen war.

Maria mochte diesen kleinwüchsigen Mann, den sein schweres Schicksal noch kleiner gestaucht und ihm dann so viele schwere Krankheiten aufgepackt hatte, daß diese einst kerzengrade Brustwirbelsäule mit den Jahren verkrümmt und gebuckelt worden war. Herr Wurzfeld wußte, daß der Arzt sein sichtbares wie auch das unsichtbare Leid angenommen und respektiert hatte und nichts unterließ, um ihm zu helfen.

Vor fünf Jahren in München-Neuhausen in der Artilleriestraße im dritten Stock einer 4-Zimmer-Wohnung des Sozialamtes war Herr Wurzfeld gerade fünfzig Jahre alt und hatte die Kündigung als Buchhalter bekommen, fristlos zum 31. Mai wegen wiederholter Trunkenheit im Dienst nach mehrfacher Vorwarnung, per Einschreiben mit Rückschein vom Chef selbst, so daß er seinen Kummer weder ertränken noch vor seiner in den Ehejahren hart gewordenen Frau Marlene geheimhalten konnte. Sie hatte im Kinderzimmer aufgeräumt mit Kurt und Valerie, den Zwillingen, als sie ihn mit dem Postboten sprechen hörte und war sofort gekommen mit schlimmen Ahnungen, die sich verstärkten, als sie ihn tränend im Wohnzimmer sitzen sah, in der rechten Hand ein Bierglas, in der Linken das Einschreiben. Sie las, schluckte heftig und schlug ihm mit einer blitzschnell gewischten Handrückenbewegung zuerst das Glas von den Lippen und dann zweimal heftig in sein Heulsusengesicht. Dann weinte sie hemmungslos und rannte ins Schlafzimmer. Karl Wurzfeld blutete an der Unterlippe. Das Blut tropfte auf sein weißes Sommerhemd. Er blieb einfach sitzen: Noch nie hatte sie ihn geschlagen, und er wußte, dieser erste und einzige Schlag war der Anfang vom Ende gewesen. Jetzt erst griff er zum Aschenbecher, nahm einen tiefen Zug aus der verglimmenden *Roth Händle* und spürte, wie der Rauch in seine Lungen, von dort in Blut und Hirn stieg und ihm einen wohltuenden Schleier in den Kopf wehte: den brauchte er in dieser fürchterlichen Stille, in die hinein oder aus der heraus, dieses winselnde Schluchzen seiner Frau wie ein Tonriß in seine Ohren drang und den Frieden der Familie für immer zerteilte.

Ein furchtbarer Hustenstoß würgte ihn und drückte schmerzhaft über das Bronchialsystem und den Kehldeckel nach außen in die Mundhöhle, wo es plötzlich klebrig war und widerlich süß auf seiner Zunge schmeckte. Er spuckte in sein Taschentuch und sah einen dicken Batzen aus Schleim und hellrotem Blut.

»Dein verdammter Schlag hat mir die Lungen zerrissen!« schrie er empört durch die kleine Wohnung und glaubte wirklich an diese Schuldzuweisung, auch dann noch, als seine Frau mit den beiden Kindern die Wohnung verlassen und durch ihren Anwalt die Scheidung hatte einreichen lassen. »Du bist ein Säufer und zerstörst unsere Familie!«, sagte sie hart im letzten Gespräch. »Aber du kannst sicher sein, daß ich das nicht zulassen werde, auch dann nicht, wenn du vor mir auf den Knien rutschst, weil ein wirklicher Mann nur vor Gott allein und vor niemanden sonst das Knie beugt. Karl, du bist ein Waschlappen. Du solltest dich für immer von mir und meinen Kindern fernhalten, damit du sie nicht infizierst!«

Er rang um's letzte Wort, während sie in der Diele den Sommermantel überwarf und fand nur diesen einen, einzigen Satz: »Dein verdammter Schlag hat mir die Lungen zerrissen!«

Nur das schrie er, als schon die Wohnungstür hinter ihr zuschlug, aber er schrie auch an gegen seine eigene Angst, die wie ein träges Tier auf ihm hockte. Stets, wenn er trank, rauchte er, und der Rauch reizte die zarte Schleimhaut seiner

Bronchien, in denen sich Teerstoffe ablagerten, die er dann mit schmerzhaften Hustenstößen versuchte wieder herauszuwürgen. Er trank, um zu vergessen. Er rauchte, vielleicht nur, weil diese blauen Rauchgebilde, die er immer wieder in die leere Wohnung blies, seine einzigen, wenn auch stummen Gefährten waren, die vor ihm auf und nieder schwebten zu Ovalen und Ringen oder einfach nur als Schlieren, die bald unsichtbar wurden und vergingen, so daß er neuen Rauch in die Lungen sog und hinaushauchte, um seine Einsamkeit immer wieder zu bevölkern mit diesen unguten Gespenstern. Er hustete und schluckte den süßen Schleim runter, als sei es derselbe Batzen, den es zu beseitigen gälte, als käme nicht immer wieder neuer Schleim aus den Lungen und würde von ihm geschluckt und im Verdauungssystem ausgeschieden, sondern als seien Atemwege und Verdauungssystem ein und derselbe Kreislauf, den er immer und immer wieder neu verunreinige und deswegen immer und immer wieder neu reinigen und entschleimen müsse: Ein Teufelskreis also, der nur von seinen Gewohnheiten und Süchten im Lauf gehalten wurde, nicht aber dem entsprach, was der Schöpfer vielleicht mit ihm vorgehabt hatte.

Er hustete und spuckte. Zuerst waren es nur rote Pünktchen im Schleim gewesen, die er vergaß: Ich muß die Zahnpasta wechseln und Vitamin C essen. Er tat's, aber die Rotpünktchen wurden zu Fäden, an denen manchmal zähe Schleimbatzen von der Lippe herunterbaumelten und ins Waschbecken schlenkerten oder sein weißes Taschentuch röteten: Jetzt begann die Angst sich zu regen. Als dann bei einer der heftigen Hustenattacken ein dicker Schwall Blutes aus seinem Mund brach auf das weiße Hemd und weiter aus Mund und Nase tropfte, da schlug sie ihm ihre Krallen in Kopf und Seele. »Kommen Sie, Herr Wurzfeld, ich helfe ihnen ins Sprechzimmer«, sagte Marin. In schneller Folge hatte es fünfmal geklingelt, das Wartezimmer der Allgemeinpraxis füllte sich.

Nun saßen sie dicht beieinander der Patient und sein Arzt, in der Stille in der keine Fliege summte, in die hinein nur die verschleimten und verengten Bronchien des Herrn Wurzfeld rasselten und pfiffen. Marin roch den Alkohol, der im Atem herüberwehte. Er las noch einmal leise den Ablauf der Krankheit auf der Karteikarte: Lungenkrebs 1984 mit Operation und Bestrahlung sowie anschließender Chemotherapie, Tochterkrebsgeschwüre im linken Bein mit nachfolgender Amputation des linken Unterschenkels und des halben Oberschenkels. Danach Chemotherapie und erneute Bestrahlung im Jahre 86 und dann im Januar 87 plötzliche Kopfschmerzen, Abklärung mit Röntgenaufnahmen und Szintigramm, was schließlich zur letzten Diagnose geführt hatte: Krebsgeschwüre im Schädel, wogegen es keine Heilung mehr gab. »Wie geht's Ihnen heute?« Er sah in dieses blutarme Gesicht, dem die Krankheit alle Weichlichkeit genommen hatte, weil die Haut ungepolstert auf den Knochen des Schädels sich pergamentdünn ausspannte und so durchsichtig geworden war, daß der Arzt den geschlängelten Verlauf der einzelnen Blutadern genau verfolgen konnte bis in die Höhlen hinein, in welche sich Augen und Blicke tiefer zurückgezogen hatten, so daß auf diesen ruhigen, ganz und gar angstfreien Blickweisen der braunen Pupillen schon die ersten Schatten des Todes lagen. »Diese Frage muß ich wohl nicht beantworten, Doktor«, sagte Herr Wurzfeld ganz leise: »Mein Leben ist seilschmal. Wir wissen beide wo's hingeht!«

Der Arzt sah ihn ruhig an: »Sie sind sehr tapfer, Herr Wurzfeld, halten Sie fest! Hoffen Sie auf Sonne!«

»Es geht nur, wenn wir's gemeinsam durchstehen: Sie sind mein Arzt, und ich bleibe Ihr Patient. Sie sind der Einzige, der mir geblieben ist ...«

»Von Frau und Kindern hören Sie gar nicht's mehr?«

»Nein, der monatliche Scheck wird gleich von meiner Rente abgebucht, das ist alles. Ich habe Marlene und die Kinder seit

Jahren nicht mehr gesehen. Es ist, als seien sie tot. Keine Lebenszeichen mehr, nicht mal eine Klage oder ein Fluch ... wozu bin ich eigentlich noch auf der Welt? Alles ist wie falsch, wenn man kein Zuhause hat.«

»Sie sollten das Rauchen und Trinken aufhören, beides schadet Ihnen enorm«, sagte Marin wie schon so oft. Herr Wurzfeld lachte schütter.

»Wollen Sie dem Todeskandidaten noch die Henkersmahlzeit kürzen!«

Marin kontrollierte Kreislauf und Lungen, schrieb das fällige Rezept und hielt es ihm hin: »Ich werde mein Bestes versuchen ...«

Es klopfte. Maria rief durch den Türspalt: »Günther, du wirst im Verbandsraum gebraucht ...«

»Gehen Sie nur« sagte der Patient, der Arzt drückte ihm beide Hände: »Wir sehn uns nächste Woche, wenn nicht ...«, schon war er unterwegs zum Verbandszimmer und hörte Herrn Wurzfeld ihm nachrufen: »Wenn mich bis dahin Gott nicht ganz und gar vergessen hat!«

3

Früher hatten sie eine große Maisonettewohnung im bayerischen Oberland bewohnt in einem dreihundert Jahre alten Palais, der ehemaligen Sommerresidenz des münchner Bischofs, liebevoll renoviert mit uraltem Gebälk, das in den Frühjahrsstürmen gespenstisch ziepte und laut knarzte, wenn der Neuschnee auf dem Dach mit einem tonnenschweren Gewicht die Balken bog. Morgens und abends waren sie die gut 40 Kilometer zwischen Wohnung und Praxis hin- und hergefahren, zuerst das ganze Jahr hindurch, dann aber, als zunehmender Verkehrsstau die Fahrzeiten verdoppelt hatte, schliefen sie unter der Woche im Hinterzimmer der Praxis, die sie als einziges Eigentum erworben hatten, und nutzten die schöne und erholsame Wohnung nur noch an den Wochenenden. Beide näherten sich dem fünfzigsten Lebensjahr. Ihre Ehe war kinderlos geblieben, weil sie sich zu spät gefunden hatten und auch, weil die schnellwachsende Praxis, nicht aber die Familie, ihr eigentlicher Mittelpunkt geworden war. Marin hatte sie in den Siebzigern allein gegründet und aufgebaut, Maria war 1982, kurz nach ihrer Hochzeitsreise als Sprechstundenhilfe eingearbeitet worden. Sie schlugen die Warnungen in den Wind, daß Liebende nicht zusammen arbeiten sollen, weil ein Zuviel an Nähe ein Zuwenig an Liebe nach sich zöge: Das Gegenteil war der Fall. Diese gemeinsame Arbeit für kranke Menschen lehrte sie, Eigenes zurückzustellen, um den wirklich Bedürftigen zu dienen. Aber dieser Dienst in der Praxis und in fünf Altenheimen wurde immer umfassender bis hinein in die Nächte und in die Wochenenden, so daß ihnen weite Autofahrten ins Oberland oft bei Schnee und Eis, fast immer bei Wind und Wetter, zu anstrengend wurden: Sie begriffen, warum der Bischof dort nur im Sommer gewohnt hatte.

Natürlich hatten sie kein Stadtpalais und konnten sich nicht mal eine teure münchner Wohnungsmiete leisten, weil ihre Praxis zwar sehr viel Arbeit brachte, aber nur ein mäßiges Einkommen. Also gingen sie noch einmal zur Bank und bekamen einen Kredit. Dann begann die zermürbende Suche. Wiederum überhörten sie eine gängige Warnung: Treibe die Liebe einer Frau nicht zu sehr in die Enge, sonst wird sie bissig. Marin fand per Zeitungsinserat eine Zweizimmerwohnung fünf Minuten von ihrer Praxis entfernt an der nördlichen Auffahrt des Nymphenburger Kanals in einer der besten Gegenden der Stadt. Als Maria sie zum ersten Mal sah, wurde sie bleich bis in die Haarwurzeln. »Nur über meine Leiche bringst du mich in dieses Loch!«

Sie war zuerst empört und dann fassungslos. Marin hatte nicht nur ihren Komfort von 140 auf 50 Quadratmeter absenken wollen, hinzukam, daß die kleine Wohnung im Hinterhaus einer großen Anlage aus den späten sechziger Jahren lag, in die zugleich neben Geschäften und Büros ein privates Altenheim eingemietet war.

»Das ist zuviel!« rief sie und pendelte in dem düsteren Parterre hin und her: »Wir arbeiten in fünf Altenheimen und sollen jetzt auch noch freiwillig in einem wohnen!«

»Es wird ein Traum in Weiß: Weiße Küche, weiße Rauhfaser, schneeweiße Badezimmerfliesen, dazu ein gepflegtes Eichenparkett ...«

»Und unsere schönen Möbel« rief sie wütig: »Wohin damit?«

»Hier hinein, der Rest wird storniert. Wir sollten zugreifen, wo kriegst du in München ein Eigentum für 170.000 Mark?« sagte er eindringlich. Sie schwieg. Marin folgte ihr auf Zehenspitzen, denn er wußte: Sie renoviert in Gedanken, wählt Farben aus und Vorhänge, stellt die Möbel und hängt die Bilder auf ... Er wußte, sie würde Ja sagen. Aber er kannte den Preis.

»Ja« sagte sie echt fraulich.

»Gut, du darfst sie renovieren und einrichten!«

Da lachten sie und tanzten Walzer nach einer unhörbaren Musik bis ihnen schwindlig wurde. Dann blieben sie stehen und küßten sich mit geschlossenen Augen.

»Du wirst es nicht glauben« sagte Marin plötzlich: »Vor ein paar Wochen sprach eine Stimme in meinen Schlaf: Nimm diese kleine Wohnung am Nymphenburger Kanal, die ich dir schicken werde. Die Stimme war so klar und deutlich, daß ich davon wach wurde. Du hättest dir einen Spaß erlaubt, glaubte ich.«

»Diese Wohnung hätte ich Dir kaum im Schlafen, schon gar nicht in wachem Zustand empfohlen!« erwiderte sie trocken: »Träume sind Schäume!«

Als sie nun an dem dunklen Oktoberabend durch den großen Park der Anlage in das kleine einstöckige Hinterhaus und in den notbeleuchteten Gang einbogen, fühlten sie sich sehr zu Hause und freuten sich auf die warme, behagliche Zuflucht. Um keinen Preis hätte Maria sie wieder hergegeben. Nur fünf Autominuten von der Praxis entfernt, war sie pflegeleicht und besonders ruhig, weil das fünfstöckige Vorderhaus den Straßenlärm abhielt und zugleich den Garten zwischen den Häusern begrenzte: In ihm wuchsen Fichten, Nuß- und Kirschbäume und eine Thujenhecke, auf die sie vom Bett hinausblickten. Thujen und Fichten waren immergrün auch unter der Schneelast des Winters. Bald hatten sie das Oberland fast vergessen. Schlafzimmer, Wohnzimmer, Stehküche, Bad: Hier wurde zusammengerückt, was zusammensein und bleiben wollte: Auch wenn sie mal stritten, begriff Marin das Glück, von einer klugen Frau geliebt zu werden.

»Die Sinai-Halbinsel liegt zwischen Afrika und Asien. Sie entstand vor 30 bis 40 Millionen Jahren, als Arabien von Afrika wegzudriften begann. Der Bruch wurde mit Wasser gefüllt, und das Rote Meer umspülte diesen Faustkeil Gottes.«

Maria hatte nach dem Abendessen zum Buch gegriffen und las vor in dem purpurfarbenen Plüschsessel, während Marin auf dem Bauernsofa sich ausstreckte und ihr zuhörte. »Parallele Gesteinsbänder ziehen über die Berge und Hügel, schwarze Lava, die aus dem Erdinnern in die aufbrechende Erdkruste glühendheiß emporquoll und erstarrte ...«

»Ist dir nicht gut, Maria?« Erschrocken hatte sich Marin aufgerichtet, während sie beide Hände gegen die Schläfen gepreßt hielt und leise stöhnte.

»Die Wechseljahre klopfen an, auch in meinem Kopf« sagte sie und griff nach dem Reiseführer: »Bald hast du eine alte Frau, die keine Kinder mehr bekommen kann ... Die Sinaihalbinsel hat eine Nordsüdausdehnung von 400 Kilometern und ist 200 Kilometer breit. Der Norden besteht aus eintönigen Ebenen, die einer Wüstenlandschaft nahe kommen, und die nur von wenigen Hügelzügen durchsetzt sind. Der Steilabfall des Tih-Plateaus wirkt wie eine scharfe Trennungslinie: Südlich davon ragen schroffe Bergstöcke in Rot, Rostrot und Braun mit dem 2.642 Meter hohen Gebel Katharina als höchster Erhebung ...«

»Sollten wir diese Kopfschmerzen nicht doch abklären lassen!« unterbrach Marin: »Gleich morgen schicke ich dich zum Neurologen!«

»Das wirst du nicht tun« erwiderte sie verärgert: »Wir sind mitten im Winterquartal, wer soll meine Arbeit tun? Glaube mir, es ist die Hormonumstellung und mein niedriger Blutdruck. Ich habe diese Schmerzen früher auch schon gehabt, immer ein paar Tage vor der Periode: Also, laß es dabei! ... Im Osten stürzen die Berge fast senkrecht hinab auf die Wasserlinie des Golfs von Aqaba und setzen sich unter Wasser fort bis auf den felsigen 1.800 Meter tiefen Grund. Eine Küstenebene ist kaum vorhanden, die beiden Orte *Dahab* und *Nueiba* liegen auf Geröll, das von sintflutartigen Regenfällen der letzten Jahrtausende einfach ins Meer hinausgespült wurde. Der Sommer ist heiß und trocken mit Temperaturen im Schatten bis zu 40 Grad, der Winter von November bis April ist kühl. In dieser Jahreszeit fallen die wenigen, heftigen Niederschläge, und in den Wadis reißen Sturzfluten alles mit: Dann kommt es vor, daß Menschen und Tiere in der Wüste ertrinken. Bald darauf überzieht eine üppige Blütenpracht den scheinbar toten Boden. In den Bergen aber fällt Schnee.«

Das Telefon zertönte den Abendfrieden. Marin sprang auf, so wie er es von früher aus der Klinik gewohnt war, weil fast jeder Anruf bedeutet hatte: Es geht um Sekunden bei einem Verkehrsunfall oder Herzstillstand oder was immer ein Nachtdienst mit sich bringen konnte an Schrecknissen.

»Ja, Marin«

»Herr Doktor Marin?«

»Ja«

»Dann kommen Sie ganz schnell, ich bin die Wohnungsnachbarin von Herrn Wurzfeld! ...«

»Was ist passiert?«

»Herr Doktor, ich glaube, es ist zu Ende: Es ist ganz schrecklich, bitte kommen Sie!«

Er griff nach seinen Schuhen und rief ins Wohnzimmer hinüber: »Ich muß schnell zu Herrn Wurzfeld, bleibe du hier!«

Aber Maria war auch in ihre Slipper geschlüpft und nahm bereits den rostbraunen Mantel vom Garderobenhaken. Schon rannten sie den schmalen Gang mit seinem tristen Licht entlang und zwei Treppen in die Tiefgarage hinunter. Während Marin den alten 190er anließ, hatte Maria den Strick der Türautomatik gezogen. Los ging's durch die südliche Kanalauffahrt. Das Wasser schimmerte dunkel, die Straßenlampen sandten glitzernde Lichtreflexe. Ockergelbe Kastanienbäume hatten lange schon die ersten Blätter geworfen. »Was wäre ich ohne dich, Maria: Du bist der ruhende Pol unserer Praxis und mein Schutzengel noch dazu!«

Marin bog vom Kanal in die Nymphenburger Straße ein.

»Du übertreibst: Ich bin nur dein linker Arm und deine linke Hand und ein bißchen auch dein Mund: Das ist alles!«

Unter dem Fahren gab er ihr einen Kuß aufs Haar. Sie legte ihre linke Hand leicht auf seinen Oberschenkel. Er war jetzt ein kurzes Stück auf dem Mittleren Ring gefahren zwischen hohen alten Jugendstilhäusern, die im letzten Krieg heil geblieben waren, dann bog er in die Leonrodstraße, später in die Artilleriestraße und hielt an vor der Nummer 95. Sie strebten die Treppen empor in den dritten Stock. Die Eingangstüre war weit geöffnet. Sie sahen ihn hängen an einem derben Strick. Sein bekleideter Körper schwang ganz leicht im Wind, der durch das geöffnete Fenster strich. Auf dem Sofa kauerte die Frau, ihr Gesicht war im Schrecken wie erstarrt. Seine Zunge ragte prall und riesengroß aus dem Mund, und die braunen Pupillen schwammen in blutroter Gallerte. Die Muskeln waren verzerrt und entstellten sein Gesicht wie zu einer allerletzten unmenschlichen Grimasse.

»Geht raus hier« sagte Marin.

»Haben Sie die Polizei gerufen?«

»Ja!«

Er hörte das Polizeihorn weit entfernt in der Nacht. Erst jetzt roch er den Gestank, dann sah er große Flecken von Kot und Urin in der grauen Hose des Toten. Der Urin tropfte aus dem linken Hosenbein. Warum hat er nicht angerufen, dachte der Arzt: Allein hat er auf dem Stuhl gestanden und hat ihn umgestoßen. Ich war nur wenige Kilometer entfernt. Dann sah er den Briefbogen auf dem Tisch liegen und las: Ich habe den Freitod gewählt und gehe gern aus dieser Welt: Von einem Nichts ins andere Nichts. Gott ist tot, die Menschheit auch, darum habe ich mich für die Freiheit entschieden! Karl Wurzfeld

4

Es war 1 Uhr nachts, als Maria den Wecker stellte. Sie lagen im Bett unter dem Engel, den ihnen einst ein krebskranker Holzschnitzer vor seinem Tode geschenkt hatte. Der Bube lächelte in hellrosa. Er hatte dicke Pausbacken und goldene Flügel. Obwohl er an einem Nagel hing, hatten sie ihn zu ihrem lebendigen Schutzengel erklärt.

»Ich kann nicht schlafen« sagte Maria: »Ich sehe ihn immer noch hängen, und sehe dieses Grauen in seinem Gesicht. Der Tod hatte ihn im Griff: Als sei er seelenlos gestorben, nur noch Muskel, Sehnen, Nerven und Schmerz!«

»Vielleicht ist Selbstmord eine Sünde« sagte Marin leise: »Ein Schlag gegen Gott. Die Seele stirbt im selben Augenblick, deswegen diese Leere in einem solchen Schrecken!« Aber womöglich hat er die halbe Nacht in der Küche gesessen und mit dem Entschluß gerungen. Seelischer Kurzschluß.

»Es war ein Mann im Lande Uz«, sprach sie leise in die Stille der Nacht: »Der hieß Hiob. Derselbe war schlecht und recht, gottesfürchtig und mied das Böse ...«

Und Marin sprach weiter in die Dunkelheit, welche aus der mondlosen Oktobernacht in ihr ebenerdiges Zimmer zu drücken schien: »Es begab sich aber auf einen Tag, da die Kinder Gottes kamen und vor den *Herrn* traten, kam der Satan auch unter ihnen. Wo kommst du her? Satan antwortete dem *Herrn* und sprach: Ich habe das Land umher durchzogen. Der *Herr* sprach zu Satan: Hast du nicht acht gehabt auf meinen Knecht Hiob? Denn es ist ein gleicher nicht im Land, schlecht und recht, gottesfürchtig und meidet das Böse ...«

Mitunter hatten sie diesen Text gemeinsam beschworen wie einen Talisman, wenn das Leid der Patienten sie wie eine Sturzflut mitzureißen drohte.

»Ich hätte bei ihm sein müssen« sagte Marin zögernd: »Sein Tod ist auch mein Versagen! Ein einziger Besuch zur rechten Zeit oder nur ein einziger Anruf heute Abend hätte vielleicht genügt!«

»Mehr als du tust, kannst du wirklich nicht tun!« Sie war jetzt ein bißchen wütend: »Schau dich im Spiegel an! Tiefe Augenringe, dein müdes Gesicht, im Schlaf sprichst du so laut mit deinen Patienten, daß ich davon wach werde: Jedem von uns sind Grenzen gesetzt!«

Sie lag ganz ruhig und griff nach seiner Hand: »Wir müssen schlafen, es bleiben nur noch vier Stunden«.

Dann drehten sie sich um. Im Traum strich eine Hand über sein Haar, ergriff ihn wie eine Feder und versetzte ihn in eine Felsenhöhle, die vergittert und von lodernden Flammen umgeben war. Marin schrie, erwachte und war erschrocken über diesen Schrei, den man im ganzen Haus gehört haben mußte. Maria schlief ruhig. Er fühlte die feuchte Herbstluft durch den Kippspalt des Fensters streichen: Es war nur ein Traum, ein furchtbarer Alptraum. Er sah die Leuchtziffer der Uhr: Es war fünf. Gern hätte er Marias Hand berührt, um diese bedrohliche Angst zu mildern, die von ganz tief innen nach ihm griff. Da hörte er zuerst ein Pfeifen, dann ein rhythmisches Flappen im Herbstwind und über seinen Kopf ziehen wie die Vorhut der wilden Jagd und wußte, es waren Schwäne unterwegs vom Nymphenburger Kanal zu den großen Teichen des Schloßparks, wo sie mit gestreckten Beinen und gespreizten Schwimmhäuten landen würden unter den ausgebreiteten weißen Schwingen. Anderen Tags, in steinernem Schlaf, hörte er irgendwann Marias vertraute Stimme: »Günther, wach auf! Das Bad ist eingelassen!«

An den Labortagen benutzte sie es zuerst und ging dann in die Küche, um das Frühstück vorzubereiten, während Marin sich fertigmachte. Ein eiliges Müsliessen, sie Kaffee, er Tee, und schon saßen sie im Auto und rollten durch die fahle

Dämmerung unter den Lampen der nördlichen Auffahrtsallee an den Villen des alten Nymphenburg vorbei, während links neben vergilbten Kastanienbäumen die Wasser des Kanals unter den Windböen wie schwarzes, gehämmertes Blech vorbeiglitten.

Frau Riehl, die Teilzeitmitarbeiterin, würde bereits die schweren Sicherheitsrollos der Praxisräume hochgezogen haben, die Lampen würden hell und anheimelnd brennen, und im Wartezimmer würden alle Stühle besetzt sein von den ersten, ganz frühen Patienten, die ihre Arbeit nicht versäumen wollten.

Schweigend waren sie gefahren und hatten das Auto in einer Parkbucht der Frundsbergstraße abstellen können: Ein Glücksfall in diesem dichtbewohnten Viertel mit seinen vier- und fünfstöckigen alten Bürgerhäusern, viele davon im letzten Krieg zerbombt und wieder aufgebaut. Sie kannten die meisten und natürlich die Menschen, die in ihnen lebten, weil kaum einer nicht irgendwann in den letzten 20 Jahren dringend nach dem Doktor Marin oder seiner Frau verlangt hatte.

»Guten Morgen, Frau Doktor«, hörte man Stimmen aus dem Wartezimmer, während er eilig den schmalen Gang entlanggehuscht war ins Bad, wo sein Kittel baumelte, den er jetzt überstreifte: ein Blick in den Spiegel, die Haare glattgestrichen, schon saß er im engen Laborraum und sagte: »Fangen wir an«.

Die blonde Frau Riehl, obwohl sie vierundzwanzig Jahre jung, sehr gesund und dazu noch frisch verliebt war, blickte ihn mürrisch an und rief ins Wartezimmer hinüber: »Frau Audele, kommen Sie«. Maria, die zwischen Labor und Wartezimmer an ihrem Kiefernschreibtisch saß, fügte schnell ein freundliches »bitte« hinzu. Die alte Frau Audele war schon zwanzig Jahre Patientin bei ihm. »Guten Morgen, Frau Doktor Marin«. Maria legte den Arm um ihre Schultern und erwiderte: »Nur Frau Marin, bitte, mein Mann ist der Doktor«. Die Patienten im Wartezimmer kicherten. Jetzt tastete Marin nach den Venen der alten Frau. Er wußte aus häufigen Fehlversuchen, wie schwierig die zu treffen waren, weil sie verkalkt und siebenundachtzig Jahre alt, oft einfach davonrollten, vor der scharfgeschliffenen Nadelspitze. Sie ließ den Atem herauszischen.

»Gott sei Dank, sie haben's wieder mal geschafft!«, Marin lächelte und gab die blutgefüllten Röhrchen der Frau Riehl, die neben ihm eintütete. Sie gehörte zur Sekte der Heilswächter und versuchte, jeden Menschen in jeder freien Minute zu bekehren, auch in der Praxis, was der Arzt ihr untersagt hatte.

»Am Ende der Welt werden die Menschen selber Schuld sein« begann sie in etwas spitzem und lehrhaftem Ton. Wenn ihr der Arzt nicht sofort und sehr bestimmt das Wort abschnitt, was ihm schwerfiel, weil das geduldige Zuhören seine Berufspflicht war, dann gab's kein Halten mehr, und Frau Riehl brachte ihre Botschaft sehr gekonnt an. »Sie werden schließlich so lange mit dem Feuer spielen, bis Gott dazu *Nein* sagen wird. Du wirst die nackten Berge sehen und die leeren Hütten, wenn die Zeit da ist, da der Tod den Menschen anspringt mit tausend Blitzen. Weiber heulen und die Männer fluchen, aber es gibt kein Entrinnen. Alsdann wird man den Schöpfer suchen mit allen Lichtern in Wald und Feld!«

»Manche glauben, das Böse überwunden zu haben, wenn sie es hassen« sagte Marin und dachte, während die Conny sich auf den Laborstuhl setzte: Die deutsche Wiedervereinigung im letzten November hat unsere Kassandra nicht vorausgesagt.

»Conny, wie geht's euch?«

Sie blickte ihn traurig an. Er hatte schon ihre Eltern als Arzt betreut und behandelte auch ihre Kinder, Anne und Moritz. Sie kam mit vielen Problemen.

»Wir reden nach der Laborbesprechung am Montag« sagte er behutsam. Er nahm das Blut ab. Sie ging schnell ins Wartezimmer, wo Maria bei den Kindern Wache hielt.

5

»Diesen Weihnachtsurlaub, den haben wir uns redlich verdient« begann Marin. Heute saß er im roten Plüschsessel, während sie sich erschöpft auf der Couch ausstreckte. Marin betrachtete den Eichenschrank und dachte an seine Mutter, die er sehr geliebt hatte. Längst war sie tot und hatte ihm diesen uralten Besitz der Urgroßmutter, einer Müllerin aus Werflo, hinterlassen. Der Schrank war handgearbeitet und kunstvoll geschnitzt an beiden Türen und dem Kronenaufsatz. Dorthin hatte er zwölf Zinnbecher gestellt, die ihm seine Patientin Reiser geschenkt hatte, jedes Jahr einen bis zu ihrem Tod. Er nahm sie als Sinnbild, denn Zinn heißt Mildtätigkeit.

»Unser erster Urlaub seit fünf Jahren!« sagte Maria: »Der Sinai hat mich schon jetzt gepackt: Der Berg Horeb und Moses mit den zehn Geboten. Dort steht die Wiege unsrer Zivilisation und auch vermutlich die meiner Vorfahren! Ich platze vor Sehnsucht.«

»Die Halbinsel war immer spärlich besiedelt« las Marin, »auch wenn in früheren Jahrtausenden fruchtbare Täler den Viehherden besseres Futter geboten haben, denn die Verkarstung des Landes hat vor allem um sich gegriffen, seit für den Bau des Suez-Kanales die Akazien- und Tamariskenhaine abgeholzt wurden, jene Tamarisken also, die das biblische Manna geliefert haben sollen. In ostwestlicher Richtung wird der Sinaikeil durchschnitten von der Straße Suez-Aqaba, in nordsüdlicher Ausdehnung natürlich gegliedert durch das Wadi-el-Arisch. Soweit sich dieses Trockental im Süden ausfingert, reicht auch die öde Hochfläche, die nach Westen im Gebel-et-Tih abbricht. Das Randgebirge türmt sich in einem gewaltigen Massiv aus Gneis, Granit, Syenit und Porphyr auf zu den Bergen Gebel Katherin und Gebel Musa. Die Halbinsel endet mit ihrer Südspitze in dem steilen Kap Ras Mohammed. Wer einmal dort war, den werden die Berge mit ihrem Farbenspiel immer wieder anziehen, und er wird die andächtige Liebe eines Reisenden verstehen, der ausrief: Der Gipfel brannte im Feuer, dessen Flammen Gott selbst entzündet hat!« Auch Marias Gesicht glühte in Erregung und Vorfreude.

»Die Buchung ist gemacht über das Reisebüro Mayr vom 22. Dezember bis zum 7. Januar! Zwei Charterflüge nach Sharm al Sheikh mit Reservierung im Mövenpickhotel!« Marin zog die Tickets aus seiner Brusttasche: »Du siehst, ich wollte uns den Rückweg abschneiden, deswegen habe ich heute schon gezahlt, vertreten kann uns der Kollege Doktor Schneider!«

Es klingelte. Marin öffnete die Tür. Vor ihm stand eine betagte Frau im Nachthemd und rief: »Um Gottes Willen, was wollen Sie denn in meiner Wohnung, ich werde sofort die Polizei rufen!« Sie versuchte ihn mit der Schulter aus der Türöffnung wegzudrängen. Er sah die nackten Füße auf dem kalten Linoleum.

»Nun kommen Sie mal mit!« Die Frau wischte sich über die Augen als sei sie aus einem Traum aufgewacht: »Ich bin wohl durcheinander«. Marin führte sie den schmalen notbeleuchteten Gang hinunter, wo er am anderen Ende eine Türe geöffnet sah: »Dort ist ihr Zimmer, schaun Sie.«

Maria war amüsiert, als er wieder im Sessel saß und einen Schluck Mineralwasser trank: »Dich verfolgen die Kranken dereinst ins Grab. Der Sargdeckel wird sich heben und du wirst ihnen noch vor der letzten langen Reise sagen, wo's lang geht.«

»Der Sinai spielt eine überragende Rolle als Berg des Alten Testamentes: Er wird Horeb genannt und von den Juden verehrt, weil dort Jahwe seinen Bund mit Israel geschlossen und sie zum auserwählten Volk gemacht hat. Nabatätische Inschriften des 1. vorchristlichen Jahrhunderts beweisen, daß der Sinai heilig gehalten wurde: Nach christlicher Tradition ist dort Gott im brennenden Busch erschienen und hat für die Menschen seinen Willen ausgesprochen. Keine wissenschaftliche Erhebung vermochte diese 2000 Jahre alte Vorstellung zu erschüttern«.

Marin schlug das Buch zu: »Für heute reicht's, laß uns ins Bett gehen, was hältst du davon?«

Sie blickte ihn an mit jenem weichen Ausdruck der Hingabe im Gesicht, der ihn immer wieder von neuem lockte: Ihren Körper allein hätte er nach so vielen Jahren wohl nicht mehr lieben können. Arm in Arm gingen sie durch den engen Gang ins Bad und küßten sich unter der Dusche. Ihre Körper preßten sie fest aneinander und lösten sie wieder.

»Komm ins Bett, Marin!

Er ließ das Licht brennen und hörte sie laut stöhnen und spürte ihren feuchten Saft ins Laken rinnen. Er lag in ihr und auf ihr. Sie sahen in ihre erregten, schweißnassen Gesichter.

»Ich liebe dich, Maria.« Sie drückte einen Finger auf seine Lippen: »Pst! Nicht reden, es ist noch so schön in mir«.

Dann und wann hörten sie eine Straßenbahn vorbeifahren. Der Nordwind strich kühl durch's Fenster. Die Schwäne flappten über sie hinweg draußen in der diesigen Luft.

6

Er war auf dem Weg in das christliche Altenheim, wo es sehr weltlich zuging. Zwölf Ärztinnen und Ärzte kämpften um die Krankenscheine. Marin, der seit zwei Jahrzehnten dort behandelte, hatte die Wandlung miterlebt und versucht, der Versuchung nicht zu erliegen. Viele Angehörige hatten ohne Federlesens den Generationenvertrag gebrochen, der in der Nachkriegszeit zu einem enormen Aufschwung und Wohlstand führte und einfach nur meinte, daß die Eltern zuerst für ihre Kinder und dann die Kinder für die Eltern einzustehen hätten. Vielen war wohl diese Last zu belastend geworden. Die Häuser und Barschaften wurden auf die Kinder überschrieben oft aus Angst vor dem Zugriff des Staates. Dann wurden die Alten von ihren Kindern abserviert in die Heime. Diese Entsolidarisierung von Jung und Alt war zugleich Indiz dafür, daß die sozialen Bindungen immer lockerer und beliebiger wurden. Oft mangelte es den Jungen nicht einmal an gutem Willen, aber es fehlte ihnen die Seelenkraft, die Alten bei sich zu behalten. Und bald hatten sie auch keine Erfahrung mehr mit den Abgeschobenen. Das Heim war die letzte Bleibe, bevor sie in Himmel oder Hölle oder einfach nur in der braunen Erde ihre allerletzte Ruhe finden würden: Hier herrschte eine strikte Hierarchie und Hackordnung, die ihn, Marin, häufig an den Zustand der ägyptischen Gefangenschaft erinnerte. Die staatlichen Eingriffe ins Gesundheitswesen waren unübersehbar gegen Alte und die Heime gerichtet. Die Ausgaben wurden per Gesetz schneller und radikaler gesenkt. Der Hausbesuch im Altenheim sank schließlich auf ein Honorar von dreizehn DM, so daß die Ärzte Sammelbesuche machten, um rentabel zu bleiben.

Marin durchschritt den spitzgiebligen Eingang, als die

automatischen Türen sich jetzt hinter ihm schlossen, während er aus der Wärmeschleuse heraus in den eigentlichen Empfang vom *Barmherzigen Geist* trat und die junge Frau an der Pforte nach Wünschen oder Besonderheiten fragte: Dort saßen keine Schwestern mehr, sondern diese oder jene Studentin oder Zivildienstleistende, wer immer dem *Barmherzigen Geist* für wenig Lohn diente. Er werde dringend bei Frau Blauberger erwartet, die Stationsschwester Barbara habe schon zweimal angerufen und nach ihm gefragt, wenn er der Doktor Marin sei; dann möge er sich beeilen. Mit dem Fahrstuhl schwebte er nach oben und zählte in Gedanken die Ordensschwestern: von fünfundzwanzig waren nur noch sechs übriggeblieben, weil der Nachwuchs fehlte. Zuerst kamen zivile deutsche Hilfskräfte, die dem Krankenhausstreß nicht mehr gewachsen waren oder sich zur Altenpflege hingezogen fühlten, dann sehr bald Ausländer von Jugoslawien und Vietnam. Nach dem Fall der Berliner Mauer folgten Ungarn, Tschechen, Polen, Rumänen, Russen und Ostdeutsche. Es mischten sich Muslime mit Nichtgläubigen und Atheisten: Das Christenhaus war unversehens eine Arbeitsstelle wie jede andere, wobei allerdings streng darauf geachtet wurde, daß die Schlüsselpositionen der Heim- und Pflegedienstleitungen sowie die Stationspfleger- und Schwesternposten mit ausgewiesenen Christenmenschen, besser noch mit Ordensmitgliedern besetzt wurden. Aber auch das gelang in den letzten Jahren nicht mehr. So kam ihm jetzt, als Marin aus dem Fahrstuhl trat, die weltliche Schwester Barbara schnell entgegen. Da hörte er bereits vom allerletzten Zimmer des düsteren Ganges die Frau Blauberger vor Schmerzen laut stöhnen.

»Haben Sie ihr Tramaltropfen gegeben?«

Schwester Barbara nickte. Sie liebte die Alten, besonders aber diese geduldige Greisin, die von ihrem einzigen Sohn, dem Karl Blauberger, als sie nicht mehr fähig war, sich in ihrer kleinen Wohnung im Westend selber zu versorgen, ins

Altenheim hineingeredet worden war: »Mama, so gern ich's würde, ich kann dich unmöglich bei uns aufnehmen! Schau, ich bin fast jeden Abend beruflich unterwegs. Die Emma ist auch berufstätig und kann nicht gut mit dir! Hier ist's für dich am besten!«

Sein schlechtes Gewissen trieb ihn fast jeden Mittag zu ihr, denn sie hatte monatelang geweint, ohne das geringste Wort des Vorwurfs, einfach nur diese Tränen, die ihr manchmal noch aus den Augenwinkeln quollen, wenn der Sohn mit Süßigkeiten, Fruchtsäften und Obsttüten ins Zimmer trat. Sie war wie ein nie endender Vorwurf für ihn und seine Frau. Zuerst hatte sie das Essen verweigert oder nur noch ganz winzige Portionen zu sich genommen. Sie magerte ab und war nach wenigen Wochen Haut und Knochen. Aus ihrem ehemals sanften madonnenhaften Gesicht grinste plötzlich der kommende Tod frech ihren Sohn Karl an. Die Essenstüten wurden immer größer. Sie aber beschenkte damit, wenn er gegangen war, die Schwestern. Sie verlor Kilo um Kilo, lag nur im Bett und sah durch die vom Regen verschlierte Glasscheibe hindurch wie in eine sehr, sehr weite Ferne. Die Haut an Gesäß und Rücken wurde trotz Luftkissen und Einreibungen pergamentdünn und platzte an verschiedenen Stellen großflächig auf, so daß sie nun auf dem rohen Muskelfleisch liegen mußte. Sie atmete schwerer. Bald jedoch mischte sich den Atemzügen ein rhythmisches Schluchzen bei, daß heftiger und höher wurde, während ihre Tränen für immer versiegten. Monatelang hatte sie so dahinvegetiert. Der Blutdruck fiel ab. Marin hatte den Kreislauf und das Herz mit Medikamenten unterstützt, um ihr Leben zu verlängern, weil er auf eine Wende hoffte. Aber dieses *Ja* blieb aus. Jedesmal schaute sie vorwurfsvoller, wenn ihr Tabletten und Tropfen eingeflößt wurden. Aber sie starb nicht. Ihre Wunden wurden größer, schmerzhafter und unheilbar, weil sie nur noch ein Skelett war fast ohne Haut an Rücken und Gesäß. Ihr Karl sprach oft mit dem Arzt Marin in den

Mittagspausen, wenn sie sich am Bett der Mutter trafen. Immer sah er übermüdet aus, weil er als Stadtverordneter bis in die späte Nacht bei Bier und Wein mit Stammtischbrüdern Politik machen mußte. Frau Blauberger schluchzte nicht mehr, sie schrie: jetzt hörten alle den Protest. Marin versorgte sie mit Schmerzmitteln vom Aspirin über Tramal bis hin zu den Opiaten. Alle wußten: Eine Verlegung in diesem Zustand hätte den Abschied ohne Wiederkehr bedeutet. So schäbig das Heimleben auch war, so blieb dieses kleine sechzehn Quadratmeter-Zimmer doch ihre letzte Zuflucht. Sie wollte und sollte hier sterben. Aus den Schreien des Schmerzes war seit einer Woche eine Litanei geworden: Ein leiser, feiner Sterbesingsang. Sie alle hatten das Todesdreieck an ihr wahrgenommen, das sich von beiden Mundwinkeln nach unten mit seiner Spitze auf ihre Gesichtshaut bis zum Kinn gelegt hatte. Ihre Atmung wurde schneller und hechelnder. Karl Blauberger war ans Fenster zurückgewichen, sein Schatten dunkelte das kleine Zimmer ein. Marin sah dieses Häuflein Elend verkrümmt liegen. Ihre Augen flehten ihn an, ohne daß sie ihren Schwanengesang auch nur unterbrochen hätte, der aus weiter Ferne kam und in noch weitere Fernen hinzuschwingen schien, wo die Schwäne treu dem Tod entgegenfliegen, als schwebten sie gemeinsam in die Ewigkeit. In diesem Augenblick beschloß der Arzt, alle Medikamente abzusetzen. Deutlich fühlte er, daß diese Frau die Grenze überschritten hatte. Jenseits davon herrscht Allmacht, vor der sein eigenes Bemühen als fast nichts ihm erschien. Leben zu erhalten und zu bewahren war ärztliche und natürlich menschliche Pflicht: Den Schmerz zu verlängern durch medizinische Kunst erschien ihm wie ein frevlerischer Eingriff in die Barmherzigkeit Gottes. Der Arzt bat den Sohn und die Schwester hinaus.

»Da ihre Mutter nicht mehr spricht, möchte ich nicht ohne ihr Einverständnis handeln, Herr Blauberger.«

»Um was geht's?«

»Ich denke, wir sollten ab sofort die Medikamente weglassen und dieses Leben nicht mehr künstlich verlängern ...«

»Aber ja, das denke ich schon sehr lange!«, schnitt ihm der Sohn das Wort ab: »Jeder sieht, daß es zu Ende gehen will!«

»Gut, dazu brauchen wir Ihre ausdrückliche Anweisung, daß die Mutter hier stirbt statt im Krankenhaus.«

»Aber ja«, sagte der Sohn: »Ich werde bei ihr sein mit meiner Frau.«

»Herr Doktor«, jetzt trat er von einem Bein aufs andere, »Herr Doktor, eine Bitte habe ich noch. Könnten Sie ihr nicht eine ganz starke Todesspritze geben?«

»Ein Mörder will ich nicht sein!«, antwortete Marin.

»Sie wären doch nur ein Wohltäter!«, versuchte es der Stadtverordnete Blauberger noch einmal, und sein buschiger dunkelbrauner Schnurrbart zuckte heftig.

»Du sollst nicht töten!«, sagte Marin jetzt laut.

»Gut, dann habe ich noch eine Frage: »Wie wär's, wenn Sie meiner Privatkasse eine fingierte Rechnung stellen würden? Ich zahle sehr hohe Beiträge, und Sie bekommen nur ein geringes Honorar für die Behandlung meiner Mutter: Also berechnen Sie mir, sagen wir, zweitausend Mark: Wir machen Halbe Halbe!«

Die Stationsschwester hüstelte verlegen. Der Arzt sagte hart: »Ein Betrüger will ich auch nicht sein!«

Herr Blauberger duckte sich förmlich.

»So, Schwester Barbara, nun setzen Sie alle Medikamente ab außer den Schmerzmitteln natürlich und lassen Sie den Herrn eine entsprechende Erklärung unterschreiben. Dann spritzen Sie alle drei Stunden ein Valium. Wenn nötig, rufen Sie sofort an: Ich komme nach der Sprechstunde noch einmal vorbei.«

Mit der Schwester ging er durch die anderen sieben Zimmer.

7

Marin fuhr das kurze Stück auf dem Wintrichring, bog am Allacher Kreuz links ab, rollte zuerst an der Schrebergartenkolonie und dann an der hohen Steinmauer des Westfriedhofes entlang. Durch die verschmutzte Frontscheibe, auf der die Scheibenwischer zwei Kreissegmente blankgeputzt hatten, sah er die Platanenbäume goldgelb aufleuchten. Welke Blätter taumelten durch die Windstille auf das Kopfsteinpflaster. Er fuhr behutsamer und genoß dieses mildwarme Oktoberlicht des Altweibersommers. Seine erste, jüngere Frau Franziska hatte ihn vor zwölf Jahren verlassen. Du liebst nicht mich, sondern deine Patienten, hatte Franziska ihm immer öfter vorgeworfen, und Marin hatte diese Warnsignale falsch eingeschätzt. Er tat, was er glaubte tun zu müssen, um diese Praxis schuldenfrei und damit existenzfähig zu machen für seine Patienten und für die Familie: Denn München hatte schon zu dieser Zeit die dichteste Ärzteniederlassung der ganzen Welt vor Tokio, Tel Aviv und New York, besonders in seinem Fachgebiet der Allgemeinmedizin.

Ich habe dich verlassen. Ich hoffe, du kommst damit zurecht. Franziska.

Als er spätabends nach der Sprechstunde ihre Nachricht auf dem Küchentisch fand, zerbrach jäh, was er für eine Ehe gehalten hatte.

Mitunter genügt schon eine schärfere Brille, um die Verliebte zu heilen: so hatte sie gehandelt. Ihre letzten Worte vor der Türe des Sitzungssaales Nr. 7 waren Marin haften geblieben: »Für mich gibt es keinen religiösen Sinn, die Ehe aufrecht zu erhalten. Ich scheiß auf Moral und Verantwortung! Endlich habe ich begriffen, daß Rücksichtnahme mich zum gefügigen Lamm gemacht hat. Auf Zehenspitzen bin ich geschlichen, um dich nicht zu stören! Nun aber will ich endlich eine »Wölfin« sein!«

Zwanzig Minuten danach waren sie einvernehmlich geschieden. Ihr Liebhaber, dem sie Monate später die Türe wies, hatte sich vergiftet und war gerettet worden. Marin liebte die Föhntage. In ihnen war Schönheit und Wunderkraft sichtbar, wenn dieses gewaltige Alpenmassiv oft mit schneeweißen, im Sonnenlicht glänzenden Bergspitzen wie aus dem Nichts auftauchte und zum Greifen nahe an die Stadt heranrückte. Was vielen Patienten Kopfschmerzen verursachte, das hatte ihn, Marin, in dieser Stadt einfach festgehalten: München liegt am Rande des Paradieses, pflegte er zu scherzen und sah dabei als Inbild auch an grauen Novembertagen, diese weißen Berggipfel emporragen. Natürlich war es eine Fügung, dachte er wieder und bog jetzt in die Waisenhausstraße ein, daß ich Maria kennengelernt habe. Sie war Vertreterin für eine große deutsche Verlagsgruppe und wurde ihm am Telefon von der Sprechstundenhilfe durchgestellt: Er möge doch bitte die Störung entschuldigen, seine Zeit sei gewiß kostbar, aber sie, Frau Maria Grenz, habe auch etwas Kostbares anzubieten: Eine spezielle Buchreihe aller nobelpreisgekrönten Bücher für nur achthundert Mark, zahlbar in erschwinglichen Monatsraten!

Natürlich hatte Marin täglich Angebote von Brillantschmuck über den kosmischen Staubsauger bis hin zu jeder Art von Luxusimmobilie, denn jeder Arzt ist ja laut Boulevardpresse Millionär! Diese Anruferinnen hatten ausgefeilte Verbaltechniken, ihn lang genug am Telefon zu halten, bis sein Interesse geweckt wäre, deswegen hörte er immer nur schweigend zu und mied die leiseste Rückfrage. Diesesmal sagte er ganz spontan: »Gut, kommen sie morgen in meine Praxis um fünfzehn Uhr!«

Ihre Stimme klang sanft und bescheiden. Er las gern gute Bücher. Als er dann am nächsten Tag auf die Praxis zueilte, hörte er eine Fahrradklingel hinter sich und erschrak. Eine Frau fuhr an ihm vorbei auf einem uralten Vehikel. Schwarze Haare quollen lustig unter der Schiebermütze hervor. Sie schwang sich direkt vor seiner Praxis vom Sattel des Herrenrades und lehnte es an den Gartenzaun. Dann zog sie eine Aktentasche vom Gepäckträger und sah ihn aus schönen blauen Augen an.

»Entschuldigen Sie bitte, daß ich Sie erschreckt habe, es tut mir leid!« Er bejahte und bog in den Vorgarten ein. Auf den Klingelknöpfen wären ihre Finger beinahe aufeinandergestoßen. Sie lachte: »Sind Sie der Doktor Marin?« Er spaßte zurück: »Und Sie sind die Frau Grenz? Dann kommen Sie mit rein!« Der automatische Türöffner schnarrte, und so hatte ihr gemeinsamer Lebensweg begonnen.

Er nahm Maria, die längst seine Frau geworden war, immer neu und dankbar als eine großartige Bereicherung seines Lebens an: Als Fügung eben nach seiner ersten katastrophalen Ehe, die nur standesamtlich geschlossen und amtlich wieder gelöst worden war. Maria und Marin hatten aus einem gemeinsamen Bedürfnis heraus auch kirchlich geheiratet: Wollt ihr zusammenhalten in guten wie in schlechten Zeiten? Ja! Sie hatten es bis zu diesem Augenblick niemals bereut. Die meisten fallen gleich rückwärts, wenn ihre Pferde anziehn.

Als der Arzt ins Labor trat, wo seine Frau am Tisch arbeitete, küßte er sie besonders zart auf die Lippen. Maria spürte, was seine Lippen wollten und öffnete ihren Mund leicht. Dann hörten sie Frau Riehl draußen im Empfang, wie so oft mit prophetischem Klang: »Wissen Sie, es dauert nicht mehr lang!«

»Was?« fragte Marin verdutzt. Wieder war er ihr in die Falle geraten: »Bald kommt das Strafgericht über die Welt! Die Kleinen werden groß, die Großen werden klein! Denn das Volk wird sich erheben! Jeder kämpft gegen Jeden. Danach kann jeder soviel Land nehmen wie er will, denn die Menschen werden sehr selten sein. Jeder, der in der Dämmerung einen Strauch sieht, wird rufen: »Hallo, ist dort ein Mensch!« Nur tief im Wald werden einzelne Hähne krähen! Große Prediger werden durch die Welt ziehen, um das Böse auszutreiben, bevor die Erde aufplatzt und die Himmel sich öffnen zum großen Gericht ...«

»Frau Riehl, Sie drohen mir!«, wehrte der Arzt ab. Maria kicherte im Labor.

»Ja, glauben Sie denn, Sie san was Bess'res, nur weil's Doktor san!« erregte sich die *Heilswächterin* und verfiel dabei in den Dialekt des bayrischen Waldpropheten Mühlhiasl, den sie immer wieder las und studierte und mit den Aussagen der *Johannesapokalypse* verglich: »Man kann die Zeit des Unheils, in der wir leben doch leicht erkennen! Schaun's doch nur die Zeichen alle! Niemand kann mehr Wahrheit und Lüge auseinanderhalten! Die Leit wer'n immer schlauer, aber den Glaub'n, den verliern's!

Diese junge Eiferin war kaum zu bremsen: sie wollte, daß alle Welt ihr glaube, besonders aber Maria und Marin, die sich im Stehen umarmt hatten vor der Frau, die nun sagte: »Nit euch sollt's lieben, sondern den Herrgott!«

Sie grinsten alle drei und zogen die Mäntel an, denn die Vormittagssprechzeit war vorüber.

8

Nach dem Abendessen lag Maria auf dem Sofa. Sie sah angegriffen und müde aus. Marin nahm das Blutdruckgerät aus dem Schrank, setzte sich auf die Kante neben sie und legte ihr die Manschette fest um den Arm. Durch das Stethoskop hörte er ihren Blutdruck klopfen. »Sehr weit unten: Neunzig zu sechzig, bist du schwindelig?«

»Nein!« Sie zog ihn zu sich herunter, küßte ihn sanft und preßte seinen Kopf sekundenlang auf ihre Brüste, ungewöhnlich fest, ängstlich fast, so als wolle sie ihn nie mehr loslassen. »Willst du eine Kopfschmerztablette?«

»Nein, ich will, daß du mir vorliest: Ich freue mich unbändig auf unsere Sinaireise! Am Heilig Abend sollten wir den Mosesberg, den Horeb besteigen! Einen Sonnenaufgang dort zu erleben, dort in der Höhe umgeben von Geröll, Wüste und Himmel, das wünsche ich mir seit langem!«

Marin las von neuem aus dem Reiseführer: »Der Berg Gebel Musa ist 2.385 Meter hoch und gilt als der heilige Berg, auf dem Moses die zehn Gebote aus der Hand Gottes empfing. Durch Kamelritt kann die Besteigung erleichtert werden, die Tiere sind bei den Beduinen zu bestellen. Man beginnt den Aufstieg östlich des Klosters vor zweiuhrdreißig nachts, um den Sonnenaufgang nicht zu versäumen. Der Aufsteigende folgt den Serpentinen des Kamelpfades. Nach etwa dreißig Minuten zweigt links ein Fußweg auf den Gebel Monega (1.854 m) ab. Er aber folgt weiter dem Hauptweg und erreicht nach etwa einer Stunde die Eremitage des heiligen Stephan, ein kleines Plateau mit Zypressen an einer Quelle: Hier haben sich Moses und Aaron und die siebzig Ältesten aufgehalten. Daneben steht eine kleine Moschee, denn für die islamischen Sinai-Beduinen ist genau von hier aus ihr Nationalheiliger *Nebi Salih* in den Himmel aufgefahren. Von diesem Plateau führen links 734 Stufen zum Gipfel empor.«

»Dort werden wir stehen in der Morgendämmerung! Plötzlich sehen wir den ersten hellen Schimmer am Horizont!« rief Maria. Sie hatte sich erregt aufgerichtet: »Dann glüht der Rand der Sonne!«

»Der Umblick bietet ein großartiges Panorama auf das Sinaigebirge und den Golf von Aqaba« las Marin weiter, und die Vorfreude seiner Frau machte ihm den Weihnachtsurlaub doppelt kostbar.

»Den Rückweg nehmen sie über die Treppe mir mehreren tausend Stufen, die ein Sinai-Mönch gebaut hat in Erfüllung eines Bußgelübtes. Auf dieser Stiege aus ungefügtem Granit durchquert man das Tor des Glaubens und das des heiligen Stephans, dessen Skelett als Pförtner auch heute noch im Beinhaus kauert. Ehemals war er der Wächter an dieser Beichtpforte, damit kein Unberufener den heiligen Berg betrete: Bei ihm bekannten die Pilger ihre Sünden, ehe die Absolvierten ihren Aufstieg fortsetzen durften.«

»Hoffentlich läßt er uns passieren«. Maria blickte verunsichert.

»Du bist ein guter Mensch, warum sollte dich der Heilige nicht aufsteigen lassen?«

»Unsere Gerechtigkeit zählt nicht vor ihm! Wer kann denn wissen, ob einer wirklich gut ist?«

Wieder preßte sie die Fingerspitzen gegen ihre Schläfen, seufzte leise und schloß die Augen: »Vielleicht sind wir heutigen Menschen keine Ergriffenen mehr, weil wir uns nicht ergreifen lassen, sondern selbst zugreifen wollen«. Marin wollte ihr zustimmen, daß die Tugenden zu Statuen erstarren, weil ihm so viel käuflich schien: Aber da hatte das Telefon schon dreimal geklingelt, als er durch den engen Gang hastete und den Hörer aufnahm: »Ja, Marin«

»Herr Doktor, Sie sollten kommen!« Es war Schwester

Barbara. Er sah zur Uhr und wußte, daß sie gleich an die Nachtwache übergeben würde.

»Die Frau Blauberger?«

»Sie liegt im Sterben. Der Sohn und seine Frau verlieren die Nerven.«

»Du bleibst heute hier!« rief er seiner Frau zu: »Ich bestehe drauf!« Er zog die blaue Lodenjacke über. Die war warm genug und hatte fünf Taschen, in die er seinen Notdienstbedarf gut unterbrachte. Schon war er draußen im notbeleuchteten Gang, auf der Treppe, in der grauen Betonsammelgarage und fuhr durch die frühe Oktoberdunkelheit, die wolkenschwer die Sterne ausgeblendet hatte. Vor der Rotampel im hellen Laternenlicht sah er Frau Riehl stehen: Reglos in ihren Pelzmantel gekauert, in der rechten, erhobenen Hand den neuesten *Leuchtturm*. Ihr Minenspiel war endlich zart und zerbrechlich. Er hatte Sorge, die Augenlider könnten ihr plötzlich abfallen und diese verletzlichen und verletzten Blicke nackt der Außenluft freigeben. Aus der Mitte der Pupillen jedoch sah er dieses nadeldünne Skorpionstechen, das er so gut aus der Praxis kannte. Sie hatte ihn bemerkt und grüßte mit der linken Hand, ohne den *Leuchtturm* in der Rechten auch nur zu bewegen. Marin winkte zurück und fuhr los, weil die Ampel auf gelb und grün gewechselt hatte. Er sah den graugekörnten Asphalt im Licht und die helleren Kegelausschnitte der Autoscheinwerfer voranrasen mit überhöhter Geschwindigkeit. Links glitt die erleuchtete Straßenbahn vorbei, leere Sitze hinter blanken Scheiben, die lange Lichtreflexe auf die dunklere Straße warfen. Sie bimmelte so heftig, daß Marin ängstlich in den Rückspiegel blickte: er war allein auf der breiten Straße. Wieder bimmelte die Bahn und hielt plötzlich an und ließ ihre Türen aufschwingen. Aus stieg Herr Klisener, der Fahrer, und klopfte an die Scheibe: »Grüß Gott, Herr Doktor!« Marin gab seinem Patienten die Hand. »Das dürfen Sie nicht tun!« drohte er. »Ihnen zu Ehren darf ich das: Die Bahn ist doch leer!« Beide lachten, die Ampel sprang auf gelb und grün, und der Arzt rief: »Ich muß weiter, ein Notbesuch im Altenheim!«

Grenzüberschreitung ist die größte Versuchung meines Berufes, dachte er, während die Freude über Herrn Klisener in ihm nachklang. Jetzt fuhr er eilig auf den Plattenbau des Barmherziggeistheimes zu. Als er das Krankenzimmer betrat, waren sie am Bett der Frau Blauberger versammelt: Der Sohn, die Schwiegertochter und Schwester Barbara, die ihm zuliebe länger geblieben war. Wortlos beugte er sich über die verkrümmte Frau und spürte sehr deutlich: Hier gab es nur noch eine einzige Verpflichtung: Schmerzen zu lindern, nicht aber Leben zu verlängern gegen einen für ihn deutlich spürbaren, unanfechtbaren Willen, der diese alte Frau abberufen wollte aus dem Körper ihrer Schmerzen: Der Tod stand zu Füßen, und damit war dem Arzt sein Recht genommen.

»Sie stirbt, wir sollten nicht mehr eingreifen!«

Er sah dieses Dreieck von den Mundwinkeln zur Kinnspitze in die Haut wie eingefurcht: tiefdunkle Linien in ihrer Blässe. Der Mund war willenlos und weit geöffnet, aus dem ihr schwacher Atem nur noch hechelnd stieß. Er hörte Herrn Blauberger sagen: »Lassen Sie sie in Frieden sterben, ich bitte darum: Ihr Leiden darf nicht verlängert werden!« Seine Frau fügte hinzu: »Machen Sie ein Ende, Herr Doktor, das ist kein Leben mehr!«

Der Arzt wußte, wie gerade diese Frau sich vor der Aufgabe gedrückt hatte, die Schwiegermutter in ihre Wohnung aufzunehmen. Er hatte inzwischen eine Valiumspritze aufgezogen, die er in das abgemagerte Gesäß spritzte. In wenigen Minuten atmete sie ganz flach und ruhig, der Herzschlag war fadendünn geworden. Kaum hörte er den Blutdruck noch, nur das Rasseln der Lungen, die mit Flüssigkeit sich füllten, was, wie er wußte, noch in dieser Nacht zu ihrem Tod führen könnte.

Zehnuhrdreißig. Er hatte sehr lange Zeit an diesem Krankenbett verbracht. Die Frau schlief jetzt ruhig. »Sie können mich jederzeit rufen lassen« sagte er zu dem Stadtverordneten:

»Aber ich hoffe, sie wird in ihren Tod hineinschlafen.«

Lautlos öffnete er daheim die Wohnungstür und zog sich im Dunkeln aus. Durch das Fensterquadrat im Wohnzimmer sah er die Lichter im hohen Bau gegenüber. Die fünf hohen Tannen ragten empor, ihre starren Zweige schwangen im Wind. Marin schloß die Badezimmertür, ehe er drinnen das Licht anknipste. Er urinierte, wusch sich, putzte die Zähne und zog den Schlafanzug über, den sie auf der Heizung vorgewärmt hatte. Dann tastete er zum Bett und roch die Herbstluft durch das gekippte Fenster: Absterben, Fäulnis, Moder und Tod: Feuchte Tage und frühe Nebel, die noch dichter wurden in den Dämmerstunden. Gerne hätte er Maria berührt, um gewärmt zu werden in dieser ihn so bedrückenden Nacht. Er lauschte ihren tiefen, ruhigen Atemzügen, und sah immer wieder die sterbende Frau Blauberger und fragte sich, ob nicht ein Tod im Krankenhaus leichter und fürsorglicher gewesen wäre. Nein, entschied er, denn von Anfang an war es ihr ausdrücklicher Wunsch gewesen, zu sterben in diesem Zimmer, in ihrem Bett. Und so geschah es nun. Am nächsten Morgen um sechs wäre die Nacht zu Ende, wieder würden Patienten nach ihm fragen und Hilfe erwarten. Er fühlte das Gewicht seines Berufes urplötzlich als Tonnenlast quetschen, hörte sein Herz schlagen in der Dunkelheit und spürte Stiche links in der Brust. Ihn überkam Angst: Vor einem unerwarteten Tod, vor Versagen und Krankheit. Er predigte Gottvertrauen am Tag, und in der Nacht nagten die Ratten des Zweifels an ihm! Dann schlief er ein und war Schauspieler und hatte den Text vergessen hinter dem Vorhang: Worte, die er selber geschrieben, fehlten ihm urplötzlich. Er hörte die Zuschauer im Theatersaal murmeln. Der Vorhang hob sich ganz langsam, und er wurde für alle sichtbar in dem einzigen Scheinwerfer. Er fühlte den Schweiß und die Angst vor der Angst und vor dem verächtlichen Gelächter, das ihn nun treffen würde. Da läutete das Telefon, er dachte: Der Theaterdirektor will mich entlassen und schrie:

Nein, nein, ich habe nichts Böses getan! Er war ganz zerrissen und ohne Kern und hörte dann Marias vertraute Stimme:

»Günther, steh auf!« und spürte die Teppichborsten unter seinen Fußsohlen, hob den Hörer ab und sagte verschlafen. »Marin«

»Doktor, kommen Sie schnell, die Frau Blauberger stirbt!« Er hörte sich antworten: »Es ist doch nichts Böses, ich habe nur meinen Text vergessen ...«

»Wie bitte?« sagte die Nachtwache: »Sind Sie's, Doktor Marin?«

»Ja!«, er war jetzt hellwach. »Ich habe mit meiner Frau gesprochen, ich bin schon unterwegs!«

Um vier Uhr nachts erreichte er das Krankenbett, und sie war tot.

»Hätte ich das gewußt!« rief Herr Blauberger, der am Bett der Mutter saß: »Sie sind mir vielleicht einer!« Genüßlich blickten seine eisgrauen Augen den Arzt an: »Sie tragen ja einen braunen und einen schwarzen Stiefel«. Der Arzt errötete.

»Ein Betrüger sind Sie!« sagte die Emma Blauberger aus dem dunklen Hintergrund des Zimmers, wo sie in einer Wolldecke kauerte, wie eine dicke Indianersquaw: »Sie haben uns einen sanften Tod versprochen für die arme Mutter! Aber sie hat sich sehr quälen müssen: Und Sie waren nicht da!«

»Ein Mörder sind Sie, die Mutter so umkommen zu lassen ohne ärztliche Hilfe!« fügte Herr Blauberger ganz leise hinzu: »Das hätte ich nicht von Ihnen erwartet: Ich werde über die Konsequenzen nachzudenken haben! Ich bin Stadtverordneter wie Sie wissen!«

Marin verharrte einbetoniert in eine Schuld, die niemand sah. Dort stand er wortlos in einem braunen und einem schwarzen Stiefel und sah die eisigen Würgeblicke des Herrn Blauberger, dessen graumelierte Schnurrbartspitzen sich nach oben zu krümmen schienen, während seine Frau nun die Wolldecke abgeworfen hatte und in ihrer kugeligen Wucht auf ihn zurollte.

»Gewürgt hat sie!«

»Und furchtbar geröchelt!«

»Die Luft zum Atmen haben Sie ihr nicht gelassen!«

»Was sind Sie nur für ein Arzt!«

»Die Nachtwache hat mich eben erst angerufen, ich bin sofort gekommen!«

»Die ganze Nacht hätten Sie hier sein müssen!«, antwortete Herr Blauberger.

»Entschuldigen Sie bitte«, hörte er sich sagen und begann, die Tote zu untersuchen. Sie war noch handwarm. Das Herz war stumm, die Reflexe erloschen. Die Pupillen reagierten nicht mehr und kein Atemstoß trübte seinen Taschenspiegel. Das Leben war beendet in dieser uralten Frau, die mit weit geöffneten Augenlidern zu schlafen schien aus der Pein hinüber in eine andere Welt. Ein letztes Lächeln war geblieben. Der Arzt schloß ihr die Lider und zog ihre Bettdecke übers Gesicht. An der Wand hing stumm der Gekreuzigte in Holz.

»Den Totenschein können sie morgen in der Praxis abholen.«

»Dieses Versäumnis« schimpfte Herr Blauberger: »Wird ihr Jericho, Doktor! Und ich werde die Trompete blasen!«

Der Arzt verließ wortlos die überspannte Stille und hörte ihn hinterherrufen: »Ein Stadtverordneter hat große Macht, die werden Sie zu spüren bekommen!«

9

»Was hast du?« Maria strich über seine Wange, so zärtlich, daß ihm entfuhr: »Was wäre ich ohne dich?« Wenn heftige Naturen sanftmütig werden, dann gibt es einen zauberkräftigen Schmelz.

»Hast du mich betrogen?« Sie lachte: »Das klingt nach Drachenfutter!«

Vor der Rotampel küßte er sie wieder und noch mal. Dann hörten sie das laute Hupen der Autos hinten in der Schlange. Schnell legte er den Gang ein und fuhr los, während Maria lustig zurückwinkte.

Frau Riehl saß schon am Schreibtisch im Empfang und hatte die Sprechstunde vorbereitet.

»Guten Morgen!«

Ihr Stechblick sah nur ihn. Sofort hatte sie Katastrophenwitterung und fühlte, daß der Arzt heute besonders empfänglich war. Sie nutzte den Augenblick, als er im Kittel vor ihr stand, während Maria im Bad ihre Haare richtete.

»Wenn man die Weiberleut' wie Geißen spürt, und wenn sie Köpfe tragen wie die Besen« sagte sie schnell hinein in seine Lethargie: »Und wenn die Rabenköpf' aussterben und auf den Straßen die weißen Gänse kommen, dann kommt die andere Zeit!«

»Die ist schon da!« rettete ihn Maria.

»Suchen Sie doch mal die Karte der Frau Blauberger. Sie ist letzte Nacht verstorben, der Totenschein muß vorbereitet werden!«

Frau Riehl reagierte sofort, denn vor der Frau des Arztes hatte sie einen fast unterwürfigen Respekt.

»Wenn das Abräumen durch den Herrgott vorüber ist, wird den Menschen der Gesang eines Vogels wie ein solches Wunder erscheinen, daß sie steh'nbleiben und ihm zuhören!« Sie hatte die Schublade der Kartei aufgezogen und kramte jetzt bei dem Buchstaben S.

»Die Menschen werden eine neue Welt aufbauen: Gott wird sie auf diesem Weg begleiten und führen!«

Jetzt zog sie die Karte heraus und begann, einen Totenschein vorzubereiten.

Was wäre, wenn ich sie, sinnierte Marin, nur als Geschlechtswesen genösse: Ihre immer noch weiche, zarte Haut, ihre straffen Brüste, ihre muskulösen Schenkel und den Spalt dazwischen mit der seidenweichen, feuchten Schleimhaut, was wäre also, wenn Maria einen Unfall hätte, und sie käme zu mir zurück: häßlich, verstümmelt und hilflos! Könnte ich sie dann genauso weiterlieben? Genauso treu und stark und zugewandt? Könnte ich das, was in diesem so reizvollen Körper lebt und in ihm zart ist und aus ihm denkt und spricht und gutwillig und zuverlässig und liebenswert immer an meiner Seite steht, könnte ich dieses Wesen, das ihren Körper bewegt oder stillstehen läßt, genauso lieben wie vorher? Er hatte nach den Karteikarten der Patienten gegriffen, die im Wartezimmer ihre Köpfe reckten.

»Guten Tag, Herr Doktor!«, sagte Conny. Mit einem Blick sah er sie im Unglück.

»Was hast du, Conny? Kann ich helfen?«

»Mein Mann: Er ist ein Wahnsinniger!«

Sie weinte ungehemmt und so laut, daß Marin aufstand und die zweite Doppeltüre schloß. Dann war er neben ihr und nahm sie in den Arm und strich ihr lange und beruhigend über das Haar. Er hatte vor Jahren zur Ehe mit ihrem langjährigen Freund geraten, weil sie schon 29 Jahre war und einen ganz starken Kinderwunsch besaß. Sie hatte zwei Kinder bekommen, und Karlheinz, ein aufbrausender Dickkopf, war in die Verantwortung willig und gut hineingewachsen. Last und Freuden der Familie hatte er angenommen. Das jähzornige

Wesen aber war ihm geblieben, als wolle er periodisch zur Vollmondzeit, zurück in das leichtfertige, ungebundene Junggesellentum entfliehen. Dann blieb er jede Nacht bis über die Sperrstunde im *Grünen Eck*, seiner Stammkneipe, und trank. Conny Niklisch kannte ihn gut und ließ ihn gewähren, weil sie wußte, er würde umkehren schon nach wenigen Tagen des Exzesses, um sein Kreuz, wie sie es scherzhaft nennen konnte, wieder ohne Murren auf sich zu nehmen. So hatten sie trotzdem einen verträglichen Rhythmus gefunden, der die Familie zusammenhielt.

»Dieses Mal war's so schlimm wie nie!«, schluchzte sie.

»Drei Tage und drei Nächte ist er ausgeblieben! Kein Anruf, kein Lebenszeichen, nichts! Im *Grünen Eck* war er auch nicht! Ich wollte schon am Montagmorgen eine Vermißtenmeldung aufgeben: Da stand er plötzlich im Zimmer. Ich sag Ihnen, wie ein Penner! Wie ein stinkender, unrasierter, glasäugiger Penner vom Hauptbahnhof! Das war nicht mehr mein Karlheinz: Das war ein Alptraum von einem Mann!« schrie sie verzweifelt und erzürnt. Marin konnte ihn sehen, mit hängenden Schultern, triefäugig und gebeutelt vom schlechten Gewissen, verstunken vom Fusel innen, verpestet von den Brat-, Rauch- und Schnapsgerüchen in seinen Kleidern, die auch sein Bußgang durch die ganze Stadt bis hinaus nach Allach nicht hatten reinigen können.

»Ich habe ihn einfach geschlagen: Ins Gesicht, auf die Brust, überall hin: Ich konnte nicht anders! Er hat uns solche Sorgen gemacht für nichts und wieder nichts! Dieser gottverdammte Hund!« Marin sah ruhig in ihr verheultes Gesicht, in dem die Tränen immer noch aus den Augenwinkeln über die blasse, etwas schwammige Haut flossen.

»Hat er dich betrogen?«

»Natürlich! Ich kenne doch die Weiber! Wenn ein williger Schwanz vorrüberstreicht, wenn ein gespicktes Portemonnaie winkt: Er hat einen halben Monatslohn in drei Tagen auf den

Tisch gehauen: Soviel essen und trinken und saufen und huren kann doch nur ein Wahnsinniger, wenn er eine Frau und zwei kleine, süße Kinder zu Hause hat!«

Marin hatte ihren Blutdruck kontrolliert und das Herz angehört: es raste, der Druck war viel zu hoch.

»Das Schlimmste kommt noch!« Jetzt sah sie ihn an mit dem wissenden Blick einer Frau, die nicht nur von der eigenen Lebenszeit belehrt und reif gemacht worden ist, sondern zurückgreift wie selbstverständlich auf die Leidenserfahrung aller Frauen im Geschlechterkampf auf dieser Welt zu allen Zeiten: »Er liebt uns nicht, aber wir lieben ihn!«

»Jetzt gehe ich, und zwar für immer!« brüllte er: »Du schlägst deinen eigenen Ehemann!«

»Ich hasse dich, gab ich ihm zurück. Zum Glück sind die Kleinen im Kindergarten!«

Im Nu war er draußen vor der Garage bei dem Mitsubishi-Jeep, an dem hinten noch die Schleppkette befestigt war. Alles war einfach stehen- und liegengeblieben nach dem Bäumefällen im Garten, so hatte ihn die Hur- und Sauflust wohl im Griff gehabt. Rein ins Auto, Motor an: Ich stand hinten und wollte die Kette abhaken, damit er nirgends hängen bleibt in seiner blinden Wut, aber plötzlich habe ich sie ums eiserne Garagentor geschlungen, so, als wollte ich ihn festhalten und vor einer allerletzten noch größeren Dummheit bewahren! Dann gab er Vollgas und fuhr los! Die Kette am Auto und an der Kette das Garagentor und am eisernen Torrahmen die Wand! Dieser Wahnsinnige hat alles rausgerissen!« Der Arzt mußte lachen, die Conny weinte wieder: »So traurig das ist, jetzt kam er zur Vernunft!« beendete sie ihre Geschichte.

»Habt ihr euch wieder vertragen?« fragte er vorsichtig. Ihr Ausdruck wurde ganz weich. »Habt Ihr euch geliebt danach?«

Conny errötete bis an den Haaransatz. Maria flüsterte durch den Spalt der Seitentüre: »Ihr müßt weitermachen, die Patienten werden unruhig.«

Conny stand erleichtert auf: »Danke, daß Sie mir zugehört haben, mir geht's jetzt viel besser! Hätte ich nicht mit ihm ins Bett gehen sollen?«

Der Arzt schmunzelte. Da stellte sich die kleine Frau auf die Zehenspitzen und gab ihm einen Kuß.

Er hastete ins andere Zimmer: »Guten Tag Herr Mahrenschön, was macht die Wunde?« Er beugte sich dicht über die handtellergroße Entzündung, die nach einem Fahrradsturz vereitert war am linken Oberschenkel. »Eine Woche noch, dann ist's geschafft, Maria, verlängere bitte die Krankschreibung, oder wollen Sie arbeiten gehen?«

»Wie könnte ich?«, grinste Herr Mahrenschön, der Beamter war.

»Das Bein spannt sehr und heilt nur im Liegen«, sagte er bestimmt. »Der Vater Staat braucht mich wirklich nicht!«

»Bitte einen Nebacethin-Salbenverband«, Marin ging zurück ins Sprechzimmer, während Frau Riehl ganz in Schwarz, als trüge sie ewige Trauer, sich an dem Bein zu schaffen machte.

Nun saß er dem jungen Herrn Berger gegenüber, einem Lehrling für Kraftfahrzeugmechanik aus dem neuen Bundesland Sachsen. Er bewohnte, wie viele dieser Lehrlinge »von drüben«, ein kleines Doppelzimmer im Kolpinghaus in der Hanebergstraße. »Der übliche Schnupfen, Herr Doktor!«

»Machen Sie bitte den Mund auf«. Der Kopf des Patienten glühte vom Fieber.

»Sie sollten ins Bett, das ist eine eitrige Angina«. Der Junge schüttelte energisch den Kopf. »Wir sind nur zu dritt, mein Chef braucht mich! Schreiben Sie mir bitte nur ein Medikament auf.«

Marin schrieb, der Lehrling gefiel ihm sehr. Er dachte an das Gerede über die faulen Drückeberger aus dem Osten, die nur Geld kosten und nicht arbeiten wollen, das oft auch verbunden wurde mit den Worten Betrug, Bereicherung, Kriegsgewinnler.

Der Junge dankte für das Rezept und ging aufrecht hinaus. Maria brachte jetzt die Post: Fachzeitschriften, Zeitungen, vor allem Werbung der Pharmaindustrie mit Musteranforderungskarten, dazu die täglichen Berichte aus Krankenhäusern oder von Facharztkollegen über gemeinsame Patienten.

»Leg's in mein Privatzimmer auf den Schreibtisch, bitte.« Natürlich hatte sie den Posteingang vorsortiert.

Marin starrte hinaus auf den mauerumfriedeten Hinterhof, wo ein dunkelgelbes Weinblatt durch die Luft schwebte und fiel.

»Herr Doktor, kommen Sie bitte!« Frau Riehl wirkte noch schwärzer in diesem sonnenlosen Raum, der erst, wenn die Strahlen nachmittags schräg über die Mauer glänzen an Freundlichkeit gewinnt.

»Eine Spritze bei Frau Rosenberger!«

»Ich komme!«

10

Zufällig war er vor Jahren nach einem Eilbesuch in der Wilderich-Lang-Straße sehr hungrig gewesen. Parkplätze sind rar in München-Neuhausen. So hatte er das Auto vor dem Haus des Patienten stehenlassen und war entlanggeeilt an dem Kinderspielplatz durch die warme Sonne unter den blühenden Magnolien hin zu jenem griechischen Restaurant, welches ihm bei häufigen Besuchen in dieser Gegend längst aufgefallen war. Steil wiesen die Steinstufen hinunter in den *Hades*. In der Frühlingsbrise drückte ihm der intensive Gestank dieses Kellerlokals entgegen: Abgestandene Asche, schales Bier, Retsina und frittierte Calamari hatten sich zu einem Todesodem gemischt, der ihm, je tiefer er hinabstieg in die zunehmende Finsternis, um so beklemmender zuwehte. Aber seine Mittagspause war knapp, und er war doch überrascht. Es war ein kleines, verwinkeltes Kellergewölbe, dessen grobsteinerne Wände mit Motiven der griechischen Mythologie kunstvoll bemalt waren. Zuerst sah er den bärtigen Odysseus, gefesselt an den Mast seines Schiffes wie er dem überirdisch verlockenden Gesang der Sirenen sich entgegenstürzen wollte. Dann erkannte er Orpheus, den Sänger mit der Leier, über den Basalt federleicht die Treppen der Unterwelt emporschreiten und hinter ihm die tiefverschleierte Eurydike. Sein Gesicht war im Schmerz, als ob er sie schon verloren hätte. Der Maler ließ die Hände der Liebenden wie durch einen harten Ruck sich trennen, während sie den Kopf zurückwandte gegen die ewige Finsternis der Totenwelt, und er hinaufblickte ins Licht am Ende der Treppe.

»Wußten sie, daß Orpheus als Christusvorbote gilt?«, sagte eine Stimme neben ihm mit einem leichten südländischen Akzent: »Er ist hinabgestiegen und hat die Welt der Toten durch die Musik und seine Liebe überwunden und erlöst!«

Marin sah einen etwa gleichaltrigen Mann an, der schwarze Locken hatte und einen ebenso dunklen, buschigen Schnurrbart trug über seinem breiten, ungemein sinnlichen Mund.

»Jannis Fyriakidis«. Er streckte ihm die Hand hin: »Ich bin hier der Gastgeber!«

Marin blickte in ein paar dunkelbraune Augen, die ein bißchen flackerten und ihren Ausdruck spöttisch veränderten. »Marin«, sagte er und wollte sich setzen.

»Nein, nehmen sie diesen Tisch direkt unter dem Ventilator, da ist die Luft besser!« Der Grieche rückte ihm den Stuhl zurecht. Der Wollvorhang teilte sich noch einmal. Ein graumelierter Herr in grüner Jägerkleidung war so erregt und zornig, daß der Gamsbart auf seinem Jägerhut heftig wippte, als er jetzt schrie: »Drei Monate und drei Mahnungen: Warum nur zahlen sie ihre Miete nicht wie im Vertrag mit meiner Brauerei vereinbart!«

»Bitte, nehmen sie doch Platz, Baron von Pattmes«, sagte der Grieche und sah Marin hilfesuchend an.

»Ich will nicht Platz nehmen und will auch nicht lange reden: Ich will meine Miete und zwar gleich: Es ist immer dasselbe mit euch Ausländern: Viel reden und nicht zahlen! Glauben sie denn, mein Geld wächst auf den Bäumen?«

»Nein, auf der Bank!«, sagte Jannis Fyriakidis trocken. Der Baron schnappte: »Ich stelle ihnen ein Ultimatum: Drei Tage Zahlungsfrist oder die fristlose Kündigung!«

»Wie hoch sind denn die Verbindlichkeiten?«, flüsterte Marin aus dem Hintergrund, so daß der grüne Baron regelrecht herumwirbelte.

»Wer sind denn Sie?«

»Ich bin der Arzt und ein Freund von Herrn Fyriakidis« log er: »Bitte, wie hoch sind denn seine Schulden?«

»Sechstausend Mark«, der Baron wippte wieder heftig mit dem Gamsbart und rieb sich servil die grobschlächtigen

Hände. »Ich werde meinem Freund aushelfen, wenn Sie erlauben«. Marin schrieb einen Scheck über sechstausend Mark, und reichte ihn dem Baron hin. Der verbeugte sich. »Bis zum nächsten Mal, Herr Fyriakidis, hoffentlich haben Sie mehr so gute Freunde, oder Sie wirtschaften besser!« Als er mit einem *Grüßgottdieherren* hinter dem Wollvorhang verschwunden war und aus der griechischen Totenwelt hinaufgestiegen war in das ewige Schlachtfeld des Wirtschaftswunderlandes, hatte der Grieche Tränen in den Augen. Er umarmte den Arzt und küßte ihn freudestrahlend: »Ich danke ihnen, Sie haben meine Existenz soeben gerettet, wie großherzig! Was darf ich als Dank servieren?«

Marin sagte nach einem flüchtigen Blick auf die Speisekarte: »Lammbraten mit Bohnen, die esse ich für mein Leben gern!«

»Ich werde selber für Sie kochen: Selbstverständlich bekommen Sie das Geld mit Zinsen in vier Monaten zurück!«

»Ohne Zinsen«, antwortete Marin.

Ihre Bekanntschaft hatte sich in den letzen Jahren gefestigt. Marin war im Totenreich akzeptiert. Etwa alle vierzehn Tage pflegte einer von beiden spontan vorzuschlagen: »Geh'n wir zu *Dionysos«*, wie sie Jannis scherzhaft zu nannten. Er hatte wohl zu oft, zu laut und auch noch politisch die Wahrheit ausgesprochen, daß nämlich die Diktatur eine Schande für Griechenland sei. Von Freunden vorgewarnt, floh er eine knappe Stunde vor der Verhaftung aus der Lebensart, die ihn einschnürte, nach München. Hier hatte er nach kurzer Not den *Hades* eröffnet, und trat wenn immer eine geeignete Rolle sich für ihn bot, in den *Kammerspielen* auf. Das Geld war Marin pünktlich zurückgezahlt worden, die Dankbarkeit des Griechen war geblieben. Wenn immer beide den Hades betraten, spielte Wasilis, der Sänger und Gitarrist, ihr Lieblingslied. Es erklang im beizenden Geruch von kochendem Olivenöl. Mit geöffneten Armen küßte Jannis zuerst Maria und dann Marin.

»Willkommen, meine Freunde, mein Herz lacht! Euer Tisch unter dem Ventilator ist reserviert: Nehmt Platz und seid zu Hause!«

Das Lokal war brechend voll. Jannis eilte zurück in die Küche. Er würde ihnen das beste Gericht des Abends servieren und dazu Retsinaschorle, die sie hier tranken. Wasilis sang:

Wenn ich dann sehr still
In deinen Armen bin
bist du der letzte Herbst
in meinem Sinn

Über deinen Blick
will eine Wolke ziehn
ach, drehe dich nicht um
sie wird entfliehn

Wo ich die Trauer fand
berührt der Himmel nicht
dort steht ein grauer Stern
Der uns den Herzschlag bricht

Sein Restaurant war ein Geheimtip, belebt von Künstlern, Politikern und den Leuten aus dem Arbeiterviertel rundherum, bei gutem Essen und griechischer Musik. Das offene Geheimnis war er als Kabarettist jeden Abend gegen zehn Uhr auf der kleinen Bühne mit Lesungen oder politischen Sketchen über die Zeitgeschichte oder das Alltagsgeschehen der Stadt.

»Kirke war es, die Tochter des Helios, die Odysseus in das Reich des *Hades* schickte, genau dorthin, wo es am Strom des Okeanos beginnt« sagte Jannis, der die Weinschorlen auf die braune Holzplatte gestellt hatte: »Dort münden der Fluß Pyriphlegethon, der wie ›Feuer Brennende‹ und Kokytod, ›der Beklagte‹, ein Ausfluß des Styx in den Acheron – den Fluß des Jammers. Seht ihr ihn dort an der Wand, den listenreichen Wanderer, wie er abschätzt und überlegt am heiligen Hain der Persephone, vor den Pappeln und den verdörrten Weiden am Rande dieser sonnenlosen Hadesfinsternis!« Jannis wies auf das Höhlenbild an seiner Kneipenwand. »Genau bis dorthin kamen die Seelen aus dem Jenseits dem Odysseus entgegen, hin bis zu jener Grube, in die das Opferblut schwarzer Widder für das Herrscherpaar *Hades* und *Persephone* floß. Die Geister der Totenwelt tranken daraus, um Kraft zu schöpfen und sprachen mit ihm. Er sah auch Minos, den Richter der Toten mit seinem goldenen Zepter, dazu Tantalos, den lydischen König, der von Hunger und Durst gepeinigt, weder das Wasser trinken konnte, welches bis dicht an seine Lippen reichte, noch die Früchte zu essen vermochte, die ihm an dem Mund hingen! Genau so schlimm traf das Schicksal den Sisyphos, der einen Felsbrocken ewig den Berg hinaufwälzten mußte, weil er immer wieder vom Gipfel hinunterstürzte: So sah er die Totenwelt und hörte die raunenden Stimmen der unzähligen Schatten und wurde von Furcht gepackt, Persephone könne ihm das furchtbare Gorgonenhaupt der Medusa entgegenschicken. Der listenreiche Odysseus kehrte rechtzeitig um: Prost, meine Freunde!« Alle drei erhoben die Weingläser, stießen an und tranken die gekühlte, harzige Schorle. Wasilis, der Sänger, pausierte. Das Kellerlokal war erfüllt von schwirrenden Stimmen und dem Geklapper von Gläsern und Geschirr, das zwei unermüdliche Kellner hin und her trugen. Der Rauch wurde dichter und schwebte zwischen den Gesichtern, die nur mit Mühe zu unterscheiden waren.

»Jetzt aber müßt ihr mich entschuldigen, ich muß meinen Auftritt ein bißchen vorbereiten, bald geht's los!«

Und in der Tat begannen manche Gäste schon nach ihm zu rufen: »Jannis! Jannis! Jannis!« rhythmisierten sie, mal im vorderen Gewölbe weiter entfernt oder ganz dicht neben ihm an den verschiedenen Tischen des Hinterkellers. Jannis hob beschwichtigend die Arme und knipste den Scheinwerfer an, in dessen Licht das kleine, viereckige Bühnenpodest genau zwischen den beiden Kellerräumen aus dem wabernden Rauch scharf herausgeschnitten wurde. Er schlüpfte in die Vorratskammer, die zugleich Schmink- und Requisitenraum war. Claudia, seine Freundin, setzte sich zu ihnen. Gerade achtzehn geworden, hatte sie gegen den Protest ihrer Eltern aus ihrer Stammkneipe den Dauerwohnsitz gemacht: Sie teilte mit dem fünfzigjährigen Jannis das Bett des nachts und jobbte am Tage als Verkäuferin bei *Karstadt*.

»Gleich kommt er!«, Claudia beugte erregt den Oberkörper vor, denn der Rauch im *Hades* nahm ihnen wirklich die Sicht so sehr, daß die umhergehenden Menschen oder jene, die an der kleinen Bar standen, oder an den Tischen saßen, eher wie Schemen wirkten. »Macht doch endlich die Türe auf!« rief ein Mädchen. Claudia sprang zu dem Wollvorhang und raffte ihn rechts und links in die Schlingen, dann öffnete sie die Eingangstüre weit, so daß der Rauch im Zugwind kurz sich ballte, in Spiralwindungen nach oben stieg und dann fast waagrecht durch den Kellerraum zur Tür hinaus in die frische Nachtluft zog. Kaum saß sie wieder neben Maria, wurde auf die weiße Wand hinter der Bühne ein verschneiter Tannenwald projiziert. Die Lichter erloschen und nur der staubende Lichtkegel des Bildwandlers, den Wasilis bediente, schnitt quer durch den Keller in die Dunkelheit. Stille. Aus der Requisitenkammer ragte ein schwarzbekleideter Arm und in der Hand die Attrappe einer grünen Weihnachtstanne. Die Tanne wurde mitten in den Wald gestellt. Jannis erschien in Schwarz mit Sack auf der Schulter wie der *Kohlenklau* der Nachkriegsjahre und hatte eine Säge in der linken Hand:

»Wer schreitet so leis durch Wald und Wind
Der Weihnachtsdieb, heut' ohne Kind
Die Säge hat er unterm Arm

Er zittert leicht
Ihm ist nicht warm«

Das Sägeblatt ratschte laut hörbar in den Holzstamm; wirkliche Zacken erzeugten wirbelnde Späne.

»Ritsche, ratsche
voller Tücke
Greift die Säge
In die Lücke
Schaut nur: der Förster!
Ach wie dumm
Das Bäumchen wankt
Schon fällt es um!«

Das Bäumchen knickte auf das Podest. Aus der Requisitenkammer trat in grüner Uniform der Waldhüter.

»Ins einige Deutschland
Von drüben gekommen
Hab' ich meine Pflicht
Sehr ernst genommen
Verhaften muß ich Sie als Dieb
Denn Diebe sind uns gar nicht lieb!«

Jannis sank vor dem Förster auf beide Knie und erhob flehend die Hände.

»Sind Sie der Förster
Ich war im Traum
Und raubte dem Staatsforst
Diesen Baum
Ach, bitte, tun Sie ein Auge zuzwicken
Im Herzen bin ich wie ein Kind

In die Erde will ich das Bäumchen drücken
Wo auch die anderen Bäume sind«

Aus seiner Jagdtasche hatte der Grüne plötzlich ein paar Handschellen gefingert und ließ sie um beide Gelenke des Jannis einrasten. Der aber rief keck ins Publikum:

»Vom Westen bin ich hergekommen
Hab' die deutsche Einheit ernstgenommen
Die Mauer haben wir niedergerissen
Dem Diktator vor die Füße geschmissen
Doch in den Köpfen ist sie geblieben
Sie Menschenschinder sind von drüben
Bezahlt haben wir und zahlen noch
Sie aber stecken mich jetzt ins Loch
Wie kann man den Westen so verprellen
Wir sollten die Mauer neu hinstellen
Wie dieses Bäumchen hier im Wald
Zwischen Ost und West da wird es kalt!«

Jannis ergriff mit seinen gefesselten Händen das gefällte Bäumchen und stellte es wieder auf. Von der Kellerdecke fiel eine gemalte Mauer herunter genau zwischen den Förster und ihn. Der Scheinwerfer erlosch, Hände klatschten in der Finsternis, Bravos wurden laut, Zigaretten glühten in der Dunkelheit, eine kühle Brise strich angenehm durch das Gewölbe. Als die Hände müde wurden und das Licht noch immer nicht zurückkehrte, da wurde es noch einmal sehr still. Wir alle hörten die vertraute Stimme des Griechen, nicht ohne Ironie:

»Gott schütze dieses Land
In dem ich eine Heimat fand
Vor Krieg und Feuer

Vor Staat und Steuer
Vor Zwist und Kälte
Sie kommen in Bälde«

Irgendwo in Türnähe schrie eine sehr erboste Männerstimme streitgestimmt:

»Fyriakidis, verdammter Kanake, wo bist du?!«

Laut hörte man den Ventilator surren.

»Hast meine Tochter verführt und läßt sie bei dir schuften um Schwanzeslohn! Claudia, komm sofort zu deinem Vater!« Ein gewaltiges, befreiendes Gelächter hallte durch den Keller, als plötzlich die Lichter angingen. Der Applaus schwoll an, verstärkt durch trampelnde Füße und Gläserklirren. Erst jetzt, als sie diesen zornigen Mann mit hochrotem Gesicht vor dem Wollvorhang die Fäuste schwingen sahen, wurde deutlich, daß er nicht Teil der Kabarettnummer, sondern der wirkliche Vater, der Claudia war, die hier jeder mochte. Im Nu war der Mann umringt von Gästen, die auf ihn einredeten, nach ihm griffen, seine Arme umschlangen und ihn, der zu schimpfen aufgehört hatte, oder im Geschrei der anderen nicht mehr zu hören war, durch den Spalt des Wollvorhangs hinaus in die kalte Nachtluft und dann mit sanfter Gewalt die Treppe hinaufführten.

11

In diesem Land weiterzuleben nach dem Krieg war wirklich nicht einfach für Margit Grenz. Marias Mutter wäre in den Folgejahren am liebsten ausgewandert. Doch die US-Einwanderungsbehörden ließen sie nicht herein.

Was ist ein halbes Jahrhundert vor der Ewigkeit? Vielleicht war es nur eine Sekunde her, daß Juden enteignet, verfolgt, verbrannt, gefoltert und ermordet wurden. In einem Land, in dem vorerst nicht die Opfer den Tätern vergeben durften, sondern das schlechte Gewissen der Täter ebenfalls von den Opfern gebüßt werden sollte, war es wenig verwunderlich, daß für verblendete Menschen, die Getöteten gar nicht ermordet waren. Wer selber Strohfackel war, verdrängte die Feuerbrunst. Erst das Gesetz gegen die »Auschwitzlüge« bremste die Dumpfen. Nun wurden die Toten unangenehme Wiedergänger, die Leichenflecken auf die suwaweiße Wirtschaftswundergegenwart drückten. Andere schauderten vor den Gefahren des Mißbrauchs vergangener Schuld, um Geld von den Deutschen zu erpressen. Dritte gingen in Sack und Asche und taten Buße auch für die Sünden der Eltern mit. Die meisten tauchten ab. Maria hätte sich leicht verstricken können, denn verästelt war ihr Wurzelgrund: Die Großmutter war deutsche Protestantin mit Hugenottenherkunft, eine geborene Marguise. Der Großvater war ungarischer Jude russischer Abstammung. Diese Eltern der Mutter lebten in den Niederlanden, wo Herr Selmann in Amsterdam ein Atelier als Fotograf und Kunstmaler bis zu jenem verhängnisvollen Moment betrieb, als er dem Drängen seiner Frau folgte und nach Berlin umzog im Sommer 1928. Sie wollten ihrer achtzigjährigen Mutter eine Hilfe sein.

Im Kaufhaus Tietz eröffnete er sein Studio neu und zog sehr

bald ins vornehmere Lichterfelde um. Der Familie ging es gut. Margit Selmann, die Tochter, war damals fünfzehn und genoß eine sorgfältige Erziehung, gut bürgerlich und auch gut deutsch: Ballettschule und Klavierunterricht. Sie besuchte das Kaiser-Wilhelm-Gymnasium. Am 12. September 1946 hatte sie Tagebuchaufzeichnungen begonnen, die leider bald endeten. Ihr Tod war einige Jahre her. Maria hatte diese Dünndruckblätter in ihrem Schreibtisch gefunden bei der Wohnungsauflösung in Bad Mergentheim. Gefaltet waren sie in ein Sparbuch der Kreissparkasse über achtzigtausend Mark, das sie von einer 900-Mark-Rente als Erbe für ihre Tochter über Jahrzehnte zusammengetragen hatte.

Eine Sekunde oder ein halbes Jahrhundert: Ihr Großvater Jakob Selmann schien zeitlos in Maria zu leben, als könne er im Grab keine Ruhe finden. In ihren Träumen war er ein ruheloser Wiedergänger.

Müde waren sie aus dem Hades heimgekommen.

»Schlaf bald, Marin!«, nannte sie ihn mit Nachnamen. Wenn auch ihre Körpernähe Wärme abstrahlte, schien ihr Geist so weit entfernt, daß sie ihn zum Fremden werden ließ.

»Hab' ich dich verletzt?« Er suchte nach ihrer Hand im Dunkeln.

»Nein! An den Tod von Mutter hab' ich gedacht ... Du hast ihr wunderbar geholfen damals im Luisenkrankenhaus.«

»Dich habe ich auch in ihr geliebt.« Vor der gekippten Scheibe hörten sie Regentropfen vereinzelt, dann schnell und laut prasseln.

»Bis zum letzten Atemzug waren wir bei ihr. Machst du dir Vorwürfe?«

»Ja! Weißt du noch, als sie uns an einem Wochenende im August 1985 in München besuchte? Sie hustete und bat mich, sie abzuhorchen. Ich tat's in Eile ...«

»Der Hausarzt hätte die Lunge röntgen und den Krebs erkennen müssen!« entgegnete Maria.

»Ein einziger Satz von mir wäre genug gewesen, mein Gewissen zu entlasten: Margit, bitte laß dich röntgen, wenn du zu Hause bist! Aber ich sagte ihr: Alles in Ordnung, mach dir keine Sorgen. Ein halbes Jahr später war sie tot.«

»Aber ihr Sterben lag bei dir in guten Händen. Sie schlief ein und erlosch mit deiner Infusion. Dir galten ihre letzten Worte: Du bist sehr lieb Günther! Erinnerst du dich? Ich verlor die Nerven und rannte einfach hinaus!«

Marin küßte seine Frau.

»Sie ist nicht davongelaufen, als ich Kind war in schwerer Zeit! Meine Panik damals tut mir heut' noch weh. Ich hatte nur diese Mutter, und sie hatte nur diesen einen Tod … Verstehst du?«

Der Regen trommelte aufs Zinkblech des Flachdaches und spritzte in den Garten. Marin schlief. Er schnarchte leise. Maria betrachtete ihn im Licht, daß von gegenüber in das Schlafzimmer flimmerte. Wie ein Spuk war sie da, diese metallisch glitzernde Eisenstange hoch erhoben über den Kopf ihres Großvaters. Wie oft bei diesem immer gleichen Traum schrie sie auf im Schlaf: »Nein, nein!« erwachte und wußte nicht, ob sie wirklich geschrieen, oder ob auch dieser Schrei nur Traum gewesen war.

Eine Stelle gab es im Tagebuch, die steckte wie ein Nagel in ihrem Hirn. Sie schlich hinaus. Mit einem Griff hatte sie die Blätter ihrer Mutter zur Hand. Maria hockte im Plüschsessel, die Beine unter das Baumwollhemd gewinkelt, das Licht der holländischen Koloniallampe hochgedimmert, so daß die Schreibmaschinenschrift gut lesbar wurde:

»Oft versuchte dein Großvater uns klarzumachen, daß es sicherer wäre, Deutschland schnell zu verlassen, da bald Verfolgung drohe. Aber deine Oma konnte sich nicht durchringen, weil ihre Mutter zu hilfsbedürftig und nicht reisefähig war. In Berlin geschah das Furchtbare. An einem Wochenende im November 1938 hatte mich dein Großvater gebeten, doch bei der Jahresinventur zu helfen. Seit Monaten war er traurig. Diese schönen Stunden, wenn er mich auf seiner Violine am Klavier begleitete und die Augen schloß als höre er die Musik von innen, sie waren dahin. Seine Violine wurde einem Zigeuner geschenkt. Das Haar war weiß geworden, der schwarze Schnurrbart wirkte wie ein vergessener Kohlestrich unter diesen traurigen Augen. Ich liebte ihn und war froh, daß er mich überhaupt um etwas bat.

»Bleib du bei Mutter, laß mich die Inventur allein machen!«

Aber dein Großvater hatte ein übergenaues Herz.

»Geteiltes Leid ist halbes Leid!«

Seit Monaten hörte ich ihn mal lachen. Durch die Winterdämmerung gingen wir die paar Schritte in Lichterfelde zu seinem Atelier hinüber.

»Schwöre, mein Kind«, er sprach in diese schneelose Kälte, die meine Haut prickeln ließ: »daß du deine Mutter niemals im Stich lassen wirst, wenn ...«

»Wenn was?«

»Mir etwas zustoßen sollte ...«

»Woran denkst du? Was willst du mir sagen, Vater? Mutter ist Deutsche, du bist gesund und erfolgreich!«

»Schwöre!«

»Ich schwöre.«

Wir waren vor der kunstvoll bemalten Schaufensterscheibe angekommen: eine Leiter reichte von der Erde bis an den Himmel hinauf. Auf ihrer Spitze standen die Märtyrer. Engel stiegen hin und her. Ganz oben war Gott, zu dem auch Stammvater Jakob hinaufsteigen durfte, der so beide Welten, die Irdische und die Himmlische, miteinander verband. Jakob Selmann, Kunstmaler war auf dem Glas zu lesen, rechts unten, klein und bescheiden.

»Die jüdische Sage lehrt, daß die Leiter der Berg Sinai gewesen sei. Ihre Spitze, die an den Himmel rührt, sei das lodernde Feuer, Moses und Aaron die Engel.«

Während er sprach, war der Schlüssel im Schloß gedreht. Wir saßen bald bei dieser öden Arbeit, die ich so gut wie möglich für ihn tat.

Auf den Straßen Berlins ist stets Lärm. Aber diese Schreie und grölende Menschen, die immer näher kamen, waren etwas Besonderes. »Margit, schnell, geh' nach Hause zur Mutter und laß mich diese Inventur alleine machen ...«, sagte er.

Ich lehnte ab und vermutete einen der vielen Naziaufmärsche und ordnete schneller die Einnahmen zu den Einnahmen, die Ausgaben zu den Ausgaben. Die Belege heftete ich ab und trug die Zahlenkolonnen ins Geschäftsbuch. Draußen im Laden klirrte eine Scheibe. Im Lampenlicht sahen wir die Leiter mittendurchgebrochen: Nur eine einzige Sprosse ragte auf einer Scherbe zwischen Himmel und Erde.

Der Mann trug einen schicken Ledermantel. Sein schwarzer Hut verschattete das Gesicht. In der Hand hielt er eine Eisenstange so fest, daß die Knöchel weiß wurden.

»Darf ich fragen, wieso Sie mein Atelier zertrümmern?«

Vater war ihm entgegengetreten. Der Mann hob die Eisenstange: »Juda verrecke!«

»Juda lebe!« entgegnete mein Vater ruhig: »Bitte, verlassen Sie mein Studio, ich rufe die Polizei!« Die Frau lachte als Grimasse.

»Sie werden vergeblich rufen! Die Polizei hat Ausgang heute, wir sind da ganz sicher!«

»Was wollen Sie überhaupt?« Vater stand ihnen mutig gegenüber, während mein Herz in den Ohren laut schlug.

»Dich wollen wir! Euch, das Judenpack: Die Sauger am deutschen Knochenmark!«

Der in Leder schlug zu. Das Eisen schnitt durch die Luft und hart auf Vaters Kopf. Das weiße Haar wurde rot. Blut tropfte auf die blaue Samtjacke.

Erneut pfiff die Eisenstange. Wieder traf sie seinen Kopf. Lautlos knickte er zu Boden und stöhnte.

»Jetzt bist du dran!«

»Mörder« hörte ich mich sagen wie durch eine innere Wand, kniete und versuchte, sein Blut zu stillen mit meinem Halstuch.

»Mitgehangen, mitgefangen!« Die Frau griff zur Stange: »Laß mich's ihr besorgen dem Judenbastard!« Aber der Mann hielt das Eisen fest. Seine Stimme zitterte, als er sagte: »Nein, laß, es reicht! Das war Ermahnung genug! Komm, weiter!«

»Erst werde ich diese Arbeit zu Ende bringen, der Führer soll stolz auf uns sein!«

»Vater, Vater!« Er rührte sich nicht mehr. Seine Augen blieben geschlossen. Ich hob meinen Kopf, und es schrie aus mir heraus: »Mörder! Ihr feigen, gemeinen Mörder! Ihr habt ihn umgebracht!«

Der Mann gab ihr die Eisenstange: »Tu's, sie könnte gegen uns zeugen!«

Ich kniete. Die Angst war weg: In mir war eine große Ruhe, von der ich nicht wußte, woher sie kam. Die blonde Frau hob den linken Arm. Ich spürte einen furchtbaren Schlag und verlor das Bewußtsein.

Irgendwann wachte ich auf, als wäre ich heimgekehrt aus dem Totenreich in eine schrecklichere Welt. Ich wollte die Augenlider öffnen und konnte nicht. In der Dunkelheit tastete ich nach meinem Taschentuch und wischte das Blut ab. Es roch süß. Ich lag am Boden. Durch eine zerbrochene Glasscherbe leuchtete die Straßenlampe. Mein Schädel schmerzte. Wo bin ich? Was ist geschehen? Von meinem Kopf tropfte es. Dann sah ich die Eisenstange über mir, spürte noch einmal diese unglaubliche Ruhe, fühlte den Schlag und hörte meine Stimme wie auf einem Tonband, daß man zurückgespult und wieder in Gang gesetzt hat: »Mörder, ihr feigen Mörder, ihr habt meinen Vater umgebracht!« Nun wußte ich, daß ich in Vaters Atelier aufrecht stand mit zitternden Beinen. Ich konnte den Lichtschalter finden und kippte ihn. Vater lag in seinem Blut. Er war tot«.

Zurückgebannt blieb Maria in das verloschene Leben ihrer Mutter. Großvater war ein Märtyrer! Wollte er denn wirklich nur erinnert werden, damit seinem Opfer Recht geschehe?

»Großvater, ich liebe dich!« sagte sie laut in die Stille der kleinen Wohnstube. Im selben Augenblick wußte sie, daß die schreckliche Eisenstange nie wieder in ihren Träumen schweben würde.

Obwohl ihr nur noch wenige Stunden bis zum Praxisbeginn verblieben, konnte sich Maria von den Worten der Mutter nicht losreißen:

»Kurz vor Kriegsbeginn habe ich deinen Vater geheiratet: Nicht aus großer Liebe. Ich glaubte in guter Kameradschaft könne eine Ehe auch gedeihen. Dein Vater Eberhard vergaß schwer, was er täglich über die Juden las oder im *Volksempfänger* hörte. Was so mutig begonnen hatte, als er die Heirat mit einer Halbjüdin trotz der Nürnberger Rassengesetze einging, das war schon nach wenigen Wochen dahin.

Von der Hochzeitsreise zurück, wurde er eingezogen an die Front, obwohl er als Ingenieur in der Rüstungsindustrie arbeitete bei der AEG in Berlin. So hat er gleich den »Polenfeldzug« mitmachen müssen. Zu den eigenen Sorgen kamen die um deinen Vater hinzu. Von Polen mußte er an die französische Grenze. Noch ehe der Sturm richtig losbrach, habe ich ihn dort überrascht, in Ettenheim, einer kleinen Stadt bei Freiburg: Diese drei Wochen waren für uns die glücklichsten. Er überlebte und ließ sich als Ingenieur für Rüstungszwecke freistellen, was schließlich auch bis zum Kriegsende gelang. Wir wohnten in der berliner Wohnung meiner Eltern. Ich arbeitete im Hotelgewerbe als Kontoristin. Oft stritten wir uns, weil er mich oder Mutter beleidigte. Aber sie verzieh ihm schnell, sie wollte mich nicht gefährden. Dein Vater wechselte die Stellung innerhalb der AEG. Uns ließ er Berlin zurück, und wurde nach Nürnberg versetzt. Das war im Jahr 1942. Ich wurde schwanger. Sehnsüchtig habe ich dich erwartet. Dein Vater wollte kein Kind, schon gar nicht von einer Halbjüdin. Er forderte deine Abtreibung, aber ich beugte mich nicht. Wie groß war meine Freude, als du am 30. Mai 1942 geboren wurdest: Mich hat es beinahe das Leben gekostet, aber du warst da. Mein Glück war das Mißgeschick deines Vaters. Er drohte, mich als Halbjüdin zu denunzieren. Er verließ uns ganz und wurde Chef einer AEG-Filiale in der Pfalz, wo er geboren und aufgewachsen war. Wir blieben in Berlin. Du warst ein gesundes und sehr ruhiges Kindchen. Wir hatten helle Freude an dir. Die Luftangriffe häuften sich. Der Name deines Vaters war uns geblieben und schützte uns, aber auch die eigene Vorsicht und Gott, der seine Hand über uns drei Flüchtlinge hielt bis zum letzten Augenblick. Ich brachte dich und Mutter zu einer Großtante nach Naumburg in Thüringen. Dort glaubte ich euch in Sicherheit. Dein Vater zahlte keinen Unterhalt, aber ich hatte im Versicherungswesen eine Stellung ergattern können. Ich blieb in Berlin, um uns zu ernähren. Einen Monat später verlor ich bei einem Bombenangriff die Wohnung, die wir geerbt hatten und damit den Rest unserer Habe. Ich bezog ein möbliertes Zimmer bis Februar 1944.

Der Krieg war verloren: Das wußte hier jeder. Was vielen als Fluch erschien, war für mich ein Segen. Das Ende rückte näher mit jedem Wehrmachtsbericht. Jetzt galt es zu überleben. Beim letzten Besuch deines Vaters hatten wir einen schweren Streit: »Ihr seid meines Namens nicht wert!« schrie er: »Ihr Juden seid die Hauptschuldigen an Deutschlands Untergang! Ich sollte euch der Gestapo ausliefern, wenn's nicht mein eigen Fleisch und Blut wäre!«

In diesem Moment war meine Ehe beendet. Im Winter 1944 verließ auch ich Berlin. Wir versteckten uns in Eisleben bei Freunden in einer alten Brauerei. Kein Fliegeralarm und keine Bombenangriffe mehr! Nicht Schutt und nicht Leichengestank. Wir konnten wieder angstfrei schlafen. Am 9. Mai 1945 hörten wir endlich, endlich die Nachricht: »Seit Mitternacht schweigen an allen Fronten die Waffen …«

Der *Volksempfänger* hatte kurz vor deinem dritten Geburtstag unsere Befreiung verkündet, mein geliebtes Kind. Schon am 5. Juni kamen die Amerikaner nach Thüringen. Die Siegermächte übernahmen die Regierungsgewalt in Deutschland. Als im Juni 1945 die Umgruppierung stattfand, folgten wir den Amerikanern in ihre Zone. Wir campierten in Hausfluren, Bahnhöfen, Flüchtlingslagern und Schulräumen auf kalten Böden mit nur zwei Decken. Du wurdest sehr schwer krank, aber Gott sandte einen Retter. Der amerikanische Major Lawson verhalf uns zu einer Wohnung und mir zu einer Anstellung hier in Bad Mergentheim. Ich wurde Telefonistin im Amerikanischen Club, und wir hatten genug zu essen.

Ich habe die Scheidung eingereicht und bekam das Sorgerecht für dich. Dein Vater war Direktor der AEG in Ludwigshafen geworden. Seelisch und körperlich bin ich am Ende! Was deinem armen Großvater Traum blieb, Europa und vor allem Deutschland für immer zu verlassen, das will ich wahr machen, dir zuliebe: Du sollst es gut haben! Niemand soll dich verletzten dürfen, so wie ich und wir alle verletzt worden sind. Jossele, Benjamin und Rahel, die Geschwister deines Opas, sind im Konzentrationslager Auschwitz umgekommen. Wir Übriggebliebenen wollen in das Land der *Freiheit* gehen: Nach Amerika! Mein geliebtes Kind!«

Es war sechs Uhr. Maria hörte draußen die ersten Straßenbahnen klingeln und die Autos anhalten vor der Ampel und mit laufenden Motoren warten auf den gelb-grünen Lichtsprung. Der Körper war müde, ihr Geist hellwach. Ab jetzt hatte sie eigene, sehr kostbare Erinnerungen. Wenn aber ihre Großmutter in den Nachkriegsjahren, was oft geschah, von Gedanken ergriffen wurde an ihren geliebten Mann, dann konnte sie so wütend werden, wie am Tag nach dem Mord.

In der Polizeidienststelle Lichterfelde, wo niemand etwas wissen wollte vom Totschlag an ihrem Mann, spuckte sie aus Empörung das Führerbild an. Tagelang hatten die Frauen vor der Gestapo gezittert und sich mit Maria bei Freunden versteckt. Großmutters Traurigkeit war geblieben. Wenn die übermächtig wurde, suchte sie Trost im jüdischen Sagenbuch. Sie nahm Maria auf den Schoß oder setzte sie auf den Fußschemel gegenüber. In ihrer Stimme mischten sich Schmerz und Weisheit zu einem zeitlosen Klang:

»Im Lichttempel des Garten Eden, der das Vogelnest genannt wird und auch den Engeln verborgen ist, weilt der Knabe Gadiel. Die Tiefen und Geheimnisse der Lehre deckt er auf, und aller Gerechten Sehnsucht gilt ihm. Dieser Knabe wurde geboren, als Israel seines Glaubens wegen verfolgt wurde. In einer Höhle saß er und las die Schrift. Er war sieben Jahre alt. Da kamen die Heiden und fanden ihn forschend und zerhackten seinen Leib in Stücke. Seine Seele aber fuhr in den Himmel. Gleich wie der Regenbogen ausschaut an einem Tage, da es geregnet hat, also strahlt es um und um. Der Heilige, gelobt sei er, vererbte dem Knaben den Lichttempel zu Eden. Die Gerechten dort lauschten seiner Weisheit, wenn er aus dem Tempel tritt. Über seinem Haupt aber funkeln die Zeichen des unverstellten göttlichen Namens.«

»Omi! Nein!« hörte sich Maria als Kind rufen: »Der Gadiel soll nicht sterben, er soll leben! Bitte, erzähle die Geschichte noch mal!«

Aber sie ließ ihn sterben, wie es in dem Sagenbuch vorgezeichnet ist, vielleicht auch, weil sie hoffte und wünschte, ihrem Mann möge es ähnlich ergehen, wie diesem Knaben im Garten Eden.

12

Es gibt seltsame Augenblicke der Wahrheit: Im August schon hatten sich die Ahornbäume geweigert, ihre grünen Blätter weiter zu tragen und den Sauerstoff für Mensch und Tier abzuatmen und das schädliche Kohlendioxid einzusaugen aus der Atemluft.

Novembernebel und dampfende Regentage drückten eine stinkende Dreckluftglocke über München. Das Husten und Schniefen in den Arztpraxen wollte nicht mehr aufhören: die Grippewelle kam sehr früh in diesem Jahr. Der Ständer war gefüllt mit tropfnassen Schirmen. Klingel und elektrischer Türsummer liefen heiß.

Maria hatte nicht die geringste Zeit, ihrer Müdigkeit nachzuhängen. Frau Riehls strenger Haarknoten schien noch straffer geschnürt. Ihr blieb kein Atem, zu missionieren, weil das Arbeitstempo ihr sehr viel abverlangte. Die Scheckkarten in den Drucker, die Krankenscheine unterschrieben von den Patienten, ehe sie weiter ins Wartezimmer gehen konnten. Sie genoß die Position der Frau Marin den ganzen Vormittag, während Maria den Bestrahlungsraum versorgte, Verbände anlegte und intramuskuläre Injektionen gab. Viele Patienten wollten lieber von ihr gespritzt werden: »Sie tun's sanfter, aber sagen Sie nichts Ihrem Mann!«

Sie nahm ihn in Schutz: »Auch ich habe Tage, wo's weh tut, das wissen Sie doch: Keiner spritzt immer gleich!«

Während sie präzise und fix ihre Arbeit tat, dachte sie an Philemon und Baukis, jenes Ehepaar, das in Phrygien ärmlich in einer Strohhütte am Abhang eines Berges gelebt hatte. Zeus und Hermes waren übereingekommen, vor der Sintflut, zu prüfen, ob es Menschen gäbe, die würdig seien, zu überleben: Als Wanderer verkleidet durchzogen sie die Welt und baten um

Gastfreundschaft. Aber die Menschen waren so böse geworden, daß sich ihnen keine Türe öffnete. Philemon und Baukis aber hießen sie willkommen und wollten ihre einzige Gans ihnen zum Gastmahl töten. Ein Wunder geschah: Der Weinkrug, aus dem sie tranken, füllte sich immer wieder neu. Die Götter gaben sich zu erkennen und geboten ihnen, die Gans leben zu lassen. Sie verkündeten das Strafurteil, über die sündige Welt und führten die Alten hoch auf den Berg und zeigten ihnen, wie ringsumher alles unter Wasser stand. Zeus verwandelte die Hütte in einen Tempel und frug, was Philemon sich wünsche. Mit seiner Frau im Tempel ihm dort zu dienen und gemeinsam mit ihr sterben zu dürfen, damit keiner um den anderen trauern müsse. Das sei sein einziges Begehren. Zeus nickte. Als sie dann beide gestorben waren, verwandelte er sie in Eiche und Linde. So stehen sie noch heute beisammen. Die Menschen hängen dort Kränze und Blumen auf. Maria liebte diese Legende. So soll es zwischen Günther und mir sein, hatte sie irgendwann gedacht und diesen Wunsch festgehalten, zärtlich und behutsam, wie man zerbrechliche Wesen hält.

Diese tägliche Präsenz in Praxis und Haushalt strengte an. Ihr kam ein besonderes Körperbewußtsein zu gute: von Jugend an hatte ihre Mutter die sechsjährige Maria in Mergentheim zu einer Balleteuse des stuttgarter Theaters geschickt, die hier in der Provinz Ruhe und ein Auskommen fand. So war sich Maria bei strenger Musikgymnastik, am Balken und auf Zehenspitzen bewußt geworden, was ein Körper ist und kann. Sie erlernte, daß sich Knochen, Muskeln und Sehnen sowohl hemmen wie auch in Harmonie miteinander vereinen ließen zu einem wunderbaren Spiel der Bewegungen, das im »Sterbenden Schwan« die Zuschauer anrührte, als das Kind atemlos und vornübergebeugt, mit hochgereckten Händen in einem allerletzten Zittern der Finger den Tod hatte wirklich werden lassen.

Sie las viel und begann eine Lehre in einer Buchhandlung am Marktplatz zu Mergentheim. Ihre Mutter unterstützte diese

Vorliebe und brachte immer neue Bücher, vor allem aus dem Amerikahausbestand der großen Städte, wo ausgemustert und ergänzt wurde: alte Bücher erhielt sie für die neuen Pfennige nach der Währungsreform. Vor allem John Steinbeck und dessen sozialkritischer Roman Früchte des Zorns bestärkten die protestierende Haltung des jungen Mädchens. Plötzlich stand auch sie neben den Schwachen, Verfolgten und Ausgebeuteten dieser Welt und empörte sich über jene, die ihre angebliche Stärke als Macht mißbrauchten, um andere Menschen zu unterdrücken und umzubringen.

Zur Konfirmation erhielt sie das erste und einzige Lebenszeichen von ihrem Erzeuger Eberhard: Ein Scheck, der vierzehn Tage vordatiert war. Dabei lag eine Verzichtserklärung für weitere Erbschaftsansprüche. Die Unterschriften von Mutter und Tochter, würden die Auszahlung von zehntausend Mark zur Folge haben, denn er, ihr Vater, habe sich neu verehelicht und eine weitere Tochter gezeugt. Natürlich müsse er auf klaren Finanz- und Erbschaftsverhältnissen bestehen. Tochter und Mutter unterschrieben die Erklärung und schikkten sie zurück mit Dank für die einmalige Unterhaltshilfe. Die konnten sie gut gebrauchen, weil sie noch immer zu dritt in einem Zimmer leben mußten. Mit dem Geld in neuer, harter DM, wurde Marias Buchhändlerinnenausbildung finanziert, der Rest war für die Aussteuer vorgesehen. Maria wollte nach Kusel in die Pfalz fahren, wo ihr Vater in der französischen Zone arbeitete und mit seiner Familie im Hause seiner verstorbenen Eltern lebte. Ihre Mutter verbot diese Reise so bestimmt, daß Maria erschrocken abließ.

Mit der ersten Blutung war die Ahnung da, eine Frau zu sein. Wie sie morgens von dem Blut auf dem weißen Bettlaken überrascht worden war, wurde sie auch gepackt von einem Verlangen, das sie umkreiste wie ein Tier auf Beutejagd, vor dem sich das Opfer zitternd duckt und dennoch weiß: Der

Ansprung wird kommen. Sie versuchte, diese unbestimmte Angst wegzubeten: Nimm es von mir, laß es nicht geschehen! Aber der Lauerzustand blieb, und sie blieb die Beute. Das gefährliche Tier aber konnte sie nicht sehen: Die gleichaltrigen Jungs in der Schule oder später in der Buchhandlung waren gefahrlos. Sie tuschelten, redeten großspurig und wurden knallrot, wenn sie einen Kuß bekamen. Oft nachts im Bett, im Halbschlaf sah sie einen Mann in weißem, wehenden Umhang auf einem feurigen Rappen reiten. Sie hörte das Pferd schnauben und wiehern und sah es sich aufbäumen unter den Sporen und der festen Hand des Reiters. Es versuchte auszubrechen, aber der Mann ließ es nicht zu. Dieses Bild wiederholte sich oft: Sie hatte Angst davor und zugleich wartete sie mit Lust.

An einem Samstagabend im August war sie trotz glühender Hitze zum Tanzen ins Kurhaus gegangen, wo allein an einem reservierten Tisch vor einem Champagnerkübel ein schwarzhaariger, etwa vierzigjähriger Geschäftsmann aus Würzburg saß. Er hatte sich den Abend freigenommen vom Freundeskreis, um einen »Hasen zu stechen«, wie er das nannte. Er sah Maria sofort. Die feurige Schüchternheit des jungen Mädchens ließ ihn erbeben. Beim ersten Blues war er da, verbeugte sich, und schon lag sie in seinem kräftigen Arm und spürte seinen ganzen Körper von oben bis unten gegen ihren gepreßt. Sein warmer Atemstrom erregte sie auf Haut und Ohr, und plötzlich sah sie den weißen Reiter auf dem wilden Rappen und hörte das Wiehern und konnte den harten Arm des Reiters auch um ihren Körper fühlen: Ihr schwand jeder Widerstand, sie wußte, es würde und mußte geschehen, ob sie nun wollte oder nicht. Als der Mann nach mehreren Tänzen mit ihr den Champagner ausgetrunken hatte und sagte: »Komm, mein Schatz, wir machen einen Sommernachtsspaziergang!«, da nickte sie bloß, obwohl sie tief drinnen eigentlich laut und deutlich rufen wollte: »Nein, nein, nein, ich will es nicht!« Er küßte sie auf dem Weg zu dem finsteren Parkplatz und spürte sie zittern durch das dünne Seidenkleid hindurch. Dann standen sie unbeobachtet vor seinem alten Borgward. Er war viel zu erfahren, um jetzt noch Zeit zu vergeuden und sie in den Wald oder gar in das nächste Hotelbett zu bringen. Er steckte ihr die Zunge so tief in den Mund, daß sie nach Luft rang, und alsbald hatte er sie mit einer Hand über den Kühler seines Autos gebeugt und mit der anderen ihren Slip zerrissen. Sie wollte schreien: Nein, nein, laß mich, bitte, aber da hatte mit einem heftigen Ruck sein steifes Glied ihre Unschuld durchstoßen. Sie schrie und wußte nicht, war es Schmerz oder Lust oder beides. Aber eines wußte sie, als er endlich fertig war und sein schlaffes Ding aus ihr herausgezogen hatte: Diesen Mann wollte sie nie, nie wieder sehen.

»Frau Doktor kommen Sie, kommen Sie schnell!« Frau Riehls Stimme schreckte auf, während sie vor dem Regal Medikamentenmuster einsortiert hatte. Im Empfang sah sie die hochschwangere Frau Rödermann.

»Die Preßwehen sind so heftig: Es kommt!« stöhnte sie. Maria führte sie in das zweite Behandlungszimmer auf die Liege.

»Schaffen Sie's noch bis in den Kreißsaal, wenn ich schnell einen Krankenwagen rufe?«

»Bitte nein: Das Kind ist schon fast da! Lassen sie mich hier!«

Sie hatte die Beine gespreizt unter ihrem Umstandskleid. Es war zu spät: Der schwarze Hinterkopf des Babys wurde schon sichtbar zwischen ihren Schenkeln. Maria hielt ihr den Kopf: »Ruhig atmen und gleichmäßig pressen: Gleich ist es soweit!« Marin hatte sich mit dem Drehhocker vor die Frau gesetzt und gab ihr mit der einen Hand Dammschutz, während die andere dem Kopf beim Durchtreten half.

»Schnell, Frau Riehl, eine Schüssel mit warmen Wasser!«, rief Maria: »Handwarm, bitte, dazu zwei sterile Klemmen und eine Schere!«

Jetzt schrie die Frau, verbunden mit einer letzten, sehr

starken Preßwehe, die den Kopf des Kindes durch den Scheidenring drückte. Mit einer leichten Drehbewegung holte der Arzt das Kind ins Leben: Abklemmen der Nabelschnur, ein schneller Schnitt zwischen den beiden Klemmen, und er hielt das Baby an den Beinen mit dem Kopf nach unten und klopfte seinen Rücken. Maria wusch die Käseschmiere ab, während Marin sich über die Frau beugte und ihr schweißnasses Gesicht abtupfte.

»Ein Junge, und er ist kerngesund!«

Frau Rödermann streckte beide Arme ihrem Kind entgegen. »Herzlichen Glückwunsch!« Maria gab ihr den Jungen: »Ich werde jetzt ihren Mann anrufen.« Die Nachgeburt schwappte in die Schüssel. Die Mutter küßte ihr Kind so innig und liebevoll, daß die Welt um sie herum versunken schien.

13

»Die Ägypter hatten Angst, im Tod nicht aufzuerstehen. Der Todesfinsternis das Licht der Hoffnung abzuringen war ihnen Sinn des diesseitigen Lebens. Das menschliche Dasein ist ein Geschenk, dem der Mensch dafür zu danken hat, indem er es nach göttlicher Ordnung lebt. Neben der Vorstellung des Grabes als dem Haus der Ewigkeit, in dem der Tote ein überhöhtes Leben führt, entwickelte sich der Glauben vom *Schönen Westen* als dem Paradies und auch der von der Unterwelt, wo der Verdammte auf dem Kopf gehen muß. Ob das Jenseits dem Toten zum Himmel oder zur Hölle wird, hängt vom Ausgang des Gerichtes ab, das ihn für seine weltlichen Taten zur Verantwortung zieht. Wird er freigesprochen, so darf er als Verklärter weiterleben in den Gefilden des *Schönen Westens*. Wird er verdammt, so erwartet ihn Höllenstrafe. Der Totenrichter *Osiris* wägt das Herz als Sitz des geheimen Wissens auf einer Waage, die in der Gerichtshalle steht: Der Tote spricht das negative Sündenbekenntnis, er bekennt sich also zu einem sündenarmen Leben. Auf einer Waagschale liegt eine Feder, auf die andere Schale drückt das Gewicht seiner Sünden. Der schakalköpfige Totengott *Anubis* prüft das Zünglein an der Waage, und der ibisköpfige *Thot* führt Protokoll. Sind die Sünden schwerer als die Fehler so verfällt er dem Höllenrachen: Einem Monstrum, das bei der Waage wartet mit dem Rachen des Krokodils, dem Leib eines Löwens und dem Hinterteil des Nilpferdes: Es frißt ihn sofort, und er wird als Urstoff dem Schöpfungsmaterial wieder eingemischt: Die Person, die er war, ist endgültig ausgetilgt: Er hat den zweiten Tod erfahren, den auch die *Johannesapokalypse* nennt: Den Tod im *Feuersee*. Günther Marin hatte diesmal vorgelesen, Maria lag auf dem Sofa unter dem Aquarellportrait ihrer Mutter. »Was geschieht mit den Auferstandenen, das interessiert mich am meisten!«

»Der Neuerschaffung des im Gericht Freigesprochenen ist dem Sonnengott im Jenseits vorbehalten, der den Leib mit *Ka* und *Ba*, die im Tode auseinanderfielen, wieder zusammenfügt: *Ka* ist die Kraft des Lebens, die durch Speise genährt wird, und *Ba* entspricht der Seele, die dem Toten als Vogel mit seinem Menschenkopf entfliegt. Die Auferstehung geschieht durch die magische Vereinigung des Auseinandergefallenen: Aus Drei wird Eins, und der Gerettete wird »auf die Beine gestellt«, er »steht auf« und darf als Neuerschaffener im Jenseits mit seinem Namen weiterleben: Er ist verklärt zum Ach und darf täglich in der Sonnenbarke des Osiris über die strahlenden Himmelsgewässer ziehen. Nachts darf er den Osiris schauen, der als Stern die Dunkelheit erleuchtet. Von nun an kann der *Gerechtfertigte* neben den Unvergänglichen sitzen im *Jaru-Feld*: Dort gibt es Speise und Trank nach Belieben. Für immer ist er verherrlicht durch den Freispruch im Gericht, denn in den Pyramidentexten steht geschrieben: »Ruhm und Ehre den Gerechten, denn die Gerechten werden im Paradies erglänzen wie Lichter!«

»Wunderschöne Worte und Gedanken, die mir Mut geben zum harten Erdenleben!« Maria griff wieder an beide Schläfen, Schmerz huschte über ihr Gesicht.

»Günther, laß uns beide so leben, daß Gott seine Freude an uns haben kann, wenn wir später vor seinem Richterstuhl stehn. Am schönsten wär's, wir stürben gemeinsam wie Philemon und Baukis.«

»Lieber Zeus, laß uns gemeinsam sterben, damit nicht einer um den anderen trauern muß! Es sei! sprach Zeus!«

Marin lächelte, während er sprach.

»Das Baby der Frau Rödermann glich einer ägyptischen Kindermumie: Tausende von Jahren alt, verschmiert mit Balsam: ich glaubte, ein totes Kind zu halten. Plötzlich öffnete es diese reinen Blauaugen des ersten Blicks, verjüngte sich und lebte, noch ehe sein erster Atemzug getan, noch bevor sein Geburtsschrei die Welt begrüßen konnte ... es war wie eine Wiedergeburt ...« Maria sah ihn an.

»Die einen werden geboren, die anderen müssen gehen: ein ehernes Gesetz, das niemand ändern oder aufhalten kann ... weißt du noch: wie deine Mutter, starb auch dein Vater am selben Tag im August fünfundachtzig!«

»Wenn ich an Mama denke, sehe ich uns zu Dritt in einem einzigen Zimmer leben gleich nach dem Krieg: Omi und Mama schliefen im Ehebett, und mein Bettchen stand unten quer. Zum Weihnachtsfest achtundvierzig hing vom Spülstein dieser blasse Gänsekopf an einem langen, langen Hals, der zu dem großen Körper im Becken führte. Mit dem Finger berührte ich heimlich den Kopf in der Dunkelheit: Ein Schauder packte mich vor dem Tod, den ich anfassen konnte ... er war so kalt, so wirklich. Aber Mama hatte nur gelacht am Abend, als sie die Gans rupfte: Das verdanken wir den Amerikanern, diese Kostbarkeit aus Virginia... lange konnte ich nicht einschlafen, weil der scharfe Brand- und Fleischgeruch so dick im Zimmer hing: Die Gänsestoppeln waren versengt, und es roch ein bißchen nach Krieg ... plötzlich hatte ich eine große Angst ...«

Marins Finger kreisten jetzt mit leichtem Druck um ihre Schläfen und massierten ihren Nacken, dann die Kopfhaut an der Stirn: »Morgen früh nehmen wir dein Blut ab für eine gründliche Laboruntersuchung, ich bestehe drauf! Deine Kopfschmerzen ängstigen mich! Außerdem gehst du zum Neurologen, bitte: Ich melde dich an!«

Maria nickte.

Später, als ihr Mann fest schlief, hörte sie draußen vor dem gekippten Fenster den Herbststurm an den letzten dürren Blättern zerren und sie davonwirbeln wie einen Spatzenschwarm. Schnarrend zogen die Graugänse über sie hinweg, da dachte sie an ihren Vater: Immer wieder hatte sie ihn treffen wollen. Stets war sie am Widerstand ihrer Mutter gescheitert: »Kind laß ab, dein Vater will dich nicht sehen!«

Und begründete es mit den Worten: »Er wollte uns an die Gestapo ausliefern, das war für immer zuviel!« Aber Maria überlegte: Ich will es selbst rausfinden und ganz sicher sein können, daß es wirklich so und nicht anders gewesen ist. Dann war dieser Scheck mit dem Erbschaftsverzicht gekommen. Sie hatte die erpresserische Haltung ihres Erzeugers in diesem Geschenk wiedererkannt: das Geld bekommst du nur, wenn du auf die große Erbschaft zu Gunsten deiner Halbschwester verzichtest. Mit ihrer Unterschrift hatte sie dann auch für ein Vierteljahrhundert auf ihren Vater verzichtet und er auf sie: es hatte sich ein Schweigen zwischen beiden ausgebreitet, als wäre sie keine Tochter und er der Vater nicht. In ihren Jungmädchenphantasien hatte sie von einem glutäugigen Zigeuner geträumt, dem der Großvater einst seine Geige schenkte. Der ist mein Vater! Eines Nachts ist er zu Mutter gekommen und ich bin das Kind dieser Liebesnacht. Sie redete sich diese Geschichte so sehr ein, daß sie manchmal ihren wirklichen Vater als einen ganz und gar fremden Mann betrachtete, dessen vergilbtes Foto sie zwar im Album anschauen konnte, wo er keß und keck in der Uniform der Hitlerarmee als Leutnant, das rechte Bein leicht vorgeschob und den Kopf energisch in die Luft reckte wie gegen einen unsichtbaren Feind, den es abzuschrecken gelte mit dieser herrischen Kinnspitze.

Natürlich waren die Phantasien kein Paßwort für die Zukunft. Als sie auf der Hochzeitsreise aus Paris heimfuhren, überraschte sie Marin mit dem sehr bestimmten Vorschlag: »Laß uns Eberhard besuchen! Ich muß ihn ein einziges Mal wirklich erleben, und wenn es nur geschieht, daß ich ihm und er mir vergeben kann für die jahrzehntelange Lieblosigkeit zwischen uns beiden!«

Marin unterstützte diesen Wunsch sofort. Über die Auslandsauskunft hatte er die Telefonnummer und Adresse besorgt: Eberhard Grenz, Kusel, Rheinland-Pfalz, Bahnhofstraße.

Als sie mit dem alten Renault durch Metz fuhren und Mittagspause machten, hatte er ihr die Nummer hingeschoben. Sie war wortlos aufgestanden, um zu telefonieren: »Grenz!«, das war seine Stimme, sie wußte es sofort.

»Hier ist deine Tochter Maria ...«, sagte sie sehr leise in den Hörer. Wieder war es da, dieses grausame Schweigen, das ihr in diesem Augenblick unmenschlicher erschien als eine Beschimpfung.

»Was willst du?«

»Dich besuchen mit meinem Mann: Ich habe vor drei Wochen geheiratet ...«

»Gut, wo bist du?« Sein Herz hatte sich einen Spalt geöffnet, so sagte sie schnell: »Ganz nah, wir sind schon in Metz ...«

»Du wirst verstehen, ich bin ein alter Mann und habe eine sehr geregelte Lebensweise mit meiner Frau ... komme morgen nachmittag genau von halb vier bis halb fünf: Mehr will ich meinem kranken Herzen nicht zumuten!«

»Gut, Vater, bis dann...«

Es war das erste Mal, daß sie sich das Wort Vater sagen hörte. Es klang so fremd und brüchig, daß der alte Mann nocheinmal wiederholte, als wolle er sich schon aus der Ferne von ihr wieder abgrenzen: »Genau von halb vier bis halb fünf, respektiere das!«

In Homburg/Saar, einem ärmlichen Universitätsstädtchen, hatten sie übernachtet im Hotel Külzer. Am nächsten Morgen nach behaglichem Frühstück und einem kurzen Bummel durch die neuerrichtete medizinische Fakultät, die Marin von früher kannte und schätzte, waren sie weitergefahren über Miesau, Glan-Münchweiler hinein nach Rheinland-Pfalz auf immer schmaler werdenden Landstraßen mit Löchern im Asphalt und gefährlichen Bodenwellen hinein in eine hügelige Landschaft mit kaltgelben Rapsfeldern und grünen Wiesen, auf denen hinter Stacheldraht oder Elektrozäunen schwarz-weiß-gefleckte Kühe ihr Gras fraßen und wiederkäuten.

Marin spürte die Anspannung seiner Frau so deutlich als würden Erregungswellen auf ihn überspringen. Er sah auf die Uhr und nahm das Gas ein bißchen weg: Sie hatten noch eine halbe Stunde Frist, aber fuhren bereits durch den Ort Reichenbach. Marin wußte, daß sie bald in Kusel sein würden. Er lenkte den PKW in einen Waldweg hinein und hielt an.

»Entspanne dich, Maria! Sollen wir den Besuch absagen?«

»Du weißt, daß ich ihn machen will und muß! Wie könnte ich vor dem, der mich gezeugt hat, davonlaufen: Er ist und bleibt mein Vater: Haß und Schweigen zwischen uns müssen ein Ende haben!«

Marin küßte seine Frau.

»Du bist wirklich mein Mann«. Spitzbübisch blitzten ihre schönen blauen Augen: »Jeder Andere wäre mit seiner Frau in den Wald gefahren, um mit ihr zu schlafen, vielleicht hinten auf dem Autositz ... du aber tröstest sie, die Angst hat vor der Vergangenheit: Du bist süß, Marin!«

Marin spürte ihre nervöse Hochspannung erlöschen und fuhr weiter. In Theisbergstegen hielten sie an vor einer Gärtnerei. Maria kam zurück mit einem Strauß roter Baccararosen, kurze Zeit später hielten sie vor dem kleinbürgerlichen Fachwerkhaus ihres Vaters in der Bahnhofstraße. Es war Punkt halb vier. Die Haustüre öffnete sich und eine etwa sechzigjährige, griesgrämige Frau trat ihnen entgegen ganz in Schwarz, als trüge sie Trauer.

»Bitte kommen Sie herein, Ihr Herr Vater wartet schon!«

Die Wohnzimmerdecke war so niedrig, daß Marin den Hals einzog und den Kopf vornüberneigte, als er über die Schwelle trat. Er sah einen sehr betagten Mann im Ohrenbackensessel sitzen. Der streckte ihr die rechte Hand entgegen und sagte mit einer dünnen, zitternden Stimme: »Maria ...«

Sie umarmte und küßte ihn und sagte: »Vater!«

»Bitte, nehmt Platz ...« Sie setzten sich um den kleinen Beistelltisch herum, der dem Sessel ihres Vaters zugesellt war. Im Gang klapperte Frau Grenz mit den Tassen. Maria spang auf, ihr zu helfen, und Marin hörte ihre kühle, abweisende Stimme in den dämmrigen Raum dringen: »Nein, danke, das ist meine Aufgabe!« Sie stellte vor jeden eine schon gefüllte Kaffeetasse, dazu einen Milchgießer, eine Porzellandose mit Würfelzucker und einem silbernen Greifer. Sie schwiegen in dieses Nachmittagsdämmerlicht, in dem Dunkelheit mehr zu herrschen schien, als das Sonnenlicht, das nur in einem einzigen Strahl über den Dachfirst des Nachbarhauses hinweg sich gebeugt hatte und staubflirrend quer durch den Raum zog, hin zu einer Wandecke, an der ein handgeschnitzter Holzkruzifix sichtbar wurde und rechts daneben ein kleines Marienbild in Gold und Blau.

»Du bist ja eine richtige Frau geworden«, sagte der Vater: »Na ja, ich habe dich sehr lange nicht gesehen ... und das ist dein Mann?«

»Ja, Vater, das ist Günther Marin ...«

Der runzelige Vater nickte, und Kaffee tröpfelte aus seinem leicht gelähmten linken Mundwinkel.

»Sie haben einen Schlaganfall gehabt?«, frug Marin.

»Wie haben Sie das wissen können?«

»Der Mundwinkel hat ein bißchen zurückbehalten, als Arzt sieht man so etwas ...«

»Ich weiß wirklich nicht, warum Sie beide hierhergekommen sind« sagte Herr Grenz. Seine Stimme bemühte sich um eine Bestimmtheit: »Sie wissen doch, daß alle Erbschaftsansprüche von Maria mit einer Zahlung zu ihrer Konfirmation von mir abgegolten worden sind: Hier ist die Verzichtserklärung, ich habe sie extra herausgesucht und für sie fotokopieren lassen!« Plötzlich hatte er ein weißes DIN-A-4-Blatt zur Hand und schwenkte es beschwörend zwischen sich und den beiden Besuchern im Sonnenstrahl hin und her.

»Ich habe eine zweite Familie gegründet nach dem ersten Fehlschlag und habe noch eine Tochter gezeugt, die mir bis heute geblieben ist: Sie ist meine Alleinerbin. Sie ist Pharmazeutin. Sie soll es mal gut haben, wenn wir nicht mehr sind ...«

Maria wollte den Raum verlassen, aber der alte Mann kam ihr zuvor: »Von halb vier bis halb fünf, wir hatten eine Abmachung: Deine Zeit ist um!« In diesem Augenblick dröhnte der Regulator viel zu laut in dieses düstere Schweigen, das sie jetzt unwiderruflich von ihrem Vater wegdrückte in eine Distanz, die fortan für Maria nur noch das Wort Erzeuger zuließ, wenn sie, was selten geschah, von ihm sprach oder nach ihm gefragt wurde.

Auf der Heimfahrt durch Kusel hatte sie still geweint.

14

In einem mittleren Abstand von 384.000 km auf einer elliptischen Bahn um die Erde bewegt sich der Mond, und seine Bahn ist um 5°9′ gegen die Ekliptik geneigt. Bei Neumond ist der Erdtrabant unsichtbar: Seine Nachtseite ist uns zugewandt. Etwa zwei bis drei Tage danach taucht im Westen eine zunehmende Sichel auf, mit der man den Buchstaben Z schreiben könnte. 14 bis 15 Tage nach Neumond ist der Mond voll und die ganze Nacht über sichtbar. Es gibt dort Anzeichen von Vulkanismus. Andererseits kann man auch Meteoritenkrater nicht ausschließen. Sehr wahrscheinlich ist es, daß der Mond vor etwa 4,5 Milliarden Jahren, also bald nach seiner Entstehung, von zahlreichen Kleinkörpern getroffen wurde, die als »Bauschutt« nach Bildung des Planetensystems übriggeblieben sind. In neuerer Zeit, nach der Apollolandung haben die »moon-blinks« viel Aufmerksamkeit erregt: es sind leuchtende Mondflecken, die nur wenige Sekunden aufflackern in rötlichem Licht und schon wieder erloschen sind. Bei den ersten Gehversuchen blieb der Staub fast klebrig an den Schuhen und Raumanzügen der Astronauten hängen: die Kohäsion der oberflächennahen Mondschicht ähnelt etwa der von feuchtem Sand oder frischgepflügter Erde. Die Astronauten hinterließen deutliche Spuren im Mondstaub, die noch lange Zeit unverändert erhalten bleiben werden.

Die grobe Oberfläche des Mondes kann mit bloßem Auge beobachtet werden. Besonders natürlich in der Vollmondzeit sind sehr deutlich dunkle Flecken zu erkennen, denen der Volksmund Namen gibt: Schiefgesicht, Bauer mit Reisigbündel, zwei Kinder mit Wassereimer, Mann und Frau, Spinnerin oder auch: Ein aus dem Gebüsch springender Hase …

»Wir müssen sehr vorsichtig fahren!«, sagte der Taxifahrer

und stellte die Notdienstarzttasche auf den Hintersitz seines neuen Mercedes 190 Diesel, wo er zuvor schon eine Decke ausgebreitet hatte, um seine Sitze zu schonen. Er klemmte ein magnetisches Notdienstdreieck auf das Autodach, während sie sich hinsetzten: Der Arzt auf den Beifahrersitz, Maria hinten neben die Tasche. Es war zwanziguhrfünfzehn. Der ärztliche Notdienst für München-West im Versorgungsbezirk 6 würde bis sechs Uhr früh dauern.

»Die Münchner sind unberechenbar bei Vollmond und die Krankheiten auch«, er gab Gas: »Die Funkrufe kommen zügig, ich hab' schon vier für uns auf der Bestelliste!«

Maria tat, was wenige Arztfrauen oder Sprechstundenhilfen tun: Sie begleitete ihren Mann im Nachtnotdienst, um ihm behilflich zu sein in dieser schwierigen, oft riskanten, immer aber sehr hektischen Arbeit an gänzlich unbekannten Patienten, wo die leiseste Konzentrationsschwäche zu einem Fehler führen kann.

»Hirschbergstraße 8, ein Herr Manz im zwoten«, sagte der Taxler unter seiner Schieberkappe über die rechte Schulter hinweg: »Wenn ein Eilbesuch kommt, sage ich Bescheid!«

Er stoppte. Maria und Marin stiegen die gewundene Treppe empor. Sie sahen ein kleines Emailleschild: August Manz, Malermeister. Marin drückte den Messingknopf. Jemand schlurfte zur Tür, ein Schlüssel wurde zweimal gedreht. Vor ihnen stand eine alte Frau, so verkrümmt, daß ihre Blicke zum Erdboden gezwungen wurden. Darum mußte sie den Kopf nach vorne oben recken, um sie anschauen zu können.

»Wer sind sie bitte?« Sie war mißtrauisch.

»Ich bin katholisch und im Glauben an Papst und Kirche sehr gefestigt: Die Jehovas Zeugen brauche ich hier nicht!«

Schon wollte sie den Türspalt wieder zuschnappen, da rief Marin sehr laut: »Ich bin der Notarzt, Sie haben mich doch bestellt!«

»Der Notarzt kommt immer allein!« Noch war sie unsicher.

Der Arzt tat als wolle er gehen, erst da schwang die schwere Holztüre auf. »Kommen Sie, mein Mann liegt schon seit Monaten. Er kann nicht sterben, der Himmel ist noch nicht bereit für ihn.«

Die Frau ging ihnen voraus, als würde die Last an ihrer Wirbelsäule mit jedem Schritt schwerer werden. Im Dämmerlicht des langen Flures, von dem nach rechts vier Türen in die Zimmer führten, sahen sie links eine alte Singernähmaschine mit Aufsatzkasten, einen schwarzen Garderobeständer aus Rattanholz und an der Wand ein sehr großes rechteckiges Bild: Maria im blauen Gewand hielt auf ihrem Schoß das Jesuskind und schaute verzückt. An der letzten Tür ließ sie den Arzt eintreten. Der Patient lag neben einer grünbeschirmten Nachttischlampe. Sein Oberkörper war durch mehrere Kissen im Rücken aufgerichtet. Marin hörte ihn schwer atmen und erkannte sofort die Luftnot, während er die Tasche geöffnet hatte und nun mit seinen Instrumenten sich auf die Bettkante setzte. »Herr Manz, wo tut's weh?« Maria stand schreibbereit hinter ihm.

»Herr Doktor, ich kann nicht sterben«, sagte der uralte Mann fast flüsternd. Sein Gesicht hatte rote Flecken, wo unter der Haut altersschwache Blutgefäße geplatzt waren, und seine Lungen pfiffen. »Schmerzen hab' ich keine, nur die Luft ist ein bißchen knapp, das schon seit Jahren.«

Der Arzt untersuchte und sprach laut zum Mitschreiben: »Blutdruck 170/80, Herz regelmäßig, Puls 72, Lungen mit Rasselgeräuschen und ausgeprägter Spastik über allen Segmenten, Diagnose: Altersherz, Cerebralsklerose, chronisches Asthma.«

»Schon seit Monaten sitze ich in meinem Bett, höre diese Worte und sehe immer wieder Bilder«. Der Mann sprach mit klagloser Stimme: »Die Menschheit ist zu überheblich: Sie will Gott selbst übertrumpfen und sich seine Macht anmaßen, das kann nicht gut gehen.«

Diese Stimme war wie ein Luftstrom, der aus einer anderen Welt durch ihn hindurchwehte: »Wie ein Glockenläuten höre ich es aus der Ferne kommen. Könnte auch eine Äolsharfe im Wind sein und zu mir herüberklingen wie aus einem sehr tiefen, dunklen Tal ... ich liege hier in meinem Bett und fühle immer wieder wie mein Körper irgendwo im Zimmer herumschwebt, aber ich kann nicht sterben ... Gebete halten mich auf Erden zurück ... aber mich hört niemand wirklich ... ich spreche wie gegen eine Wand ... wie gegen Wände ... immer sehe ich ein helles Licht ... es kommt ganz nah, als wolle es mich holen und wegführen ... bist du bereit, denkt es in mir: bist du zu sterben bereit, und was hast du aus deinem Leben gemacht ... kannst du vor mir bestehen ...«

Langsam erhob sich wieder Marin. Er legte seinen Zeigefinger senkrecht vor die Lippen: »Wir müssen weiter, der Notdienst ruft!« flüsterte er und schüttelte der alten Frau die Hand: »Das ist keine Arbeit für mich!« Er hörte Maria die Personalien notieren und dann wieder den Mann: »Komm zu mir... ich möchte dir etwas zeigen ... ich bin das Licht ... und das Leben ... das Leben und das Licht ... komm ... komm zu mir ...«

Prall und kugelrund war der dottergelbe Mond über der Stadt emporgestiegen. Sie fuhren jetzt nach Moosach gegen dieses warme, gleisende Vollmondlicht zum »Gestüt« wie der Taxifahrer bemerkte: »Da muß der Notdienst oft hin, da ist immer was los beim Grafen Stauber. Er züchtet Rennpferde auf den Wiesen am Stadtrand und läßt sie ihr Futter verdienen in Daglfing oder auf den Bahnen der Welt!« Marin hörte ihn reden und sah wie hypnotisiert immer wieder auf diese große Mondscheibe, die scharf über die Häuser des Westens hinwegschliff. Es schaute wirklich ein Schiefgesicht auf sie herunter, dessen derbe Nase deutlich nach links gekrümmt war.

»Diesen Besuch habe ich vorgezogen« sagte der Taxler, ein Mann in den späten Fünfzigern: »Er ist als ›Eilfall‹ gemeldet.«

Vor einem Holztor, im Licht seiner Scheinwerfer wurde eine Türe mit Griff sichtbar. Maria ging hinter Marin durch die kühle Novemberluft, in der jetzt die Nebel als feuchte, graue Schlieren, zuerst über dem Erdboden entlangkrochen und dann mannshoch emporgeschwebt waren. Marin öffnete leicht die kleine Holztüre, trat auf den dunklen Kopfsteinpflasterhof, an dessen Ende er das Gutshaus sah im Lichtschein, der aus dem Fenster über die Miste hinwegzog und sich in einer Jauchelache spiegelte. Sie rochen die Pferde, hörten sie wiehern in den Ställen, mit den Hufen scharren oder an die Boxenwände schlagen: hier und da klirrte eine Kette.

»Hallo!«, rief der Arzt. Es knurrte. Ein langer Körper flog durch die Dunkelheit, und der Aufprall riß ihn nieder. Das harte Kopfsteinpflaster im Rücken spürte er, die Pfoten des Hundes rechts und links auf den Schultern. Die Schnauze hechelte dicht über der Halsschlagader. Er war bißbereit. Reglos lag Marin und hörte Maria über den Hof zum Licht laufen und an die beleuchtete Scheibe klopfen. Speichel tropfte auf seine Haut, die Pfoten wurden schwerer.

»Harro, laß ab!« Knurrend gehorchte er seinem Herrn, der ihn fest ans Würgehalsband nahm, während der Arzt aufstand, seine Kleider abklopfte, den dicken Mann im Licht stehen sah und seine Wut unterdrückte. Er bückte sich nach der Ledertasche und hörte Maria sagen: »Alles in Ordnung, Günther, fehlt dir nichts?« Er wartete auf eine Entschuldigung, aber der Mann sagte nur: »Kommen Sie in die Küche, dort können Sie mich untersuchen, Harro ist halt n' guter Wachhund!«

Der Arzt schluckte. Er folgte in das, was man im Zigarren- und Zigarettenrauch als Küche erkennen konnte, vor allem, weil rechts in der Ecke ein gußeiserner Herd mit Holzfeuerung und einer beringten Kochplatte stand. Um den riesigen Bauerntisch herum saßen mehrere Männer und klopften Karten. In der Mitte dampfte ein großer Kupferkessel mit frischer Schlachtung: Leber- und Blutwürste, dazu Wellfleisch.

Überall Bier- und Schnapsgläser. »San's willkommen, Doc!« hörte er den Männerchor. Der Graf sagte: »Gehn wir gleich hier ins Schlafzimmer, da können Sie mich verarzten: Mein Leib ist aufgeschwollen und tut narrisch weh, schaun's nur!« Er wies auf seinen Trommelbauch und ging ihnen voraus. Im Schlafraum war die Luft frischer. Der Bauch des Mannes leuchtete fahl im grünen Licht. Er war so dick, daß sein Nabel zugewachsen und ganz nach unten über den Blasenrand gerutscht war.

»Übrigens, ich bin der Graf Stauber!« Zuerst streckte er Maria, dann dem Arzt die Hand hin: »San's dem Harro net bös, er hat g'tan, was ich ihm beigebracht hab'!«

»Marin«, antwortete der Arzt, und der Graf legte sich auf's Bett: »Meine Frau«. Im Stethoskop hörte er die Darmgase brodeln, wie in einem Wurstkessel. Der Blinddarm war schmerzfrei, beim Druck auf die Galle stöhnte der Graf: »Au, au, das tut sehr weh!« Marin tastete die stark vergrößerte Leber und sagte: »Herr Graf, Sie haben zu fett gegessen, zuviel getrunken: Ihre Galle beschwert sich: Ich muß ihnen sofort eine Spritze geben, sonst wird's eine Gallenkolik!«

»Nein!« schrie er: »Bitte, nur keine Spritze!« Ungerührt packte Marin das Buscopan aus, brach den Ampullenkopf, zog die Flüssigkeit in eine frische Plastikspritze, die ihm Maria zugereicht hatte.

»Welche Kanüle?«, fragte sie.

»'Ne Einser«, sagte Marin ungerührt. Der Graf zitterte leicht.

»Geht das nicht anders, Herr Doktor?«, sagte er in bestem Hochdeutsch: »Ich habe eine Antipathie gegen Injektionen!

»Die Gallenkolik tut höllisch weh, wenn Sie das riskieren wollen?«

Der Arzt legte den Stauschlauch um den rechten Arm des Grafen und stach die Nadel ein: Vielleicht eine Spur langsamer als sonst. Seine Hand zitterte sichtbar, weil er plötzlich die

Schnauze wieder am Hals spürte und diesen hechelnden, gierigen Atem des Hundes.

»Oh!«, rief der Graf: »Das war aber gar nicht schön!«, Marin hielt seinen Arm.

»Bald wird der Schmerz nachlassen!« Er zog die Nadel aus der Vene, wobei er noch mal heftig zitterte. »Au, au, au!«, rief der Graf, und Marin erwiderte: »Ich tat nur, was ich gelernt habe!«

Maria notierte, er packte sein Arbeitszeug ein. Der Graf hielt den Harro an der Kette, als sie über den jetzt hell erleuchteten Hof zum Funktaxi gingen.

»Für gut hundert Mark hättest du dich beinahe fressen lassen!« scherzte sie: »Aber du warst weitaus tapferer als der Graf«. Sie lachte: »Ich bin wirklich stolz auf dich!« Maria küßte ihn, dann stiegen sie ein.

»Das hat aber lange gedauert!« Der Taxler grinste: »Beim Grafen gibt's immer was Besonderes, der ist stadtbekannt!«

»Das hatten wir gerade drastisch!« lachte Marin: »Wohin jetzt?«

»Ins Altenheim gleich um die Ecke!«

Der volle Mond war höher gestiegen und hatte jetzt einen großen hellrunden Hof, in dem, etwas dunkler, die vier Arme eines Johanniterkreuzes deutlich sichtbar waren. Kaltes Licht strahlte herab.

»Ein Symbol ist er für Geburt, Wachstum und Tod«. Maria sprach in die Stille: »Vollmondzeit ist Auferstehungszeit!« vollendete sie: »Die Pflanzen wachsen schneller, die Flut hebt das Wasser des Meeres. Der Mond ist auch ein Ort der Toten. Der Mondgott Osiris ist Herrscher der Totenwelt: In den 14 Teilen seines zerstückelten Leibes sah man die Zahl der abnehmenden Mondtage, in den Tagen des zunehmenden Lichtes wurde sein Körper von Isis, seiner treuen Frau, aus allen Richtungen des Windes wieder zusammengesetzt, wohin der böse Seth, sein Bruder, sie zerstreut hatte: Im Licht des vollen Mondes konnte er wieder auferstehen und wurde unsterblich in seinem Sohn Horus, dem Sonnenkind, in dem er sich inkarniert hatte: Horus stand für die Erhaltung der göttlichen Ordnung auf Erden.«

»Ganz exakt ist das nicht!«, unterbrach freundlich der Taxifahrer: »Osiris zeugte in Isis, seiner Frau, als Wiederbelebter den Horus, der wiederum als Lichtbringer den bösen Seth vernichtete und somit Rache nahm für seinen Vater, den der eigene Bruder ja ermordet hatte. Osiris wurde zwar wiederbelebt, doch er konnte nicht auf die Erde zurückkehren, sondern herrschte fortan über das Totenreich, in dem nur die *Nachtsonne* schien, und richtete die Toten.«

»Sie sind aber sehr gut informiert, Herr …«

»Bergner«, stellte er sich vor: »Ich habe siebzehn Semester Kunstgeschichte studiert in den wilden Sechzigern!«

Sie rollten über den grauen Asphalt der Allacher Straße, über die S-Bahn-Brücke hinweg und konnten jetzt die Gleisstränge der eisernen Schienen sehen, die vielspurig zu einem Netz wurden, aus Weichen, Nebengleisen und Zubringern unter dem Schweißbrennerlicht des Mondes, das einzelne Werkhallen oder Wagendepots zwischen den gleisenden Stahlbändern hell erleuchtete.

Der Sprechfunker sprach ruhig und ortskundig: »In der Leopold siebzehn eine alte Frau Gehrsdorf abholen … zweimal klingeln… das Gepäck von oben runtertragen … ich wiederhole … oben abholen und runtertragen … die Frau ist gehbehindert … Notarztbezirk sechs bitte kommen, bitte kommen …« Herr Bergner griff zum Mikro: »Ja, bitte, Notarztwagen Bezirk sechs schreibbereit!« Er hatte ein kleines Tonband angeschaltet, und die Stimme aus dem Funk sagte: »Todesfall in der Botticelli neunundzwanzig, ich wiederhole Botticelli neunundzwanzig zwoter Stock!«

»Liegt auf unserem Weg!« sagte Herr Bergner: »Fahren wir zuerst ins Altenheim, das ist ein Dringender!«

Der Fahrer war ein Profi, das merkte Marin, der seit

zwanzig Jahren diese Notdienste alle vier Wochen gefahren war und fuhr: Er kannte den münchner Westen wie seine Hosentasche, verpaßte keine Abkürzung, fuhr keinen Umweg, um die Rechnung zu erhöhen auf dem unentwegt tickenden und klickenden Taxameter. Er war stolz auf seinen Job und tat ihn intelligent und ausgefeilt. Er war ein Einzelgänger, das spürte man und gehörte nicht der sogenannten Notdienstmafia an, einer Gruppe ausgebuffter sich untereinander die Bälle zuspielender Taxichauffeure: Sie beschafften sich rechtzeitig die Notdienstpläne der Ärzte und besetzten alle in Frage kommenden Taxisäulen zu den entsprechenden Zeiten mit ihren Wagen. Nur der Zufall konnte einem Unabhängigen eine solche lukrative Notdienstdauerfahrt zuspielen. Jetzt fuhr er wieder in eine wenig bekannte Seitenstraße zum Altenheim hinein, die der Arzt bei vielen Hausbesuchen in dieser Gegend ebenfalls entdeckt hatte. Dann hielten sie an.

Das Notlicht brannte in der Eingangstür, die meisten Fenster waren dunkel, die alten Menschen wurden früh ins Bett geschickt, weil schon morgens um sechs Schichtwechsel war zwischen Nachtdienstschwestern und der Tagespflege. Die Nachtschwester schloß die Tür auf: »Herr Doktor kommen sie schnell! Im ersten Stock randaliert ein Alkoholiker im Delirium!«

»Seit wann liegt er hier?«

»Seit zwei Wochen, und seitdem säuft er heimlich!« Sie ging voraus in den Fahrstuhl.

»Der Mann war zwanzig Jahre Wirt in der *Ewigen Lampe* gleich hier um die Ecke ... Vor drei Tagen kam die richterliche Genehmigung, daß wir ihn zum Selbstschutz angurten dürfen: Er hat schon dreimal versucht, in die Kneipe zu entkommen!«

Sie traten aus dem Fahrstuhl in den langen notbeleuchteten Gang hinaus.

»Ich bin allein auf zwei Stockwerken«, sagte die weltliche Nachtwache. Ordensschwestern arbeiteten, wie Marin wußte, nur in der bequemeren Tagesschicht. Da hörten sie ganz vom Ende des Ganges einen Tumult. Schleifen, Zerren und Quietschen und dazwischen eine verängstigte Männerstimme, die laut in die Nacht hinaus schrie: »Sie kommen! Hilfe, sie fressen mich! … Hilfe, Hilfe! … Hilft mir denn niemand … sie sind am ganzen Körper … Mäuse und große Spinnen … Hilfe … Hilfe!«

Alle drei rannten den Gang entlang. Marin hielt bestürzt. Vor ihm im Türrahmen stand im gestreiften Schlafanzug ein bulliger Mann in den besten Jahren. Hände und Füße waren an das Bett gefesselt, dem das Fußbrett fehlte, so daß er hatte aufstehen können: Mit dem Bett auf dem Rücken war er durch's Zimmer gelaufen und im kleineren Türrahmen hängengeblieben.

»Allmächtiger!«, rief die weltliche Nachtschwester: »Wie hat er das geschafft!« Der Mann stierte sie an als blicke er durch alles und jeden hindurch: »Helft mir doch … sie fressen mich … ist denn niemand da …«

Dabei versuchte er, das Bett durch den Türrahmen zu zerren, wobei er eine ungeahnte Kraft entwickelte, an den Lederriemen riß und so die Kraftstöße zuerst aufs Bett und dann auf den Holzrahmen übertrug, der so zu wackeln begann, daß der Putz herausbröckelte.

»Das Fußbett mußten wir entfernen, wegen seiner Körperlänge!« Die Schwester war fassungslos: »Was können wir tun?«

»Da gibt's nur eins!« Der Arzt versetzte dem Bett einen heftigen Stoß, so daß es kippte und an die Wand rollte. »Maria bitte zieh mir eine Ampulle Atosil auf!« Danach prüfte er die Reflexe und Pupillenreaktionen, mehr war nicht möglich, weil der Patient immer noch sehr heftig an seinen Gurten riß. Der Arzt roch den Schnaps aus seinem Mund.

»Wie ist er an den Alkohol gekommen?«

»Mitbewohner oder seine Frau, ich weiß es nicht«. Die

Nachtschwester schwitzte, Maria nahm sie in den Arm: »Zwei Stationen sind zu viel für Sie bei solchen Patienten.«

»Drei Tage noch, dann ist meine Schicht vorbei!« Marin wartete, die Spritze wirkte, er wurde ruhiger. Während Arzt und Schwester ins Stationszimmer gingen, blieb Maria im Krankenzimmer zurück. Die Notdienstzentrale übernahm die Suche des Krankenhausbettes. Der Mann schlief und atmete entspannt. Noch einmal kontrollierte er Herz und Kreislauf wegen der Kollapsgefahr. Als die Werte stabil waren, verließen sie das Heim. In der Ferne hörte man schon das Warnsignal des Krankenwagens.

»Jetzt kommt der Tote in der Botticelli«, sagte Herr Bergner, »danach haben wir schon sieben weitere Besuche: Das wird eine heiße Nacht mitten im kalten November!« Er gab Gas.

»Sie sind ein hervorragender Fahrer, Herr Bergner«, sagte Marin.

»Danke, das ist doch selbstverständlich. Wenn ich schon siebzehn Semester studiert hab' ohne Examen, dann muß das doch für irgendetwas gut sein! Die Konkurrenz in München ist mörderisch geworden: Viele kamen von drüben, weil statt der blühenden Landschaften des Kanzlers nur verlassene Kohlehalden, kaputte Häuser und zwanzig Prozent Arbeitslosigkeit zu sehen sind!«

»Sie haben eigene Taxen hier in München?« frug Maria.

»Was sonst? Die Spaltung wird von Tag zu Tag größer bei uns und in der Welt, wie man liest und hört: Die Reichen werden reicher, der Mittelstand bröckelt nach unten weg und wird mit den Armen eine Masse. Achtundsechzig bin ich mit auf die Barrikaden gegangen, habe demonstriert für Benno Ohnesorg, gegen Staats- und Polizeigewalt und gegen die Ausbeutung in der Dritten Welt! Was hat all das genutzt? Nichts!« er lachte verächtlich: »Reichlich ramponiert müssen wir nun sehen, wie wir den Turbokapitalismus überleben. Der Mensch verkrebst die Erde. Wer zahlt, schafft an! Nach außen tun die

Nutzungsmaximierer, als stünden sie hinter der Bevölkerung. Sind sie dann gewählt vom angeblich mündigen Bürger, geht's hauptsächlich um Machterhalt und Pfründe, offenkundig verfettet jede politische Klasse. Erneut die großen Reden, die Fernsehauftritte, die smarten Versprechungen. Wieder spaltet Politik die Leute, um der Stimmverteilung willen. Die armen Menschen können gar nicht anders, weil selbst die Informationen oft getürkt sind. Die Presse braucht immer neue Konflikte: »Talk dirty«. All das steigert die Auflage, die wiederum steigert Werbeaufträge, und Gewinne explodieren!« Diesmal lachte er wirklich bitter: »Entschuldigen Sie, meine Tirade, aber mir läuft bei all dem die Galle über! Die wenigen Menschen, die Gewaltfreiheit, Gerechtigkeit und Liebe wollten, was ist aus ihnen geworden? Christus, Ghandi, dem Rabbi Stern in Auschwitz, die Geschwister Scholl, der Arzt Janus Korzcak oder Martin Luther King: sie haben ein Schicksal gemeinsam: Den gewaltsamen Tod durch Mörderhand oder staatlich beauftragte Scharfrichter, die erst vor dem Tribunal der Geschichte verurteilt werden. Einer wie ich, ein kleines Licht, mit dem sie sicher und geborgen durch die münchner Nacht fahren, der möchte verlöschen vor Kummer über diese Welt, in der die Moral oft genug Kopfstand macht! Manchmal könnte ich den Zorn in die Nacht brüllen ..., aber niemand würde mich hören ... oder wenn: Dann würden sich schnell Arzt und Richter finden lassen, die mich für verrückt erklären! Die Mächtigen heute töten nicht mit Beilen oder Kugeln: Sie schweigen tot und entmündigen und lassen die wenigen Unbequemen als notorische Nörgler und Schwarzseher oder Apokalyptiker ans Kreuz der veröffentlichten Meinung schlagen, wobei manche Medien willige Helfer sind!«

Natürlich gibt es einen Grad der falschen Moralisierung, wobei es am Ende heißt: alle Frauen, die Pelze tragen, sind Mörderinnen. Die Verfeindlichung Andersdenkender nimmt oft hysterische Züge an.«

Weder Marin noch Maria brachen das plötzliche Schweigen, in das hinein nur noch das sanfte Motorengeräusch zu hören war. Sie fuhren längst durch Nymphenburg, waren von der Menzinger Straße abgebogen, hinein in die vornehme Botticellistraße, wo eine teure Villa neben der anderen steht in großen Grundstücken mit gepflegten Gärten. Diese Prunkhäuser über einem Quadratmeterpreis von zehntausend Mark haben eins gemeinsam: sie sind an allen Fenstern vergittert. An jedem Gebäude klebte diese rote Lampe mit Hupe, die aufheult, wenn Einbrecher die Alarmanlage berühren: vorher jedoch müßten sie hohe Hecken oder Zäune überwinden und auch den scharfen Dobermann dahinter.

Der Motor stotterte. Herr Bergner schaltete in den ersten Gang zurück. Die Glühstrümpfe der langstieligen Laternen leuchteten durch die matten Glasscheiben hinaus in den Novembernebel. Der Chauffeur trat auf die Bremse. Vor der Walmdachvilla wartete eine Frau im offenen Morgenmantel. Ihre nackten Füße steckten in Sandalen. Sie war geschockt.

»Marin, der Notarzt!« Sie ließ seine Hand einfach in der Nachtluft steh'n. Maria behielt die Fäuste in den Manteltaschen, als er sie vorstellte.

»Wenn sie wüßten!« sagte plötzlich die Frau. Sie war blond, schlank und gut in den Vierzigern. Ihr Make-up war abgerutscht. Lidfarbe verschmierte blauschwarz ihr Gesicht. Auf dem weißen Seidenmantel und ebenso auf ihren Brüsten sah Marin Abdrücke eines Mundes, der nicht der ihre sein konnte, wohl aber mit ihrem Lippenstift geküßt hatte.

»Wenn ich was wüßte?« versuchte es der Arzt noch einmal. Sie wiederholte: »Wenn Sie wüßten ...« Ihr Nachtgewand wehte an den beiden chinesischen Leoparden vorbei, die rechts und links in Porzellan am Treppenaufgang saßen, und wehte die Treppe empor ohne im Geländer hängenzubleiben. Sie folgten ihr und hörten sie sagen: »Bauunternehmer war mein Mann, ehe er starb ...«

»Wann bitte ist er gestorben?«

»Vor drei Jahren, und dabei hätte ich es belassen sollen ...«, antwortete sie erschöpft. Von der Höhe des ersten Stockwerkes blickten sie über das handgeschnitzte Holzgeländer hinunter in die Halle.

»Hier entlang, bitte und ... erschrecken sie nicht ... er ist tot...«

»Wer ist tot?«, mischte sich Marin ein.

»Der Stadtverordnete ist tot ... seh'n sie doch nur ...«

Da lag er: nackt, steif, reglos, der Herr Blauberger, Sohn seiner verstorbenen Patientin. Erschreckend groß ragte sein Glied in die Luft auf rotseidenem Laken in einem französischen Doppelbett: Beide Hände waren mit Handschellen an die Messingstange über seinen Kopf gekettet. So schnell hatte der Tod zugepackt, daß hinter dem Ausdruck des äußersten Schreckens noch immer eine wilde Lust grinste.

»Ist er beim Geschlechtsverkehr gestorben?«, mußte der Arzt fragen: Der Schock wich: »Oh Gott, ich habe doch nur getan, was Karl wollte! Plötzlich war er tot!«

Der Arzt untersuchte. Das Herz stand still. Die Pupillen reagierten nicht, kein Atemhauch konnte den Spiegel trüben.

»Der Mann ist gestorben: Ursache ungeklärt. Wir müssen die Polizei rufen« Sie stöhnte: »Nein ... nein ... das geht auf keinen Fall ... er ist Politiker ... verheiratet und bekannt im ganzen Land ... das dürfen sie nicht tun!«

»Das Gesetz läßt mir keine Wahl ...«, sagte Marin leise. »Hören Sie: Seine Frau weiß von mir ... können wir ihn nicht einfach in sein Haus bringen und Sie ... Sie stellen den Todesschein auf seine Adresse aus ..., tun Sie's, bitte!«

Sie wollte die Hände des Arztes küssen. Heftig schüttelte er den Kopf, die Frau wurde aschfahl unter der Make-up-Schmiere.

»Dann gibt's einen Riesenskandal«, sagte sie trocken und schloß verschämt ihren Seidenmantel über den nackten

Brüsten. »Vor dem Gesetz sind alle gleich. Rühren sie nichts an bevor die Polizei hier ist!« Der Arzt telefonierte auf der Galerie und erhielt die polizeiliche Anweisung, dort zu bleiben bis man gleich einträfe. Als Marin zurückkam, bückte sich Maria und hob aus dem Bärenfell vor dem Bett einen Schlüssel auf.

»Für die Handschellen!« sagte die Frau: »Wie habe ich den gesucht!«

Bald hörten sie unten die Polizei. Als der Arzt und seine Frau ihre Aussagen gemacht hatten und die Beamten sich anschickten, die Frau Schotenlaher zu vernehmen, eilten sie hinaus in die kalte Novemberluft, in der man die Winterkälte schon erahnen konnte.

»Nach Karlsfeld ins Kristallviertel, eine lange Fahrt«, sagte Herr Bergner und startete.

»Polizei und der ganze Aufwand: Ein Toter, denk' ich …«, er sprach wie mit sich selbst, denn Marin hatte diesesmal auf dem Hintersitz neben seiner Frau Platz genommen.

»Viel haben wir nicht gelernt, seit dem letzten Weltkrieg, fuhr er fort, während Marin den Arm um seine Frau legte und beide nun entspannt im weichen Polster dem Mann zuhören mußten. »Über hundertvierzig Millionen Tote seitdem in Kriegen, Putschen, und sogenannten Revolutionen: Korea, Kuba, Tibet, Laos, Kongo, Bizerta, Goa, Sri Lanka, Indonesien, Malaysia, Vietnam, Kenia, Ghana, Panama, Indien, Jugoslawien, Pakistan, Nigeria, Israel, China, Griechenland, Zypern, Syrien, Rumänien, Türkei, Iran, Irak, Jordanien, El Salvador, Angola, Burundi, Somalia, Ruanda, Kambodscha, Irland, Rußland, Kuweit, Sudan und Libanon … und so weiter und so fort …« Wer empört sich bei uns und eben nicht bloß selektiv? Dabei ist ein Mensch ein Mensch, ob er nun hier oder dort lebt.«

Jetzt hielt er an vor einer Rotlichtampel und seufzte: Ach, der alte Montaigne befürchtete, vor einem halben Jahrtausend schon, die Natur selbst habe dem Menschen einen gewissen Trieb zur Unmenschlichkeit eingepflanzt. Das gibt zu denken.

So habe ich in unseren Zeiten von kollektiven Weltveränderungsformeln Abschied genommen und mich selber verändert. Ich lebe ziemlich still meine Existenz und beobachte. »Es gibt nichts Gutes, außer man tut es«. Er lächelte verschmitzt. »Ja, wenn jeder einzelne die Schuld zuerst bei sich selber zu suchen bereit wäre, dann könnten wir umkehren in die Liebe, und die Welt befreien helfen von Spaltung, Gewalt und Mord ...« sagte Maria.

Ermattet lehnte sie an der Schulter ihres Mannes. »Bitte, entschuldigen Sie mich, aber nimmt denn das Morden überhaupt kein Ende?«

Nun spürte auch er die Müdigkeit auf beide Augen drücken. Es war drei Uhr, sie mußten durchhalten.

»Wieviele Besuche haben wir noch?«

»Acht«, antwortete der Fahrer: »Soll ich weitere annehmen?«

»Warten wir ab ...« Aber so ballte sich der Notdienst: eine Frau mit Grippe, ein Fixer im Entzug, drei Asthmatiker, einer von ihnen im akuten Anfall, die anderen mit starker Luftnot, ein Unterzucker mit Bewußtlosigkeit und Schock, eingeklemmter Nerv, vier Herzkranke, Männer und Frauen mit schwersten Schmerzen und auch Herzrhythmusstörungen ... Maria nickte ein. Schlafend blieb sie auf dem Hintersitz, während Marin die Patienten versorgte unter einem sehr frostig gewordenen Winterhimmel.

In klarer Nacht können wir zahllose Himmelskörper sehen, aus denen unser Universum besteht: Es sind Sterne und Galaxien. Die Sterne gehören zu unserer Milchstraße. Drei weitere Galaxien sind von der Erde mit bloßem Auge faßbar: Die große und kleine Magellansche Wolke, die bei einer Entfernung von 170.000 Lichtjahren liegen: Dazu Andromeda. Das bekannte Universum hat man auf eine Größe von 10 bis 12 Milliarden Lichtjahren geschätzt, die Zahl der Galaxien mag zwischen 3 und 1.000 Milliarden liegen ... Marin fühlte sich unbedeutend bei diesen Gedanken, die ihm gekommen und wieder vergangen waren, während sie jetzt die Notburgastraße entlangfuhren und den Romanplatz schon hinter sich gelassen hatten. Es war sechs Uhr.

Marin unterschrieb die Formulare für den Taxichauffeur und ließ ihn über Funk die Abmeldung durchgeben.

»Laß uns die paar Schritte heimlaufen«. Maria bejahte: »Die frische Luft tut uns gut nach dieser schrecklich langen Nacht!«

Das Portal der St. Stephanuskirche war weit offen. Schattengespenster huschten über das Gewölbe im flackernden Kerzenschein. Ein weißer Ritter stieß hoch oben auf dem Altarbild seine Lanze in den Unterweltdrachen.

15

Er war da, der erste Wintermorgen ohne Schnee: Feuerrot die Sonnenkugel, vergittert von den schwarzen Ästen der Kastanienbäume. Dann zerfloß das Licht in einem leeren, rohen Himmel, als seien Frühling, Sommer und Herbst für ewig aus ihm und dieser Welt geflohen. Die Schwalben waren gen Süden gezogen oder schliefen erstarrt in den Sümpfen. Die Scholle hatte ein letztes Mal gedampft, die Wintersaat keimte unter fernem Licht. »Doch welche sich vor dem Reif scheuen, über die wird der Schnee fallen.« Marin konnte diesen Hiobsatz nicht mehr abschütteln. In den letzten Jahren waren vertraute Patienten gestorben. Nähe, die er gewonnen hatte und liebte, war wieder zur Entfernung geworden: Kommen und Gehen, Festhalten und Loslassen: Die Menschen, die Schwalben, die Tage und Jahre, das eigene Leben selbst: es schien davonzuschweben wie eine Seifenblase, platzte und verschwand.

Der Neurologe hatte Maria gründlich untersucht, geröntgt, ein EEG erstellt, und sogar auf einem Kernspin bestanden. So hatte in dieser engen Metallröhre der Suchstrahl geklopft über Kopf und Hals, und sie verspürte eine Beklemmung, die immer stärker wurde, bis endlich die Röhre sich öffnete. »Bei der Mehrzahl der Schlaganfälle handelt es sich um zerebrale Ischämien«, sagte der Neurologe: »Die sind aber häufig Vorboten eines größeren Schlaganfalles. Der klinische Begriff umfaßt akut auftretende Durchblutungsstörungen genauso wie Blutungen im Hirn. Da in der Akutsituation vor Ort eine wirkliche Differenzierung nicht erfolgen kann, ist eine sofortige Klinikeinweisung Voraussetzung für eine wirklich gute Therapie. Dort kann innerhalb weniger Minuten durch eine Computertomographie zuverlässig zwischen einer Blutung und einer Durchblutungsstörung als Ursache der Ausfallerscheinungen unterschieden werden.« Der Neurologe legte ihr freundlich den Arm um die Schulter. »Ihre Kopfschmerzen sind ein reines Überanstrengungssyndrom. Ich werde Ihren Mann gleich anrufen. Sie können völlig beruhigt sein.«

So hatte er ihr und auch Marin die Angst genommen.

»Die Hirngefäße sind gut, keine Verengung, kein Aneurysma, Herr Kollege, auch Sie können beruhigt in den Weihnachtsurlaub fahren!«

»Ich danke Ihnen!« Der Neurologe spürte seine Erleichterung am Telefon.

»Sie lieben Ihre Frau sehr ...«

»Ja, sehr«, wiederholte er wie unter Zwang: »Wir wollen eine Sinaireise machen!«

»Dann wünsche ich Ihnen viel Entspannung!«

Marin wartete auf den ersten Schnee. Nicht, daß er den Winter schätzte: Verstopfte Straßen, besetzte Parkplätze bei den Hausbesuchen, weil jedermann die öffentlichen Verkehrsmittel bevorzugt. Für ihn war jeder neue Winter eine erneute Belagerung. Noch ehe der erste Schnee gefallen war, sehnte er jenen ersten Vogelgesang herbei, der ihn irgendwann im Februar treffen würde.

An einem Sonntagnachmittag im Dezember, sie rollten auf der Autobahn vom Ammerseewestufer nach München, sah er links über dem flachen Land bei Germering eine weißgraue Wolke. »Bald wird's schneien!« Marias Worte waren kaum verschallt, da traf sie der Sturm und nahm ihm die Sicht. Marin fuhr sofort auf den Seitenstreifen, er schaltete die Warnblinkanlage an und hörte sie sagen: »Uns kann niemand sehen!«

Schon rückte diese chaotische Schneewalze dicht an die Frontscheibe heran. Laut schlugen ihre Herzen. Die dreispurige Autobahn war in wenigen Momenten verschwunden. Nur Schnee, Schnee, Schnee! Vor ihnen zuckten Blitze, während das Orkangewitter mit heftigen Böen am Mercedes riß. Sie verspürten den Engel mit den sieben Schalen.

»So beginnt wohl das Weltgericht!« meinte Maria. Ihre Stimme zitterte leicht. Marin küßte sie und drehte das Radio an. Der Empfang war gestört, nicht mal ein fernes Rauschen konnte aus dem Äther zu ihnen durchdringen. Nur das Amaturenbrett leuchtete im Dämmerlicht des eingeschneiten Wagens. Plötzlich hinterließ der Orkan eine Totenstille, in die hinein der Schnee lautlos rieselte wie ein feines Augenflimmern.

Er verkrustete zu knirschendem Eisschnee in der Dezemberkälte. Glatteis unter einer luziden, gläsernen Luft. Schon brannte die zweite Adventskerze. Wie jedes Jahr sangen sie ihre Lieder in der Kirche oder zu Hause:

»Maria durch einen Dornwald ging, Kyrieeleison,
Da haben die Dornen Rosen getragen«,

oder Marins Lieblingslied:

»Ich steh an deiner Krippen hier«

wobei ihm der Vers:

»Ich lag in tiefer Todesnacht, du warest meine Sonne«,

ganz besonders berührte, soweit ihnen überhaupt Kraft blieb, sich berühren zu lassen.

Die Grippewelle dauerte an. Von einem der Altenheime eilte er in die Praxis und gleich danach aus dem brechend vollen Wartezimmer wieder hinaus zum nächsten Notbesuch, wenn er Glück hatte, vielleicht nur zwei Straßen entfernt. Maria versorgte die Patienten mit Inhalationen, Bestrahlungen und Verbänden. Frau Riehl konnte nicht anders als auch bei heftigster Arbeit hier und da einen frommen Spruch abzulassen: »Die Welt ist ein Totenreich«, schimpfte sie verbissen und brachte dem Arzt eine Karteikarte: »Der Gläubige muß seinen Traum alleine durch diese Wüste tragen bis der Tag des Herrn kommt« oder: »Es gibt zwei Welten hier auf Erden, und nur wer in der Gotteswelt lebt findet Schutz und Frieden!« Aber schon hatte ihr Maria die nächste Anweisung gegeben. »Ach, bitte, Frau Riehl, die Bestrahlung bei Frau Berger muß angelegt werden!« Die Patienten zu bekehren, hatte ihr der Arzt verboten, aber sie konnte nicht auf die Lippen beißen.

»Wer nicht wirklich an ihn glaubt, der verliert alles bis auf den letzten Pfennig und dazu sein Heil. Sie müssen Nein sagen und sich der Welt verweigern, nur so kommen sie davon im nahen Gericht, denn das 20. Jahrhundert ist eine Pleitefirma. Aber die Wende kommt! Wer glaubt, der flieht in die Berge und wacht und betet!«

»Frau Riehl, bitte, die Inhalation muß gewechselt werden!«

Sie tat es ohne Verzug, kam zurück und nahm, als sei nichts geschehen, den Faden wieder auf, wo der Arzt ihn durchgeschnitten hatte: »Deutschland wird dem folgen, was sich jetzt abzeichnet: Teuerung, Spaltung, Gewalt und Niedergang ... weil die Menschen nicht umkehren wollen, wird Gott sie umkehren ... der globale Größenwahn endet im globalen Zusammenbruch ... und Sie wollen zum Geburtstag des Erlösers ausgerechnet nach Ägypten fahren! Denken Sie doch nur an Moses und die ägyptische Gefangenschaft: Laß von uns ab, forderte das Volk Israel von Moses: Denn besser ist es, Ägypten zu dienen, als in der Wüste zu sterben! Mose aber sprach zu dem Volk: Fürchtet euch nimmer! Tretet hin und seht seine Befreiung, die er heute an euch tun wird. Denn wie ihr Ägypten heute saht, sieht ihr es in Weltzeit nicht wieder: *Er* wird für euch kämpfen, und ihr seid still!«

Wütend bewunderte Marin diese nicht zu schlagende Bibelfestigkeit, die mehr im Alten als im Neuen Testament zu Hause war.

»Es geht nicht nur um Kampf, Strafe und Gericht!« Er gab ihr einen Stapel Karteikarten, die sie aus dem Sprechzimmer in den Empfang tragen sollte, um die neue Karte zu holen, ehe der Patient zu ihm eintreten würde.

»Wir sollen lieben. Nicht aber jenen zugehören, die mit uns

Schindluder treiben. Die Münze hell im Kasten klingt, die Seele hoch zum Himmel springt … so eben nicht!«

»Störe ich?« Conny war unbemerkt eingetreten, während Frau Riehl wortlos das Sprechzimmer verlassen und die Doppeltüren hinter sich geschlossen hatte. Der Arzt sah sie an und war entsetzt. Diese zweiunddreißigjährige Mutter von zwei kleinen Kindern war ihm stets knallfrisch erschienen. Und nun wie am Ende, totenelend.

»Da erschrecken selbst Sie!« Er fühlte sich ertappt.

»Bald muß ich sterben, ich habe Brustkrebs!« Sie weinte fast geräuschlos. Ihr Körper zitterte so stark, daß er sie an sich drückte.

»Die Frauenärztin hat's entdeckt. Ich wurde sofort operiert in Großhadern, bestrahlt und mit Chemotherapie nachbehandelt…«

»Hast du einen Bericht dabei?«

Er las und spürte, wie sie ihn belauerte, ob nicht doch eine mildere Erkenntnis in dem vertrauten Hausarzt sich festige, die mehr Hoffnung zuließ, als in ihrem langen Arztbericht zu lesen war. Sie hatte ihn vorher geöffnet und zur Kenntnis genommen wie ein Todesurteil. Abgemagert war sie und vor allem im Gesicht um Jahrzehnte gealtert. Ihre sonst so liebevollen Blicke waren erloschen, als habe die lebendige Seele sich aus beiden Augen längst zurückgezogen durch die Knochenschächte tief nach innen, wo sie sich vielleicht bereit machte für eine ganz und gar andere Welt. Der Arzt wollte notlügen, um sie zu trösten, aber er hörte sich sagen: »So furchtbar hart das ist, Conny, du solltest dein Leben ordnen: Für deine Kinder, deinen Mann und dich!«

»Danke, ich hab's geahnt.«

Laut tickte der Wecker, den er als Pulsuhr benutzte, in das Sprechzimmer hinein und zerbröselte ihr die letzte Lebenszeit.

»Die Kinder! Was soll aus den beiden werden?«

»Dein Mann …«

»Der Karlheinz schafft das nicht: Er denkt zuerst an sich…«

»Wir müssen jetzt gemeinsam kämpfen gegen den Krebs, um dein Leben: Ich helfe dir so weit es in meiner Macht ist…«

Sie griff nach seiner Hand. Ihre Blicke kehrten zurück von Innen und Marin sah etwas, was er für Hoffnung hielt.

»Komm alle 14 Tage zur Kontrolle!«

Er folgte ihr zur Tür. Im Wartezimmer auf dem roten Teppich spielten ihre beiden Kinder.

»Du machst Mami wieder gesund… rief Martin, der sechsjährige Bub. Er umfaßte seine Beine: Bitte!«

Die Patienten hielten den Atem an. Der Arzt wäre gern Teil dieser Stille gewesen, aber er hörte seine Stimme, als er sich niederhockte und beide Kinder in den Arm nahm: »Natürlich helfe ich ihr!« Er ahnte, daß sie den Kampf verlieren könnte, weil ein Lymphknoten befallen war.

Marin blieb allein mit seiner Frau im Sprechzimmer. Sie hatte seine Verzweiflung gespürt und war ihm gefolgt. »Die Arme!«

»Die armen Kinder!« ergänzte sie: »Ich habe den Krankenhausbericht eben in der Post gelesen!«

Es klopfte. Herein trat ein junger Mann, etwa Mitte Zwanzig. Seine Haare waren lila auftoupiert und ragten wie Spieße in die Welt.

»Bernd Koursel!« Er bewegte sich tänzerisch auf den Arzt zu, fast auf Zehenspitzen in Halbkreisen und hielt die linke Hand starr ausgestreckt, solange bis er die Handfläche des Arztes umklammert hatte.

»Bitte, nehmen Sie Platz!«, sagte er bestimmt und setzte sich. »Mein Problem ist folgendes. Ich werde verfolgt von einem Schwarzen, der eine Leibwache von Alain Delon war. Er ist Schwarzmagier und versucht, mich unter seinen Einfluß zu bringen. Tag und Nacht sagt er immer wieder: Ich muß die Orgasmusflüssigkeit deiner Freundin Liane nehmen und mit deinem Schamhaar vermischen, erst dann seid ihr wirklich

Mann und Frau … er heißt Rocky und hat einen silbernen Trommelrevolver …«

Herr Koursel legte ein Päckchen auf den Schreibtisch neben das Blutdruckgerät und schwieg. Marin hatte zugehört und den Verdacht niedergekämpft, der Herr Koursel mache sich über ihn lustig. Zu oft hatte er Schizophrene behandelt in fast dreißig Jahren, und so fragte er ganz ruhig: »Was meinen Sie?«

»Na, ich höre seine Stimme, klar und deutlich: Koursel, ich muß die Orgasmusflüssigkeit deiner Freundin nehmen, sonst stirbst du. Ich sehe ihn vor mir stehen in der Luft mit seinem silbernen Trommelrevolver. Er zielt auf mich und spannt den Hahn!«

»Warum kommen Sie zu mir?«

»Sie sollen mir helfen mit einer Gegenmagie, sonst muß ich sterben! Bitte!«

Jetzt hatte er sich über die Hand des Arztes gebeugt, küßte sie schmatzend und hielt sie fest.

»Ich habe Ihnen auch ein Geschenk mitgebracht. Hier für Sie!«

Er wickelte das Zeitungspapier auf. Der Arzt sah eine tote Krähe! Sie stank. Aus ihren schwarzen Federn krochen weiße Maden.

»Diesen süßen Vogel müssen Sie küssen, er ist ein Gottesbote!«

Herr Koursel hielt ihm den Vogel ganz dicht unter die Nase. Marin wich zurück. »Vor einem Tonkünstler wie mir sollten Sie Respekt haben! Meine Musik kommt direkt von Gott! Ins linke Ohr wird sie mir gehaucht, nachts, wenn ich schlafe! In der Früh wache ich auf, reibe mir zweimal die Augen und notiere die Noten: So einfach ist das! Kommen Sie nur! Küssen Sie doch diesen heiligen Vogel!«

Marin rollte den Sessel ein Stück von ihm weg. Der Mann war schlohweiß im Gesicht. Seine Ohren begannen zu wackeln weil er die Kopfhaut heftig bewegte, so daß die Haarspieße wie

Marionetten hin und her rückten.

»Sie haben doch gewiß eine Telefonnummer und die Adresse von Rocky …«, frug der Arzt leise.

»Natürlich!« Er griff sich den Privatrezeptblock und einen Stift.

»Rocky Koursel … Ainmillerstraße 666 … 126663« murmelte er und gab ihm den Block, auf dem in fahrig-zerrissener Schrift dasselbe zu lesen war.

»Gestern Abend, oh Gott, sie hätten das erleben müssen … es war grauenvoll … ich hatte diesen heiligen Vogel hier«, er wies behutsam auf den stinkenden Tierkadaver: »An der Decke meines Wohnzimmers hängen … er flog geräuschlos seine Heilskreise, da sprang Rocky herbei, nachdem er die Türe aufgetreten hatte, und übergoß ihn mit Benzin und steckte ihn an: Der Vogel brannte, und bald brannte natürlich auch die ganze Wohnung. Ich wollte löschen, aber er würgte mich am Hals und hielt mich fest bis die Polizei endlich kam. Die aber, stellen Sie sich vor … zwei uniformierte Boten der Staatsgewalt … schlenderten seelenruhig durch die Flammen, lachten laut über Rockys Würgegriffe und machten sich einfach wieder davon …«

»Ja, aber …«

»Bitte unterbrechen Sie mich nicht! Sie liefen kandipper, kandapper in den tiefen Wald hinein … und Rocky lief hinterher: Das war meine Rettung … ich rannte auf die Straße hinaus, und dort sah ich überall Menschen, die lachten und lachten auf den Bürgersteigen und in den Fensterlöchern … sie lachten über mein Unglück! Stellen Sie sich das vor: Diese hochhackerten Scheißweiber … sie hielten sich die schwangeren Dickbäuche und lachten sich die Baby's aus ihren Gebärmüttern … über mich: den großen Komponisten … den Sendboten Gottes auf dieser beschissenen Welt!«

»Wären Sie einverstanden, wenn ich Ihnen ein Bett in der Universitätsklinik besorgen würde … gleich jetzt?« sagte der Arzt und griff zum Telefon.

»Allmächtiger, Nein! In der Psychiatrie war ich schon, die sind ja schlimmer als die Inquisition: Sie foltern das Fleisch mit glühenden Zangen und Geiselschnüren... die göttliche Seele mit Lautsprechern, die stundenlang dasselbe brüllen: Du bist ein Sünder, du mußt sterben ... du bist ein Sünder, du mußt sterben, du bist ein ...« Seine Stimme wurde immer lauter und wiederholte immer und immer wieder: »Du bist ein Sünder, du mußt sterben ..., du bist ein Sünder, du mußt sterben ...« Er ging nun quer durchs Wartezimmer, vorbei an den erstaunten Patienten, die ihre Köpfe ihm nachdrehten und dabei auch den Arzt verstört anblickten. »Gott zum Gruße, Ihre Heiligkeit!« rief er zurück. »Der Herr selbst wird sie entlohnen, weil sie barmherzig sind!«

16

»Jetzt ertrage ich die Kopfschmerzen leichter!« grübelte Maria: »Seit ich weiß, daß sie nur Theaterdonner der Natur sind, womit bei vielen Frauen die Wechseljahre auf die innere Bühne treten!«

»Trotzdem will ich mit dir alt werden« antwortete er und las ihr aus dem Sagenbuch der Juden vor:

»Mose weidete die Schafe seines Schwähers Jetro, und er weidete sie vierzig Jahre lang. Es geschah ihnen kein Leid vor den wilden Tieren des Feldes. Er war Hirte bis er an den Berg Horeb kam. Hier aber offenbarte sich der Herr ihm in einer feurigen Flamme aus dem Busch. Mose sah wie der Busch brannte und dennoch vom Feuer nicht verzehrt wurde. Erstaunt über den seltsamen Anblick sprach er in seinem Herzen: Wie herrlich ist das alles! Ich will dorthin und das große Gesicht beschauen, warum der Busch nicht verbrennt. Aber da rief der *Herr*: Mose, Mose, bleib, wo du bist, denn daselbst werde ich dereinst Israel die Lehre geben. Tritt nicht herzu, zieh deine Schuhe aus, denn der Ort, darauf du stehst, ist heilig. Wie der Dornbusch durch seine Stacheln der grausamste Baum ist, weil ein Vogel, der in ihm Zuflucht sucht, mit zerfetzten Flügeln herauskommt: Also war auch die Knechtschaft Ägyptens härter und peinvoller als jemals irgendeine ...!«

»Mose hätte als ägyptischer Fürstensohn ein Leben in Reichtum und Macht führen können«, Maria griff nach dem Wasserglas. Beide hörten sie dann den Wintersturm aus dem Innenhof gegen die Glasscheibe drücken. Die fünf hohen Tannen knarzten unter der Schneelast auf ihren Zweigen.

»Moses zog es vor, mit seinem Volk zu leiden und den Willen seines Gottes zu tun: Eine fast undenkbare Haltung heutzutage: Verführung, nicht Vorbildlichkeit, das ist es, was den Völkern zu oft geschieht in unserem Jahrhundert! Das Gute vergißt man. An das Böse gewöhnt man sich. Das ist die Moral der Geschichte.«

Marin hörte ein Schlurfen draußen auf dem langen, notbeleuchteten Gang und wußte, es waren die nackten Füße der alten Frau, die rastlos über das kalte Linoleum sich bewegten, weil die Verwirrte nicht mehr zurückfand. Ihr Gedächtnis war zerstört von Alter und Krankheit, und sie war bedingungslos auf Hilfe angewiesen. Marin ging hinaus und sah sie im Nachthemd stehen, klein und verloren, mit Augen, die ihn gar nicht anblickten, weil die Pupillen wie gekocht erschienen, überzogen von einer weißen Haut, hinter die sich ihre Existenz in vielleicht ewige Dunkelheit zurückgezogen hatte.

»Kommen Sie, Frau Roth!« Er nahm sie bei der Hand und führte sie in ihr Zimmer zurück.

»Bitte, wieviel Uhr ist es?«

»Zehn Uhr!«

»Ist es Tag oder Nacht?« Sie tastete zum Bett.

»Es ist Nacht. Sie sollten jetzt schnell schlafen!«

»Gott segne Sie!«

Maria hatte Schuberts Winterreise aufgelegt, Marin hörte den Bariton:

»Die kalten Winde bliesen ihm grad ins Angesicht / Der Hut flog ihm vom Kopfe, er wendete sich nicht.«

»Du siehst, wir dürfen keine Pflegefälle werden!«

Sie stellte die Musik leiser: »Wen die Götter lieben, den lassen sie gesegnet sterben, vielleicht sogar zusammen wie Philemon und Baucis!«

»Wir sollten genau am Heiligabend eine Kamelreise zum Berg Sinai buchen und ihn so besteigen, daß wir am Weihnachtsmorgen die Sonne über der Wüste erstrahlen sehen: Das ist dein Herzenswunsch, so werden wir's tun!«

Sie saß auf der Sessellehne und küßte ihn auf den Mund. Es war eine Zartheit in diesem Kuß, die ihm fast den Atem nahm.

Er streichelte ihr leicht ergrautes Haar und den Hals, an dem die Haut weich war und ohne Alter.

Das Telefon hatte so leise geklingelt, daß nur Maria es hörte.

»Geh schnell, es hat schon dreimal geläutet …«

»Ja, bitte, Marin…«

»Petra Wittich, ich bin die Freundin von Bernd Koursel, Ihrem Patienten …«

»Ich habe Schweigepflicht …«

»Sie sollen ja schweigen, aber lassen Sie mich sprechen, es ist wichtig!«

«Was ist?«

»Der Bernd sitzt auf dem Bürgersteig in seiner Unterhose und hat seine Lieblingsschallplatten und Bücher auf den Steinen ausgebreitet, dazu den goldenen Schmuck seiner Mutter und seine Cartieruhr im Wert von 18.000 Mark! Kommt herbei, ihr Lieben, kommt nur und nehmt! Wenn den Menschen sein Auge stört, so gehe er hin und reiße es aus! Das ganze kostet nicht zweihundert und auch nicht einhundert oder fünfzig Mark, nein! Dreißig deutsche Mark nur! Zum ersten, zum zweiten und zum dritten! Sie haben den Zuschlag! Zahlen Sie und nehmen Sie's hin, denn eher geht ein Kamel durch's Nadelöhr, als der Reiche in den Himmel! Er hat alles, was er besaß an einen Penner verkauft, für dreißig Mark. Nun ist er ruiniert! Sie müssen etwas tun, Herr Doktor! Kommen Sie schnell! Jetzt steht er auf dem Bürgersteig und predigt!«

»Warten Sie dort auf mich, in zehn Minuten bin ich da!«

Schon hatte Marin den Mantel übergeworfen und rannte hinaus. »Wann bist du zurück?« Maria hatte ihm vergeblich nachgerufen.

In der Ainmiller Straße war eine beträchtliche Menschenmenge versammelt. Er zwängte sich hindurch mit seiner Arzttasche und sah auf dem Bürgersteig seinen Patienten nackt im Slip unter dem weit geöffneten Wintermantel aus blauem Loden. Seine Handflächen waren in Kopfhöhe gegen die

Menschen gekehrt, er predigte laut:

»Da ward Jesus vom Geist in die Wüste geführt, auf daß er vom Teufel versucht würde. Da er aber vierzig Tage und Nächte gefastet hatte, hungerte ihn, und der Teufel trat zu ihm und sprach: Bist du Gottes Sohn, so sprich, daß diese Steine (jetzt wies er auf das Kopfsteinpflaster der Straße) Brot werden!«

»Dem sind alle Sicherungen durchgeknallt!«, rief jemand aus der Menge: »Er denkt wahrhaftig, er sei Christus selbst!«

Aber Herr Koursel fuhr unbeirrt fort: »Christus antwortete und sprach: Es steht geschrieben, der Mensch lebt nicht vom Brot allein, sondern von einem jeglichen Wort, das durch den Mund Gottes geht!«

»Der Geist spricht aus ihm!«, rief eine alte Frau und kniete nieder mit gefalteten Händen.

»Da führte ihn der Teufel mit sich in die Heilige Stadt und stellte ihn auf die Zinnen des Tempels und sprach: Bist du Gottes Sohn, so springe hinab, denn es steht geschrieben: Seine Engel werden dich auf Händen tragen, auf daß dein Fuß nicht an einen Stein stößt! Jesus aber sprach: Es steht geschrieben, du sollst Gott deinen Herrn, nicht versuchen! Da endlich führte ihn der Teufel auf einen sehr hohen Berg und zeigte ihm alle Reiche dieser Welt und ihre Herrlichkeit und sprach zu Jesus: Das alles will ich dir geben, wenn du niederfällst und mich anbetest!«

Jetzt beugte sich Bernd Koursel zu der knienden Frau, die seine nackten Füße küssen wollte und half ihr auf und sagte: »Da sprach Jesus zum Versucher: Heb dich hinweg von mir Satan! Denn es steht geschrieben: Du sollst anbeten Gott, deinen Herrn und ihm allein dienen! Da verließ ihn der Teufel, und siehe, die Engel traten zu ihm und dienten ihm!«

»Dienen werden wir dir nicht! Du Rattenfänger!« rief ein bulliger Mann in der vordersten Reihe: »Ich werde dich bedienen! Und das nicht zu knapp!« Schon hatte er seinen dunklen

Knotenstock erhoben, an dem Messingschilder der Wanderziele blitzten und zog dem Halbnackten ein paar kräftige Hiebe über Hintern und Rücken. Bernd Koursel blieb reglos und lächelte. »Schlägt dich einer auf die linke Wange, so halte ihm die rechte auch noch hin: Bitte schön!« Er ließ seinen Mantel vom Körper gleiten, den er seinem Peiniger nun ganz darbot. Der wurde puterrot im Gesicht und schrie: »Dir besorge ich's jetzt!« Marin hatte die Menschenmenge durchquert, gerade noch rechtzeitig, um den erhobenen Knotenstock mit seinem Arm abzublocken.

»Halt, ich bin sein Arzt, dieser Mann ist krank!«

Bernd Koursel lächelte ihm zu und sagte wie am Rande: »Nicht ich bin krank, Ihre Heiligkeit: Dieser Mensch hier ist krank! Er prügelt die Hand, die ihm helfen will!« Der ultramännliche Steifgrobe blickte herausfordernd zuerst den Arzt an und dann in die Menschenrunde, die näher aufgerückt war.

Die alte Frau, die zuvor gekniet hatte, war jetzt schützend mit dem Lodenmantel vor Herrn Koursel getreten und bedeckte seine Blöße.

»Laßt ihn in Frieden: Selig sind, die da geistig arm sind!« rief sie laut: »Seid ihr denn alle von Gott verlassen! Steht dabei und gafft!«

Diese kosmische Winterdunkelheit, die sie alle umfror, schien besonders den Rohling gepackt zu haben: Sein Stock war über dem Arm des Arztes einfach in der eiskalten Luft stehengeblieben, als seien Mann und Stock erstarrt unter einem klaren Himmel, in dem die Milchstraße und alle Sternbilder hell leuchteten an dem Stecknadelkopf Erde vorbei in viele andere Fernen.

17

Spät heimgekehrt saß er im Sessel und schwieg.

»Was ist passiert?« Sie stellte ihm ein Glas Tomatensaft auf den Kristalluntersetzer.

»Für dreißig Mark hat er seine gesamte Habe an einen Obdachlosen verkauft. Halbnackt auf dem Bürgersteig predigte der den Gaffern von der Versuchung Christi in der Wüste!«

»Und Du?«

»Mir blieb nur die Zwangseinweisung in die Psychiatrie. Das wäre auf eine Entmündigung hinausgelaufen! Ich konnte ihm das einfach nicht antun. Er vertraut mir, und in vielem hat er Recht! Ich habe ihm Tabletten aufgeschrieben gegen seinen schizophrenen Schub und hoffe, daß er sie nimmt!«

»Einer findet sich immer für die Zwangseinweisung!«

»Ich nicht, ich habe in solchen Abteilungen gearbeitet: Es ist grausam! Türen ohne Klinken, Menschen ohne Willen, ruhiggespritzt, um ihr Leben betrogen, um ihre Seele gebracht!«

»Wenn er aber sein Wohnhaus anzündet wie den Vogel?«

»Ich konnte es trotzdem nicht!«

»Wenn aber andere Menschen dabei zu Schaden kämen …«

»Dann müßte ich es mitverantworten …«

»Willst du das?«

»Diese Last kann mir niemand abnehmen: Ich hoffe einfach, daß es nicht passiert!«

»Warum gibst du die Verantwortung nicht an einen Facharzt ab?«

»Zu mir ist er gekommen … und hat um Hilfe gebeten … er sprach von Christus, der in der Wüste fastet, um seinem Vater näher zu sein! Der Mensch lebt nicht vom Brot allein! Da schlug ihn ein Mann mit seinem Stock und hätte ihn vielleicht erschlagen, wenn wir nicht eingegriffen hätten … Was für ein verdorbenes Jahrhundert …«

Maria blickte auf vom Knöpfeannähen: »Die Welt wird am Ende aussehen, wie wir Menschen es verdienen!«

Jetzt zuckte ihre linke Hand über die Tischplatte. Marin sah einen dicken Blutstropfen an der Zeigefingerbeere, wo sie sich gestochen hatte. Schnell lutschte sie ihn ab, ließ Jackett und Nadel fallen und lief hinaus an den Kaltwasserhahn. »Wir haben die wunderbare Schöpfung verdorben!«

Sie steckte den blutenden Finger in den Mund.

»Ich habe über die Schrecken der Wüste gehört und gelesen. Unser Patient Meyer, ein Sinaiwanderer, hat mir gestern berichtet: Man läuft und läuft und scheint auf der Stelle zu treten! Was du hinter dir glaubst, liegt plötzlich wieder vor dir im endlosen Sand. Du scheinst nicht vom Fleck zu kommen, weil sich der Horizont kaum verändert und die trockene Luft eine solche Nähe vorspiegelt, daß einem das angepeilte Ziel, eine Sanddüne etwa, ständig entgleitet und sich immer weiter entfernt! Hitze, Durst und Müdigkeit quälen, Sand knirscht auf Lippen und Zunge, und die Augen brennen!«

Über ihnen rollte, wie fast jeden Abend die Heimbewohnerin, die sie nie gesehen hatten. Sie war achtundachtzig, taub und allein. Jeden Abend nach zehn Uhr ließ sie den Stuhl rotieren von Wand zu Wand, hin und her und her und hin. Durch die Betondeckte quietschten die Gummiräder.

»Sie mißt ihre Zelle aus!« sagte Marin und hörte sich wieder von der Wüste sprechen, die ihn genausowenig losließ, wie die Frau über ihren Köpfen: »Es gibt zahlreiche Formen der Fata Morgana: an der scharfen Grenze zwischen kalten und warmen Luftschichten bricht sich das Sonnenlicht, so daß von dort das Spiegelbild des Himmels zurückgeworfen wird in all seinen Formen. Der Eindruck entsteht, man sehe in der Ferne einen klarblauen See, man brauche nur noch hinzulaufen, sich niederzuwerfen in den heißen Ufersand und zu trinken bis der quälende Durst endlich, endlich gestillt ist.«

»Nein, bitte nicht!« Maria hatte beide Zeigefinger in die Ohren gestopft, aber Marin hörte das unerbittliche Telefon.

»Nimm nicht ab, irgendwo ist die Grenze!« rief sie erbost, aber er hörte schon die Conny: »Herr Doktor, kommen sie schnell, er hat mich vergewaltigt und niedergeschlagen ... ich kann kaum noch sehen...«

»Der Karlheinz?«

»Natürlich, wer sonst? Jetzt ist er zum Saufen ins Grüne Eck...«

Maria begriff sofort.

»Zu ihr fahre ich mit!«, rief sie und zog sich, wie er, schnell an.

Schon waren sie unterwegs in Richtung Obermenzing auf den breiten schneeumsäumten Straßen des münchner Westens.

Conny schämte sich zuerst im hellen Licht des Wohnzimmers. Beide Augen waren zugeschwollen und blutunterlaufen. Sie konnte nur noch aus den verbliebenen Schlitzen wahrnehmen. Ganz ruhig war sie und ohne Tränen. Der Arzt nahm seine Geräte heraus.

»Was ist passiert Conny?«

Sie saßen jetzt nebeneinander auf dem Sofa. Die Wohnung war totenstill.

»Gott sei Dank sind sie bei meinen Eltern für eine Woche ... die Kinder hätten das nicht verkraftet ... er war wie ein wildes Tier!«

Marin sah ihren Oberkörper voller Blutergüsse und Zahnabdrücke in ihrer Haut, die unter der Krankheit welk und pergamentdünn geworden war. Jede Rippe war sichtbar abgezeichnet. Sie stöhnte laut, als er jetzt mit beiden Händen ihren Oberkörper umfaßte und zudrückte.

»Au, das tut sehr weh!«

»Rippenprellung des linken Thorax ...« diktierte er leise.

»Im Fernsehen schliefen zwei miteinander ... So hat alles begonnen...Er griff nach mir hier auf dem Sofa ... Laß mich

Karlheinz ... Ich bin totkrank, mir ist nicht danach, bitte... Da wurde er wütend und warf urplötzlich eine halbvolle Bierflasche gegen die Wand ... Schaun Sie, da drüben ist noch der Fleck! Er legte mich lang und griff mir in die Hose ... Ich ließ es zuerst geschehen, aber er tat mir weh mit seinen Fingern. Ich wehrte mich: Bitte, Karlheinz, bitte laß mich ... Es tut so weh! Da hat er mich mit Gewalt genommen. Krank oder nicht krank, ich habe dich lang genug geschont... Geh her, und halt still! Da biß ich ihn ... Mein Fehler! Du beißt deinen Ehemann, der für euch schuftet bis zum Umfallen! Dir werd' ich's zeigen! Er schlug mich mit Händen und Fäusten ... Er warf mich zu Boden, trat gegen meine Rippen und schrie immer wieder: Dir werd' ich's beibringen, eine Ehefrau zu sein! Eine Last bist du für uns: krank und träge und nicht mal mehr zum Ficken gut! Der Haushalt verschludert ... Deine Kinder sind vernachlässigt, der eigene Ehemann bleibt unbefriedigt ... Du bist lebensuntüchtig! Dann lief er hinaus, knallte die Türen und fuhr los ...«

»Was können wir für Sie tun?« Maria sprach aus dem Hintergrund. Sie war aufgestanden und ins Bad gegangen, dessen Tür neben dem Wohnzimmer offenstand. Sie kam mit einem dunkelblauen Bademantel zurück, den sie Conny vorsichtig um die Schultern legte. Als habe sie das Geschehen erst mit dieser Schutzgeste eingeholt, begann Frau Niklisch so heftig zu zittern, daß die welken Brüste hin- und herbaumelten. Schnell schloß sie den Mantel und knotete den Gürtel fest.

»Verzeihn Sie: ...«

»Wie ist dir zu helfen?«

»Auf keinen Fall die Polizei ... in ihm lebt ein Wahnsinniger ... er ist im Stande und bringt uns um ...!«

»Aber gerade deswegen wäre Polizeischutz wichtig und eine Trennung... du könntest zu deinen Eltern ziehen mit den Kindern?«

»Die sind selber krank und alt...«

»Vor Gericht würde ich für dich zeugen ...«

»Und die Kinder?«

Jetzt weinte sie hemmungslos: »Was ist, wenn ich am Krebs sterbe ... was soll aus ihnen werden? Es bleibt doch nur der Karlheinz ...!«

»Brauchst du Geld?«

»Nein, ein neues längeres Leben ...«

»Willst du Beruhigungstropfen?«

»Nein, eine Salbe für die Schwellungen ...«

»Hirudoidsalbe, 100 Gramm«. Maria schrieb das Rezept, während der Arzt Pupillen, Reflexe und den Kreislauf überprüfte. Dann war es so still im Zimmer, daß sie das Rauschen des Heizkörpers hörten: Die braune Standuhr an der Zimmerecke schlug, Marin hatte mitgezählt: Elf Uhr war es, und die Erschöpfung hatte auch ihn hart im Griff. Als wolle er der Last entfliehen, die sie ihm auferlegt hatte, fixierte er viel zu lange den Giebel der wuchtigen Uhr: ein braunes Pferd war auf den Hinterhacken im Sprunge hochaufgerichtet, als wolle es mit wehender Mähne aus einer vergangenen Zeit und diesem uraltem Holz hineinspringen in die unerträgliche Stille einer noch unerträglicheren Wirklichkeit, in die hinein sie alle drei den Schlüssel der Wohnungstüre knirschen und dann am Bund klappern hörten.

»Mein Mann!« Conny hatte sich aufgerichtet. Ihre Pupillen blickten weit und starr.

Er trat ins Zimmer mit einer so starken Körperlichkeit, daß alle die Bedrohung spürten. Die aufgesammelte, durch Alkohol verstärkte Wut hatte ihm die Kompaktheit eines Pitbulls verliehen, der sich zum Angriff duckt und jeden einzelnen Muskel unter Spannung bringt. »Karlheinz ..., bitte ...« Conny erschlaffte, während seine Gesichtsmuskeln bretthart wurden. Seine Augen unter den wirren, schweißnassen Haaren, blickten einfach durch seine Frau hindurch als sei sie weniger als Nichts, aber dennoch gegenwärtig genug, daß er in seiner grenzenlosen Wut, die weder den Arzt noch dessen Frau wahrzunehmen schien, vielleicht glaubte, sie sei ein Geist, ein Spuk nur, gegen den plötzlich sein linker Arm aus der Manteltasche heraus sich richtete. Ehe der Arzt auch nur hätte handeln oder rufen können: »Nein, nein, nicht, seien Sie doch vernünftig!«, weil er sah, daß am Arm die Hand einen Revolver hielt, hatte der volltrunkene Ehemann in die Wand geschossen.

»Hören sie auf!« schrie Marin und stellte sich in die Schußlinie. Seine Stimme durchdrang das verschwiemelte Bewußtsein des Mannes und erreichte sogar jenen Bereich, in dem sich sein Gefühl, vielleicht sogar sein Gewissen versteckt hatten. Denn wie erweckt aus einem Alptraum ließ der Mann den Revolver fallen, wischte sich über den triefigen Säuferblick, der in Erschrecken sich wandelte und sagte ganz laut in die Stille: »Nein, nein ... das war nicht ich! Das habe ich nicht gewollt!«

Maria war herbeigesprungen und hielt die zitternde Conny Niklisch im Arm. Der Arzt hob den Revolver auf.

Conny war unverletzt. Aber sogar ihr Mann sah diese furchtbare Leere der Enttäuschung in ihrem Gesicht sich abzeichnen wie ein Wasserzeichen des nahen Todes auf der wachsbleichen Haut der Frau.

»Ich habe dich geliebt ... und du hast auf mich geschossen ...«

Ihre Worte, die sie nur in die überhitzte Luft des Zimmers geflüstert hatte, als spräche sie leise in das Weltgewissen und nicht gegen den angetrauten Ehemann und Vater ihrer Kinder: Diese kleinen Worte zwangen den starken Mann vor ihr auf die Knie.

»Bitte, vergib mir!«

Die totkranke Frau beugte sich zu ihm hinunter und küßte ihn sanft auf die verschwitzte Stirn: »Ich vergebe dir! Bete darum, daß dein Gott es auch tut ...«

Der Arzt war zu seiner Frau getreten, beide sahen jetzt im

Lichtschatten, wie der starke Mann sich vollends auf den Boden warf, die Hände in den Berberteppich krampfte und seinen Kopf mehrfach hart auf den Holzboden schlug als wolle er ihn zertrümmern.

»Wir gehen wohl besser« sagte Maria. Der Arzt packte seine Tasche, blickte fragend die Patientin an, und die nickte. Schnell warfen sie die Mäntel über in dem schmalen Flur, der nur von einer Klemmlampe am Telefontischchen erleuchtet war und hörten den Mann am Boden ruhig werden und sahen ihn reglos liegen in einer Aura von Leblosigkeit, als er würde er nie, nicht in diesem und schon gar nicht im ewigen Leben, wieder auferstehen. Maria griff nach der Hand ihres Mannes. Conny Niklisch öffnete ihnen die Tür: »Ich danke … Sie haben mir sehr geholfen … Den Rest müssen wir beide alleine tun …«

»Eine sehr starke Frau«, sagte Marin, als sie über den hellbraunen Schneematsch auf der Verdistraße fuhren: »Hättest Du mir vergeben können nach so etwas?«

»Ja!« Diese spontane Antwort ließ nicht den leisesten Zweifel zu an ihrer Aufrichtigkeit: »Du hättest nicht aus Haß geschossen!«

»Für mich ist der Tod nicht das Ende … sondern nur ein Übergang…«

»Zu Auferstehung und ewigem Leben?«

»Ja! Auferstehen wird nur, wer bis zum letzten Augenblick fest glaubt und unerschüttlich liebt! Vielleicht macht dieser Glauben die innere Kraft der Conny Niklisch aus! Sie ahnt, daß sie an Krebs sterben wird, so hatte die Pistole jeden Schrecken verloren!«

Am Menzinger Kreuz hielten sie vor der Ampel. Rechts leuchteten die roten Kugellampen aus dem Chinarestaurant *Roter Drachen* und die warme Luft blies aus den Heizungsschächten.

»Liebe richtet nicht, sie erleidet: Nur so konnte ich mich

über den Tod meiner jüdischen Verwandten hinwegtrösten: Aus Gaskammern und Krematoriumsflammen sind sie als geheiligte Märtyrer direkt zu Gott erhöht worden!«

Die Ampel sprang auf Gelb und Grün. Marin ließ den Motor laufen und küßte seine Frau zart auf beide Augen. Dann fuhr er los.

»Vor allem die Kinder, die vergast worden sind: Sie leben in ewiger Unschuld und spielen im Paradies.«

»Du nimmst dem Tod seinen Schrecken« sagte er und bog in die nördliche Kanalauffahrt auf den Parkplatz der Wohnanlage ein bis vor das automatische Garagentor.

»Mit dem Tod verbunden bleibt mir die Prüfung des letzten Gerichtes! Wer standhaft war in der Liebe, kann vielleicht vor seiner Gnade bestehen!«

Das Plastiktor rollte empor und gab die breite dunkle Einfahrt frei, die jetzt von Neonröhren hell erleuchtet wurde. Sie fuhren hinunter in das Betonfundament der Tiefgarage. Es war Mitternacht. Sie sahen sich an, und jeder sah die Erschöpfung im Gesicht des anderen.

18

Am 22. Dezember würde ihr Flugzeug abheben zum Direktflug nach Sharm al Sheikh. Marin hatte Visa für den Sinai und Restägypten buchen lassen, weil dem Wüstenurlaub mit Ruhe, Meer und Sonne drei Tage in Kairo folgen sollten. Wie stets vor Weihnachten war in der Praxis für beide sehr viel zu tun: Die letzten Hausbesuche in Altenheimen und Privatwohnungen, die Ausgabe der handgeschriebenen und kopierten Urlaubsdaten, der Postsammelantrag und vor allem die seit Jahren bei wachsender Arbeit schrumpfende Quartalsabrechnung für die Kassenärztliche Vereinigung: Dazu das Verpacken der Weihnachtsgeschenke für Frau Riehl und die Putzhilfe, die Urlaubsabmeldung an die Standesorganisation sowie die Bekanntgabe des Praxisvertreters. Maria kämpfte tapfer. Marin hatte am selben Nachmittag zwischen zwei Hausbesuchen ein Video gekauft über den Sinai, Kairo und die Umgebung. Dieser Film spielte abends, während auf dem Wohnzimmertisch die Krankenscheine ausgebreitet und geordnet waren nach Krankenkassen und Alphabet.

»Wo der Nil in den Rosette- und Damiettearm auseinanderfließt«, hörten sie den Sprecher, »dort liegt Kairo, arabisch Masr el Kahira«. Dann sahen sie eine Luftaufnahme des mächtigen Stromes von genau der Stelle und drumherum die 14-Millionen-Metropole, größte Stadt Afrikas und Hauptstadt der Republik Ägypten.

»Hier schlägt das Herz des Landes, hier sitzt auch das Hirn des afroasiatischen Islam«. Die Stadt zoomte nun heran, so daß aus der Luftpostkarte eine sehr bunte Nahaufnahme wurde: »Die historische Tiefe prägt das Gesicht der Stadt nicht minder, als die geistigen Welten, die sich hier begegnen und mischen: malerischster Orient neben europäisch inspririerter Eleganz und Sachlichkeit«.

»Du, auf dem Krankenschein der Frau Bergold fehlt eine Unterschrift, denk dran morgen beim Hausbesuch!« Sie schob ihm den Schein über die Tischdecke. Der Film war weitergelaufen. Sie hörten wieder die geschulte, angenehme Stimme des Sprechers: »Die Totenstädte von Kairo sind wahrlich einzigartig und führen zweifellos auf altägyptische Bräuche zurück. Im Osten Kairos, am Fuße des Mokattangebirges, dehnt sich ein breiter Streifen Sandwüste. Dort wurden die einfachen Leute in einer Grube beigesetzt, die mit einer Steinplatte verschlossen wird: Je ein Orthostat an Kopf- und Fußende sind der einzige Schmuck. Auf dem Kopfstein ist der Name des Verstorbenen eingemeißelt und nicht selten ein Koranvers. Die Reichen aber ließen sich aufwendige Mausoleen bauen, dazu eine komplette Wohnanlage, in der die Angehörigen mit der Großfamilie an den Festtagen wohnen und feiern konnten.« Genau das hatte die Kamera gezeigt. Zuerst ein karges Gräberfeld, daß eher einer Steinwüste glich, und erst dann zum Friedhof wurde, als die prächtigen, wenn auch verfallenen Grabhäuser und Denkmäler nun in die Großaufnahme rückten »Wurden die Friedhöfe auch an Festtagen bewohnt, so waren sie doch würdige Orte der stillen und letzten Ruhe. Das aber änderte sich abrupt nach dem Yom-Kippurkrieg, als Flüchtlinge aus dem Sinai hier Quartier nahmen. Die architektonisch prachtvolle Nekropole wurde ein Not- und Elendsviertel mit Bretterbuden, Geschäften und sogar einem Herrscher: Dieser Mann kennt alle Grabhäuser, weiß welche besetzt und welche neu zu vermieten sind. Die Friedhofsbewohner nennen ihn respektvoll Mu'Allim, also Wissender oder Meister. Sein Wissen bedeutet Macht, und die macht er zu Geld. Nur er allein kassiert monatlich. Fast alle Bewohner haben ihr Anwesen abgeschirmt mit mannshohen Bretterzäunen. Dann und wann döst zwischen den Grabsteinen ein Esel. Seine Ohren zucken und vertreiben die Fliegen. Kinder schreien, und die Bewohner äugen durch die Bretterritzen. Bei Ostwind ziehen aus den Tälern des Mokkatamgebirges Rauchschwaden der Müllverbrennungsanlagen herüber und mischen sich mit dem Gestank der Leichen und den Exkrementen der Lebenden zu einem beißenden Geruch, der tagelang die Atemluft verpesten kann.«

Das Telefon klingelte. Marin stoppte das Video. Im schmalen Zugang für Bad und Schlafzimmer, wo rechts an der Wand seine Buchregale eingedübelt waren, auf Marias alter Kastennähmaschine, griff er zum Hörer. Herr Koursel sagte: »Sehr verehrter, lieber Doktor! Ich wollte nur Ihr Gewissen entlasten so kurz vor Weihnachten! Mir geht's bestens! Sie können in Ruhe die Geburt des Erlösers erwarten: Denn der wird auch Sie und Ihre Frau erlösen! Sie sind gute Menschen, und ich erweise Ihnen meine Ehrerbietung! Der Herr segne und beschütze Sie!« Es knackte und die Leitung war tot.

»Herr Koursel wünscht uns frohe Weihnachten!« rief er Maria zu und wählte dann die Nummer von Conny Niklisch.

»Ja, Niklisch, wer ist da bitte?« Der Arzt spürte ihre Nervosität.

»Conny, ich bin's Marin…«

»Ach, Herr Doktor, das ist aber gut, daß Sie an mich denken!«

»Wie steht's bei Euch?«

»Der Karlheinz hat Nachtschicht …, er hat sich beruhigt …, aber wie lange …, die Kinder sind noch bei meinen Eltern …«

»Wie geht's dir, hast du Schmerzen?«

»Nur in meiner Seele … und die sind nicht mit Tabletten zu heilen!«

»Brauchst Du Hilfe?«

»Nein, wir fahren nächste Woche heim und feiern dort alle zusammen Weihnachten …«

»Die Nummer meiner Vertretung hast Du?«

»Ja, natürlich, erholen Sie sich gut, Ihrer Frau die besten Grüße!«

Die dritte Kerze hatte überall geleuchtet, wo noch ein Adventskranz zu finden war. Im vierzehnten Stock eines Hochhauses im Osten, wo er in Trudering einen Hausbesuch bei Kosovoalbanern gemacht hatte, sah er vor der Fensterscheibe die Alpen zum Greifen nahe. Schneeweiß die Spitzen und hellglänzend im Sonnenlicht, darunter blaue Schatten der Täler und Vorberge, die zur Ebene hin immer dunkler wurden. Ihm war, als wolle das Paradies auf Erden Wirklichkeit werden. Hier und jetzt zur Geburt des Erlösers, der damit ein uraltes, ewiges Versprechen einzulösen sich anschickte. Aber Marin blieb nur der Erdensumpf: Die Laborgemeinschaft, in der die Praxis Mitglied war, hatte pleite gemacht, weil der Geschäftsführer Millionen auf sein Privatkonto und dann ins Ausland veruntreut hatte. Dessen Anwalt schickte ihm einen Haftungsbescheid über eine Million Mark, die er nicht besaß und niemals erwirtschaften konnte. Schnell drückte er einen Termin mit einem befreundeten Anwalt zwischen die Hausbesuche. Der sagte ihm: »Fahren Sie ruhig in Urlaub, das mache ich schon, Ihr Vertrag ist ungültig, die haben einen juristischen Fehler gemacht.« Gleich am nächsten Tag saß er bis spät in die Nacht auf einer Sondersitzung der Kassenärztlichen Vereinigung. Es ging um den Kopf eines Unbekannten, auch der hätte sich bereichert zusammen mit dem Laborleiter, in dem er fingierte Laboraufträge im Wert von dreißig Millionen Mark geduldet und gedeckt hatte: Gelder, die nun erstattet werden mußten vom Honorar der Hausärzte. Die Staatsanwaltschaft ermittelte bereits, die Ärzte waren sehr erregt über diese Weihnachtsgeschenke. Einige Kollegen schrien erbost und sehr laut durch den großen Löwenbräusaal gegen den vermeintlich Schuldigen auf der Bühne an. Der stritt natürlich alles ab. Sie forderten eine Untersuchungskommission und Schadensersatz. Der Arzt Marin gab ruhig und sachlich die an ihn gestellte Schadensforderung von einer Million Mark zu Protokoll und wurde beschieden: Das sei Privatsache, er möge sich einen guten Anwalt nehmen, die bankrotte Laborgemeinschaft habe zehn Mitglieder wahllos herausgegriffen und jedem die selbe Schadensersatzforderung von einer Million Mark gestellt. Das sei statthaft nach dem Gesellschaftergesetz und nicht Sache der Kassenärztlichen Vereinigung. So sprach der Ärztechef für alle Betroffenen die Antwort ins Mikrophon und zuckte hilflos mit den Schultern. Das Präsidium gab sich zustimmend.

»Alle Punkte der Tagesordnung sind besprochen!«, sagte der Präsident mit großer Sachlichkeit. »Gemäß der Satzung beende ich hiermit die Sitzung bis weitere Ergebnisse vorliegen …!« Er hatte noch etwas gesagt, was im Geschrei unterging. Die Ärzte scharrten mit den Füßen, buhten, schwangen die Fäuste und verharrten auf ihren Plätzen, während Marin schon zur Garderobe geeilt war.

Die letzten beiden Arbeitstage waren da: wie sehr freuten sich der Arzt und seine Frau über die Weihnachtsgeschenke: Selbstgebackene Stollen, Zimtsterne und Anisplätzchen, Glühweingewürze, Weihnachtstee mit Kandiszucker, Sekt, Wein und Kaffee. Die Patienten kannten die Vorlieben der Marins und kamen ihnen einmal im Jahr liebevoll entgegen. Auch Frau Riehl wurde nicht vergessen und bedankte sich auf ihre Art: »Der Menschheit schlimmster Feind ist der Unglaube. Verheerende Brände werden kommen. Der Weltkinder Bosheit zündet sie an. Vier Fluten treten auf: Mord, teure Zeit, Pestilenz und Tod … vor dem weht ein Rauch dahin und hüllt die Erde dreimal ein … dann treten Plagen aller Art hervor … hüten sie sich vor Ägypten …!«

»Ihnen besonders frohe und friedliche Feiertage, Frau Riehl!« Frau Marin überreichte ihr einen Strauß aus Tannenzweigen mit orangefarbenen Rosen und vergoldeten Äpfeln, dazu einen großen Geschenkkorb: »Für Ihre treue und gute Mitarbeit!«

»Ist das Weihnachtsgeld schon überwiesen?« Frau Riehl errötete nach dieser Frage, aus ihrem straffen Haarknoten löste sich eine einzelne Strähne und fiel blond auf den weißen Kragen.

»Aber ja!« sagte Marin und gab ihr die Hand zum Abschied.

Der Anrufbeantworter wurde besprochen und eingestellt, die Rollos sorgfältig heruntergelassen, die Hydrokulturen vor die lichthelle Balkontüre gestellt. Dann beklebten sie die Praxisschilder mit den Urlaubsinformationen: Vom 22.12. bis zum 7.1. Vertretung Dr. Schneider, Volkartstraße 12, Telefon 16 31 90 sowie die Nummer des ärztlichen Notdienstes 55 86 61.

Ein letzter Kontrollgang, und der Schlüssel knirschte im Schloß der alten geschnitzten Holztüre.

19

Technik ist Menschenwerk und bleibt fehlbar. Als nun die DC-9 in Startposition fuhr, wurden ihre Hände feucht. Der helle Asphalt unter den Füßen färbte sich grau, während die Gummiräder auf den Stahlstelzen immer schneller rotierten und die Härte der Rollbahn in dem leichten Chassis des Flugzeuges mitvibrierte. Dann hoben sie ab. Nun waren die verschneiten Felder am Stadtrand tief unten. Der Flieger zog eine Schleife, gewann an Höhe und pendelte vom Steigungswinkel in die Waagrechte. In einer kalten, böigen Winterluft flogen sie nach Süden dem Alpenmassiv entgegen.

Du riefst mich nicht
Ich bin gekommen
Deutschlands Gerippe
Noch das blaue Eis
Herbeigeeilt
Im Rückstoß der Gedanken
Die Sonne über mir
Wachstropfen an den Wimpern
Ikaros, zu flogst zu weit

Marin hatte sich so dicht an das Ohr seiner Frau gebeugt, während er ihr das Gedicht ins Ohr sprach, daß die Wärme ihrer Haut auf ihn abstrahlte. Nun aber waren ihre Lippen ganz nah bei ihm, und er hörte sie flüstern:

Dann gedenke ich der Stunden
Aus Gold im Tramontanawind
Wie leicht wird mir
Gewichte sind gefallen

Du rührst an meine Lippen
Scheu vertraut
Ein reiner Tor
Ein Ton
der seine Melodie verlor

»Bitte, sprich zu Ende«, sagte er so laut, daß ein blondes Kind im Sessel vor ihnen sich neugierig umwandte. Sie aber sprach den letzten Vers so leise in sein Ohr, das er sein Geheimnis blieb:

Ich glaube an meinen Tod
Als einen erlösten Abschied
Und will dieses Wissen
Stets in mir tragen
Wenn auch die Muskeln ermüden
Und ich vergeblich warte
Auf den
Der meine Hoffnung mittrüge
So will ich mich begreifen
In der Wüste
Flammen und verglüh'n

Die Sonne strahlte ins helle reine Blau, und die grauen Schneewolken zogen weit unter ihnen.

»Komm der Sonne nicht zu nahe, hatte Dädalus seinen ungestümen Sohn gewarnt!« Marin lachte: »Denn das Wachs in deinen Flügeln würde schmelzen!«

»Aber wer nach oben blickt und die Lider senkt, verachtet den Tod.« Maria blickte nachdenklich: »Man muß Flügel haben, und Abstürzen ist auch Fliegen, nur nicht Hocken und das Leben verdauen ... Übermut riß den Knaben empor, und er stürzte ab!«

»Vielleicht ist das der Urgrund aller Flugangst« ergänzte Marin: »Diese Erde ist durch nichts mehr zu überbieten ...«

»Ja, wenn die Erde spiegeln könnte wie das Wasser, würden wir in den Kornfeldern nach den Sternen haschen.«

Maria neigte den Kopf in das Sesselpolster. Flugs war sie eingenickt. Marin lauschte dem regelmäßigen Lauf der Düsen. Sie schwebten auf der unsichtbaren Luft dahin. Die meisten Passagiere schliefen, ihre Sitze nach hinten geneigt, hier und da schnarchte jemand oder raschelte mit der Zeitung. Erregte Rentner tasteten sich hastig zur ständig belegten Toilette. Hinter dem Cockpit-Vorhang hantierten die Stewardessen und füllten den Frühstückswagen. Marin war fast eingeschlafen, als ihn ein Kitzeln an der linken Hand aufweckte. Durch die Augenschlitze sah er eine schwarze Feder zwischen den Vordersitzen verschwinden. Ruhig atmete er weiter, seine Blicke lagen auf der Lauer und sahen zuerst ein großes blaues Kinderauge zwischen den Polstern, dann kam die Feder ganz langsam gegen seine Hände gerückt. Schnell griff er zu und hielt fest. Ebenso fix hatte das Kind auf der anderen Seite losgelassen. Es lachte silberhell und streckte ihm die Zunge weit heraus: »Du hast gewonnen!« Das kleine Mädchen blickte unschuldig über die Sitzlehne. »Bitte, sei lieb und gib mir die Feder ...«

»Jesses, Gaby, was hast du jetzt schon wieder angestellt!« Die Mutter daneben war aufgewacht: »Bitte entschuldigen Sie!«

»Schon in Ordnung...« Marin gab die Feder zurück: »Es ist nur ein Spiel... ein Kinderspiel!«

Dann war er eingeschlafen. Ein Segelschiff schnitt mit drei weißgeblähten Segeln hart am Wind durch die Schaumwellen des Meeres. Der Himmel war hellblau, es schien, als würden beide Elemente ohne trennende Horizontlinie sich mischen und ineinander spiegeln. Der Arzt empfand grenzenlose Freiheit und sah seinen nackten Körper mit einem kraftvollen Kopfsprung eintauchen in dieses unendlich ruhevolle Blau ...

»Warum lachst Du denn?« hörte er Maria und öffnete die Augen. Er sah ihr geliebtes Gesicht und durch das Flugzeugfenster hindurch tief unten das Mittelmeer: »Ich hatte einen schönen Traum ... ich segelte und schwamm im Meer!«

»Noch zwei Stunden, dann sind wir da! Sie hatte eine Banane geschält und hielt sie ihm hin. »Als Vorspeise, gleich gibt's Frühstück!«

»Wir haben mehr als eine Krume Glück!« Sie ergriff seine Hand. Die beiden Stewardessen klapperten mit dem Wagen. Die eine kümmerte sich um die Getränkeausgabe: »Was darf ich Ihnen geben, Tee, Kaffee oder Säfte?« Die junge Frau hinter dem Wagen verteilte abgepackte Frühstückssets: Croissant, Toast, Orangenmarmelade, dazu Besteck, Serviette und Trockenmilch. Der Kaffee rotierte in dem Plastik, ganz feine Riffelwellen überzogen seine schwarze Oberfläche. Sie tranken heiß und schwarz und aßen die pappigen Hörnchen dazu. Die Winterwelt lag hinter ihnen. Unten in der blauen Ägäis schwammen wie eine Geisterflotte die griechischen Inseln vor dem bergigen Festland. Eine genußvolle Leichtigkeit erfaßte sie. Sie küßten sich, und der Kuß verlangte sofort nach mehr. Das Kind rief auf dem Vordersitz: »Küssen im Fliegen ist verboten!« Dann klatschte die Hand der Mutter ihm ins Gesicht. Das Mädchen schrie laut und wollte sich nur schwer beruhigen lassen. »Hier, mein Schatz!« Maria reichte ihr den Nachtischschokoriegel. Sofort verstummte es. Da sackte die DC-9 ab, als würden sie ins Nichts stürzen, während die Tassen überschwappten, die Menschen erschrocken ihren Atem anhielten, bis die Tragflächen wieder hineingriffen in die unsichtbare Luft. »Fasten Seatbelts.« Die Warnlichter drückten auf die Urlaubsstimmung. Sie saßen in ihrer Angst. Ruhig pfiffen die Düsen, die Lichter verlöschten, und die Gurte wurden gelöst. »Kleine Bosheiten straft der Herr sofort!« äffte das Kind sehr laut zu seiner Mutter. »Du ausgebufftes kleines Luder, willst du wohl deinen Mund halten!« Im letzten Moment hielt die Mutter ihre Hand zurück, weil das Kind schon brüllte. Die Kleine kannte ihren Vorteil recht genau: Den Schutz durch die empörten Passagiere, denen die Züchtigung wohl egal gewesen wäre, nicht aber die Ruhestörung auf dem Flug in den Ägyptenurlaub. »Da unten ist Odysseus herumgeirrt als Spielball der göttlichen Mächte auf dem langen Weg heim zu Penelope!« Marin hatte sich über seine Frau gebeugt und zwischen Flügel und Außenbordwand hinuntergeschaut auf dieses Labyrinth der ägäischen Inseln wie ausgestreut mit einem mächtigen Wurf in dieses ewige Blau des Ionischen Meeres. »Sie war ihm treu wie ich dir treu bin: Nicht aus Pflicht, sondern aus Liebe!« Jetzt küßte ihn Maria ungeniert und lange, ihre Zungen spielten miteinander, während sie erregt atmete, als unter ihrer Hand seine Errektion wuchs.

Die Stewardessen sammelten die Plastikgeschirre ein, schon quengelte erneut das Kind vor ihnen: »Hast Du auch meine Weihnachtsgeschenke nicht vergessen?«

»Nein!« sagte die Mutter: »Einen Satz heiße Ohren kriegst du, und den hab' ich immer dabei!«

Maria hatte sich das ägyptische Totenbuch aus der Manteltasche gegriffen und las:

Du vernimmst Gutes, Osiris
Dein Herz ist froh, dein Wunsch beständig
Und glücklich ist das Herz deines Gefolges,
während dein Sohn Horus den Thron bestiegen hat
Und alles Leben ihm zugehört.
Ihm dienen Millionen, und ihn fürchten Millionen.
Ich bin herausgegangen aus der Unterwelt
Ich bin von den Grenzen der Erde gekommen
Ich habe die Reinigungshäuser durchlaufen
Und ich bin in die wohlverwahrten Geheimnisse
eingeführt worden
Er setzte mich auf die Ostseite des Himmels
Wo RE aufgeht, wo RE alle Tage emporsteigt
Ich bin aufgegangen und bin eingeführt
Ich bin geehrt als Gott …

Er reichte Maria das Buch: »Erstaunlich, fünfzehnhundert Jahre vor Christus!«

»Das Totenbuch war die Bibel der Ägypter« sagte sie und las weiter.

Marin war glücklich: gelöst von allen Pflichten horchte er lange Zeit auf das ruhige Geräusch der Düsen und vertraute jetzt dem Flug und der Luft, in der sie mit fünfhundert Stundenkilometern sicher dahinglitten bei hellster Sonne, der Sahara und Ägypten entgegen. Die Ursachen für die extreme Trockenheit und Hitze dieser Wüste liegen nicht in regenabwehrenden Gebirgen und nicht in großen Entfernungen zum Ozean oder kalten Meeresströmungen, dachte er, sondern allein in den Klimabedingungen des Wendekreises. Über dem Äquator steigen erwärmte, wasserreiche Luftmassen auf, kühlen dabei ab und regnen sich aus. Nördlich und südlich über den Wendekreisen, sinken die nun trockenen Luftmassen wieder ab und erwärmen sich: Als bodennaher, trockener Passatwind strömen sie in die äquatorialen Tiefdruckrinnen zurück. Die Sahara ist damit eine typische Wendekreiswüste mit extremen Klimawerten. Die Luftfeuchtigkeit sinkt in manchen Gegenden auf fünf Prozent, die Temperaturen klettern im Sommer auf 55 Grad im Schatten. Die Unterschiede zwischen Tageshitze und Kälte der Nacht sind höher als irgendwo auf der Erde.

Marin hatte die Radiokopfhörer eingestöpselt und hörte im Halbschlaf eine rauchig-exotische Stimme singen:

»Orfeo der Morgen bricht an,
ein Märchen der Liebe begann …«

Dann sagte Maria: »Schau, die Wüste unter uns!« Er beugte sich über die Brüste seiner Frau, spürte eine große Vorfreude auf die kommende Nacht und sah dann tief unten eine riesige Sandfläche, die unter der Zenitsonne elfenbeinhell schimmerte, durchzogen von schwarzer Lava.

»Bald sind wir da!« Sie drückte ihn fest gegen ihre Brust. Das kecke Kind rief ihnen zu: »Bitte anschnallen, wir landen bald!« Sie sahen wirklich die rote Leuchtschrift »Fasten Seatbelts«, gurteten sich an und ließen die Sitze in die Senkrechte schnappen. Über helle Berge flogen sie und die Wüste rückte näher. Das Rote Meer leuchtete azurblau mit tanzenden Lichtreflexen, die wie kleine Explosionsflammen über die riesige Wasserfläche hüpften. Schon griffen die Bremsen, das Flugzeug verlor so schnell an Höhe, daß sie jetzt vor den dunkleren Bergsilhouetten im hellen Sand des Küstenstreifens die weißgetünchten Flachbauten neben der Rollbahn deutlich erkennen konnten.

»Ladies and Gentleman we are ready for landing!«

Marin zog die Oliven aus den Ohren, während das Flugzeug in der Luft einfach stillzustehen schien mit surrenden Düsen, die dann im Rückstoß pfiffen, als der schwerlastige Flieger zur Landung ansetzte. Rechts die Berge, links das Meer, dazwischen der sandige Wüstenstreifen der Sinaiküste. Im Schrägflug schwebten sie auf die Rollbahnkante und spürten den harten Aufprall der Räder wie einen Schlag in die Magengrube. Schon hauten die Bremsen mit ihrem Rückschub in die hohe Landungsgeschwindigkeit. Die Passagiere johlten: Auf dem Flachgebäude war zu lesen *Sharm al Sheikh Airport.*

20

Mausgrau ratterte der VW-Bus durch Geröll und Sand. Die Hitze hatte das Autoblech zur unerwünschten Heizung gemacht. Koffer und Reisetaschen türmten sich auf dem Dachgepäckträger, eilig vergurtet und mit einer rissigen Militärplane überdeckt, die wohl den letzten Sinaikrieg überdauert hatte. Die Glutsonne stand hoch über den Küstenbergen. Am blauen Osthimmel sahen sie den vollen Mond. Seine Entfernung von der Erde beträgt etwa 348.000 Kilometer, dachte Marin, der Durchmesser unseres Sonnensystems ist aber mindestens 40.000 mal so groß. Die Milchstraße, der wir angehören, hat mindestens 100 Milliarden Sterne in einer linsenförmigen Spirale mit einem Durchmesser von 100.000 Lichtjahren, wobei die Sonne einige 27.000 Lichtjahre von der Sternenhäufung im Zentrum entfernt ist. »Sonne und Mond« sagte Maria: »Das Männliche und Weibliche friedlich vereint im selben Himmel!«

»Im Bett wäre mir diese Vereinigung lieber!« Marin lachte und hörte den Mann im funkelnagelneuen Borsalino sagen: »Diese Kriege in Nahost sind wie ein Labyrinth! Was will denn der einzelne dagegen tun?« »Stell dir vor, es ist Krieg, und niemand geht hin!« erwiderte seine Frau bedächtig. Der Borsalino war ihm durch eine heftige Kopfbewegung in den Nacken gerutscht, wobei die Vorderkrempe hochkant vor der Stirn sich rundete und den Schatten von seinen Augen nahm.

»Wenn das Gewissen spricht, hat die Gesellschaft zu schweigen!« sprach die Frau: »die Gottesferne mit all ihrer Pein ist das Gericht auf Erden! Der Mensch hat die Wahl!«

Seine Frau wischte ihm mit einem roten Tuch den Schweiß ab. Dann hielt der Bus direkt vor dem Hotel. *Mövenpick* leuchtete in gelber Schrift über dem Eingang, dessen Holzgittertore zurückgeklappt waren. Ihre Schatten zogen über den beigen Marmor.

»Frau Hertzog, unsere Direktorin, heißt sie herzlich willkommen ...«, sagte ein livrierter Ägypter in akzentfreiem Deutsch. Arme und Hände hatte er einladend geöffnet: »Wir alle wünschen Ihnen eine erholsame Zeit!« Jetzt verbeugte er sich dezent und wies die ersten Reisenden mit Gepäck durch das Marmorportal hindurch zum Empfang. Sie rochen das Meer. Jenseits der Uferstraße war der Privatstrand des Hotels: ein braungrüner Grasstreifen, der trotz Sprenganlage aus Wassermangel nicht zum Partyrasen gedeihen wollte. Dahinter leuchtete hellbeige der Sand. Rotweiße Sonnenschirme schützten Holzliegen. Die Kokospalmen waren leicht nach Westen geneigt, als stemmten sie sich gegen einen ewigen Wind, der gerade den Atem anhielt. Über das Gras verteilt standen Rattanmöbel in großen und kleinen Formationen. Kellner eilten hin und her mit Drinks und Snacks. Das Rote Meer brandete in ruhigem Gezeitenschlag. Die Stimmung war unterkühlt und wurde kalt, als sie jetzt in der marmorweißen Lobby ihre Zimmerzuweisung erhielten: organisiert mit der Präzision eines schweizer Uhrwerkes. Jedem Pärchen ging ein Zimmerkellner voran und trug das Gepäck durch die weitläufige Bungalowanlage, in deren Mittelpunkt ein kreisrunder Swimming-Pool nach Chlor roch. Rundherum die Flachbauten, umgeben von einem weißen Mauergeviert, hinter dem die Küstenvorberge sich buckelten. Maria griff nach seiner Hand: »Ich hab's nicht so vornehm erwartet!« Vor einer Zedernholztür, in der ein Schlüssel steckte, las Marin die Nummer 28 und prägte sie sich ein. Aus einem Lautsprecher hörten sie Otis Redding singen:

Sit'n on the dock of the bay
Watching the time go away ...

Die Klimaanlage surrte, der Kellner lief durch Korridor und Wohnzimmer in den Schlafraum, wo er die beiden Koffer neben dem Doppelbett abstellte. Marin gab ihm ein Pfund (LE).

»Ich danke Ihnen!«

Er verbeugte sich und hielt den Geldschein hilflos in der Hand, als sei dies das erste Trinkgeld seines Lebens.

»Wenn Sie Wünsche haben, dann klingeln Sie nur! Mein Name ist Nagib!«

Erschöpft fielen sie aufs Bett und sahen aus dem kühlen, fast düsteren Raum hinaus durch die Holzgitterquadrate in die hitzeflirrende Außenluft. Marin berührte ihren nackten Fuß mit seinen Zehen. »Da wären wir!«

»In einem Paradies für Reiche, wo wir gar nicht hingehören!« erwiderte Maria reserviert: »Wir haben falsch gebucht, mein Schatz!«

»Unsere Liebe wird uns wärmen!«

Er küßte sie ungestüm. Schnell waren sie nackt, und ihre Kleider lagen auf dem Marmorboden. In ihnen war eine unerklärliche Hast. Sie hechelten und schwitzten, als sei diese Vereinigung die erste und letzte, ein Sturzflug der Sinne, der ihnen im selben Augenblick einen Schrei entriß. Dann lag sie keuchend in seinem Arm. Er küßte ihr Haar und die zarte Haut ihrer Halsbeuge. Weit entfernt am Pool hörten sie Kinderstimmen durch das Fenstergitter.

»Das war gut mir dir!« Er beugte sich über Maria und küßte ihre Lippen. Sie atmete immer noch schnell, bettete ihren Kopf in seinem Arm und schloß die Augen. »Dieses Holzgitter erinnert mich an eine Zelle!« Er schauderte. Sie bedeckte seine Haut mit sanften, kurzen Küssen. »Warum siehst du's nicht als Haremsgitter und fühlst Dich wohl mit Deiner Haremsfrau?« Jetzt lachten sie beide, als wollten sie die Marmorpracht erwärmen, die er gebucht und bezahlt hatte, obwohl dieses 4-Sterne-Hotel ihren bescheidenen Gewohnheiten und Ansprüchen nicht entsprach. Maria bewegte sich nackt durch die Räume, während Marin auf dem Bettlaken zusah, wie sie die Koffer auspackte und Kleidungsstücke in Kommoden, Schränke und Schubladen verteilte. Er genoß ihren elastischen Körper, der schlank, vom frühen Ballettunterricht geprägt und bleibend ausgeformt, eine besondere Straffheit sich bewahrt hatte, von den Brüsten, über Bauch und Waden bis zu den Zehenspitzen. Er liebte die Harmonie ihrer Bewegungen: Diese wunderbar sehnige Anmut. Seine Blicke verfolgten sie, bis das letzte Paar Socken in der Schublade verstaut war und er spitzbübisch fragte: »Soll ich Dir auspacken helfen, Liebling?« Da hielt sie plötzlich dieses schöne arabische Kleid vor ihre Nacktheit. Schwarz grundiert mit fein ziselierten Goldbrokatstickereien war es besonders prächtig und machte sie zu einer geheimnisvollen Beduinenfrau.

Auch an den Innenwänden der Wohnung waren Zedernholzgitter, wie sie jetzt bei einem letzten Rundgang vor dem Abendessen sahen: Im Bad dominierte die hellbeleuchtete Spiegelwand gegenüber der Dusche, davor Stuhl und Tisch. Das Wohnzimmer war ganz gefüllt von der Sitzgruppe (weißes Leinensofa und zwei Sessel), darüber ein großes Bild: auf feiner grauer Gittergrundierung eine hellblaue Blumenarabeske, die abstrakt gemalt, durchaus als Labyrinth hätte gesehen werden können.

Einsam plätscherte der Pool: leere Sonnenliegen und eingefaltete Schirme. Sie schlenderten über den grünen Kunstrasen auf das hellerleuchtete Hauptgebäude zu, in dem sich die Essensräume befanden. Der untere Sonnenrand berührte gerade die Küstenberge. Sie rochen das Meer und hörten die stärker gewordene Brandung, die auf den Sandstrand schlug, verstummte und wieder heranschwappte mit Welle und Gischt. Weißlichtig war der Mond über dem Roten Meer aufgestiegen. Maria fröstelte. »Gut, daß ich uns warme Kleidung eingepackt habe!«

Urlaubsstimmung wollte sich auch dann nicht einstellen, als

sie in der großen Halle einen Zweiertisch gewählt und Platz genommen hatten. Weder die hohe Weihnachtstanne links neben dem Buffet noch Bing Crosby's »White Christmas« konnte ihre Isolierung bannen. Goldstaub glitzerte auf den Kugeln unter den Glaskerzen.

»Übermorgen ist Heilig Abend!« Sie trank vom Eiswasser und neigte ihren Kopf sehr stark nach rechts. Von hundert Tischen, die auf mehreren Ebenen in Nischen und hinter künstlichen Wänden für die Gäste bereitstanden, waren nur knapp ein Drittel besetzt. Rechts neben dem langen Buffet plätscherte ein Springbrunnen. Sein Mittelstrahl stieg und bog die Wasser und platschte zurück ins Becken. Goldfische schwammen dort mit trägem Flossenschlag. Die Tafel hätte brechen können, wäre sie nicht aus elfenbeinfarbenem Marmor gewesen, der kühl und sicher all die Köstlichkeiten trug: Halbierte Lobster, Lammfleisch-Couscous mit grünen Bohnen, dünne Kalbsfiletscheiben à la Saltimbocca, bunte Fische, wohl von den geheimnisvollen Korallenriffen des *Ras Mohammed*, deren Farben beim Kochen ausgebleicht waren. Dazu Tintenfische geringelt und gebraten oder in Öl als Vorspeise, neben Krabben und Crevetten. Matt schimmerte der Räucherlachs zwischen Feigenblättern, schwarz kullerte Kaviar auf blauem Eis. Am allermeisten genoß Maria die orientalischen Früchte, zuerst mit Blicken, dann konnte sie nicht widerstehen: Datteln, Limonen, Feigen und Orangen, frisch im Saft! Der Küchenchef hatte ihren schwachen Punkt getroffen. Beherrscht nahm sie von ihren Lieblingsspeisen immer nur kleine Proben mit ruhigen Handbewegungen, die allen Nachbarn am Bufett den Vortritt ließen. Sie hätte eine Ägypterin sein können in ihrem arabischen Burnus mit der feinen Brokatstickerei, ihrem fast schwarzen Haar und diesem kraftvoll elastischen Körpertonus, der an ägyptische Statuen erinnerte. So war er kaum verwundert, als diese junge Frau neben ihr sie auf ägyptisch ansprach: »Sorry, I don't speak your language …« Die Ägypterin errötete unter ihrem weißen Teint, dann aber strich sie wie ein Kind freundlich ihren Arm.

Später am Tisch, das Hauptgericht war schon verzehrt, und sie hatten einen leichten Rosé dazu getrunken (der erste Alkohol seit Monaten), sagte Maria plötzlich, während sie eine rohe Feige mit den Fingern zerteilte und das lilafarbene Fleisch bloßlegte: »Wie freundlich diese Ägypterin war! Wäre sie's auch gewesen, wenn sie um meine jüdischen Vorfahren gewußt hätte?« Jetzt steckte sie eine Feigenhälfte in den Mund und kaute sehr bedächtig. Wieder hielt sie ihren Kopf sehr nach rechts geneigt, als warte sie geduldig auf eine Antwort, die aber von links kam: »Sagen wir Ja!«

»Ein Nein paßt nicht zur Vorweihnachtszeit und auch nicht zu meiner Stimmung!« Sie nahm seine Hand, küßte sie so zart, daß Erregung vom Kopf an der Wirbelsäule hinunter lief. Meine erste Ehe war ein Unglück, dachte er: Maria aber hat es mehr als gut gemacht. Als hätte sie seine Gedanken geahnt, sagte sie leise: »Du bist glücklich, ich kann es fühlen. Aber ich bin es auch!« Inzwischen hatte sich die Band formiert auf einem abseitigen Podest:

»Yesterday, when I was young
so many happy dreams
were ready to be sung …«

Marin forderte seine Frau zum Tanz. Als sie nun eng beieinander im Bluesrhythmus dahinglitten, hörte er nicht die Stimme des ägyptischen Sängers, sondern nur die zigeunerhafte Leidenschaft von Charles Aznavour, der ihm dieses Lied vor vielen Jahren in der Karibik so intensiv in Hirn und Sinne geschliffen hatte. »Schön, daß es dich gibt, und dieses Lied dazu …« flüsterte er, und sie preßte ihren Unterleib enger, ihr Schritt schien weiter geöffnet.

Jungverliebt schlenderten sie durch die subtropische Nacht

des Sinai zu den Palmenhütten in die Dunkelheit, weitab vom Glanz der Bars und Hotels. Sie küßten sich und kehrten um. Da stürzte eine Sternschnuppe und zog einen hellen Schweif.

»Vielleicht war's der Märtyrerknabe Gadiel«, flüsterte Maria: »Über seinem Haupt funkeln die Lichtzeichen des wahren göttlichen Namens ...«

»So reist er auf einer Sternschnuppe durch die Sonnensysteme und schenkt den Menschen, die ihn sehen, Licht und Heil ...« vollendete Marin.

»Soll er uns schenken, daß unsere Liebe standhaft sein möge, in guten wie in schlechten Zeiten.«, sagte Maria. Marin küßte sie innig, da sahen sie an der Scheibe eines Reisebüros in Kreideschrift: *Bustour am Heiligabend auf den Mosesberg 400 LE/pro Person*. Er kaufte zwei Karten und erfüllte ihr einen Herzenswunsch: den Sonnenaufgang zu erleben auf dem biblischen Gottesberg Sinai.

»Übermorgen ist Heilig Abend, das bedeutet Abfahrt nach Mitternacht, verdammt früh!« seufzte Marin: »Dir zu Liebe will ich's auf mich nehmen!«

»Du Bönhase!« protestierte sie: »Auf diesem Gipfel bist du Gott näher, als irgendwo!«

Beide blickten schweigend auf die glitzernden Lichter der Naama Bay: Keine Neonfarbe fehlte, dahinter aber erstreckte sich die Wüstennacht unter flackernden Sternen.

Welch köstliches Geschenk, dachte Maria, daß wir auf diesem herrlichen Stern ein Weilchen Augen haben und Sinne, man muß jeden Tag nutzen und verklären, mit ausgebreiteten Armen. Jedes klare, freie und gute Wort in dieser Welt ist ein Eckstein darin.

21

Sie schliefen erschöpft. In der Nacht hörte Marin eine Stimme: »Gehe auf den Berg des Herrn. Dort wird dir ein Wunder geschehen ...« Er schreckte auf und hörte noch einmal sehr eindringlich: »Die Liebe ist das Grundgesetz der Wüste. Vergiß das nicht!« Als gegen acht Uhr Kinderlachen am Pool sie weckte, da waren beide Traumsätze so nah, als habe seine Frau gesprochen, die ihren Körper räkelte. Aber die sagte freudig: »Guten Morgen, mein Schatz, hast Du auch so gut geschlafen?« Es war, als müsse er um Sprache ringen, als er sie sagen hörte: »Glücklich schaust Du nicht gerade, was gibt's?« Er drückte sie aufs Kissen und verschloß ihren Mund mit dem Finger.

Nach kurzem Frühstück machten sie einen ersten Rundgang. Die Strandliegen waren längst besetzt. Junge Leute kraulten oder schwammen gegen die sanfte Dünung weit hinaus über die Warnbojen in die Horizontlinie.

Sharm al Sheikh umfaßt die eigentliche Ortschaft Sharm hoch oben auf der Klippe, die jetzt im Sonnengrill gekocht wurde. Bis 1970 war es ein Dörfchen mit Hütten und einer kleinen Moschee. Als die Israelis 1967 den Sinai besetzten, wurde das Gebiet um den Hafen in einen Armeestützpunkt verwandelt. Alsbald kamen die Händler mit Waren und Dienstleistungen, zuerst in Kiosken, bald in festen Häusern. Es folgten eine Wohnsiedlung, Tankstellen, Supermärkte, Hotels und Tauchschulen in der Naama Bay. Die Tauchgebiete zwischen Eilat und Ras Muhammad, vor allem auch Sharm al Sheikh wurden schnell berühmt. Nach Rückgabe der Sinaihalbinsel 1982 an die Ägypter ist es dort ruhiger geworden. Zwar hatten die Israelis die meisten Bauten unversehrt hinterlassen, aber sie vergammelten. Ab 1986 führte eine erneute Bebauung von internationalen Hotelketten zur touristischen Erschließung der

Naama-Bucht. Sie sahen nun die großen Hotels: Hilton Fairouz, Hotel Gazala, Aqua Sharm, Aqua Marina, Hotel Sanafir, und ganz am Rande Duffys Campingplatz. Dazwischen eine Einkaufszone, betoniert und geweißelt mit kleinen Läden im arabischen Stil. Dort wurden Lederwaren, Silberschmuck und kunstvoll geschmiedete Dolche angeboten. Dahinter kauerten die Palmenhütten der Einheimischen. Sie hatten am Reichtum des schnellen Geldes nicht teil, oder nur soviel wie ein Schuhputzer oder Kameltreiber davon profitieren kann.

»Laß uns schwimmen, ich halte die Kontraste sonst nicht aus!«

»Maria, es sind nur vierzehn Tage, genießen wir! Die Verhältnisse hier können und dürfen wir nicht ändern!«

Die besten Sonnenliegen waren besetzt, zumal jene unter dem Schattenwurf der Schirme oder gar bei den Kokospalmen, deren Blätter in der stetigen Seebrise Kühlung herbeiwedelten. Marin breitete das große Beduinentuch auf dem heißen Sand, als ihnen Nagib unter einer riesigen Palme zuwinkte.

»Kommen Sie, kommen Sie nur, dieser Platz ist für Sie reserviert!«

Zwischen den Liegen standen zwei Gläser eisgekühlte Kokosmilch, aus denen gelbe Strohhalme ragten. Da küßte ihn Maria auf die Stirn, so unvermittelt, daß er es nicht verhindern konnte. Nagib erblasste unter seinem Bronzeteint.

»Schwimmen Sie nicht über die Begrenzung: Dort gibt es Haie!«

Er verneigte sich und trat ein paar Schritte zurück. Seine dunkelbraunen Augen glänzten: »Sie haben eine sehr freundliche Frau, wenn ich das bemerken darf ...«

Jetzt nickte er Marin zu: »Noch Wünsche?«

»Nein ...«

Schweigend zog er sich auf den ausgedörrten Rasenstreifen an die Freiluftbar zurück.

Als hätte eine einzige Nacht ihre Erschöpfung überwunden

und in eine nervöse, berstende Energie verwandelt sagte sie: »Schnell ins Meer!« Sie rannten über den heißen Sand, der naß wurde und fest durch die weiße Brandung hinein ins tiefe Wasser.

»Ich liebe das Meer!« Sie war eine vorzügliche Schwimmerin. Schnell lag sie vorn. Marin sah sie unter den Begrenzungskorken hindurchtauchen: »Komm zurück«, rief er über die kabblige Flut: »Die Haie!« Aber wie in einem Rausch schwamm sie einfach davon. Marin kraulte ihr nach. Schwarz und sehr weit entfernt der Grund mit Bergen und Tälern, mit Abgründen und Riffen, und riesige Schatten glitten dahin wie unter dickem Glas. Er spürte den Sog dieser unbekannten Tiefe. Da sah er sie umkehren, die Grenzlinie untertauchen, und lange, lange Sekunden war sie nicht mehr zu sehen. Er hielt den Atem an, hüpfte hilflos ein Stück weit aus dem Meer empor und war besorgt, bis sie endlich aus der Wassertiefe emporschoß gegen die Zenitsonne. Er konnte sie rufen hören: »Phantastisch das Meer ... ich liebe dich!«

Marin schwamm ihr entgegen. Dann hatten die Füße Halt. Das Salzwasser trug nicht mehr. Schwer geworden und tropfnaß schleppten sie sich auf den warmen Sand. Als sie ihn umarmen wollte, stieß er sie an beiden Schultern weg. Dann aber preßte er sie so heftig an sich, daß Maria aufschrie: »Ich tu's nicht wieder!« Sie küßten sich.

Um die gerippten Palmstämme herum wuchsen weiße Anemonen aus lindgrünem Blattwerk. Die Wedel verschatteten den dunkelbeigen Sand.

»Ich bin der Herr, dein Gott ... du sollst keine anderen Götter haben neben mir, bete sie nicht an und diene ihnen nicht ...« zitierte sie aus der Erinnerung an ihre Konfirmandenzeit, als der Pfarrer Kapp die Gebote des *Sinai* dort fest verankert hatte und fuhr fort, noch immer auf dem Bauch liegend unter den huschenden Schattenfingern der Palmen: »Du sollst nicht töten ... «

Von unten nach oben blinzelte sie irritiert, als ein Sonnenstrahl den Blätterschutz durchdrang. Seine Blicke schweiften zum fernen Ende der Naamabucht. Über der Landzunge, die weit ins Meer hineinragte, stand der Mond, wie ihm schien, nur wenige Meter über den Hügeln am Sonnenhimmel: Unten rechts fehlte eine kleine Rundung.

»Der abnehmende Mond hemmt die Heilkräfte des Körpers: Wunden heilen nicht und die Frauen bluten! Wir Frauen sind der Schöpfung besonders verbunden: Der Weisheit Gottes in der Natur, wir brauchen kein Außenlicht, denn uns leuchtet ein ewiges Innenlicht!«

»Als Moses mit den Geboten hinunterstieg vom Sinai hatte er ein helles, weithin sichtbares Leuchten um seine Stirn!« Marins Zeigefinger war erhoben, aber sie unterbrach ihn schnell: »Böse Frauenzungen behaupten: Der Gesetzgeber habe ein paar deftige Hörner getragen, als er die zwei Steintafeln des Bundes mit Jahwe vom Berg hinuntertrug!«

»Du sollst deinen Nächsten lieben wie dich selbst! Komm, laß uns ein Schläfchen machen!« Begehrlich blickte sie auf: »Wie meinst du das?« Lachend half er das Badezeug zu packen Als er dabei in ihr entspanntes Gesicht schaute, verharrte er wie geblendet, als habe ihn eine sehr starke, wunderbare Strahlung getroffen und erwärmt.

»Wo du hingehst, da will auch ich hingehn ...«, sagte sie schelmisch. Zart strich er über ihr schwarzes Haar mit dem Grauschimmer und trug die Badetasche ans Bufett auf das ausgedörrte Gras. Sie aßen einen kurzen Früchteimbiß und schlenderten Hand in Hand durch die kalte Marmorlobby, am menschenleeren Schwimmbad vorbei.

Das Gewicht des eisernen Schlüsselanhängers drückte schwer auf seine Hand. Da hörte er ihre müde Stimme: »Laß uns schlafen, das Meer hat mich geschafft!«

Sie lagen nebeneinander und schliefen sofort. Im Traum explodierte der Bungalow mit heller Stichflamme. Er wurde emporgewirbelt und warnte seine Frau durch einen Zuruf, und dachte: Ich bin tot, lebte aber weiter wie im Jenseits und sagte laut im Traum: Dieses Sterben ist aber sehr leicht gewesen und hörte wieder eine Stimme: Nicht richten, sondern lieben, das ist der letzte Schlüssel: Nimm ihn, dann bist du frei ... Es folgte ein dumpfer Schlag, als habe die Explosion ihn zuerst emporgerissen, um ihn dann stürzen zu lassen. Das schräge Nachmittagslicht strahlte durch das Gitterfenster, und er hörte ein Stöhnen. Das Bett war leer. Maria lag nackt auf dem Boden. Er wollte aufspringen und blieb sitzen: Ihr Kopf war nach rechts gewinkelt. Als habe ein Engel sie weggeküßt. Ein Moskito surrte in die furchtbare Stille und zog eine Schleife. Eilig kniete er, umschloß sie mit beiden Armen und rief: »Maria ..., Maria!« Er spürte diese leichte Auskühlung ihrer Haut, und dachte: Sonnenstich ..., Kreislaufkollaps ..., Schlaganfall .... Ganz schwach nur war ihr Puls, das Herz schlug durch die Rippen: so fern, als wolle es stehenbleiben. Gott hilf ihr. Er zitterte an diesem Abgrund des Schreckens. »Maria, bitte, stirb nicht!«

22

Doktor Pinosch, der Hotelarzt aus Zürich, kam sofort. Gemeinsam hoben sie Maria auf's Bett und machten die ersten Messungen: Blutdruck 130/70, das Herz war kräftig und regelmäßig, der Puls ruhig bei 68 Schlägen in der Minute. Pupillenreaktion seitengleich, Reflexe unauffällig. Maria schien wach mit weit offenen Augen, die blau waren wie immer, aber blicklos wie nie.

»Diese Werte sprechen doch gegen Hirnblutung oder Infarkt!« Doktor Pinosch sprach so entspannt, daß seine Gelassenheit wie eine Beruhigungsspritze wirkte. Es war sechsuhrdreißig.

»Das erleben wir hier täglich: Der Klimawechsel. In wenigen Flugstunden vom europäischen Winter in die heiße Sonne, die Patienten haben ein Salzverlustsyndrom: Somnolenz und Unruhe bis zum Kreislaufkollaps. Ich lasse Ihnen Blutdruckgerät und Stethoskop hier, Herr Kollege! Eine Schwester wird das Mineralwasser bringen. Flößen Sie's ihr vorsichtig ein: Zum Abendessen ist sie wieder wohlauf!«

»Gibt's hier ein Krankenhaus?« hörte sich Marin fragen wie durch eine Wand.

»Nur eine Ambulanz für die Eingeborenen! Also Hände weg!« Der Sinai ist Sicherheitszone. Ein direkter Grenzwechsel nach Israel ist unmöglich. Ihnen bleibt nur Kairo, besonders das *Al Salam*-Krankenhaus: Dort gibt es international ausgebildete Ärzte, die haben einen ausgezeichneten Ruf:« Die Krankenschwester brachte das stille Mineralwasser. Er stützte Marias Kopf und flößte ihr Schluck um Schlückchen in den Mund.

»Sehen Sie, eine Gelähmte schluckt doch nicht!« Doktor Pinosch lächelte: »Für alle Fälle lasse ich Ihnen noch diesen Notfallkoffer hier. Falls der Kreislauf kollabiert, können Sie handeln. Infusionen haben wir leider nicht.«

»Maria, hörst Du mich?« Sprachlos stieß Luft aus ihrem Mund. »Bitte, bewege Arme und Beine ...« Das weiße Laken hob sich über beiden Beinen: »Jetzt die Arme!« Langsam winkelte sie zuerst den linken Unterarm, der rechte folgte und sackte schlaff aufs Bett zurück. Ihr Kopf war nach rechts geneigt, mit den schönen blicklosen Augen. Sie trank aus der Schnabeltasse, die Marin ihr immer wieder an die Lippen hielt. Der Kreislauf blieb stabil, aber sie antwortete nicht. »Sollen wir nach Deutschland zurückfliegen, oder willst Du in ein ägyptisches Krankenhaus? Das nächste Flugzeug nach Kairo fliegt erst morgen früh ...«

Als er sich so sprechen hörte (unnötige Fragen, leere Worte), begriff er, daß ein Schock ihn gespalten hatte. Plötzlich hing ihr rechter Mundwinkel schlaff nach unten und mit ihm die gesamte Gesichtshälfte. Er prüfte er noch einmal die Reflexe: Die rechte Seite reagierte nicht mehr. Jetzt wußte er, es war nicht Salzverlust. Durch Schlaganfall oder Hirninfarkt war sie gelähmt. Die zwei wichtigsten Stunden für eine komplette Heilung waren verstrichen. Er hatte das Notwendige nicht tun können. Nun stellte er Stühle und Sessel rund um's Bett, damit sie nicht noch einmal hinausfiele. Die Ohnmacht drückte wie ein Joch. Sie waren gefangen in der Wüste. Maria lag ruhig. Ihr Blutdruck sackte ab. Schnell spritzte er Herz- und Kreislaufmittel und gab ihr erneut zu trinken. Sie schluckte, ohne die Augen zu öffnen.

Um zwanzig Uhr bat er Frau Hertzog, die Hoteldirektorin, ihm einen Flug zu buchen nach Kairo für den nächsten Morgen. Es würde die letzte Maschine vor den Feiertagen sein.

»Nehmen Sie das *Al Salam* in Kairo!« Frau Hertzog starrte auf die bewußtlose Frau: »Hier die Adresse. Alle Formalitäten für den Flug und den Krankentransport in Kairo werde ich für sie regeln! Morgen früh gegen acht wird Nagib sie zum Airport fahren!«

»Es sieht leider nach einem Schlaganfall aus …« hörte er sich sagen und las auf dem Briefbogen, den sie auf den Nachttisch gelegt hatte: *Al Salam-Hospital, 3 Syria ST, Mohandessin, Guiza, Tel. 34 67 06 / 3 46 70 46.*

»Sie sind Arzt und sprechen Englisch. Im *Salam* sind sie bestens aufgehoben. Es ist eine kleine Privatklinik mit kompetentem Ärzteteam.« Maria regte sich nicht. Frau Hertzog trat von einem Fuß auf den anderen. »Verzeihen Sie, aber die Rückforderung der gezahlten Hotelkosten sollte Ihr Reisebüro abwickeln, ich werde das selbstverständlich voll unterstützen! Haben Sie noch Wünsche?«

»Nein, danke sehr für Ihre Fürsorge!«

Maria's linke Körperhälfte bäumte sich auf. Sie stöhnte laut. Marin fühlte ihren Puls dünner werden und kontrollierte den Kreislauf: Er blieb stabil, die Spritzen hatten geholfen. Unruhig ging er durch das kleine Appartement, zog alle Schubladen heraus und legte die beiden Koffer auf den Marmor. Hastig raffte er die Kleidung zusammen und hörte sie in Gedanken protestieren: »So nicht, mein Schatz!« Mit wenigen Handgriffen hätte sie Ordnung geschaffen, Hemden, Hosen und Röcke in ihre Bügelfalten gelegt, dann schrak er auf und stopfte die Kleidung schnell und achtlos ins Gepäck. Der volle Mond schickte sein Schweißbrennerlicht durch das Gitterfenster. Neben dem Fenster plätscherte der Swimmingpool. Wieder beugte er sich ängstlich über Maria. »Hast du Durst, Liebling?« Sie zwinkerte. Er stützte ihren Kopf. Sie trank das Mineralwasser in vollen Zügen und schluckte. Er hörte sich sagen: »Maria, halte durch, denk an Philemon und Baukis!«

Ihre linke Hand griff nach ihm: »Gadiel …« hauchte sie und drückte seinen Arm. Es war als rückten alle Quadratformen auf ihn zu: Das Gitterfenster, das Labyrinthbild, die Kommoden und Schränke, ja, die Wände und Marmorböden selbst, als wollten sie ihm die Atemluft nehmen. Sein Kopf zog schwer nach unten, dann sah er Maria halb nur noch im Bett in der

Ritze zwischen Bettkante und Stühlen. Er zog ihren bewußtlosen Körper in die Mitte. Draußen plätscherte heftig das Wasser. »Oh, oh, do it please, yeah, yeah, oh, come, come ...!« Namenlos verschallte die Frauenstimme in der subtropischen Vollmondnacht. Hilf Maria, dachte es in ihm: Denn bei dir ist alle Macht! Er hatte wohl das Klopfen überhört. Nagib im weißen Burnus stellte ein Tablett auf den Nachttisch.

»Sie haben sicher Hunger!« Er goß den schwarzen Kaffee in die Tasse und hob den Deckel von dem silbernen Thermogefäß ab. Der Braten mit Auberginengemüse dampfte.

»Ich werde wachen, Sie essen ...« Marin aß gierig.

»Allah wird helfen!« Der Araber, der seine Freizeit opferte, zupfte das Laken über Marias Schulter, denn eine kalte Nachtbrise strich durch's Fenster: »Sie ist ein guter Mensch, ich kann fühlen: Gute Menschen haben Allahs Schutz: Nix verzweifeln Sie ...«

»Sie müßte längst in einem Krankenhaus behandelt werden!« sagte Marin entmutigt.

»Wollten Sie nicht heute Nacht den Mosesberg besteigen?«

»Woher wissen Sie das?«

»Meine Bruder arbeitet in Reisebüro.«

»Sie wollte dort den Sonnenaufgang erleben ...«

»Allah gibt und nimmt! Moses sah das gelobte Land vom Berg Nebo, betreten durfte er es nie ...«

Nagib wischte ihr den Schweiß von der Stirn.

»Morgenfrüh acht Uhr hole ich Sie ab mit Krankenauto für Airport. Und bringe Geld zurück für Bergtour vom Bruder ...«

Er verneigte sich tief, die geöffneten Handflächen dem Arzt zugewandt.

Zuerst hörte er das Summen der Fliege irgendwo im Zimmer, dann sah er ihren grünschillernden schwarzen Chitinleib mit Schwirrflügeln auf einem Brotkrumen landen. Die Hinterbeinchen hafteten an der Beute, die beiden gelenkigen Vorderbeine kratzten einen Krümmel los, den die Freßwerkzeuge ergriffen und im Körper verschwinden ließen. Ssssss, senkrecht war sie aufgestiegen.

Bleischwere Müdigkeit erdrückte ihn: Er lag im Schatten eines Deiches und sah ein Entenpärchen in der Ferne kommen. Als der schnelle Wind sie direkt über seinen Sichtschutz trug, legte er die Schrotflinte an, hielt ein wenig vor und schoß: Das Weibchen fiel wie ein Stein in den Schilf. Als er dann vor der verletzten Wildente stand, sah sie ihn ruhig an. Mit dem Gewehrkolben zerschmetterte er ihren Kopf ... Dann wachte er auf. Maria schlief ruhig. Unvermittelt sagte er: »Ich liebe dich, laß mich nicht allein.«, als wolle er einen Schutzwall errichten in dieser furchtbaren Stille.

Da drückte sie seine Hand. Er küßte ihre Lippen und spürte einen weichen warmen Gegendruck. »Liebling, halte durch! Morgen früh fliegen wir nach Kairo in die Klinik!« Es war nach Mitternacht. Marin rückte alle Stühle ans Bett und legte sich in Kleidern neben seine Frau. Nur die Nachttischlampe warf einen abgeschirmten Lichtkegel an die Wand. Hinter dem Fenstergitter sah er einen einzigen Stern in der blauschwarzen Nacht. Maria atmete gleichmäßig, als seien ihre leidvollsten Stunden nur ein gräßlicher Spuk gewesen. Er glaubte Herrn Meyer sprechen zu hören: Man läuft und läuft und scheint auf der Stelle zu treten. Was du hinter dir glaubst, liegt wieder vor dir im endlosen Sand. Du scheinst nicht vom Fleck zu kommen und der Horizont ist fern ... Maria lachte und streckte ihren blutenden Finger in den Mund und lutschte ihn ab und sagte: Ich will sie locken und in die Wüste führen und dort zu ihren Herzen sprechen und sehen, ob der Mensch bereit ist sich ergreifen zu lassen ... Wieder sprach Herr Meyer: An der scharfen Grenze zwischen kalten und warmen Luftschichten bricht sich das Sonnenlicht und wirft das Spiegelbild des Himmels auf den Sand hinunter in vielen Formen ... und so siehst du plötzlich unter der sengenden Zenitsonne einen klarblauen See. Du läufst hin mit letzter Kraft, denn bald wird endlich,

endlich dein Durst gestillt sein, In dem ockergelben Wüstensand sah er einen Engelchor in schneeweißen Kleidern mit Stulpenkragen aus Gold und Purpur. Sie sangen mit weit offenen Mündern, aber er hörte keine Musik. Aus einem goldenen Schloß kamen zwei Reiter in Rot und in Weiß. Sie richteten ihre Lanzen gegeneinander, zogen die Schwerter, und ein furchtbarer Kampf begann: Nein, nein, hörte er sich rufen: Ich will keinen Donnerstag mehr und sah eine Kerze mit schwarzem Docht, die erlosch. Zwei weißgekleidete Krankenpfleger waren ins Hotelzimmer getreten, ergriffen Maria und stellten sie mit einem Schwung auf beide Beine: Sie stand aus eigener Kraft. Ich werde sie wiederherstellen, sagte eine Stimme, aber mit kleinen Rückständen mußt du rechnen. Er wachte auf. Das Licht war hellgrau vor dem Gitterfenster. Maria schlief ruhig. Ihr Gesicht war sehr blaß. Sechs Uhr. Die Luft war kalt. Eine grünschillernde Schmeißfliege lag tot auf ihrer Bettdecke. Still war es wie vor einem Schöpfungstag.

23

»Kommen Sie: Flieger nix warten!«

Der treue Nagib hatte die beiden schweren Koffer in den VW-Bus getragen und war so schnell wieder da, daß Marin den letzten Kontrollgang kaum beenden konnte. Ihre rechte Seite blieb gelähmt. Sie rollten die Trage über den weichen Kunstrasen. Das Eisen zog eine tiefe Doppelspur. Nagib ging vorne, Marin schob hinten, dazwischen lag Maria in ihrer wattierten, beigegelben Jacke. Ihr schiefes Gesicht schien von einem Lächeln noch schiefer gezogen. Im frühen Morgenlicht war sie sprachlos und sehr elend. Marin hätte schreien mögen.

Sie rollten jetzt durch die Marmorlobby. Die Räder knirschten, und der livrierte Empfangschef salutierte. Dem mausgrauen Bus hatte Nagib die Hintersitze genommen. Stumm zogen die Berge ohne Schatten. Dämmrig schimmerte das Rote Meer. Der Himmel war bewölkt. In der Wüste wurde der Staub höher und dichter. Marias waschblaue Jeans wurden feucht im Schritt. Marin sah ihr Schiefmundlächeln und liebte es so, daß er hätte weinen und lachen können. Sanft berührte er die gelähmte Hand. Sie war schlechter durchblutet und darum kälter. Als er sie nun küßte, spürte er den warmen Atem und gab sich ganz in diese Berührung, als wolle er über die ausgetrockneten Lippen in ihre Seele küssen: Liebling gib nicht auf!

Nagib hielt direkt vor dem Flugzeug. Der Co-Pilot und zwei Stewardessen brachten die Patientin auf der Trage, Stufe um Stufe, die Gangway hinauf. Die Hintersitze waren als Liege vorbereitet. Behutsam betteten sie Maria. Ihr Kopf lag auf Marins Schoß.

»I thank you so much!« Die Tickets wurden schnell gecheckt. Nagib verbeugte sich und hielt ihm einen Umschlag hin: »Das Geld von meinem Bruder für die Bergtour …, bitte.«

Marin nahm den Umschlag und einen zweiten, den er vorbereitet hatte, aus der Jackentasche: »Bitte, nehmen Sie, keiner hat uns so geholfen!«

Der Ägypter verbeugte sich ein zweites Mal und steckte beide Umschläge in Marias gelbe Jackentasche.

»Er schenke ihr langes Leben!«

Sehr blaß war sie geworden, der rechte Mundwinkel wies nach unten, der linke nach oben. Als sie nun mit geschlossenen Lidern auf seinem Schoß lag, war ihr Gesicht uralt. Bald würden sie starten, er wußte um das Flugrisiko für die Hirnkranke. Würde sie das und den Transport durch die Riesenstadt Kairo lebendig überstehen?

An diesem Tag stiegen sie nicht auf den Sinai, sondern steil in eine graue Wolkenwatte und höher hinauf in reines Blau.Im Flugzeug waren nur acht Passagiere, die zuerst geschaut und dann Platz genommen hatten. Marin war erschöpft, aber die Gefahr hielt ihn wach. Eine Stewardess löste ihn ab, als er urinierte. Vor dem Toilettenspiegel erschrak er: Sein Haar war ergraut, das unrasierte Gesicht müde und faltig. Wattewolken schwebten über der Wüste. Hunger hatte er nicht. Maria schlief, als die roten Lämpchen aufleuchteten: Fasten Seatbelts. Über Kairo setzten sie zur Landung an.

»An ambulance is waiting for you!« Die Stewardess half, die Kranke anzuschnallen.

»We organize everything, good luck for your wife ...«

Dem Piloten gelang eine sanfte Landung. Sorgfältig wurde Maria nach unten getragen. Marin saß neben ihr in einem alten Mercedes-Transporter, dessen Dach ein großes Loch hatte.

»*Al Salam*-Hospital, please!, 3 Syria Street, Mohandessin! As fast as possible, she's in lifedanger!«

Der Fahrer grinste über seinem melierten Schnurrbart und stellte Blaulicht und Sirene ein. Maria öffnete die Lider weit. Infusionen oder Notfallkoffer gab es nicht. Sie steckten auf der vierspurigen Stadtautobahn im Stau. Die Luft war trüb von

Staub und Abgasen, die durch das Deckenloch ins Wageninnere drangen. Dazu kam ein unerträglicher Lärm aus Hupen, ratternden Dieselmotoren und Bremsen. Menschen schrien aus offenen Autofenstern oder von Ladeflächen herunter und gestikulierten, als könnten sie ändern, was nicht zu ändern war. Mit heulender Sirene fuhr der Transport Slalom: Mal auf dem Außenstreifen, mal haarscharf durch die Lücke zwischen zwei Autos, oder gekonnt an einem Ochsengespann vorbei, wobei die Tiere laut blökten und scharf zur Gegenseite sprangen. Der Fahrer hielt sich an keine Regeln und entkam dennoch diesem Chaos wie durch einen Schutzengel. Wiederholt drehte er sich nach hinten: »You are alright?« Marin schüttelte heftig den Kopf: Maria war bewußtlos geworden. Ihr Puls war schwach und flatterte. »Faster, she's dying!«

Dann regnete es.

»Shit!« rief der Fahrer: »The first rain since years!«

Das Regenwasser tropfte oben durch das Loch direkt auf ihre Stirn. Marin schob die Trage enger zur Wand, so daß der schmutzige Regen seine Hand traf. Zuerst fielen nur Tropfen. Dann prasselte eine harte Sturzflut und floß durch das Loch wie aus einem geöffneten Wasserhahn. Marin stopfte sein Taschentuch hinein. Maria lag reglos und atmete kaum noch. »Hurry up, she's dying!« Der Fahrer bog sogar für Sekunden auf die Gegenfahrbahn, dann eine Ausfahrt hinunter, in hohem Tempo über eine leere Asphaltstraße mit Schlaglöchern. Endlich, endlich stoppte er. Marin stieß mit einem Arzt zusammen, der wohl hinter der großen Glasscheibe gewartet hatte. Es war Professor Akil Youssef, der neurologische Chefarzt. »You are a colleague?« Marin nickte.

»Please help her, she's dying!«

Sie hörten die Trage schnell über die Steine knirschen. Es war ein kleiner mehrstöckiger Betonbau mit einem sehr bescheidenen Empfang, in dem der Pförtner in einer Glasbox Dienst tat. Der Neurologe hatte etwa sein Alter. Marin gab ihm eine Visitenkarte und faßte sofort Vertrauen zu diesem pyknischen Mann, der mit einer solchen Herzlichkeit sich ihm zuwandte, daß er die Verantwortung für Maria ohne Zögern auf seine Schultern mitübertrug.

»Do a brainscan, immedeately!« rief er einem Krankenpfleger zu. Marin erledigte die Aufnahmeformalitäten: Persönliche Daten, Herkunftsort, Heimatland und Anzahlung. Man bot ihm an, ob er nicht bei seiner Frau im Krankenzimmer schlafen wolle.

»Shouldn't I take a hotelroom nearby?« Eine so starke Erschöpfung hatte ihn eingeholt, daß er die Nähe seiner Frau fliehen wollte. Er wollte sie und ihr Leid loswerden, wenigstens in den Nächten. Die Verwalterin wartete, um Bett und Verpflegung für ihn mitzubuchen. Da nickte er und überwand die Schwäche.

»We'll stay together!« Marin fühlte sich leichter und hörte Professor Youssef hinter seinem Rücken sagen: »It's a braininfarction: Left-deep, temporoparietal, acute, non haemorrhagic infarction involving the left basal ganglia!« Also, das Schlimmste war eingetreten: Der Hirninfarkt auf der linken Seite mit einer Halbseitenlähmung der gesamten rechten Körperhälfte.

Maria wurde im Fahrstuhl nach oben gefahren. Als er mit dem Professor das Krankenzimmer betrat, lag sie unter zwei blauen Wolldecken auf dem uralten Krankenbett: daneben Infusionsständer mit Flasche und mehrere Spritzen. Professor Youssef prüfte Reflexe, Blutdruck, Pupillen und Herz: »I think, she'll be OK after a while!«

Er hätte den Kollegen umarmen können für diesen Hoffnungsschimmer und hörte plötzlich diese Stimme aus seinen Träumen: »Ich werde Sie wiederherstellen, aber mit Rückständen mußt du rechnen.« So vereinten sich die innere Zuversicht mit der ruhigen Sicherheit des Neurologen zu einem festen Glauben an ihre Gesundung, der mit der erbärmlichen Wirklichkeit seiner noch bewußtlosen Frau nichts gemein hatte. Der Professor stach die Flügelkanüle ein und fixierte. Zuerst entleerte er die Spritzen in den Schlauch, gleich danach tropfte stetig die Infusion: physiologische Kochsalzmittellösung mit Heparin. Er versuchte also, wenn auch verspätet, das verstopfende Blutgerinsel in ihrem Hirn aufzulösen.

Zwei Betten in Reichweite beieinander, zwei Kliniknachttische, ein Sessel bezogen mit lindgrünem Plastik, verschlissen von den ungezählten Gesäßen. Die Notklingel hing an ihrem Bettgalgen. Längs an der weißgetünchten Wand stand ein fahrbarer Eßtisch für die Kranke und ein aufklappbares Wandbrett, das mit einem beweglichen Bügel von unten zu fixieren war. Dorthin hatte er seinen Sessel gerückt und aß lustlos ein paar Löffel von dem fettriefenden Lasagne, das ihm die Schwester hingestellt hatte. Das Personal sprach kein Englisch, so daß Professor Youssef vorerst der einzige Dolmetscher blieb und dazu natürlich die Gesten: diese müde Pantomime der Hilflosigkeit, diese Taubstummensprache seiner Finger, die ihm wie Kasperltheater vorkam, wenn er etwa um neuen Zellstoff, Pamperswindeln oder Leinenspanntücher bitten mußte. Weil er kein Arabisch lesen konnte und ihm die Beschriftung der Türen draußen in den gebohnerten Linoleumgängen rätselhaft blieben, mußte er einmal hilflos auf seinen Hosenlatz zeigen und mit der rechten Hand einen Urinstrahl in die Luft malen, wobei die hellhäutige Schwester unter ihrem weißen Haartuch zuerst heftig errötete, ehe sie begriff und ihm die Toilette zeigte.

Maria schlief zwei Tage und zwei Nächte. Kot und Urin entleerten sich aus ihren gelähmten Körperöffnungen ohne Hemmung. Marin säuberte und wusch mit Wasser aus der Duschzelle und begriff erst nach einer Weile, warum die Schwestern ihn mit dieser schweren Arbeit allein ließen. Ein Trinkgeld von 100 LE änderte die Situation prompt: Kaum hatte er geläutet, schon kamen die Engel in weißen, wehenden Kitteln. Zweimal täglich besuchte ihn Professor Youssef. Er kontrollierte sorgfältig die Reflexe und untersuchte Herz und

Kreislauf, ließ EEG und EKG im Bett schreiben und sagte irgendwann zu seinem Kollegen mit einer wohltuenden Stimme: »Be hopefull, she'll come through!«

Zwischen fünfzehn und zwanzig Millionen Menschen leben in *Al-Khahira*, der Siegreichen, jener uralten Nilmetropole, die Marin nur hören konnte durch Wände und Fensterritzen, denn der Blick hinaus endete, noch ehe er hätte frei werden können, an der hellbeigen Nachbarwand: Nur von ganz hoch oben, über die Kanten der Hochhausdächer hinweg, verirrten sich Sonnenstrahlen in diesen Hinterhof, der in einem Schattendasein dahindämmerte. Der Stadtlärm war allgegenwärtig: Sehr laut am Tag vom nahen Boulevard, leiser in den Nächten: Ein monotones Murmeln fast. Er hatte zusätzliche Wolldecken erbeten, denn es war kalt. Das Licht wurde mit dem Notstromaggregat noch dunkler. Marin lag neben seiner Frau auf Abruf und hörte sie tief atmen. Seit Tagen sprach sie nicht ein einziges Wort. Der Hirninfarkt hatte das Broca'sche Sprachzentrum beschädigt. *Hiob mit Kind und Kegel*, die luzide Traumstimme war wieder da, und er war erleichtert, als spräche ein Freund zu ihm in der Fremde: *es geschieht auch deinetwegen dieses Leid, damit du es durchlebst und begreifst, daß du mir die Treue halten sollst: darin liegt die Erlösung*. Er sah einen Rotländerhahn, der mit dem Kopf zuunterst in ein Eisengestell eingespannt wurde: ein Messer schlug ihm den Kopf ab: Blut spritzte. Dann hörte er eine Lautsprecherstimme: Allahu Akhbar... Allahu Akhbar... und wachte unter der Notbeleuchtung und hörte den heiseren Muezzin von allen Minaretten Kairos aus der Nacht näseln und spürte den Schauder der Fremde. Wir sind im Orient, dachte er: Hier darf Maria nicht sterben. Er griff nach ihrer linken Hand und spürte einen Gegendruck. Leise rief er: »Maria, hörst Du mich?« Draußen ratterten nur die Frühstückswagen, klirrten Tassen und Teller, klapperten Bestecke, über allem jedoch das Seufzen und Stöhnen der Frischoperierten oder jener, die starben. Es huschten die Filzpantoffeln der Krankenschwestern, schleppten sich die Schritte der Genesenden oder die eiligen Füße ihrer Frauen und Kinder, die wie er bei ihren Lieben schliefen, um das Personal zu entlasten und die Kosten zu senken. Irgendjemand schrie laut, aber nicht von der nahen Moschee, wo der Muezzin längst verstummt war. Aus einem fernen Flur kam dieser Todesschrei, dem bald der rhythmische Klagesingsang einer Frauenstimme folgte.

24

Am dritten Morgen öffnete sie die Lippen, zwischen denen der Atem hilflos hauchte: Dann sprach sie: »Elendiglich muß ich hier liegen…« Marin ließ das Glas fallen: »Maria, Du kannst sprechen!«

»Günther, glaubst Du, daß wir zusammenbleiben…?«

»Ja, ja, ja!« hörte er die Antwort und beugte sich ganz dicht über ihren Mund.

»Die Habgier in der Welt ist nicht gut!«

»Alles wird gut werden, der Professor Youssef hat's gesagt!«

Als die Antwort ausblieb, wich er zurück: »Maria, was ist?«

Wieder war sie sprachlos, als habe sie drei Tage und drei Nächte Worte aufgespart und dann verbraucht für diese drei Sätze.

»Maria, Maria …?«

Das Schiefmundkind lächelte stumm.

Im ewigen Schattenreich wird die bunte Welt grau. Osiris, der Totengott, herrscht dort, sagen die alten Ägypter: Anubis wägt die Herzen und richtet sie. Die einen werden gefressen und in Erde für immer zurückverwandelt, die anderen bestehen und werden erhöht in den Schönen Westen als gottnahe Wesen für immer. Marin durchbrach diesen Stillstand am dritten Tage, sein Leben drängte zur Tat: Am achten Januar würde er morgens in der Praxis Dienst tun müssen. Maria, die Unersetzliche, mußte ersetzt werden. Würde sie einen Heimflug überstehen? Professor Youssef stimmte dem 4. Januar zu: er sehe kein großes Risiko mehr. Ihr Zustand sei ja stabil und werde sich weiter bessern! Schon für heute plane er den Krankengymnasten ein. Den weiten Weg durch Logopädie und Rehabilitation würde sie wohl besser in Deutschland gehen!

Mehrere Stunden hatte Marin telefoniert. Zuerst mit der Deutschen Botschaft. Ein solcher Krankheitsfall sei Privatsache und nicht Staatsangelegenheit, er möge doch das Reisebüro Travco anrufen, dort spräche man deutsch, und sei wohl noch von Rommel her allem Deutschen besonders zugewandt. Frau Mooney, die wirklich seine Sprache fließend beherrschte, war am Hörer. Sie werde ihm Hilfe schicken, Herrn Aladin Mahmoud, einen Germanistikstudenten, der werde ihm gegen geringes Entgelt zur Verfügung stehen und die schwierigen Behördengänge für den Abflug der Kranken regeln. Warum er denn so schwer am Hörer atme, ob auch er krank sei? Nein, nein! Nur sein linkes Oberlid zucke, wann und wie es wolle. Also gut, Herr Mahmoud sei schon ins Auto gestiegen und würde sich je nach Verkehrslage in etwa einer halben Stunde bei ihm melden.

Dann erreichte er nach vergeblichen Versuchen den Chirurgen Dr. Hille in München, mit dem er seit zwanzig Jahren zusammenarbeitete: »Herr Marin! Sie aus Kairo? Ist das ein Scherz?« Seine vertraute Stimme war unterlegt von einem fernen Rauschen. Sie tat ihm gut, und er sagte schnell: »Nein, es ist bitter ernst. Meine Frau hatte einen Hirninfarkt in der Wüste Sinai! Sie ist rechtsseitig gelähmt!« Marin hörte ihn trotz des Störgeräusches tief durchatmen: »Wann kommen Sie an?«

»Am 4. Januar 19.25 Uhr München-Riem! Können Sie bitte einen Krankenwagen hinschicken und ein Bett organisieren auf Ihrer Abteilung?«

»Kein Problem, lieber Herr Marin. Ist schon geschehen! Halten Sie durch!«

Schließlich der schwierigste Anruf: »Sehen Sie!« sagte Frau Riehl über mehrere tausend Kilometer hinweg: »Ich hatte Sie gewarnt vor einer ägyptischen Gefangenschaft! Wird sie's überleben?«

»Ja! Aber ich brauche Ihre Hilfe, bitte: Vertreten Sie meine Frau in der Praxis, bis wir wissen wie's weitergeht!«

Jetzt gönnte sie sich eine Pause so lang wie der Telefondraht auf dem Grund des Meeres und antwortete dann: »Unter einer Bedingung! Keine Maulkörbe mehr und ab sofort das dreifache Gehalt!«

Was blieb ihm übrig: »Ja!« sagte er.

»Es sei!«, sagte sie: »Dann helfe ich Ihnen aus diesem Strafgericht!«

Aladin Mahmoud hatte einen ungewöhlich breiten Mund, der sein Gesicht aufkerbte und perlweiße Zähne schimmerten unter dem schwarzen Oberlippenbärtchen. Seine Stirn floh dem Kurzhaarschnitt entgegen. Haselnußbraune Augen, überwiegend freundlich und manchmal von solcher Herzlichkeit, daß Marin ihn sofort als einen weiteren Schutzengel begriff.

»Sprechen wir deutsch, ich habe am Goethe-Institut studiert und soll Ihnen helfen bis zum Abflug.«

In der Glasbox beim Pförtner hatte er gewartet, als Marin aus der Telefonzelle trat. Als sie am Krankenbett ankamen, arbeitete dort schon der Krankengymnastiker Abu Zetri. Marias Augen waren weit geöffnet und hellwach. Er machte wohl Scherze auf ägyptisch, denn Aladin lachte laut. Abu hob und senkte ihren rechten gelähmten Arm und löste behutsam die Spastik ihrer Hand. »Er mag Ihre Frau!« dolmetschte Aladin, »Er sagt, sie arbeite sehr gut mit, und tapfer sei sie auch, denn diese Übungen täten sehr weh am Anfang!«

»Sie haben einiges hinter sich, gönnen wir uns eine kleine Stadtrundfahrt!« Aladin wies zur Tür und sprach ein paar ägyptische Sätze mit Abu Zetri. Der streichelte die gelähmte Hand seiner Patientin und nickte. »Er wird in den nächsten zwei Stunden bei ihr sein!«

»Maria, ich bin bald zurück!« Er hatte sich über seine Frau gebeugt und sie zwinkerte.

Tief atmete er vor dem Hospital. Überall parkten Autos. Über dem *Al Salam* waren arabische Buchstaben und darüber ein großes H mit einem fliegenden Vogel als Querbalken. Als wäre ein Grauschleier von seiner Seele genommen, konnte er plötzlich wieder Farben sehen: Der prächtige Obststand gleich gegenüber: Grüne Paprika, hellrote Tomaten, Orangen, Golden Delicius und Branburyäpfel, dunkelrote Nektarinen, Zucker- und Honigmelonen... Der Verkäufer wies auf seine Waren. Er trug einen weißen Turban über dem lindgrünen Burnus. An der Deckenleiste hing *Ariel*-Werbung. Marin kaufte ein Bündel Bananen. Aladin überwachte die Zahlung genau und aß selber mit Heißhunger.

»Mein Fiat ist ein paar Straßen weitergeparkt!« Sie balancierten über Bretter: Die überbrückten Regenpfützen auf der matschigen Lehmstraße. Rundherum zerfallene Häuser mit bröckelndem Mauerwerk, schiefe Tür- und Fensterrahmen, die dem Druck der sich absenkenden Steine nicht lange mehr standhalten würden. Ein Schimmel in schwarzem Zaumzeug versperrte ihren Weg. Das Leder war trocken und brüchig. Fliegen umschwirrten das Pferd, so daß es unentwegt entweder mit den Ohren zucken oder mit dem Schwanz sich verteidigen mußte. An einem kleinen Rondell die Bretterbude eines Metzgers mit blutigen Schafen, die schlachtnackt an ihren Hinterbeinen hingen und schwarzgepunktet waren von den Chitinleibern der Fliegen. In einer engen Gasse zwischen Natursteinmauern türmte sich der Müll. Dazwischen war mit Brettern ein Möbelspeicher errichtet. Eine Glühbirne brannte hell in die Dämmerung. Auf dem Müllhaufen sah Marin riesige Ratten mit langen, trägen Schwänzen und Kinder, die sie mit Stecken erschlugen.

»Sie jagen das Abendbrot für die ganze Familie!« Aladin zuckte hilflos mit den Schultern: »Die Menschen hier sind arm! Die Reichen essen Rindsfilet und Lammkotelets!«

Vor ihnen hatte ein Geflügelhändler eine Wand von Käfigen eingerichtet mit Hühnern, Enten und schwarzweißgefleckten Kaninchen hinter Bambusstäben. Begehrlich strich eine Katze drumherum. »Hier sind wir!« Aladin öffnete die Türen seines Fiat 500.

»Haben Sie einen Wunsch?«

»Gern würde ich einen Blick auf eine der Totenstädte werfen ...«

»Die meisten Touristen fragen zuerst nach den Pyramiden von Gizeh. Das wissen die Ägypter und verdienen dort gutes Geld!«

»Ein bißchen haben wir, meine Frau und ich, über den Totenkult gelesen und stießen dann im Reiseführer auf die Totenstädte von Kairo, die wohl einmalig sind in der islamischen Welt.«

»Fahren wir, es wird schon bald dunkel!« Mahmoud brauste los auf Nebenstraßen ohne Kopfstein oder Asphalt, über Knüppeldämme hinweg und plötzlich, an einer verkehrsarmen Stelle, bogen sie auf eine Stadtautobahn, mehrspurig und leer.

»Wir fahren von Südwesten nach Südosten: Schau'n Sie mal in den Rückspiegel!« Marin sah über Straßenlaternen, geparkten Autos und Kokospalmen in der giftgelben Smogluft eine riesige Pyramide aufragen.

»Die Pharaonen Mykerinos, Cheops und Chefren ließen sich diese Kolosse als Grabmäler errichten im dritten vorchristlichen Jahrtausend.«, erklärte Mahmoud. »2,3 Millionen Blöcke wurden für den Bau der 150 Meter hohen Cheopspyramide benötigt, ungezählte Menschen starben zu Ehren des Pharao. Granit und Kalkstein wurden bei Assuan gebrochen und auf dem Nil herbeigeschafft. Bis heute weiß niemand genau wie diese Baumeisterkunst ohne moderne Instrumente möglich war. Zu Füßen dieser drei Weltwunder, wie die Antike sagte, liegt die geheimnisvoll lächelnde Sphinx. Den Mamalukenherrschern diente sie als Zielscheibe für ihre Kanonenkugeln. Sie schossen ihr die Nase weg. Manchem Studenten gilt sie als leprakrankes Weltwundergeheimnis!« Mahmoud grinste. Dann fuhren sie über die Nilbrücke zur Wolkenkratzersilhouette des modernen, europäischen Kairo. »Mit 6.671 Kilometern ist er der längste Strom der Erde, Urstrom vieler Zuflüsse aus Ruanda, Burundi, Äthiopien, Uganda, Sudan, Ägypten und vor allem aus den Regenwäldern Zentralafrikas.«

Im Smog sah er eine riesige Burg sich abzeichnen. Als hätte der aufmerksame Mahmoud seine Blickrichtung geahnt, erklärte er freundlich: »Das ist die berühmte Zitadelle mit der Moschee des Sultan En Nasir, darunter liegt der Südfriedhof mit seiner Totenstadt! Auf der anderen Seite finden Sie den Chan El Chalili, den größten Basar Kairos mit vielen Geschäftsstraßen und Souks.«

»Sind wir nicht zu spät?« Marin wies in die Dämmerung, die durchglüht war von unzählbaren Lampen, Lichtern und Scheinwerfern im Nildelta zwischen Mittelmeer und Wüste.

»Unser Land, einst die Kornkammer des Römischen Reiches, muß heute Getreide importieren. Die Armen ziehen aus dem Niltal in die Hauptstadt. Sie suchen Schutz bei Verwandten, hausen in Bretterhütten oder Pappkartons oder sie wohnen, trotz Aberglaube und Geisterfurcht, auf den beiden großen Friedhöfen. Ungefähr hundertfünfzigtausend Menschen finden hier Zuflucht in Mausoleen, Grüften und Grabstellen.«

»Wieso dürfen die Armen dort wohnen?«

»Die Besiedlung herrenloser Grabstellen wird von der Stadtverwaltung stillschweigend legalisiert: Ein Gewohnheitsrecht aus Not, wenn Sie so wollen: Man hat ihnen sogar Elektrizität und Wasserleitungen dort hinlegen lassen, um Geld zu sparen für die Armensiedlungen.«

Aladin öffnete ein verrostetes Eisenpförtchen in einer Mauer am Ende einer menschenleeren Gasse. »Ich bin hier aufgewachsen! Folgen Sie mir einfach, was immer auch geschieht!«

Er hielt eine rote Plastikstablampe in der Hand, während die Sonne in der Wolkenkratzersilhouette des modernen Kairo zuerst aufgespießt wurde von einer Turmspitze und dann glühend über der Stadt zerfloß. Die Bretterbuden rechts und links waren nur schattenhaft in diesem Reich der Toten. Marin hörte Flüstern und leises Lachen und sah die ersten Grabsteine: Viereckige Steinsockel, die einfach aus der dunklen Erde gewachsen schienen mit ihren Spitzobelisken. Im letzten Streulicht wurde ein riesiges Gebäude mit einer überhöhten Kuppel an den Abendhimmel geschnitten.

»Ein Kalifengrab, die Madrasa des Sultans Inal mit Mausoleum.« Kühn ragte das Minarett in die Nacht. Aladin griff nach seiner Hand: »Kommen Sie!« Er knipste die Stablampe an, so daß sie sichere Schritte tun konnten. Das Tuscheln hinter den Bretterwänden und in den Grabgassen war stärker geworden. Marin hörte deutliche Worte, die er nicht verstand: »Umma ... umma ...!«

»Vorsichtig ...« Aladin war stehengeblieben und hatte die Lampe ausgeknipst. »Djihad ... Djihad ...« hörten sie jetzt ganz deutlich Kinderstimmen in der Nacht überall zwischen den Gräbern. Da traf ihn ein Stein hart an die Schläfe. Er fühlte Blut an seiner Hand und hörte sich rufen: »Raus hier ... schnell, die greifen uns an!« Sie hörten das Sausen vieler Steine in der Luft. Aladin riß ihn hinter einen Grabsockel und deckte Marins Körper mit dem eigenen ab. »Schnell weg hier! Geben Sie mir die Hand! Wir müssen raus, ehe die neue Steine gefunden haben!« Sie rannten Hand in Hand. Aladins Lampe wies notdürftig den Weg. Schnell schlugen sie das Eisenpförtchen hinter sich zu und keuchten die schmale Gasse entlang, die nun von einer Straßenlaterne erhellt war. Erst jetzt roch Marin den beißenden Gestank nach Müll und Verwesung und auch die eigene Angst.

»Das war nicht gut!« Aladin kehrte verlegen die Handflächen nach oben: »Entschuldigung, mein Fehler: Ich hätte das ahnen müssen!«

25

Noch immer ein bißchen atemlos und tief erschrocken, trat Marin in das Zimmer seiner Frau. Hellwach blickten ihre Augen. »Entschuldigung Liebling, ich habe Dich lange allein gelassen!« Er streichelte ihre kranke Hand, sie machte Gesten mit der gesunden. Es sei nicht so schlimm, glaubte er zu verstehen. Aber dann gab sie Zeichen, die er erst nach einer ganzen Weile begriff. Daumen und Zeigefinger formten einen Kreis, den sie immer wieder vor ihrem Gesicht hin- und herschwenkte. »Einen Spiegel willst Du?« Heftig zwinkerte Maria mit dem Auge. Er aber griff in ihre Waschtasche und gab ihr den Taschenspiegel in die linke Hand. Maria sah hinein und preßte ihn sofort vor ihr entstelltes Gesicht: »Sterben...«, sagte eine ihm ganz und gar fremde Stimme, die zwar den Mund und die Lippen benutzte, nicht aber die liebende Ausdruckskraft seiner Frau besaß. Dann weinte sie bitterlich. Ihre linke Gesichtshälfte zuckte hinter dem Glas. Ihre Tränen sickerten unter den Spiegelrand.

»Mein liebes Schiefmundkind...« sagte er. Lange hielt er sie im Arm, den Kopf gegen ihren gelehnt. Er hielt sie sehr fest. Dann schlief sie ein.

In Unterhose und Joggingjacke lag er unter dem Notlicht. Er träumte:

Irgendwo in der südlichen Totenstadt brannte die Sonne am Himmel. Männer, Frauen, Kinder: Junge, Alte und auch Neugeborene kamen zu Tausenden aus Gräbern und Mausoleen und hatten sich in den breiten, langen Diagonalstraßen des Südfriedhofes versammelt. In bunten Gewändern mit Turbanen, Mützen und Hüten tanzten sie nach einer Musik, die er nicht hören konnte und beteten die Sonne an. Urplötzlich schob sich der schwarze Mond blitzschnell durch das Himmelsblau und verfinsterte den hellen Tag zu einem fahlen kosmischen Dämmerlicht. Kühler Wind fegte böig über Gräber und Menschen hinweg. Sie schrieen laut und hatten Angst: »Die Sonne verfinstert sich! Schaut nur! Das Weltende naht! Wir sind verloren und verdammt!«

Aus allen Windrichtungen tauchten Männer auf in schwarzen Uniformen, schwarzgelackte Kugelhelme auf den Köpfen, so daß niemand ihre Gesichter erkennen konnte. Aus Maschinengewehren schossen sie auf die Menschen, trieben sie zusammen wie Vieh und schlugen sie mit Ochsenziemern. »Verurteilt habt ihr euch selbst! Wir aber sind die Vollstrecker!«

Sie hatten starke errigierte Schwänze, die nahmen viele Frauen mit Gewalt. Dann steckten sie ihnen Handgranaten ins Geschlecht und zerfetzten sie. Den alten Frauen schnitten sie die welken Brüste ab.

Sie hatten auch Messer, mit denen kerbten sie allen Männern die Augen aus, schnitten ihnen die Hoden ab und stopften sie in ihre Münder. Dann durchtrennten sie ihre Gurgeln. Wer noch zuckte, wurde erschlagen: »Kugeln sind zu teuer!«

Blutende Säuglinge wurden an den Beinen ergriffen, ihre heulenden Gesichter an den scharfen Grabsteinen zerschnitten, ihre Schädel zertrümmert.

Ein Priester im schwarzen Amtsgewand schwang seinen Krötenbeutel: »Dies ist ein gottgewollter, gerechter Vernichtungskrieg!« betörte er, bis der letzte Täter es glaubte.

Ein Politiker schrie besonders laut immer und immer wieder: »Ich habe kein schlechtes Gewissen: Einen solchen Aberwitz verbietet mir die Staatsraison! Herrschen soll ich, nicht dienen!«

Und ein Arzt mischte sich ein: »Jammerschade um das gute Blut, da ein verheerender Mangel in den Blutbanken herrscht: In Konserven gefüllt hätten wir damit Zehntausenden helfen können, wie der Eid des Hippokrates gebietet!«

»Um Gottes Willen nicht: Sie ruinieren ja meinen Weltkonzern: Die Blutbankaktien würden ins Bodenlose stürzen bei diesem Überangebot von Billigware: Tötet! Aber doch bitte ohne die Wirtschaft zu ruinieren, denn die schafft für alle Arbeitsplätze!«

Ganz dicht vorne am Massaker, wo das Blut spritzte, schrieb ein Journalist die Wahrheit krumm, damit sie in seinen Becher passe für den Sensationsschüttelmix, der die Auflage erhöht.

Sie riefen alle im Chor: »Wir sind die Weltweisen! Wo guter Rat ist, da ist auch gutes Geld. Ihr aber seid vorgelfrei!«

Langsam rutschte der schwarze Monddaumen von der Sonne. An ihrem rechten Rand wurde eine Lichtsichel hell, die dem fahlen Friedhofsschlachtfeld mit seinen Leichenbergen einen Schimmer von Opal schenkte. Nur ein einsamer Leopardpanzer noch war auf der Jagd. Statt Bordkanonen hatte er einen Flammenwerfer, der sofort spuckte, wo Leben sich regte. Einen schneeweißen Reiter sah er auf dem Panzer zupreschen mit gestreckter Lanze. Auf der Stelle starben die Aggressoren in dem Sturm, der ihm voranbrauste: Emporgerissen wurden sie und zerschmettert an Moscheen und Obelisken. Nun verwandelte sich der Panzer in einen schwarzen Reiter, der dem weißen Helmbusch im gestreckten Galopp entgegenfegte: furchtbar war der Lanzenprall, tief drang die Spitze in den schwarzen Leib, der vom Rappen krachte. Hell und rund prangte die Sonne, das Zentralgestirn der Milchstraße. Der gestürzte Ritter hatte sich in einen schwarzen Lindwurm verwandelt, der allerletztes Feuer spie …

Marin schlief in diesem Bleikammertraum. Wie befreit sah er Maria im weißen Leinenkleid. Aus Gräbern und Mausoleen, aus den Grüften und Moscheen, aus der Erde selbst, wie ihm schien, kamen Frauen, Kinder und ihre Männer mit Eltern und Großeltern und Urahnen. Auch soeben Ermordete. Sie alle vereinigten sich und zogen leise singend die Lehmstraße entlang. Da drehte sich Maria um und streckte ihre gelähmte Hand nach ihm aus: »Komm, mein Lieber, komm …!« Durch das gleißende

Licht sah Marin den weißen Reiter in den Wolken davonreiten. Fest griff er die Hand seiner Frau …

Sie stöhnte sehr laut. Aber der Traum hielt ihn fest. Wieder stöhnte Maria, und ihre linke Hand kratzte an seinem Bett. Jetzt roch er sie und wußte, ihr Spannlaken schwamm im Urin, und sie hatte eingekotet. Er sollte helfen, nicht die Nachtschwester. So reinigte er unter dem Notlicht ihren Hintern, wusch, cremte ein, wechselte Windel und Laken und gab ihr zu trinken. Vier Uhr. Das abnehmende Mondlicht schimmerte fahl auf der Hauswand gegenüber. »Ich hatte eben einen wunderschönen Traum!« sagte er laut in die Stille: »Du gingst fast schwerelos über die Erde in einem weißen Kleid, und winktest mir zu mit deiner kranken Hand: Es wird gut werden, Maria! Halte durch!«

Im Hinterhof jaulte ein Hund und bellte den Mond an. Maria ergriff die gelähmte Hand mit der gesunden und schlackerte sie durch die Luft. Das sollte wohl Zustimmung signalisieren. »In ein paar Tagen fliegen wir heim. Doktor Hille schickt einen Krankenwagen nach Riem. Für dich hat er ein Bett reserviert im Krankenhaus Bogenhausen!« Während er sprach, um sie zu beruhigen, war er nicht einmal sicher, ob sie verstand. Hören tat sie, aber was konnte sie begreifen? In drei Jahrzehnten hatte er viele Hirninfarktpatienten behandelt: Medikamente, Ergotherapie, Krankengymnastik und Logotherapie verordnet, aber erst jetzt wurde ihm bewußt, daß er fast nichts über diese tückische Krankheit wußte, die viele tötet und andere für immer ins Pflegebett oder den Rollstuhl zwingt. Marias Aussichten waren schlecht: Wenige Patienten wurden geheilt.

26

Präzise hatte der Chirurg Hille den Krankentransport organisiert. Mit Blaulicht fuhren sie auf dem Ostring durch die Winterdunkelheit. »Die Planung sei geändert« rief der Fahrer, das Schwabinger, nicht das Bogenhausener Krankenhaus habe ein Bett reserviert.

»Ich will sterben« sagte sie. Er war froh. Irgendwo in den Millionen Zellen und Schaltstellen dieser grauen und weißen Hirnsubstanz heilte es und gab ihr einzelne Worte der verlorenen Sprache zurück. Als sie endlich, endlich in der Sicherheitszone eines Krankenhauses lag, dem er vertraute, aus langjähriger guter Erfahrung, als er für den nächsten Morgen ein Gespräch mit dem Oberarzt Pistorius vereinbart hatte, da verabschiedete er sich von Maria.

Zum ersten Mal waren sie getrennt. Marin spürte einen heftigen Phantomschmerz, je schneller sich das Taxi auf der Schweren-Reiter-Straße entfernte. Er fühlte sich elend. Warum Maria? Draußen im Innenhof knackten die Tannenzweige unter dem Schnee. Noch einmal hörte er sie sagen: »Sterben ..., ich möchte sterben ...« Wollte sie ihn von sich befreien?

Bald wird Maria im Rollstuhl sitzen ... dachte er verzweifelt.

Du hättest sie mehr entlasten müssen! Hast du die Kopfschmerzen ernst genug genommen? Eine gründlichere Untersuchung hätte das Unheil vielleicht verhindern können! Ein Infarkt ist nicht wirklich zu verhindern! Mehr Personal hätten wir uns gar nicht erlauben können! Irgendwann schlief er ein. Es war fünf auf dem Leuchtwecker, als er schweißnaß erwachte. Zu viele werden reich in Luxus und durch das Leid derer, die das Hamsterrad der Leistungsanforderung drehen, bis sie erschöpft herausfallen und die Unverbrauchten aufspringen, damit auch sie sich erschöpfen in diesem Teufelskreis. Maria ist gefallen. Er erwog, die Praxis aufzugeben: Wegen Krankheit geschlossen! Aber dann sah er einzelne Patientengesichter: Conny Niklisch, Bernd Koursel, Jannis und andere, die sich stumm vor seinen inneren Blick schoben als wollten sie sagen: Du kannst uns doch nicht im Stich lassen nach mehr als zwanzig Jahren! Verkriech dich nicht!

Der Vormittag verging mit langen Erklärungen bei der Krankenkasse, die sich weigerte, die Kosten für Ägypten zu übernehmen. Freundlicher war das Reisebüro Mayr: Selbstverständlich würden sie das Geld zurückerstatten, das dauere nur ein Weilchen. Schade natürlich, daß er keine Reisekrankenversicherung abgeschlossen habe! »Wer denkt denn gleich an so eine Katastrophe«, hörte er sich antworten und dachte: Doch, ich hätte es tun müssen! Dann hetzte er im Auto nach Schwabing. Man hätte sich verirren können in den langen Fluren unter den Kugellampen, aber er kannte seinen Weg durch den Garten zum Bau 11 auf die Station 4. Der Oberarzt war ein schartiger Mann, geprägt und verschlissen von Patienten, die sehr oft sterben oder im Stuhl nach Hause rollen.

»Sie sind Kollege, ich muß Ihnen nicht viel erzählen. Wir haben gründliche Untersuchungen gemacht: Auch CT und Kernspin. An der Sprache werden wir mit ihr arbeiten, aber die Chancen sind nicht sehr groß. In vier Monaten wird sich ihr Schicksal entschieden haben!« Ihm war, als schaue er ins Nichts.

»Wir haben ihr die beste Krankengymnastin gegeben: Frau Rauh. Sie ist jung, aber exzellent. Vor allem ihre Geduld ist unverbraucht. Ebenso gut sind die Logopädin und der Ergotherapeut. Haben Sie noch Fragen?«

Marin sah in diesem faltigen Gesicht hinter der grauen Haut die Muskulatur sich verspannen und schwieg.

In Zimmer 253 fand er seine Frau allein in einem modernen Bett mit Luftmatratze, Bettgalgen, Klingel, Sauerstoffanschluß in einem hohen, schmalen Raum, der durch ein zweiteiliges Doppelfenster das blendendhelle Schneelicht hineinreflektierte.

»Maria!« Er strich über ihr Haar. Sie hatte einen weichen, sehr kindlichen Ausdruck. Vor dem Fenster fror eine Amsel im Schnee.

»Schau!« sprach sie plötzlich: »Ein Schwarzflieger mit Gelbschnäbelchen...« Beinahe hätte er gelacht. »Kannst du mehr sprechen?« Sie schüttelte den Kopf. Jetzt hatte er einen Strauß roter Freilandrosen auf ihren Nachttisch gestellt.

»D...d...d...« Die Restbuchstaben für Danke fanden sich nicht. Sie weinte.

»Mein Schatz, es wird gelingen! Wir werden wieder leben!« Doch er sah Zweifel in ihrem Gesicht und die Not der Todesnähe.

»Er solle sich keine Sorgen machen. Sie hätten ja die Telefonnummern privat und in der Praxis«, sagte die Stationsschwester. Viel, viel Geduld wünsche sie ihm und Kraft, die werde er brauchen! Und Dank für die Pralinen. Sie werde mit den anderen teilen.

In drei Tagen war Praxisbeginn. Er mußte allein planen. Der Kühlschrank war leer. Eine Zugehfrau hatten sie nicht. Am Dienstagvormittag und am Mittwochnachmittag hatte Maria gewaschen, gebügelt, eingekauft und geputzt, während Marin seine Heimpatienten versorgte. Nun füllte er den Kühlschrank, las die Gebrauchsanweisung der Waschmaschine und begann, die Urlaubswäsche aufzuteilen in Bunt und Weiß. Dann suchte und fand er den Wasserhahn irgendwo ganz unten hinter dem Mülleimer im Einbauschrank. Die Drehrichtung vermerkte er auf einem Klebezettel.

Den ersten Abend ertrug er kaum. Im Fernseher liefen Filme, die er nicht wahrnahm. Er saß im roten Plüschsessel und sah Maria liegen in diesem schmucklosen engen Zimmer. Dann knipste er den Götzen aus und betete für sie, daß ihr Leben sich zum Guten wende. Ich habe die Freude verloren, aus der ich immer glaubte und lebte, sagte er sich.

Im Schlaf hörte er plötzlich die Stimme aus der Wüste: Ich werde sie wieder herstellen, aber mit Rückständen mußt du rechnen! Die alte Frau oben drehte rastlos ihre Rollstuhlrunden. Er würde keine neuen Patienten mehr annehmen. Er wollte Zeit gewinnen für Maria. Eine Pflegerin würde sie kaum akzeptieren. Sie wird es nicht brauchen, dachte er hilflos. Er war erschöpft und wund. Irgendwann schlief er ein und hörte an der Schlafgrenze den eisigen Wind pfeifen. Dann wieder war er hellwach, als die nahe Kirchturmuhr viermal schlug. Sein glückliches Leben stürzte ab. Das Chaos wollte ihn verschlingen.

27

»Sehn Sie! Das war das göttliche Strafgericht, wie ich's Ihnen stets verkündet habe!« Frau Riehl herrschte auf Marias Platz. Bemühter noch war ihr Haar hineingezogen in den Knoten unter einer schwarzen Samtrosette.

»Nein!« Der Arzt antwortete so gewiß, daß es ihr die Sprache verschlug.

»Es war Gnade, daß der Infarkt im Bett geschah und nicht im offenen Meer, wo wir eine halbe Stunde vorher schwammen. Ich war weit entfernt und hätte ihr nicht helfen können!«

»Dann wäre sie abgesoffen!«

Frau Riehl richtete den Oberkörper auf und begriff, daß sie zu weit gegangen war. »Entschuldigung!« Der Arzt nickte und ging nach hinten. Die ersten Patienten drängten herein.

»Einer nach dem anderen! Ich habe nur zwei Hände! Wer unterschrieben hat, hinsetzen! Keine Ungeduld, der Doktor braucht Zeit!« Der Arzt verbat sich diesen Kommandoton.

»Wo ist sie denn, die Frau Doktor? Wo ist sie denn nur?« fragten die meisten Patienten. Frau Riehl war zunächst irritiert, dann beleidigt und schließlich so in Wut geraten, daß sie keinerlei Erklärungen mehr abgab, außer dem schnippischen Sätzchen: »Da fragen sie besser den Herrn Doktor selbst!«

Marin aber, dem nach jedem Urlaub die Arbeit leicht und freudig von der Hand ging, hatte schwere Tage. Am liebsten wäre er wortlos aufgestanden und ans Krankenbett seiner Frau geeilt. Aber den freundlichen, ja besorgten Fragen der Patienten war er die traurige Antwort schuldig. »Meine Frau hat in der Wüste Sinai einen Hirninfarkt erlitten und liegt hier im Krankenhaus …«

»Dürfen wir sie besuchen?« Er wollte Maria nicht überanstrengen. Aber die lebende Mitempfindung der Patienten würde ihr gut tun. So teilte er hier und da die Adresse des Krankenhauses mit und bat um sehr kurze Besuche wegen ihres immer noch schlechten Befindens.

Was er nun in den nächsten Tagen erlebte, machte einen sehr großen Kummer kleiner und ließ ihm die herrische Frau Riehl erträglicher werden. An jedem neuen Tag, so als habe ein Patient die Botschaft dem nächsten weitergegeben, verwandelte sich ihr Krankenzimmer und auch seine Praxis: Orchideen neben Rosen, erste Frühlingsblumen aus fernen Ländern, Hibiskus in Gelb, Weiß, Rot und Blau! Es war ein Trost, diese Blumen anzuschauen, die immer persönlich und mit kleinen Briefchen abgegeben wurden.

»Arm ... Gesicht ... Dunkelheit ...«, das waren die ersten Worte die ihn begrüßten, wenn er mittags zwischen den Sprechstunden ein Döschen Krabbensalat vorbeibrachte. Meerestiere in Joghurtsoße und Gurkenwürfeln ließ sie sich geduldig, Löffel um Löffel, in den Mund füttern und verfolgte seine Hand fast bis an den Lippenrand, so daß ihre Augen leicht schielten in dem immer noch schiefen Gesicht. Sie wußte mehr, als sie sagen konnte. In der dritten Woche abends nach der Sprechstunde, umgeben vom Duft eines Jasminzweiges, sah sie ihn an. »Günther!« Zum ersten Mal hörte er wieder seinen Namen. Er küßte ihre kranke Hand und hörte erneut: »Günther ... lieber Günther ... Danke ...« Da begriff er, daß sie den Kampf angenommen hatte. Vor dem Fenster fror der Schnee. Die Glasscheibe hatte einen Eisrand. »Es blühen Rosen und Jasmin für dich im kalten Winter!«

»Ja«, sagte sie und lächelte.

»Schiefmundkind ...« Durch die gespreitzten Finger ihrer gesunden Hand sah sie ihn an.

»Mein liebes Schiefmundkind!« Marin zog sanft ihren Handschutz weg. »Mit dir geht's bergauf! Bald wirst du wieder hübsch sein!«

»Hübsch«, wiederholte Maria: »Bald ... bist ... du ... wieder ... hübsch ...!«

Die Krankengymnastik fand im Liegen auf einer Matte statt. Maria konnte nicht stehen und nicht gehen. In den Rollstuhl neben ihrem Bett mußte sie gehoben werden. Der gelähmte Arm ruhte auf einem klappbaren Plastiktisch, um jede unnötige Belastung des Schultergelenkes zu vermeiden und die Verkrampfung der Sehnen und Finger, die Spastik also, zu vermindern. Die eine Hirnhälfte hatte die Kontrolle behalten über Nerven und Bewegungsablauf, die kranke hatte sie verloren, so daß Muskeln und Sehnen willkürlich krampften. Dieser Willkür entgegenzuarbeiten und zu lockern, vielleicht sogar aufzuheben war das Therapieziel des Krankengymnastikverfahrens nach dem Arzt Bopath. In der geschädigten Infarktumgebung mußten sich neue Zellen bilden und die Funktion der kaputten übernehmen. Dieser Anreiz sollte gesetzt werden durch täglich neues Einstudieren der verlorengegangenen Abläufe. Ihre Notdurft mußte sie auf der Bettpfanne verrichten. Noch war der Blasenschließmuskel gelähmt, und die Hirnzellen mußten neu erzogen werden, damit der Urin nicht ins frische Bett flöße. Immer sprach sie so, daß er hätte lachen und weinen können: »Hör ... ein Schneidewind ...«

Vielleicht hatte sie sagen wollen: Horch nur, draußen pfeift ein schneidender Wind, vor dem Doppelglas um die schwarzen Lindenstämme herum, über den Harsch hinweg, von dem er den letzten Pulverschnee in weißen Schleiern hochreißt und verweht. Diese hilflose Kindlichkeit liebte er. In ihm erwachte eine Behutsamkeit, sie zu berühren oder mit ihr zu sprechen, die nur ihr galt und ihrer Schwäche, die ihn selbst ein bißchen Kind werden ließ, damit er nicht gleichgültig diesem Leid gegenüberstünde.

»Mach dir keine Sorgen um die Praxis, Frau Riehl hat deine Vertretung vorerst übernommen!« Sie nickte. Er sah ihre Pupillen sich verengen und taubenblau eindunkeln. »Dafür kommen die Patienten zu dir!« Er wies auf die sieben Blumensträuße, die ihr Zimmer schmückten.

»Medizin ...« Sie drückte die gesunde Hand ans Herz. »Du meinst, ihre Liebe ist eine gute Medizin?« Sie nickte: »Ja, ja ...!«

Nach kaum vier Wochen hörte er öfter ein zartes kindhaftes Lachen, das keinen Anlaß brauchte, sondern wie ein flüchtiger Innenschein ihr Gesicht besonnte und verflog. Nur einmal weinte sie bitterlich. Er war abends gekommen mit ihren Lieblingsspeisen: Krabben auf Gurken, danach Rote Grütze und Vanillesoße. Hilflos fütterte er Maria. Aber sie verweigerte immer wieder.

Man habe leider vergessen, ihr Ledertäschchen mit Geld und Papieren wegzuschließen während der Krankengymnastik im anderen Zimmer. Es sei gestohlen worden, kein Einzelfall in dieser riesigen Klinik, klärte ihn die Stationsschwester auf: Fast immer seien es Diebe von draußen, die herbeikämen, um die Hilflosen zu schädigen. Die Polizei werde sich mit ihm morgen in Verbindung setzen. Er möge die Nachlässigkeit verzeihen! Marin winkte ab. »Wichtig ist, daß sie gesund wird mit unser aller Hilfe! Ich werde das regeln.«

Es klopfte: »Herein!« Sein Patient Koursel verbarg das Gesicht hinter einem Riesenstrauß Gerbera und bewegte sich in bizarrem Halbkreisgang auf ihr Bett zu: »Liebe Maria Marin!« Herr Koursel drückte dem Arzt die Blumen in die Hand und kniete vor dem Bett der Kranken nieder: »Als ich von ihrem Unglück hörte, mußte ich kommen, verzeihen Sie!« Er küßte die Luft vor ihrem Gesicht. »Mein aufrichtiges Mitgefühl für Sie beide! Vergessen Sie nicht: In dieser allergrößten Gefahr waren Sie trotzdem beschützt! Die Blumen sind nur mein kleiner Dank und hoffentlich Ihnen eine Freude!« Er verbeugte sich tief. »Ich will ihr Leid nicht stören, erlauben Sie, daß ich mich zurückziehe!« Den Kopf gebeugt, bewegte er sich rückwärts bis zur Tür und verschwand.

Der Diebstahl war vergessen. Maria lachte ihm nach und

war so aufgeregt, daß der kranke Arm sich verkrampfte und ihre Hand rechtwinklig nach innen zog. »G…g…guter… Mensch …«

»Der Herr Koursel«, vollendete er. Ihr Arm zitterte in schnellem Tremolo.

Alles wird gut werden, wir haben noch drei Monate. Bald darf ich dich im Rollstuhl heimholen, wenigstens am Wochenende!« Mühevolle Tage vergingen.

Sie übte einen Neubeginn weit vor dem Anfang: Beugen, Strecken, Urinieren und Koten, Sprechen und Denken, vielleicht sogar Fühlen: Sie mußte das Leben neu erlernen. Die Todesnähe hatte ihr eine bezwingende Ernsthaftigkeit gegeben. Einen Ausdruck fast heiterer Schönheit, um diesen Schiefmund; plötzlich wollte sie nur noch leben. Ihr wuchsen täglich neue Kräfte, so daß sie schon bald vom Bett mit seiner Unterstützung sich in den Rollstuhl schwingen konnte: Los ging die Fahrt!

»Vorsichtig« mahnte der Oberarzt: »Die Verkehrsgeräusche! Ihr Kopf kann nicht zuviel davon verarbeiten! Eine Stunde, nicht mehr!«

Als er die Rollschräge vor dem Krankenhaus hinunterfuhr, wackelte ihr Körper so bedenklich, daß er sie mit einer Hand festhielt, während die andere den bockigen Stuhl zu lenken versuchte. Gegenüber *Die Stadt München*, ein Restaurant-Café. Ebenerdig war der Eingang. Er mußte den Rollstuhl nur über eine kleine Schwelle lupfen. Im großen Raum gab's Rauchverbot, weil sich dort, wie er jetzt sah, viele Rollstuhlfahrer aus dem Schwabinger Krankenhaus trafen. An den Tischen mit Ehepartnern, Kindern und Freunden tranken sie Tee, Kaffee oder Mineralwasser. Die ganz Alten, vielleicht auch sehr im Leid erfahrenen Patienten nach dem zweiten Infarkt, brachen das Alkoholverbot und versuchten mit Bier und Wein den ärztlichen Rat und die Verzweiflung hinunterzuspülen.

Marin konnte ihre plötzliche Blässe nicht übersehen: »Sollen wir zurückfahren?«

»Nein! Da…da…« Sie wies hinaus auf den leeren Platz, der schwarz unter dem Tauschnee schimmerte.

»Tanzen…«

Ihre gesunde Hand hatte sich ganz leicht auf seinen Arm gelegt.

»Ich mit dir…tanzen…über den Acker…«

»Du willst über den Platz tanzen …bald werden wir's tun!«

»Prüf …«, seine Aufmerksamkeit war gespannt. Er sah sie nach Worten ringen hinter der blassen Stirn.

»Zuerst die Prüfung …?« Sie lächelte glücklich und nickte.

»Welche Prüfung?«

»Die…die…Krankseiung…«

»Du meinst, die Krankheit ist eine Prüfung?« baute er ihren Satz zuende.

»Ja…«

»Dann werden wir gemeinsam kämpfen!«, sagte Marin: »und sie bestehen!«

Liebe und Freundschaft sind Zwillinge, wollte er sagen und schwieg. Das erschien ihm so selbstverständlich wie die Luft zum Atmen.

28

Lieber und auch verehrter Herr Doktor!

Hiermit tue ich Ihnen kund, der Sie mein erklärter Schutzvater sind, daß mich Rocky's Schlägertruppen aufgegriffen haben! Sie unterbrachen meine Predigt Ecke Leopold- / Herzogstraße! Dies geschah zu München gegen meine erklärten Willen! Mit Gewalt wurde ich in die Narrenanstalt verschleppt, die ich von früher her sehr fürchte! Bitte helfen Sie mir! Man vergewaltigt meinen Hintern mit Spritzen und meinen Mund mit Pillen! Meine Seele wird zerbrochen! Das ist wohl, weil ich nichts tauge! Ich bin eine Bettlerexistenz! Aber das habe ich vorher nicht gewußt: Jetzt aber weiß ich es! Ich hasse mich! Der Skandal ist meine Schlechtigkeit!

Wenn Sie, lieber Schutzpatron, diese Zeilen einempfinden, dann werde ich bald auf dem Dach der Narrenanstalt stehen, in der nicht nur die Patienten Narren sind. Meinen Peinigern werde ich beweisen, daß es eine höhere Gerechtigkeit gibt! Meinen Häschern und der Staatsgewalt werde ich davonfliegen! Ich werde dann über die Folterknechte lachen in den Winden. Rufen Sie bitte den Sperrmüll an wegen der Entrümpelung meiner Habe: Mir fällt das leider erst jetzt ein. Sehr bald muß ich flattern, denn ich halte mich hier nicht länger mehr aus!

Ihr
ergebenster
Bernd Koursel

Als Marin diesen handgeschriebenen Brief in der Praxispost unverzüglich gelesen hatte, griff er gleich zum Telefon. Ja, ein Patient Bernd Koursel sei vor Tagen noteingeliefert worden in die geschlossene Abteilung wegen Suizidgefahr, bestätigte ihm der Kollege Hauenstein. Der Patient Koursel sei ruhiggestellt und in sicherer Obhut! Gefahr bestehe natürlich weiter in diesem schizoiden Schub, aber man werde wachsam sein! Solche Briefe schrieben sie fast alle hier auf der Station! Marin legte den Hörer auf. Die Sprechstunde war zu Ende.

»Ich gehe!« rief Frau Riehl durch den leeren Gang. Der Arzt aber blieb sehr unruhig. Sein Warninstinkt tickte. Obwohl er Maria einen Mittagsbesuch versprochen hatte, lenkte er das Auto durch die Arnulfstraße zur Innenstadt. Schneematsch schlug gegen das Bodenblech und spritzte von den Rädern. Vor dem grauen Steinkoloß der Psychiatrie war er nur einer unter vielen. Als er den Mann hoch oben auf dem Balkongeländer sah, schlug sein Herz schneller. Er balancierte dort in dritten Stock wie ein Seiltänzer ohne Stange.

»Die Liebe auf Erden stirbt. Unser Abgott ist das Geschäft!« rief Bernd Koursel und schwankte so bedrohlich auf dem Sims, daß einzelne Schreie hörbar wurden, weil man seinen Absturz schon voraus sah. Dann wiederum pendelte er geschickt hinein ins Gleichgewicht, bog das Kreuz durch, ruderte mit den Händen wie mit Schwingen durch die Luft und rief: »Die Menschen sind nur noch ihre eigenen Modelle, glatt und richtig wie ein Fabrikat. Gut, daß ich kein Mensch bin!«

»Spring doch, wenn du Mut hast!«, rief ein Mann aus der Menge und lachte über allen laut. Da schob sich eine Feuerwehrleiter langsam gegen den Balkon.

»Stop, sonst springe ich!« Koursel hub wieder an: »Der Himmel umgibt uns!« Viele lachten, andere riefen: »Du Irrer! Spring, wenn's dir bei uns nicht paßt!«

Wieder breitete er die Arme aus und rief hinunter: »Viele Mächtige lügen und betrügen! Diese angeblichen Siegelbewahrer der Allmacht auf Erden! Sie predigen Wasser und saufen Wein!

Marin nahm die Treppen im Dreierpack. Überall waren

Schwestern, Ärzte und Patienten weit aus den Fensterlöchern gebeugt. Dann sah er seinen Patienten wie einen Scherenschnitt gegen die Winterluft geprägt.

»Bleibet fern von mir!« Koursel's Arme ruderten.

»Er wird seinen Engeln Befehl tun, und sie werden mich auf Händen tragen!« Ärzte, Pfleger und Patienten wichen entsetzt zurück, weil sie ihn schon auf Zehenspitzen sahen und schreien hörten: »So erkennet denn Gottes Größe, die auch an mir ein Wunder tut!«

»Spring du Narr, spring!« rief eine Frauenstimme von irgendwo.

»Bitte, Herr Koursel, nicht!« Marin war ganz dicht an ihn herangetreten. Der Mann tat einen letzten Blick in die Tiefe und sprang vom Sims auf den Balkon hinunter.

»Sind sie wirklich gekommen, mein Schutzpatron ...« Er umarmte den Arzt. Der fühlte, daß ein steinerner Fluch zersprang. Im Nu waren sie zur Stelle die bulligen Pfleger, dazu ein aufgeregter junger Mann im Arztkittel. »Doktor Hauenstein!« Forsch packte er den Patienten am Oberarm.

»Darf ich fragen, was sie hier tun?«

»Ich tue ihre Arbeit.« Marin wandte sich ab.

»Bitte bleiben sie!« Koursel reckte nach ihm die Hände.

»Die Klinik hat ihre eigenen Gesetze!« Doktor Hauenstein gab den Pflegern ein Zeichen. Da griffen sie zu.

Marin fuhr durch die Sonnenstraße, über den Stachus weiter nach Schwabing. Vierzehn Uhr. Es blieb noch eine Stunde bis zum Praxisbeginn. An Marias Bett neben einem weißen Fliederstrauß strahlte Conny Nicklisch um Jahre verjüngt.

»Meine letzten Befunde waren alle negativ!« rief sie ungestüm.

»Der Krebs ist besiegt. Ich darf leben. Leben mit meinen Kindern und mit meinem Mann! Welch ein Segen!« Auch Maria lächelte glücklich über ihrem schiefen Mund und hielt die beiden Kinder fest im gesunden Arm.

»Ihre Frau wird's auch schaffen!« rief Conny: »Sie dürfen beide den Mut nicht verlieren!« Erschöpft nickte der Arzt.

»So gerne würde ich Ihnen ein bißchen zur Hand gehen im Haushalt!« Maria nickte. Der Arzt zögerte, diese Hilfe anzunehmen.

»Das können sie einer geretteten Patientin doch nicht abschlagen!«

»Dann danke ich ihnen sehr.« willigte er ein. Der vorlaute Junge platzte dazwischen: »Freunde in der Not, geh'n ein Dutzend auf das Lot!«

»Bist du still!« Conny zog ihn zwischen ihre Knie.

»Wie recht er hat«, lachte Marin: »Nur nicht mit uns!«

Abends rief er Frau Gundel an. Sie war von ihm ausgebildet worden. Als sie wegen Schwangerschaft aufhörte, hatten sie's beide sehr bedauert.

»Liebe Frau Gundel, vier Jahre Mutterschutz sind um!«

»Und sie wollen mich jetzt zurückholen?« ulkte sie durch den Draht.

»Wenn Sie's auch wollen, dann so schnell wie möglich!«

»Was ist passiert?«

»Meine Frau hatte einen Hirninfarkt. Sie liegt gelähmt in der Klinik!«

Ihr Atemgeräusch zischte durch den Hörer.

»Morgen früh bin ich da, wir werden schon klar kommen!«

29

Verstört tastete er durch den düsteren Gang hinaus. Die Blindenleuchtschrift bewahrte ihn vor der Tür. Die Kälte des Glases hatte er schon an seiner Stirn gespürt. Draußen fielen die Flocken dichter. Die frühe Nacht war mondlos und sehr rauh. Auf der anderen Seite dieser Ausfalltrasse nach Stuttgart stand reglos fast auf ihrem Stammplatz Frau Riehl, seine Sprechstundenhilfe, im hellen Lammfellmantel. Die Rechte hielt den *Leuchtturm* am scharfgewinkelten Arm. Ihr Atem dampfte. Ein schwarzer BMW raste vom Romanplatz im Zickzack über den Schnee.

»Vorsicht!« Frau Riehl schwenkte grüßend ihren linken Arm. Von Obermenzing ratterte die blauweiße Linie 17 auf die Haltestelle zu. Über die Nymphenburger Brücke schlingerte der BMW schwarze Spuren und bremste scharf. Die Straßenbahn versperrte den Blick, aber Marin hörte den Aufprall. Dann schleuderte sie im Lammfell hoch durch die Nacht und schlug zu Boden. Menschen schrieen. Der BMW raste davon. Schnell lief er über die Kreuzung. Da lag sie auf dem Asphalt, das Gesicht zerquetscht. Unverletzt schwammen die Augen in diesem Blutbrei, als seien sie erst im letzten Augenblick aus ihren Schutzhöhlen getreten, um einen allerletzten Blick in eine bessere Welt zu tun.

Schaudernd kniete er neben ihr. Ihr Puls stand still. Aus dem warmen Restaurant *Metzgerwirt* drängten Neugierige, um sich ein kaltes Entsetzen zu holen. Aus der Telefonzelle rief der Straßenbahnfahrer: »Krankenwagen und Polizei sind schon unterwegs!« Marin spürte Wind im Nacken. Kalt wurden ihm die Knie. Der Schnee strich schräg.

»Der Saukerl hat Fahrerflucht begangen!« sagte der Straßenbahner. Im Rinnstein lag der *Leuchtturm* in einer

Klarsichtfolie. Der Endzeitdrache spie Feuer auf dem Titelblatt. Die Flammen waren in der Steinschräge abgeknickt. Rot wurde der Schnee. Ihr Blut sickerte im Halbkreis um den zerquetschten Kopf. Ein weißer Hirnlappen zuckte und wurde schlaff. Vom Krankenhaus der *Barmherzigen Brüder* gleich am Romanplatz kreiste das Blaulicht durch den Flockenstrich.

»Zu spät.«

Der Trambahnfahrer schwieg bestürzt.

»Sie ist tot!« sagte der Arzt.

Das Polizeihorn kam näher von Obermenzing. Die Ampel wechselte im selben Takt dieselben Farben: rot, gelb, grün. Der Autostau reichte schon bis zur Herz-Jesu-Kirche. Der Notarzt untersuchte die Leiche.

»Sie ist tot!« sagte er sehr laut für alle Anwesenden. Die Sanitäter riefen über Funk den Leichenwagen. Das wütende Hupkonzert in der Blockade war zum Dauerton geworden. Die Polizeibeamten gingen ihrer Arbeit nach mit Autorität: Messen, Zeichnen, Notieren, Zeugenprotokolle. Ein Polizist regelte den Verkehr. Frau Riehl war endlich im Leichenwagen geborgen. Marin bezeugte ihre Identität, Adresse und den Unfallhergang.

»Haben sie alles genauso gesehen?«

»Ja. Nur leider die Autonummer nicht.«

»Den finden wir und machen ihm den Prozeß!« Die Beamtin lachte bitter und schüttelte den Kopf. Ihr Pferdeschwanz umflog den Hals.

»Das hoffe ich sehr!« Marin gab ihr seine Visitenkarte.

»Einen Tod wie diesen wünscht du dem ärgsten Feind nicht!«, sagte die Polizistin. Ihr Schwanz wippte.

»Sie hören von uns Herr Doktor!«

Im Bett sah er die grünen Tannen weiß geworden. Fernsehstimmen hallten durch dünne Scheiben gegen die Häuserwände. Der Schnee dämpfte den Schall im Innenhof. Van Goghs Zypressen loderten blaugrün ins All. Die Farbe auf dem letzten Kornfeld war noch nicht trocken, als sie ihn blutend in die Absteige trugen. Schon explodierten die Preise. Seine Kunst war zu früh, später kassierten die Scheinheiligen. Mit nackten Füßen irrte Marin über den Wüstensand, um die Glut unter seinen Fußsohlen loszuwerden. Was du hinter dir glaubst liegt plötzlich vor dir, höhnte der Patient Meyer: »An der scharfen Grenze zwischen kalten und warmen Luftschichten bricht das Sonnenlicht. Der Himmel wird als Trugbild auf den Sand geworfen. Ein Adler schwebte gegen die Sonne. Er trug zwei Junge auf den Flügeln. Nur das Auge des Adlers kann die Glut ertragen, sagte Maria. Er lehrt seine Jungen diesen festen Blick. Dann aber entglitt ihm der Rollstuhl und raste mit ihr abschüssig auf einen schwarzen Fernlaster zu. Er schrie, aber Maria winkte lustig mit der gesunden Hand. Schwarze Angst war ihm nah. Sie wird im Rollstuhl kleben bleiben, sagte eine Stimme: Du wirst sie als schwere Last durch's Leben rollen müssen! Er wachte auf, bedüstert. Vier Uhr. Der Leuchtwecker tickte.

Am nächsten Morgen wartete Frau Gundel im Neuschnee. Frierend schlug sie die Schuhe aneinander und umarmte ihren Körper. Sie übernahm den Arbeitsplatz, als sei sie niemals weggewesen. Statt Kommandoton und Endzeitdrohung, wurden die Patienten jetzt empfangen durch ein frisches »Grüß Gott«. »Nehmen sie doch Platz! Ich komme zu ihnen!«

Wenn sie im Wartezimmer auf dem Teppich vor den Patienten mit Block und Kugelschreiber die Personalien oder Rezeptwünsche notierte, dann blickte man sich zuerst vielsagend an, lachte erleichtert und hatte sie so schnell ins Herz geschlossen, wie die arme Frau Riehl vergessen war.

In der Post fand Marin einen anonymen Brief: »Sie allein haben das Schicksal ihrer Frau verschuldet, sie überheblicher Halbgott in Weiß! So schnell wie möglich sollten sie ihre ärztliche Zulassung zurückgeben!«

Herr Garchinger setzte sich neben ihn. Der Arzt legte ihm die Blutdruckmanschette um den linken Oberarm.

»Glauben sie an ein Leben nach dem Tode?« fragte Marin.

»Nein. Ab in die Kiste. Erde drauf, irgendwann die Würmer!« Der Möbelhändler lachte schütter.

»Meine Sprechstundenhilfe ist gestern tödlich verunglückt.«

»Diesen weiblichen »Mühlhiasl« meinen sie? Wie oft hat die vom Tod geredet. Nun hat sie ihn gekriegt. Auge um Auge: So ist die Welt!«

Als er mittags den Gymnastikraum betrat, hing Maria zwischen zwei Barrenholmen abgestützt von den Gymnastinnen. Schweiß rann aus ihren Poren, während Frau Rauh mit fester Stimme Anweisungen gab: »Jetzt belasten Sie zuerst das gesunde Bein! Die Muskulatur ist stark genug. Es wird Sie tragen. Nur zu.« Sie tat's und wackelte erbärmlich.

»Jetzt verlagern Sie langsam das Gewicht auf das kranke Bein: Es wird Sie tragen! Haben sie Vertrauen! Nur zu!« Marin sah ihren Beckenkamm nach rechts kippen, dann knickte sie ein.

»Hören Sie auf! Sie verstärken die Spastik!«

Frau Rauh antwortete vorwurfsvoll: »Das hier ist mein Job, da halten Sie sich bitte raus!«

Zu dritt hoben sie Maria in den Rollstuhl zurück. »Das nächste Mal mehr!« Frau Rauh lachte unbeschwert. Als sie nun zu ihrem Zimmer unterwegs waren, da handhabte Maria den Rollstuhl schon virtuos. Mit der gesunden Hand drehte sie das linke Antriebsrad und lenkte wie eine Slalomfahrerin an Menschen, Tragen oder Essenswagen vorbei. Entgegen eilte ihnen der Oberarzt Pistorius. »Ach, Herr Kollege, kommen Sie doch eben mit. Ich habe etwas zu besprechen!« Sie saßen sich gegenüber in dem dürftigen Raum. »Es sieht wirklich nicht gut aus! Sie ist weit zurück! Der Infarkt hat zu große Verwüstungen hinterlassen. Sie sollten Ihre Frau für immer im Rollstuhl sehen!« Die graue Gesichtshaut des Oberarztes war nachgedunkelt durch die langen Schatten des Wintertages.

»Sagen Sie Ihrer Frau nichts! Wir lassen sie in diese schreckliche Erkenntnis hineinwachsen!« Wie betäubt verharrte Marin und hörte dann seine Stimme: »Die komplette rechtseitige Lähmung wird bleiben?«

»Nach meiner Auffassung: Ja! Das Erstaunliche ist, daß wir doch eine Ursache gefunden haben. Ihre Frau hat eine Gefäßverengung in der großen mittleren Hirnaterie. Der Infarkt erklärt sich dadurch und auch hämodynamisch durch einen plötzlichen Blutdruckabfall!«

»Er wäre nicht zu verhindern gewesen?«

»Nach unserer Meinung: Nein!«

»Ist die Verengung des Hirnblutgefäßes operabel?«

»Nein! Das Sterberisiko wäre zu hoch! Mit dieser Zeitbombe muß sie ab jetzt und für immer leben! Das ist Fakt!«

Als Marin über das Linoleum trottete unter den Kugellampen, die Tag und Nacht brennen, um das bleiche Haus freundlicher zu machen, da spürte er durch diese dicken Mauern hindurch, das Gewicht der Welt drücken. Wer kann uns noch helfen? dachte er, wir sind in einen Abgrund gestürzt.

30

Der Januar mit Minusgraden unter Zwanzig war ebenso schnell vergangen wie der wolkenschwere Februar. Frau Riehl war in der gefrorenen Erde. Marin trauerte im langen Zug der *Heilswächter* mit. Seiner Frau blieb diese Tragödie verschwiegen.

Oft kam sie ihm entgegengerollt aus dem Ganglabyrinth des Krankenhauses, die linke Hand kraftvoll am Schwungrad. Mal kam er ein bißchen zu spät, weil dringende Hausbesuche seine Absicht verzögert hatten, sie aber wartete treu im Windschutz der seitlichen Glastüre. Oft kam er früher, auch dann war sie dort, wenn ihr Therapieplan das erlaubte.

Viel hatte sie gelernt: Waschen, Anziehen, Brote schmieren auf dem Nagelbrett. Das Alphabet und die ersten Schriftworte zeigte sie ihm voller Stolz, linksgeschrieben mit der Krakelpfote eines Anfängers. Sie bildete Wortpaare, fand Gegensätze in dem verwüsteten Sprachzentrum und schrieb alles sorgsam nieder mit der Geduld eines Erwachsenen und der Unschuld eines Kindes: Hell-dunkel, gut-böse, warm-kalt, Tag-Nacht, Mann-Frau, Gott-Teufel, so als wäre das erste Leben für immer ausgelöscht und vergangen. Gegensätze, die sie niederschreiben mußte, schien sie nicht mehr leben zu wollen. Sie war und blieb ein großes Schiefmundkind in einer Winterwelt. Die spürte sie oft: Etwa in einem Schwabinger Café, wenn sie den Eingang blockierte, weil drei Stufen im Rollstuhl nicht so leicht zu überwinden sind. Oder wenn Fäuste gegen die Toilettentüre wummerten, hinter der Marin ihr von der Klobrille half. Kamen sie dann aus der Damentoilette, mußte er von zwei Frauen hören: »Wie findest du diesen Perversling! Die treiben's auf dem Damenklo!«

»Geil, wie sonst!«

Ein ungemein langsames Leben hatte die Krankheit ihr auferlegt. Marin lernte, seine Frau im Rollstuhl zu fahren. Sie aber mußte die mal gaffenden, aber auch mitleidigen, meistens aber abschätzigen Blicke der Vorübergehenden erdulden oder gar jene Leute, die keinen Zentimeter zur Seite wichen vor dem klobigen Stuhl, als wollten sie durch ihn und das in braun gehüllte Bündel einfach hindurchlaufen. Man hätte meinen können, ein verfrorener Vater rolle ein mißraten gezeugtes Kind, von dem nur eine schwarze Haarlocke unter dem Kapuzenrand zu sehen war, auch noch stolz durch den dämmrigen Winternachmittag rechts die Leopoldstraße hinunter und auf der linken Seite vor den vielen beleuchteten Schaufenstern wieder zurück.

»Da!« sagte sie. Er wußte inzwischen, sie wollte die Schuhe in der Auslage anschauen, die sie nie wieder würde tragen können.

Manchmal war er fast atemlos, wenn ihr gesunder Arm in immer weitere Fernen wies: »Da! Da! Da!«, weil sie nicht genug fahren und schauen und schauen und fahren konnte, als sähe sie diese Stadt zum allerersten Mal, die ihr doch seit über dreißig Jahren vertraut war.

»Da hinauf!« rief sie an einem Samstagnachmittag, als er durch Tiefschnee und Eis in den Olympiapark gerollt war, die hohen Bordsteine meidend, die abgeplatteten Stellen suchend, damit die Fahrt gefahrlos und vor allem ohne Erschütterungen verliefe. »Da hinauf!« rief sie wieder und meinte die Kuppe des Olympiaberges, die er mit ihr und für sie erklimmen sollte. Er tat sein bestes, während Maria unentwegt den zuckerfreien Kaugummi im Mund hin- und herbewegte, um den gelähmten Trigeminusnerv zu erwecken, damit der schiefe Mund, den sie täglich vor dem Spiegel kontrollierte, endlich, endlich wieder gerade werde und beginne fließend zu sprechen, wie sie's wohl von früher in Erinnerung hatte. »Da hinauf! Bitte!« Mit Hängen und Würgen erreichten sie den Gipfel. Sie lachte fröhlich.

Marin wischte den Schweiß von der Stirn. »Schön!« Ihr gesunder Arm wies auf der verschneite Stadt. Die vielen Lichter hinter warmen Fensterscheiben in der Dämmerung. Scharf wehte der Ostwind und knickte Rauchsäulen über die Dächer. Sie sahen im allerletzten Tageslicht sehr nah und schneeweiß in der untergehenden Sonne das Alpenmassiv ganz dicht vor der Stadt München. Maria streckte den linken Arm, als wolle sie die Berge ergreifen. Da verlöschte der Tag und löschte den Spuk.

Grau in grau, Regenstürme, wenig Sicht, dann erneut hoher Schnee.

Mitte März, aus einer dieser einsamen Nächte im großen Ehebett, wurde er vorzeitig geweckt. Es tropfte von der Dachrinne hart auf das Zinkblech der Fensterbank. Tauwetter. Wolken verheerten das Land. Der Frühling ein Augenöffnen.

»Bald haben wir das Bundessportabzeichen für Rollstuhlfahrer verdient!« meinte er während einer dieser Fahrten, wobei sie inzwischen den gesunden Fuß als Trethilfe einzusetzen wußte.

»Ich … laufen!« Marin lenkte den Stuhl über die Zebrastreifen am Bonner Platz und antwortete: »Wir sollten dir einen elektrischen Rollstuhl mit Lenkung anschaffen!« Sie weinte sehr laut. Zu spät begriff er seinen Fehler. Am Himmel sah man den Mond als rote Pomeranze. Sie weinte immer noch, als schon das Krankenhausportal sichtbar wurde mit den beiden hohen Steinsäulen, aus deren Wasserbecken Schlangen züngeln als Heilbringer, dem Mond verwandt, in der Häutung sich erneuernd zu gesundem Leben.

»Nein, nein! Böser Stuhl!« Sie stampfte unwillig mit dem gesunden Fuß in den Matsch, der ihm ans Hosenbein spritzte. Der kranke Arm auf dem Plastiktisch zitterte.

»Maria, entschuldige!« Da küßte sie seine Hand.

»Mein Traum … der Sinai!« Traurig schüttelte sie den Kopf.

»Du wärest gern hinaufgestiegen!« Sie nickte.

»Die Sonne...«

»Wolltest du in der Wüste aufsteigen sehn ...«

»Ja... ja... ja!«

Ihr rechtes Bein blieb gelähmt. Stehen konnte sie nur mit der gestärken Muskulatur, wobei ihr Fuß willenlos hin- und herschlackerte.

Jetzt drückte Maria schwer gegen seine Kraft, als er sie gegen die Asphaltschräge und dann in den geheizten Empfang schob. In einem Glaskasten mit kreisrundem Sprechloch saß der Pförtner. Er war Auskunftei und Türöffner zugleich. Bei den Chronischen drückte er nach einer leichten Kopfbewegung ungebeten den Knopf, so daß die automatische Tür sofort aufsprang. Ein Fremder hätte kaum durch dieses Labyrinth gefunden.

»Am Wochenende können sie ihre Frau nach Hause holen!« rief fröhlich der Oberarzt Pistorius, der im Kittel entgegenwehte. Kurz hielt er an: »Freitagmittag bis Sonntagabend acht Uhr! Einverstanden!«

Maria strahlte. Aber Marin spürte ihre Furcht, die gewohnte Sicherheitszone verlassen zu müssen.

»Noch eins ...« Herr Pistorius formte die Hand zur Flüstertüte: »Sie können wieder Sex haben!« Schon schwebte er davon. Passanten drehten die Köpfe und lachten.

Als er sie Freitag nach der Sprechstunde abholte, den Rollstuhl zusammengeklappt und im Kofferraum verstaut hatte, brach die Sonne durch die Winterwolken. Herr Bencick, der ungarische Hausmeister, hatte ein Brett über die vier Stufen zur Wohnung geschnitten. Der Rollstuhl paßte knapp durch den Türrahmen. Marin war direkt in die Mitte des Wohnzimmers gefahren. Sie saß in ihrem bordeauxfarbenen Wintermantel in diesem gemütlichen Zimmer und blickte lange hinaus durch die große Scheibe.

»Zwei Monate ... und vierundzwanzig Tage ...«

Draußen in der Humuserde blühten einzelne Schneeglöckchen. Sie füllte die Wohnung so vertraut, daß er für Sekunden den Atem anhielt. Vergnügt strich er über ihr ergrautes Haar. Der Phantomschmerz verließ ihn. Er fühlte sich in ein neues Leben schlüpfen. Ein Spatz flog auf die Bonsaitanne. »Ein Graufliege r…«

»Ja, ein Spatz!« lachte er und drehte den Rollstuhl.

»Eine … Blume … schön!«

Als sei's ein erster Blick, schaute sie lange auf die Jugendstilvase mit roten, blauen und gelben Blüten, die sie gemeinsam ausgesucht hatten: Seitdem schmückte sie als bleigefaßte Glasscheibe die Zimmertüre und leuchtete jetzt farbenfroh im Gegenlicht der Flurlampe.

»Gut geputzt …«

»Die Conny Nicklisch hilft uns jede Woche.«

Dann rollte er in den schmalen Gang. Ihr gelähmter Arm auf der Acrylplatte streifte an den Büchern entlang und verschob sie ins Regal.

»Schlafen … ich muß schlafen …«

Er fuhr sie dicht ans Bett, öffnete den Reißverschluß ihrer Jacke und half ihr hinaus. Als er von der Garderobe zurückkam, sah er Maria vor dem Bett auf beiden Beinen. »Du kannst stehen!« Sie nickte und löste die gesunde Hand vom Rollstuhl ab.

»Toll!«

»Hilf mir zu sitzen …« Er stützte sie hinunter auf die Bettkante, wobei ihr Körper zur gelähmten Seite deutlich durchhing. Sie trug spezialgefertigte Stiefel mit Fibularisschiene. Das kranke Bein hob sie über das gesunde Knie und öffnete die Klettverschlüsse. Der gewinkelte Arm lag in ihrem Schoß. Marin begriff, wie langsam sie geworden war, und daß die Turbogeschwindigkeit unserer Zeit für sie nicht mehr galt. Ganz von innen lebte und handelte sie an den äußeren Zwängen vorbei. Hilfe lehnte sie ab wo es ging. Der Mund war ihr zum Handersatz geworden. Mit ihm biß sie etwa den Stoff ihres T-Shirts fest, um mit der linken Hand den Reißverschluß zu öffnen. Dann schlüpfte die Linke aus dem Ärmel und versorgte den kranken Arm, nachdem sie den Kopf geschickt aus der Halsöffnung gedreht hatte. Er spürte ihre Scham, der entstellte Körper machte sie verwundbar. Schwer zog der gelähmte Arm nach unten und schob den Gelenkkopf sichtbar aus der Pfanne. An ihrer Schulter tat sich ein unschöner Spalt auf.

»Häßlich …«, sagte sie leise und schwang ihren leicht verkrümmten Körper geschickt von der Bettkante in die Liegeposition. »Ich bin häßlich!«

»Das ist nicht wahr!« protestierte er: »Der Arm hängt ein bißchen durch, das ist alles!«

Jetzt zog sie mit der gesunden Hand den kranken Arm in die Seitenlage und hielt ihn ausgestreckt, um das Gelenk zu entlasten und die Spastik zu mindern. Marin rückte an den Rand. Das Ehebett war für ihn kleiner geworden. Maria sah in lange an und sagte: »Danke!«

31

Abends hatten sie denselben Wunsch: »Wir sollten diese erste Heimkehr feiern!« Marin hatte zum Hörer gegriffen: »Hades«, sagte sie.

»Jannis, wir würden gern bei dir essen!« Der Grieche bot schon an: »Wir tragen sie die Treppe hinunter, kommt schnell! Heute ist wenig los, da können wir euch richtig verwöhnen! Wasilis stimmt schon die Gitarre!« Marin legte auf. Ein heftiges Tremolo ihrer Hand verriet die Vorfreude. Wieder belastete sie tapfer beide Beine, als er den Reißverschluß ihrer Winterjacke einhakte und die Kante festhielt. Sie zog zu. Geschickt schwang sie auf die graue Kunstledersitzfläche. Die Neumondsichel blitzte. Gegenüber in der Wilderich-Lang-Straße fand er einen Parkplatz. Der Asphalt schimmerte feucht und ohne Schnee. Mit zwei Handgriffen war der Klappstuhl geöffnet und neben die Autotüre so gestellt, daß sie zuerst mit dem gesunden Bein Grund finden konnte, ehe sie das Kranke im Schienenschuh mühsam nachzog. Kurz stand sie auf und schwang erleichtert in den sicheren Stuhl. An der Treppe warteten Jannis und Jorgos in der Dämmerung. Sie umarmten Maria. Dann packten sie zu und trugen Stufe um Stufe nach unten. Ihr Stammtisch war festlich gedeckt. Jannis schnippte mit dem Finger, Jorgos der Koch balancierte eine große Platte herbei, mit Oliven, Artischocken, Palmenherzen, Taramas und Bohnen: In der Mitte Krabben und Calamares in Öl.

»Greift zu, meine Gäste!« Marin legte ihr auf, nachdem er zuvor kleingeschnitten hatte. Er stellte den Teller auf die Acrylplatte des Rollstuhls. Maria aß heißhungrig.

»Leider kann Sie noch nicht viel sprechen.« Jannis nickte: »Aber zuhören kann Sie und den Wasilis genießen.« Er winkte. Der Sänger griff zur Gitarre:

Tote Welten versinken
in Flut und Zeit
aus ewigen Nächten blinken
Morgensterne weit

Unter Wasser Ruinen
in einem Spiegel glatt
Träumende Columbinen
und die goldene Stadt

Sie hörten ihm zu und klatschten. Für jeden war offenkundig, das war nicht mehr Maria, die auf zwei Beinen hineinschlenderte, alle begrüßte, umarmte und mit ihnen sprach. Zwar war der Hades noch der alte, aber ihre Veränderung prägte unmerklich auch die Menschen dort. Lange Gesprächspausen taten sich auf, weil auch Marin ganz auf seine Frau konzentriert war, wenn sie aß. Hier mußte er eine glitschige Olive anpieksen, dort half sein Messer nach, um ein klebriges Palmenblatt auf ihre Gabel zu bringen.

»Ich bin müde!« sagte sie sehr bestimmt. Jeder begriff. Wieder waren sie an der Steintreppe versammelt: Jannis, Wasilis, Jorgos und Marin. Hinter ihnen knurrte der schwarze Bastardhund, den Jannis im Westend als Baby aus einer Mülltonne gerettet hatte. Sie packten den Stuhl von links, rechts und hinten, da stellte Maria ein Nein in die Dunkelheit. Erstaunt ließen sie ab. Zuerst war ihr Arm auf die Lehne gebeugt, dann gestreckt, dann war es ein für jeden spürbarer Kraftstoß, der ihren Körper hochdrückte. Sie stand freihändig vor dem Rollstuhl.

»Nein!« Marin war erschrocken und sah das gelähmte Bein im Kniegelenk einknicken, als sie es auf die erste Stufe setzte.

»Nie mehr! Böser Stuhl!« rief Maria. Marin lachte. Ein Gegenstand kann weder gut noch böse sein. Aber sie war nicht zu halten. Jetzt stand sie fest und zog das gesunde Bein nach.

»Komm! Hilf!« Ihre Energie überwand seine Zweifel und die tieflauernde Angst. Er schob seinen Arm unter ihre Achsel und stützte sie ab. Hinter ihnen knurrte wütend der Hund. Aber nichts mehr konnte sie halten, nicht mal Jannis und Jorgos, die laut klatschten. Marin spürte dieses Kraftfeld, in dem sie sich bewegte. Stufe um Stufe stieg sie die Hadestreppe empor.

»Heb' den Stuhl gut auf!« rief Marin und drehte sich nicht um. Keuchend erreichten sie den Bürgersteig. Er roch ihren Schweiß.

»Weiter!«

»Zum Auto!«

»Ja!«

Jedesmal, wenn sie das kranke Bein belastete, drückte ihr Gewicht schwer auf seinen Arm. Aber sie ging aus eigener Kraft. Von hinten sahen sie wohl ein bißchen komisch aus, wie Pat und Patachon, die aus dem Film laufen. Aber wer kennt die noch in unserer schnellen Wegwerfwelt?

»Da!« Er folgte ihrem Zeigefinger. Ein Kupferpfennig schimmerte auf dem Pflaster. Vorsichtig, damit sie nicht aus dem neugewonnenen Gleichgewicht fiele, hob er die Münze auf. Die alte Erde wurde wieder zum Kind.

»Du bist sehr stark, Maria!«

»Liebe ist ein Tiefflieger!« sagte sie fest und prüfte den Boden vor jedem Schritt.

»Du meinst, sie überfliegt das Totenreich?« Marin war irritiert. Als sie vergeblich nach den richtigen Worten suchte, half er ihr: »Du meinst, Liebe ist stärker…«

»Als …!« Tapfer setzte sie Fuß um Fuß.

Später lagen sie in der Dunkelheit. Er küßte ihre Nasenspitze und Maria schlang den gesunden Arm um seinen Hals. »Schön … bei dir zu Hause …«

»Du bist da! Nur das ist wichtig! Komm, leben wir unsere

alte Liebe neu! Durch Freude wird das Leben einfach.«

Der Südsturm pfiff in ihren Schlaf. Gemeinsam träumten sie: Eine Kerze war entzündet in der St. Stephanuskirche. Die Flamme flackerte um den schwarzen Docht. Auf dem Altarbild spie der Endzeitdrache sterbend sein letztes Feuer.

»Danke, daß ich wieder laufen kann!« Die Kerze erlosch. Auf dem Gipfel des Sinai standen sie im Achat der Nacht. Schwarz das Land, der Himmel ohne Sterne. Am Horizont flirrten die Farben ins All: Karmin, Zinnober, Purpur und Blutrot teilten die Finsternis. Ein Flaumfederwölkchen schwebte. Kaum wagten sie zu atmen und blickten in die Sonne.

Ende